U0489957

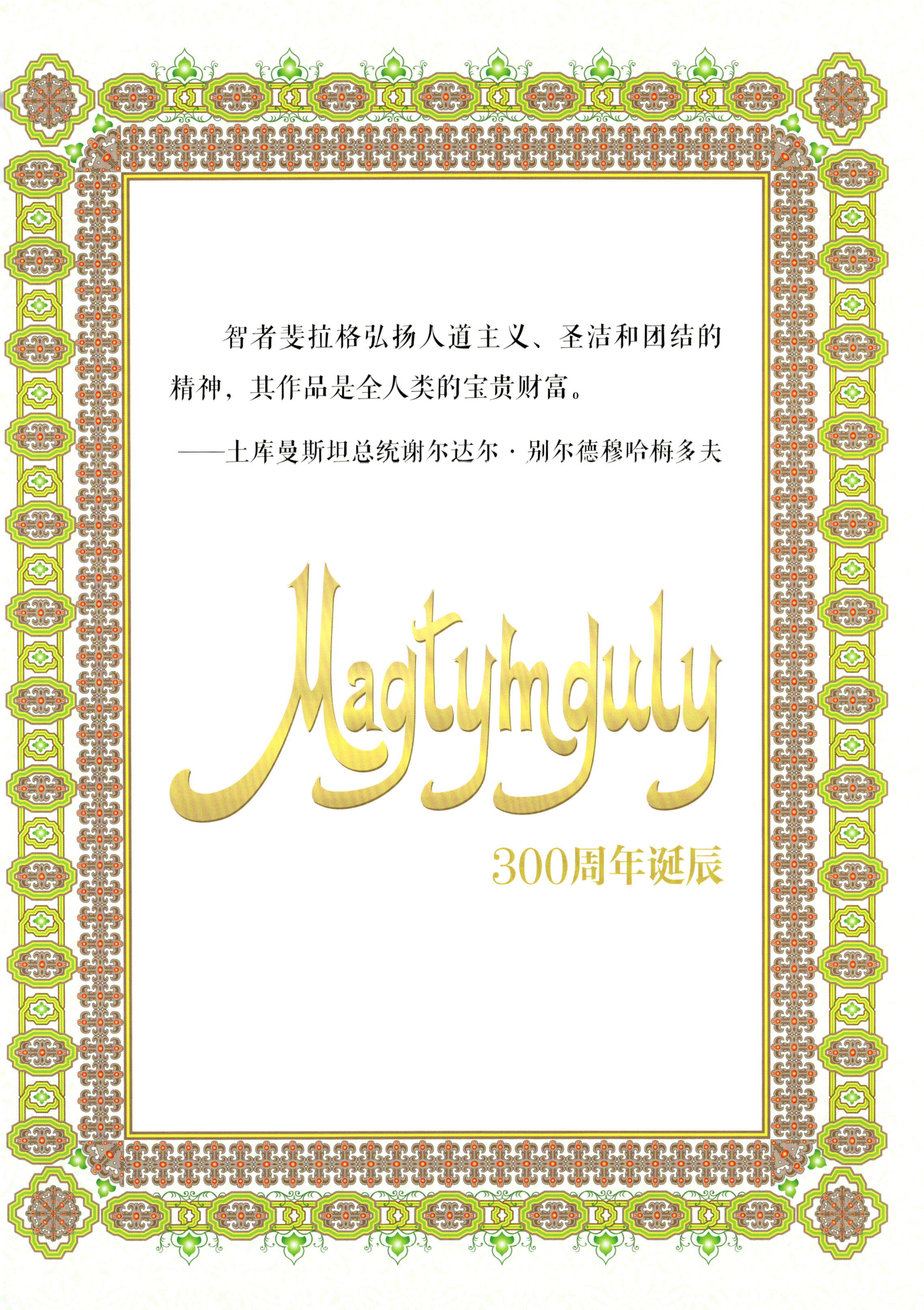

智者斐拉格弘扬人道主义、圣洁和团结的精神，其作品是全人类的宝贵财富。

——土库曼斯坦总统谢尔达尔·别尔德穆哈梅多夫

300周年诞辰

马赫图姆库里诗集

【土库曼斯坦】 马赫图姆库里　著

戴桂菊　译

世界知识出版社

图书在版编目（CIP）数据

马赫图姆库里诗集 / (土库曼) 马赫图姆库里著 ; 戴桂菊译. -- 北京 : 世界知识出版社, 2024. 11.
ISBN 978-7-5012-6854-2

Ⅰ. I363.24

中国国家版本馆CIP数据核字第2024P8P586号

项目统筹　王瑞晴
责任编辑　李筱逸
责任出版　赵　玥
责任校对　张　琨

书　　名　马赫图姆库里诗集
Mahetumukuli Shiji

作　　者　［土库曼斯坦］马赫图姆库里
译　　者　戴桂菊

出版发行　世界知识出版社
地址邮编　北京市东城区干面胡同51号（100010）
网　　址　www.ishizhi.cn
电　　话　010-65233645（市场部）
经　　销　新华书店
印　　刷　北京宝隆世纪印刷有限公司
开本印张　889毫米 × 1194毫米　1/16　22 1/2 印张
版次印次　2024年11月第一版　2024年11月第一次印刷
标准书号　ISBN 978-7-5012-6854-2
定　　价　898.00元

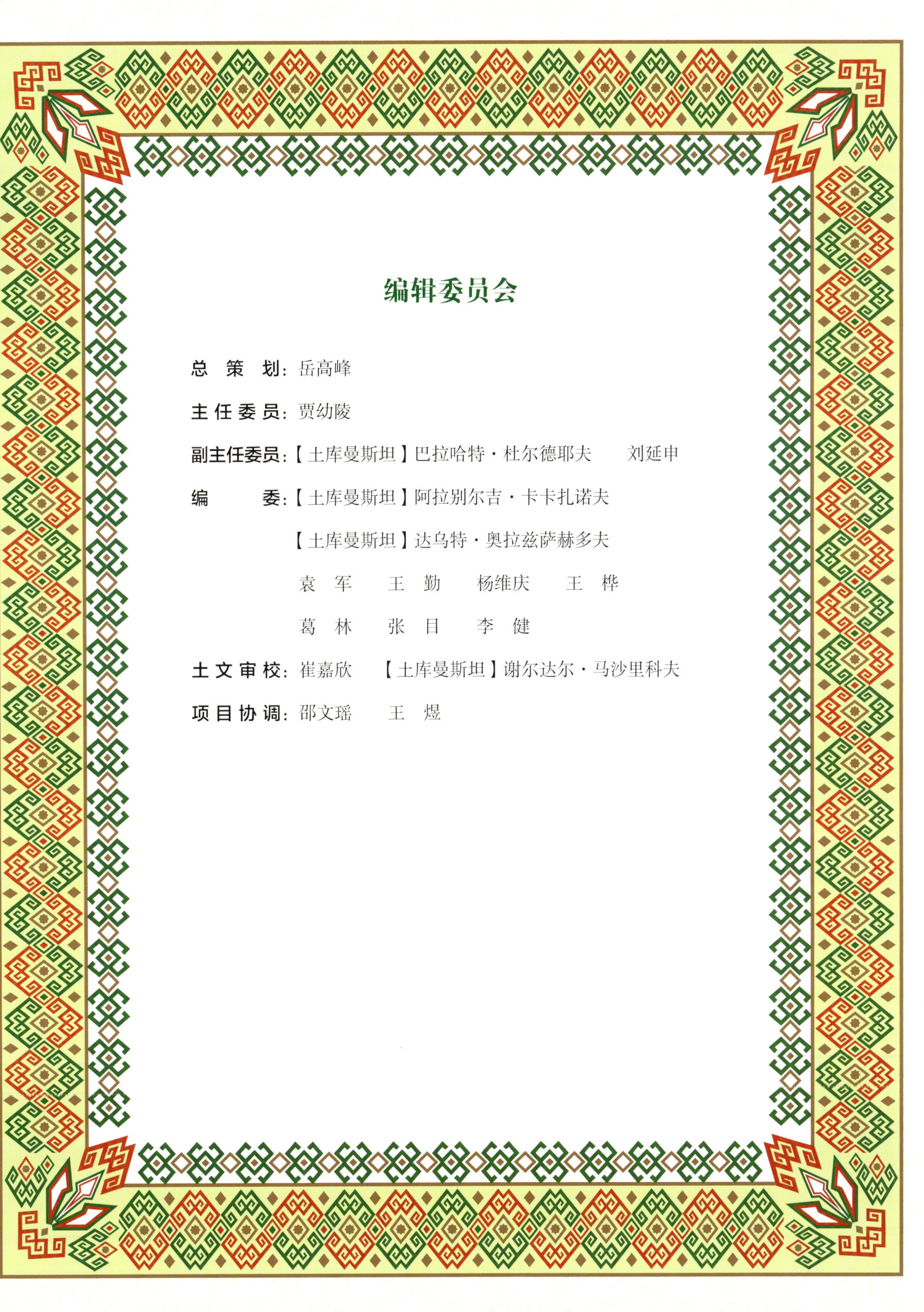

编辑委员会

从300年前到3000年后

生命无法超越时空，但思想却可以永恒。

对人类文明来讲，300年的时光微不足道，而3000年的历程很长。有些人、有些事、有些东西只存在30年，甚至不满3年就被我们及世界忘记与擦除了，而有些特殊的“非常”才开始了真正的生长、茁壮，展开茂盛的无边想象，因其是“天选”，更因其开辟了这片与那片艳阳天。

300年前（1724年），马赫图姆库里在大海之畔与大漠之边诞生了，他既光芒万丈，又和风细雨，为土库曼斯坦再增加了一层伟大，为人类文化宝库又增加了一位圣贤。300年前的1724年是中国农历的甲辰龙年，今年（2024年）也是甲辰龙年，3000年后的5024年依然是甲辰龙年。

在中国传统文化中，马和龙是可相互转变，还可浑然一体的。龙马精神是对中华民族精神的一种诠释。正如在土库曼斯坦，誉满世界的汗血马成为这个美丽国度和优秀民族重要的文化内核与精神图腾。2000多年前，汗血马第一次沿丝绸之路来到中国。作为全世界最古老而神秘的马种，被阿姆河畔的晨曦及黄昏所浸润的汗血马熠熠生辉，而在远隔千山万水的秦马秦（中国）汗血马文化则渗入了中华民族每个人与生俱来的血脉之中。于我而言，情起于汗血马，情深于土库曼，亦情钟于马赫图姆库里。

2302年前（公元前278年），中国历史上最伟大的爱国诗人屈原殉国于汨罗江，“路漫漫其修远兮，吾将上下而求索”的诗句千古流传，“乘骐骥以驰骋兮，来吾道夫先路”的情怀万古流芳。屈原在中国就像马赫图姆库里在土库曼斯坦！土库曼斯坦的马赫图姆库里正如中国的屈原！他们一样地才华卓绝，一样地悲天悯人，一样地浪漫真实，一样地爱生灵、爱生活……汨罗江流过，阿姆河流过，风吹过，马跑过，不管是 300 年，还是 3000 年，上下求索，热爱祖国。

今年是孔子诞辰 2575 年。“有朋自远方来，不亦乐乎”，当孔子遇见马赫图姆库里，值得世人的无限期待。孔子是伟大的哲学家、思想家和教育家，是集中华文化与中华文明之大成的大河之源与大山之巅。马赫图姆库里之于土库曼斯坦人民，就如同孔子之于中国人民。天下为公，天下大同。各美其美，美美与共。“德不孤，必有邻”——相信中国与土库曼斯坦两国人民一定会彼此相互喜欢并共同尊崇马赫图姆库里和孔子。

马赫图姆库里说：“一个青年要想被人称作勇士，他日常需要一匹快腿马来骑。”我天天都和马在一起。汗血马是我的挚爱，土库曼斯坦是我向往且留恋的地方，马赫图姆库里的故事和诗令我感动又豁然开朗，更让我受益匪浅。作为文史爱好者，我对比、对照着看屈原，读孔子，不管是 300 年，还是 3000 年，流传的经典，不舍的逝川……

所以，我决定在今年——马赫图姆库里诞辰 300 周年，也是中国“土库曼斯坦文化年”，策划出版中土双语版的《马赫图姆库里诗集》。这是件不容易的事，我后来也越发地感到这真是件极艰难的事。它不仅是一本译作，更是集历史、政治、外交、学术、情怀、经济乃至人情世故等为一体的“系统工程”，每个环节都必须做到丝丝入扣、步步为营……此时回首，更多的是云淡风轻又云起云散罢了。正如马赫图姆库里诗中所写，“放眼望去，那些绽放的玫瑰花，群山中的溪流，令我心旷神怡”。

一切都是最好的安排。“三顾频烦为诗集”，我们请到了俄语造诣极高且治学严谨的戴桂菊先生为主译人；我们联合了历史底蕴深厚又极具权威的世界知识出版社为出版方；我们得到了慷慨解囊、“马上同行”的资助者所给予的支持与保障；我们还历练了勤奋聪慧的优秀执行者邵文瑶及王煜；当然，我们骄傲地共同完成了这项必

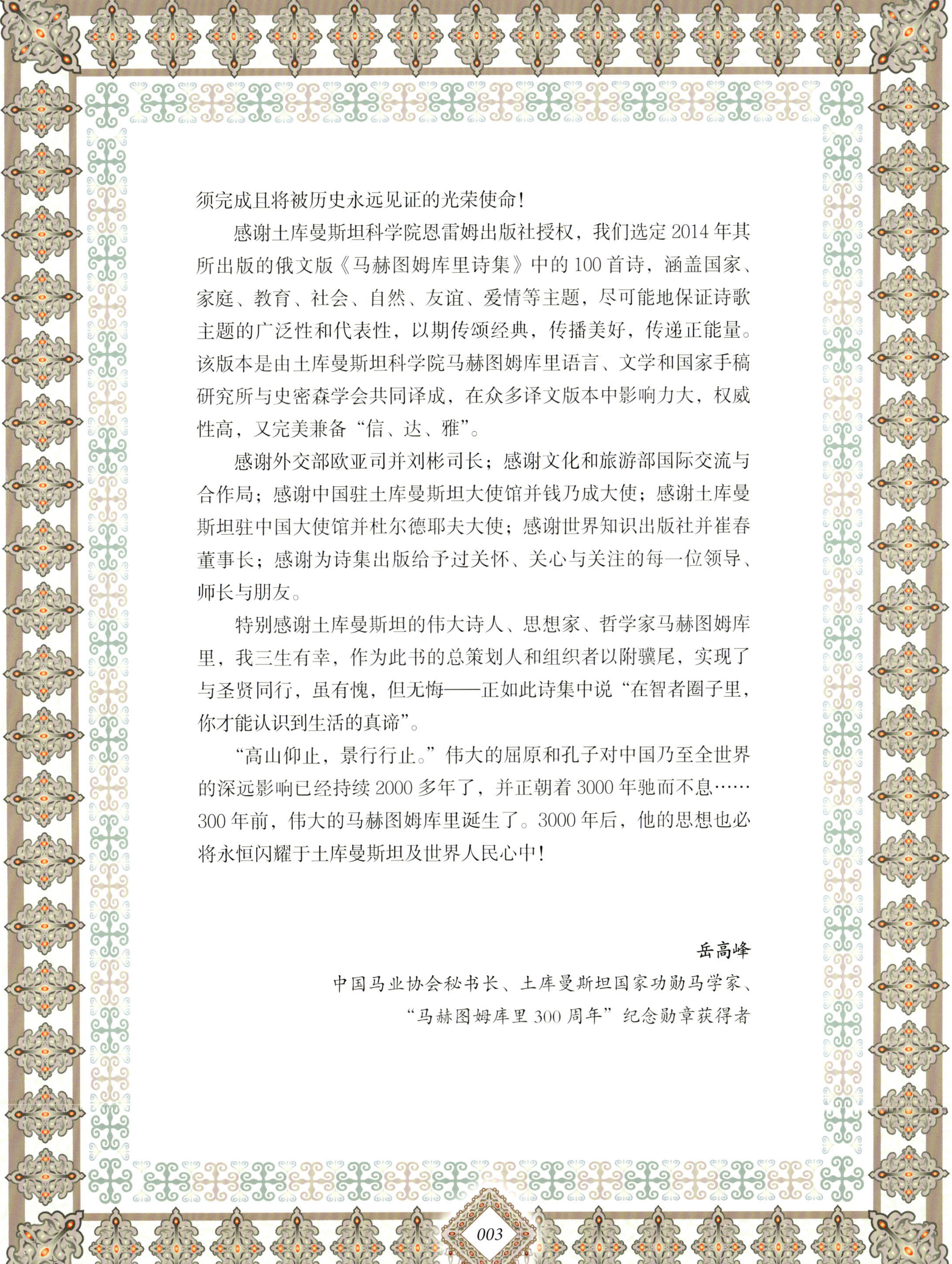

须完成且将被历史永远见证的光荣使命！

感谢土库曼斯坦科学院恩雷姆出版社授权，我们选定2014年其所出版的俄文版《马赫图姆库里诗集》中的100首诗，涵盖国家、家庭、教育、社会、自然、友谊、爱情等主题，尽可能地保证诗歌主题的广泛性和代表性，以期传颂经典，传播美好，传递正能量。该版本是由土库曼斯坦科学院马赫图姆库里语言、文学和国家手稿研究所与史密森学会共同译成，在众多译文版本中影响力大，权威性高，又完美兼备“信、达、雅”。

感谢外交部欧亚司并刘彬司长；感谢文化和旅游部国际交流与合作局；感谢中国驻土库曼斯坦大使馆并钱乃成大使；感谢土库曼斯坦驻中国大使馆并杜尔德耶夫大使；感谢世界知识出版社并崔春董事长；感谢为诗集出版给予过关怀、关心与关注的每一位领导、师长与朋友。

特别感谢土库曼斯坦的伟大诗人、思想家、哲学家马赫图姆库里，我三生有幸，作为此书的总策划人和组织者以附骥尾，实现了与圣贤同行，虽有愧，但无悔——正如此诗集中说“在智者圈子里，你才能认识到生活的真谛”。

“高山仰止，景行行止。”伟大的屈原和孔子对中国乃至全世界的深远影响已经持续2000多年了，并正朝着3000年驰而不息……300年前，伟大的马赫图姆库里诞生了。3000年后，他的思想也必将永恒闪耀于土库曼斯坦及世界人民心中！

岳高峰

中国马业协会秘书长、土库曼斯坦国家功勋马学家、

“马赫图姆库里300周年”纪念勋章获得者

目　录

AŞGABAT

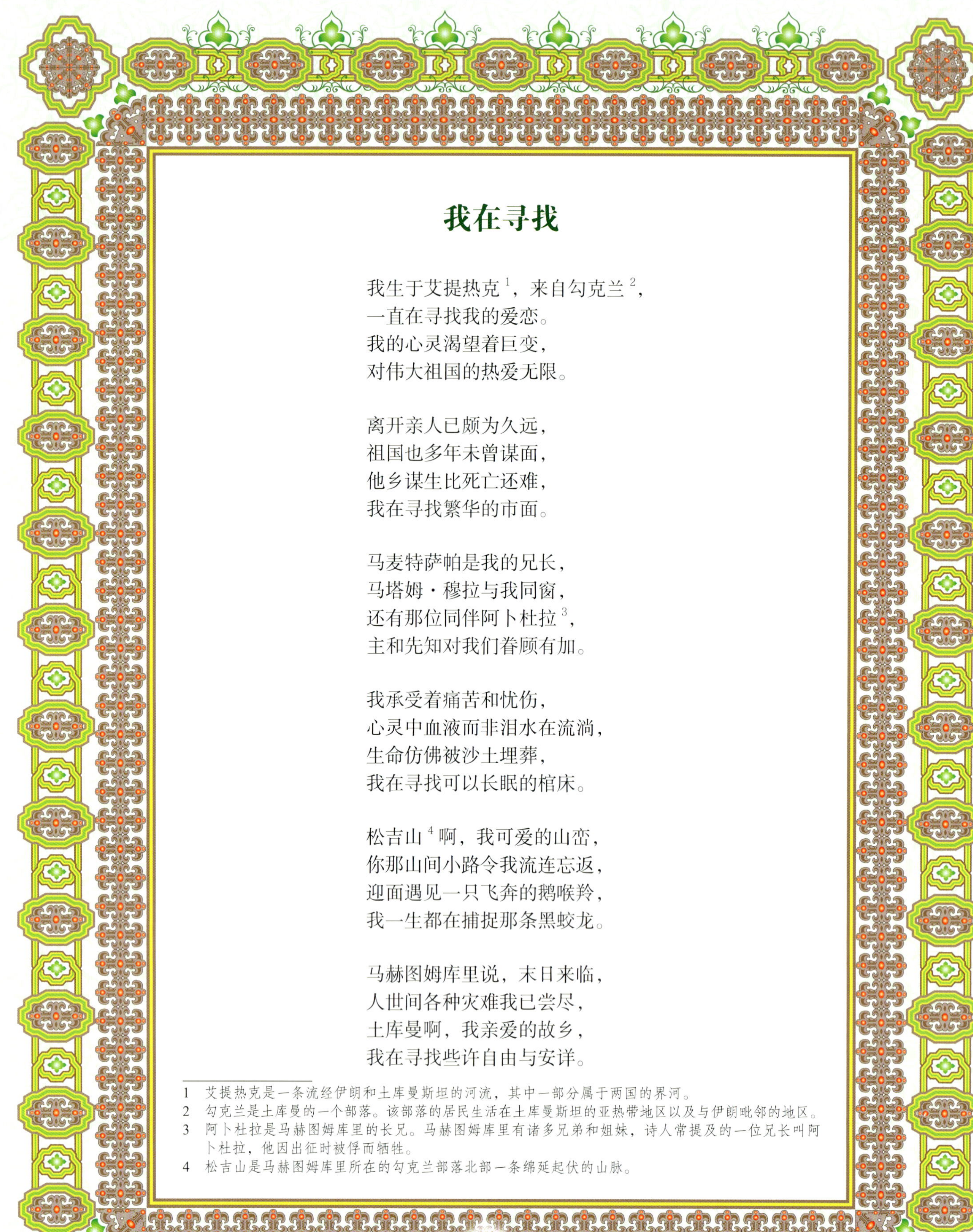

我在寻找

我生于艾提热克[1]，来自勾克兰[2]，
一直在寻找我的爱恋。
我的心灵渴望着巨变，
对伟大祖国的热爱无限。

离开亲人已颇为久远，
祖国也多年未曾谋面，
他乡谋生比死亡还难，
我在寻找繁华的市面。

马麦特萨帕是我的兄长，
马塔姆·穆拉与我同窗，
还有那位同伴阿卜杜拉[3]，
主和先知对我们眷顾有加。

我承受着痛苦和忧伤，
心灵中血液而非泪水在流淌，
生命仿佛被沙土埋葬，
我在寻找可以长眠的棺床。

松吉山[4]啊，我可爱的山峦，
你那山间小路令我流连忘返，
迎面遇见一只飞奔的鹅喉羚，
我一生都在捕捉那条黑蛟龙。

马赫图姆库里说，末日来临，
人世间各种灾难我已尝尽，
土库曼啊，我亲爱的故乡，
我在寻找些许自由与安详。

1 艾提热克是一条流经伊朗和土库曼斯坦的河流，其中一部分属于两国的界河。
2 勾克兰是土库曼的一个部落。该部落的居民生活在土库曼斯坦的亚热带地区以及与伊朗毗邻的地区。
3 阿卜杜拉是马赫图姆库里的长兄。马赫图姆库里有诸多兄弟和姐妹，诗人常提及的一位兄长叫阿卜杜拉，他因出征时被俘而牺牲。
4 松吉山是马赫图姆库里所在的勾克兰部落北部一条绵延起伏的山脉。

Gözlär men

Ýurdum Etrek, ilim gökleň,
Men bir söwer ýar gözlär men.
Jan şährine düşdi talaň,
Kuwwat beren pir gözlär men.

Aýryldym ene-atadan,
Gözüm guwanjy watandan,
Jan bermek asan hijrandan,
Haryt köp, bazar gözlär men.

Mämmetsapadyr gardaşym,
Molla Matam – sapakdaşym,
Abdylla gelse basdaşym,
Pygamber nazar gözlär men.

Ýüregimden ençe pygan,
Gözden akdy bulaklap gan,
Syrdaş imes pelek-döwran,
Guçsam diýp, mazar gözlär men.

Soňudag, guwanjym meniň,
Gezip men seriňde seniň,
Saýýat men, awlap jereniň,
Syýa ýylçyr mar gözlär men.

Magtymguly, bu kyýamat,
Goýdy başyma çoh apat,
Türkmen ilim, eý, adamzat,
Azat il, güzer gözlär men.

父子对话

阿扎季：

不必隐藏秘密，敞开心扉吧，你是我的唯一！
不要忘记我说过的话，别折磨我，我的儿子！
思绪万千涌上心头，没有你陪伴我好孤独！
不要让我太伤心，别折磨我，我的儿子！

马赫图姆库里：

在你面前我不好意思开口，尊敬的父亲！
我想了解更多，想启程远走，我的父亲！
各种想法折磨我，归根到底还是想生活！
放我上路吧，让我认识大千世界，父亲！

阿扎季：

请呼唤真主来相助，不必自我折磨，
不要梦想做苏丹或汗王，宝贝儿子！
万能的真主赐予我们的恩情足够多，
忘掉你的梦想，别让我忧伤，我的儿子！

马赫图姆库里：

我既非独自上路，亦非孤身远行，
一些英雄少年与我结伴同行，父亲！
这是光明路一条，我走下去不动摇，
我已心向往之，请放我走吧，父亲！

阿扎季：

你还小，那里是穷乡僻壤，道路崎岖，
日夜兼程对你来说不容易，我的儿子！
万事开头难，这一重担你尚无力扛起。
放弃这一念头，别让我难过，我的儿子！

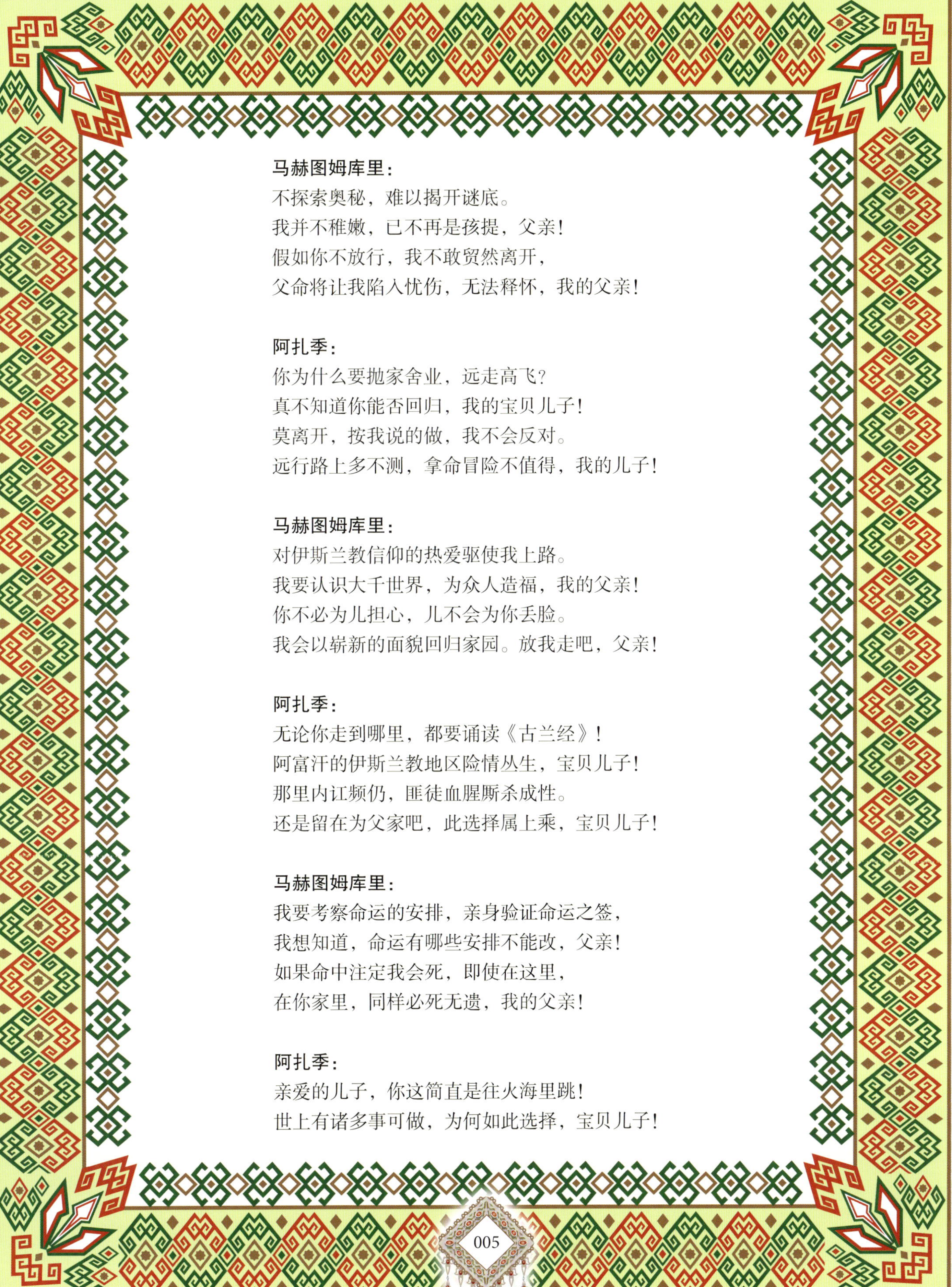

马赫图姆库里：

不探索奥秘，难以揭开谜底。
我并不稚嫩，已不再是孩提，父亲！
假如你不放行，我不敢贸然离开，
父命将让我陷入忧伤，无法释怀，我的父亲！

阿扎季：

你为什么要抛家舍业，远走高飞？
真不知道你能否回归，我的宝贝儿子！
莫离开，按我说的做，我不会反对。
远行路上多不测，拿命冒险不值得，我的儿子！

马赫图姆库里：

对伊斯兰教信仰的热爱驱使我上路。
我要认识大千世界，为众人造福，我的父亲！
你不必为儿担心，儿不会为你丢脸。
我会以崭新的面貌回归家园。放我走吧，父亲！

阿扎季：

无论你走到哪里，都要诵读《古兰经》！
阿富汗的伊斯兰教地区险情丛生，宝贝儿子！
那里内讧频仍，匪徒血腥厮杀成性。
还是留在为父家吧，此选择属上乘，宝贝儿子！

马赫图姆库里：

我要考察命运的安排，亲身验证命运之签，
我想知道，命运有哪些安排不能改，父亲！
如果命中注定我会死，即使在这里，
在你家里，同样必死无遗，我的父亲！

阿扎季：

亲爱的儿子，你这简直是往火海里跳！
世上有诸多事可做，为何如此选择，宝贝儿子！

告诉我你与谁同行，让我握住你的手！
我无法掩饰个人情感，心里好难受，我的儿子！

马赫图姆库里：
我想去拜谒亚吉尔[1]汗陵。
愿他在天之灵平静安宁，我的父亲！
我诵读《古兰经·开端章》[2]连续七天，
热爱主的火焰已经点燃。祝福我远行吧，父亲！

阿扎季：
这正是真主的旨意。
现在就上路吧，坦途不可期。
道一声“阿门”[3]，我来祝福你！
愿真主保佑，等待你荣归故里，我的儿子！

马赫图姆库里：
上路吧，可以欢呼雀跃了！
梦想像小鸟一样飞离地面，
时刻祈求万能的真主恩典，
在可爱的家乡等待我归还，父亲！

1 亚吉尔是古代土库曼一个部落的名称，它是土库曼斯坦历史上最早的部落之一。
2 原文为 Alhamd，指古兰经的开篇经文，也叫“开启的古兰经”，源自阿拉伯语，意为“经书之母”。这篇经文共包括七首诗。
3 原文使用的是 Ämin（阿门），祝福语，意为“但愿如此”“祝一切如愿”。

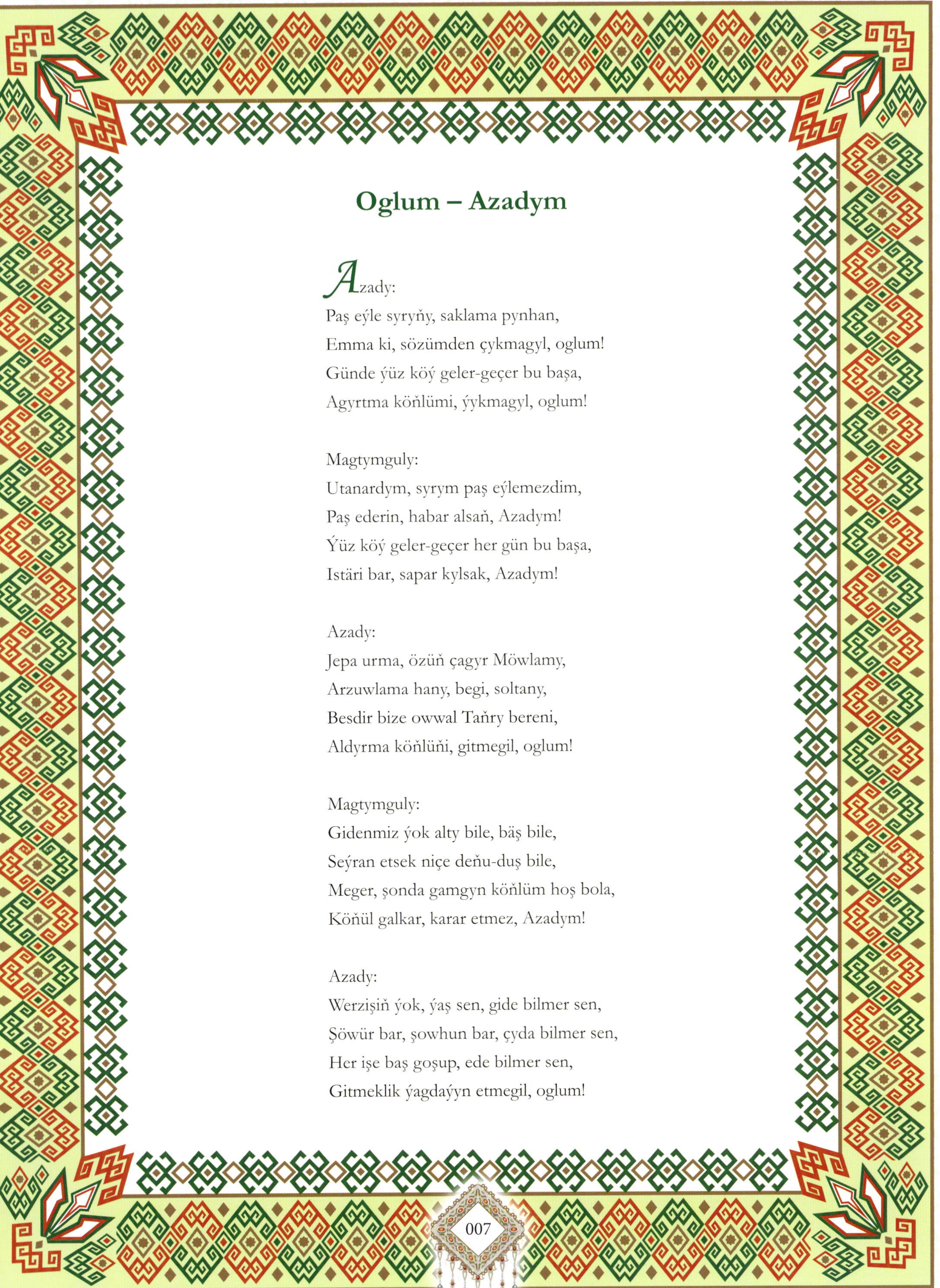

Oglum – Azadym

Azady:
Paş eýle syryňy, saklama pynhan,
Emma ki, sözümden çykmagyl, oglum!
Günde ýüz köý geler-geçer bu başa,
Agyrtma könlümi, ýykmagyl, oglum!

Magtymguly:
Utanardym, syrym paş eýlemezdim,
Paş ederin, habar alsaň, Azadym!
Ýüz köý geler-geçer her gün bu başa,
Istäri bar, sapar kylsak, Azadym!

Azady:
Jepa urma, özüň çagyr Möwlamy,
Arzuwlama hany, begi, soltany,
Besdir bize owwal Taňry bereni,
Aldyrma köňlüňi, gitmegil, oglum!

Magtymguly:
Gidenmiz ýok alty bile, bäş bile,
Seýran etsek niçe deňu-duş bile,
Meger, şonda gamgyn köňlüm hoş bola,
Köňül galkar, karar etmez, Azadym!

Azady:
Werzişiň ýok, ýaş sen, gide bilmer sen,
Şöwür bar, şowhun bar, çyda bilmer sen,
Her işe baş goşup, ede bilmer sen,
Gitmeklik ýagdaýyn etmegil, oglum!

Magtymguly:
Kişi sözlemeýen, syry paş olmaz,
Ýagşydan-ýamandan aňlan ýaş olmaz.
Şu gez ibermeseň, köňlüm hoş olmaz,
Raýymyz gaýtarma, goýber, Azadym!

Azady:
Bizi beýle niçik terk edesiň bar?
Bu ýol bihudadyr, bir gidesiň bar.
Gel, gitmegil, oglum, çoh terhosym bar,
Gaýga, harajata batmagyl, oglum!

Magtymguly:
Kalbyma giripdir yslam höwesi,
Ýene bizden bolar halkyň tamasy,
Köňlüm närow etme, kylma terhosy,
Bir sapar işidir, goýber, Azadym!

Azady:
Gurhan okap gezgil, ýagşy kelamdyr,
Birehim owgandyr, dini yslamdyr,
Garakçydyr ýollar, hyzdyr, haramdyr,
Ölermiň, galarmyň, gitmegil, oglum!

Magtymguly:
Synaýyn, göreýin bu gün ykbalym,
Ýagşy gün, hoş sähet gelipmi salym,
Kast edip janymga ýetse ajalym,
Bu ýerde hem bolsa, tapar, Azadym!

Azady:
Bilgeşleýin özüň nirä atar sen?
Niçik işdir, muny beýle tutar sen?
Diýgil ahyr, kimiň bile gider sen?

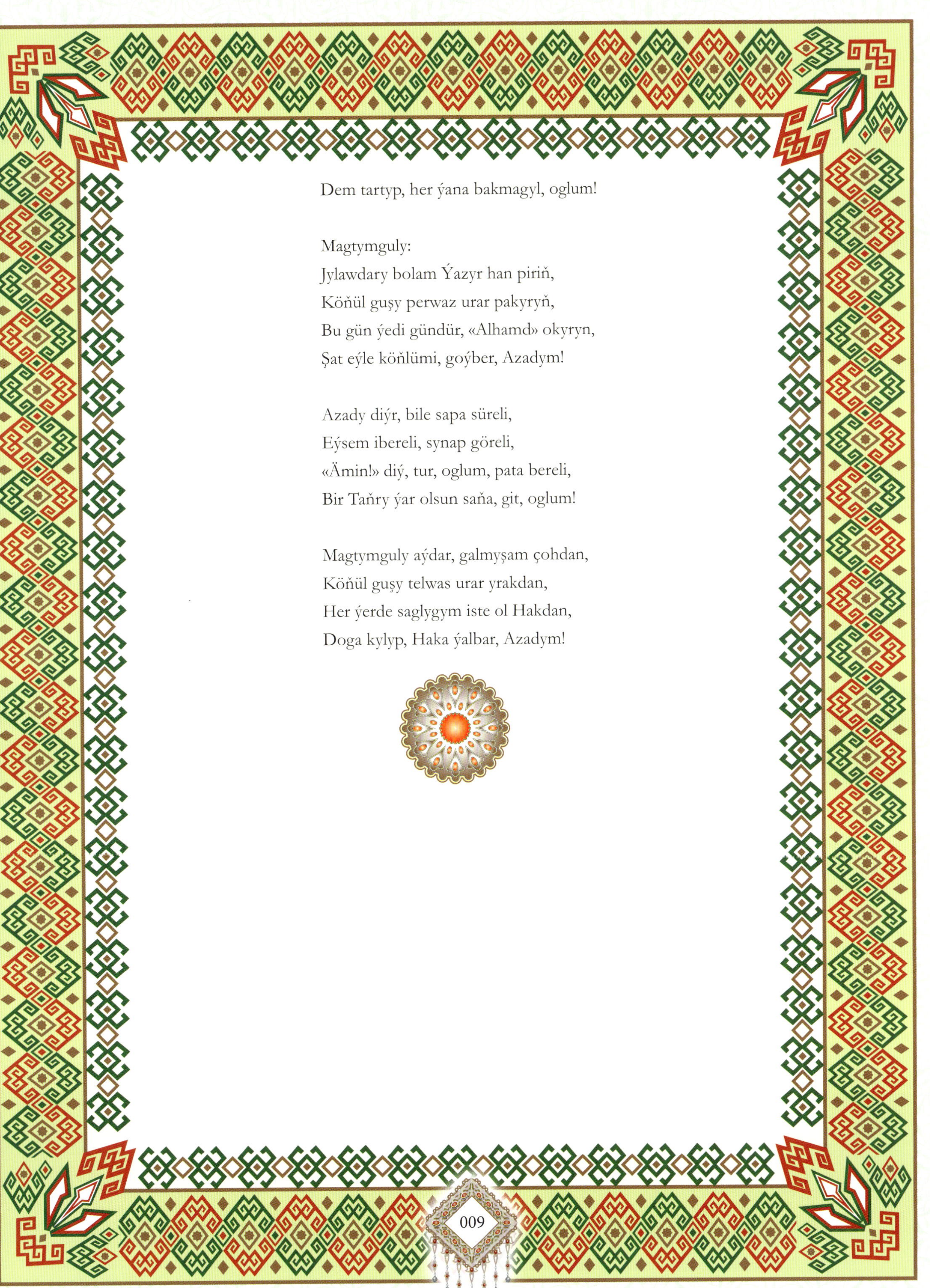

Dem tartyp, her ýana bakmagyl, oglum!

Magtymguly:
Jylawdary bolam Ýazyr han piriň,
Köňül guşy perwaz urar pakyryň,
Bu gün ýedi gündür, «Alhamd» okyryn,
Şat eýle köňlümi, goýber, Azadym!

Azady diýr, bile sapa süreli,
Eýsem ibereli, synap göreli,
«Ämin!» diý, tur, oglum, pata bereli,
Bir Taňry ýar olsun saňa, git, oglum!

Magtymguly aýdar, galmyşam çohdan,
Köňül guşy telwas urar yrakdan,
Her ýerde saglygym iste ol Hakdan,
Doga kylyp, Haka ýalbar, Azadym!

父　亲

父亲 65 岁那年正值鱼年[1]，
春季里他意外去世太突然。
虽然我们每人都有这一天，
但父亲今天就离开了人间。

他没有祈求过真主赐予财富，
也不喜欢人间的享乐与满足。
虽然连普通的披风都没穿过，
对彼岸世界的思考却很执着。

他说过，虽然我不肯定，相信你有同感：
如果不懈地追求，目标就一定能够实现。
离别时，如果呼唤那些美丽的智慧天使，
她们将向你飞来，如同飞向父亲的棺材。

在那些可敬的圣贤身边，那个小圈子里，
在那些徐徐飞起的仙女般智慧天使中间，
我看到了天堂里的父亲，还有一片草地。
在他们之中我看到父亲，真是幸福无比。

人间青史留名要凭非凡的成就。
世间的奥秘凡夫俗子无法悟透。
父亲的灵魂在神灵中穿梭飞动，
他的躯体将长眠于地下棺椁中。

活在世上的人最终都要死去，
生命的奥秘人人都需要铭记。
在墓地安息吧，父亲的身躯，

1　鱼年是土库曼斯坦农历年十二生肖纪年法中的一个年份。2024 年是土库曼斯坦的鱼年，相当于我国的龙年。

愿父亲的灵魂在天堂里安息。

马赫图姆库里有秘密心里藏，
给真主当个完美奴仆最高尚。
谁与我父亲曾经把甘苦分享，
将来有一天他定会魂归天堂。

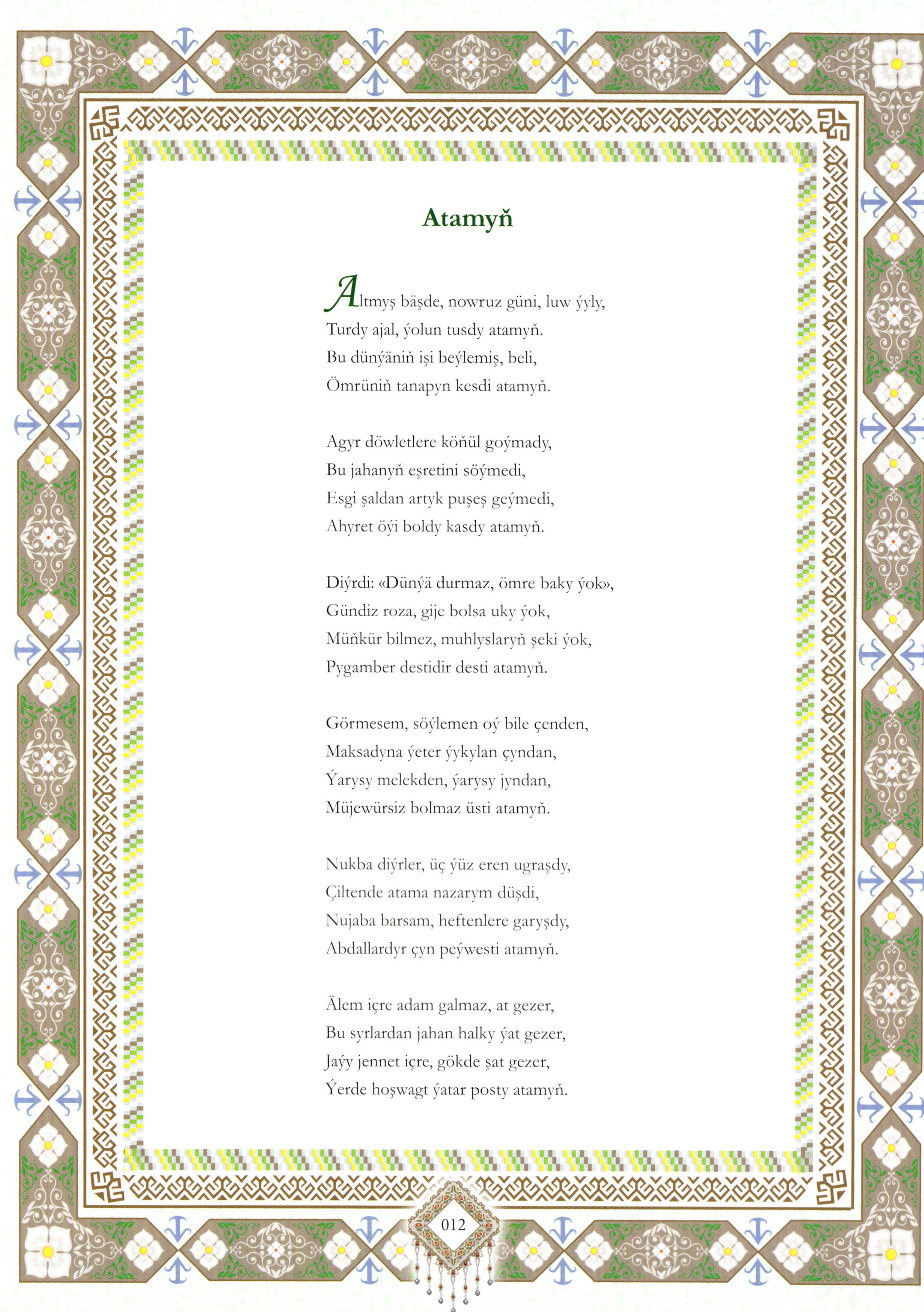

Atamyň

Altmyş bäşde, nowruz güni, luw ýyly,
Turdy ajal, ýolun tusdy atamyň.
Bu dünýäniň işi beýlemiş, beli,
Ömrüniň tanapyn kesdi atamyň.

Agyr döwletlere köňül goýmady,
Bu jahanyň eşretini söýmedi,
Esgi şaldan artyk puşeş geýmedi,
Ahyret öýi boldy kasdy atamyň.

Diýrdi: «Dünýä durmaz, ömre baky ýok»,
Gündiz roza, gije bolsa uky ýok,
Müňkür bilmez, muhlyslaryň şeki ýok,
Pygamber destidir desti atamyň.

Görmesem, söýlemen oý bile çenden,
Maksadyna ýeter ýykylan çyndan,
Ýarysy melekden, ýarysy jyndan,
Müjewürsiz bolmaz üsti atamyň.

Nukba diýrler, üç ýüz eren ugraşdy,
Çiltende atama nazarym düşdi,
Nujaba barsam, heftenlere garyşdy,
Abdallardyr çyn peýwesti atamyň.

Älem içre adam galmaz, at gezer,
Bu syrlardan jahan halky ýat gezer,
Jaýy jennet içre, gökde şat gezer,
Ýerde hoşwagt ýatar posty atamyň.

Magtymguly, gizlin syryň bar içde,
Kämil tapsaň, kyl gullugyn serişde,
Magşar güni, elbet, girer behişte
Her kim çyndan bolsa dosty atamyň.

我的阿扎季，你在哪里？

无情的厄运，你为何夺走我的父亲？！
阿扎季——我眼睛的光芒，你在哪里？
我的心灵深处无比空虚和十分悲痛！
阿扎季——我心灵的希望，你在哪里？！

缺少了伊玛目[1]无异于教堂失去祭坛。
天空中月亮不发光，霞光也无法灿烂。
没有父爱我将孤独一生，人们会问：
阿扎季——我难忘的父亲，你在哪里？！

话语里充满苦涩，像咀嚼田间草一样。
脸色如同番红花一般，瞬间变得蜡黄。
我失去了所有力量，眼睛也模糊不清。
宣礼塔的召唤已无法听见——我的阿扎季在哪里？

时间停止了运转，我的一切都僵死过去。
活着的人们在悲哀的沉寂中痛苦地哭泣。
战死的勇士突然在真主的面前出现：
阿扎季——人民的歌手，你在哪里？！

大河瞬间变小溪，小溪瞬间成大河。
一座座小丘也已化作群山耸立巍峨。
所有的悲伤在我这里都已习以为常。
阿扎季——我内心的快乐，你在哪里？！

审判日来临，所有逝者会立刻复活，
他们将纷纷向真主祈祷并苦苦哀求，
祈求让他们解脱，饶恕他们的罪过……
阿扎季——圣灵的歌手，你在哪里？！

1　伊玛目是伊斯兰教徒的宗教首领、教长。

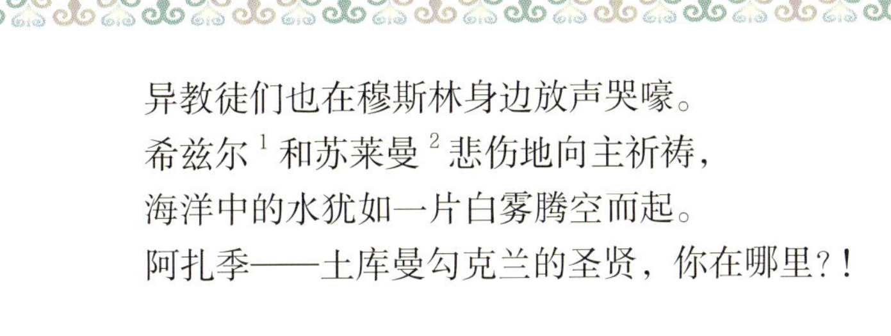

异教徒们也在穆斯林身边放声哭嚎。
希兹尔[1]和苏莱曼[2]悲伤地向主祈祷，
海洋中的水犹如一片白雾腾空而起。
阿扎季——土库曼勾克兰的圣贤，你在哪里？！

厄运！我要挑战你，与你抗争！
也许你把我击倒，也许我把你战胜。
也许只有死亡才能治愈我的伤痛……
阿扎季——伊甸园里的罗勒[3]花，你在哪里？！

悉闻噩耗，东方变得一片暗淡。
群山化作沙地，仿佛销声匿迹。
没有经书，每个人都孤立无援。
阿扎季——伊斯兰教徒的《古兰经》，你在哪里？！

厄运！你为整个世界永远罩上了黑色！
在这个世界上哪怕一个人你也不放过！
斐拉格不再相信你，已将心扉紧锁……
阿扎季——我的父亲，我的荣光和信仰，你在哪里？！

1 关于希兹尔，一种说法认为他是穆斯林世界传说中的主人公，以智者和永远的云游者身份突然出现，能够创造奇迹并向人们传授真知和善行。另一种说法认为他是穆斯林崇拜的先知，是大自然的保护神，能让沙漠恢复生机活力，为受难者带来幸福。

2 苏莱曼（1494—1566），即苏莱曼一世，奥斯曼皇室的第十代君主，著名政治家和军事家。在他执政时期（1520—1566），奥斯曼帝国处于鼎盛状态。由于他成就卓著，欧洲人通常把他称作苏莱曼大帝。

3 “罗勒”一词来自阿拉伯语，这是一种神奇的香草，具有避邪功效。

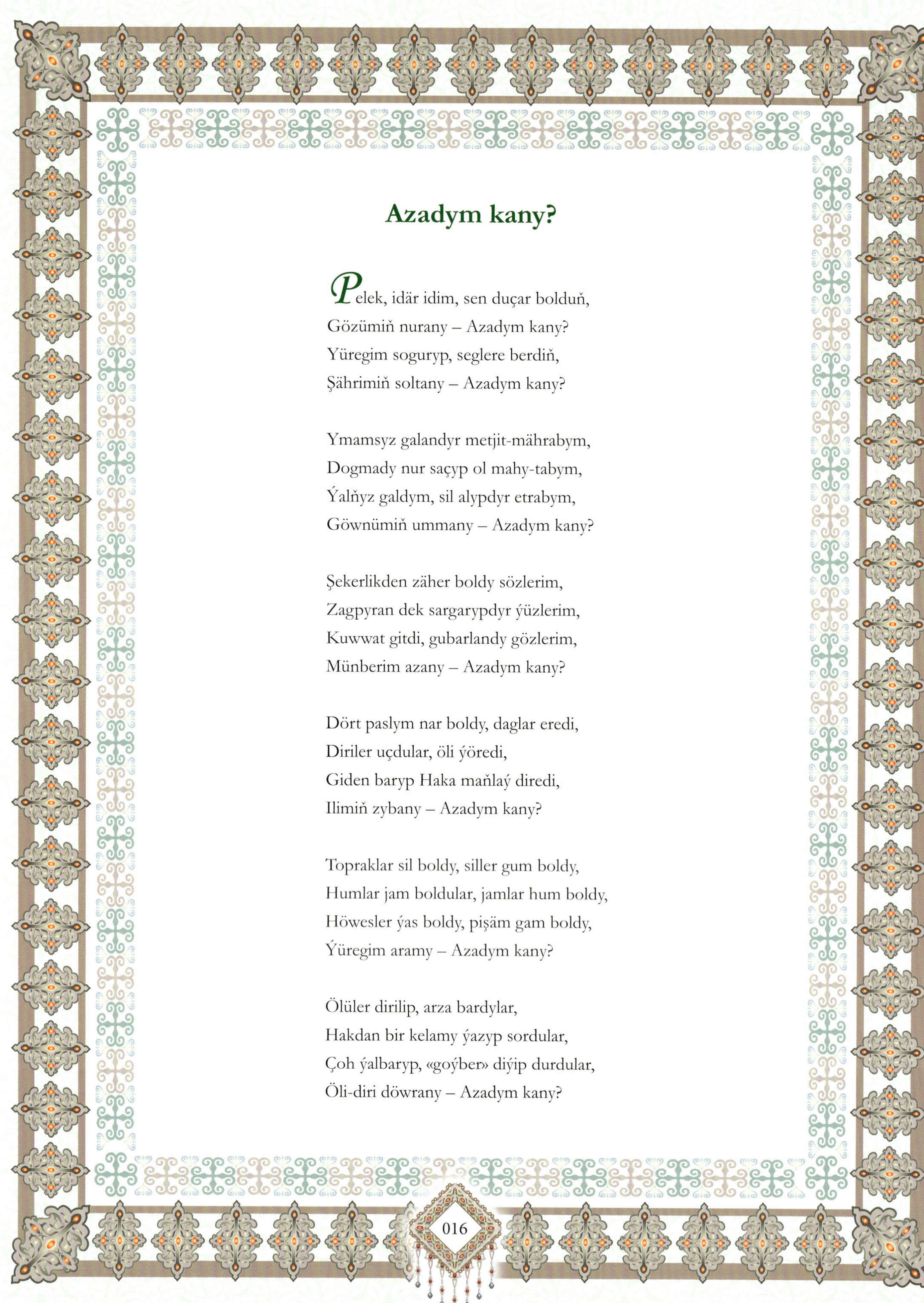

Azadym kany?

Pelek, idär idim, sen duçar bolduň,
Gözümiň nurany – Azadym kany?
Ýüregim soguryp, seglere berdiň,
Şährimiň soltany – Azadym kany?

Ymamsyz galandyr metjit-mährabym,
Dogmady nur saçyp ol mahy-tabym,
Ýalňyz galdym, sil alypdyr etrabym,
Göwnümiň ummany – Azadym kany?

Şekerlikden zäher boldy sözlerim,
Zagpyran dek sargarypdyr ýüzlerim,
Kuwwat gitdi, gubarlandy gözlerim,
Münberim azany – Azadym kany?

Dört paslym nar boldy, daglar eredi,
Diriler uçdular, öli ýöredi,
Giden baryp Haka maňlaý diredi,
Ilimiň zybany – Azadym kany?

Topraklar sil boldy, siller gum boldy,
Humlar jam boldular, jamlar hum boldy,
Höwesler ýas boldy, pişäm gam boldy,
Ýüregim aramy – Azadym kany?

Ölüler dirilip, arza bardylar,
Hakdan bir kelamy ýazyp sordular,
Çoh ýalbaryp, «goýber» diýip durdular,
Öli-diri döwrany – Azadym kany?

Kapyrlar bolupdyr ýyglap musulman,
Haka ýalbarypdyr Hydyr, Süleýman,
Bug bolup göterlen arşa ol umman,
Gökleňiň pälwany – Azadym kany?

Armanym ýok, pelek, bir söweş kylsam,
Ya ýyksaň, basylsam, ýa seriň alsam,
Seglere aş eýläp, bazarga salsam,
Bagymyň reýhany – Azadym kany?

Güwşler eşitgende bary ker boldy,
Daglar eräp akdy, daşlar ýer boldy,
Mollalar Gurhansyz, pirler kör boldy,
Sahyplar Gurhany – Azadym kany?

Zemin ýüzün syýa duman eýlediň,
Diýgil, pelek, kimi aman eýlediň,
Pyragyny, bak, biiman eýlediň,
Namysym, imanym – Azadym kany?

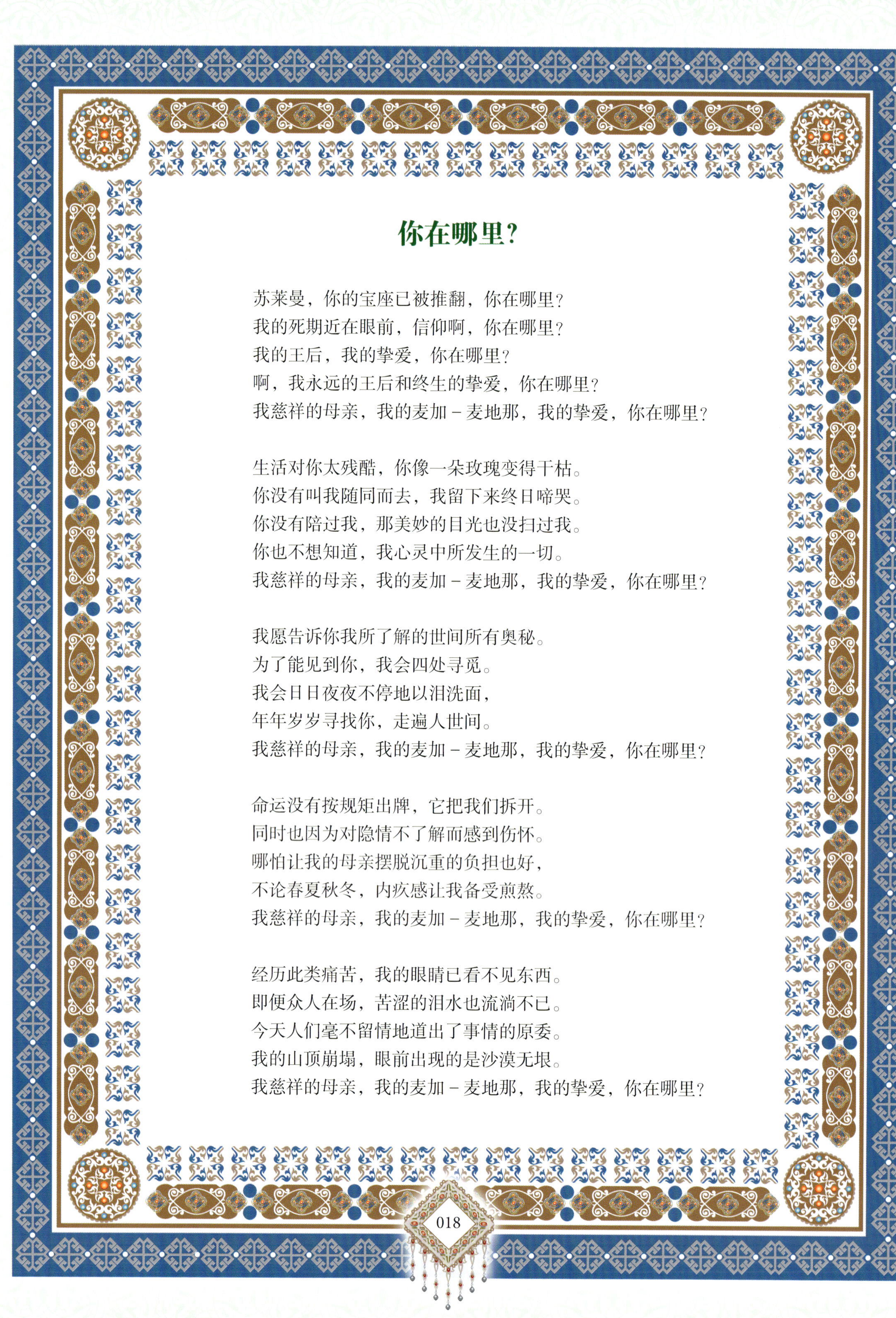

你在哪里？

苏莱曼，你的宝座已被推翻，你在哪里？
我的死期近在眼前，信仰啊，你在哪里？
我的王后，我的挚爱，你在哪里？
啊，我永远的王后和终生的挚爱，你在哪里？
我慈祥的母亲，我的麦加－麦地那，我的挚爱，你在哪里？

生活对你太残酷，你像一朵玫瑰变得干枯。
你没有叫我随同而去，我留下来终日啼哭。
你没有陪过我，那美妙的目光也没扫过我。
你也不想知道，我心灵中所发生的一切。
我慈祥的母亲，我的麦加－麦地那，我的挚爱，你在哪里？

我愿告诉你我所了解的世间所有奥秘。
为了能见到你，我会四处寻觅。
我会日日夜夜不停地以泪洗面，
年年岁岁寻找你，走遍人世间。
我慈祥的母亲，我的麦加－麦地那，我的挚爱，你在哪里？

命运没有按规矩出牌，它把我们拆开。
同时也因为对隐情不了解而感到伤怀。
哪怕让我的母亲摆脱沉重的负担也好，
不论春夏秋冬，内疚感让我备受煎熬。
我慈祥的母亲，我的麦加－麦地那，我的挚爱，你在哪里？

经历此类痛苦，我的眼睛已看不见东西。
即便众人在场，苦涩的泪水也流淌不已。
今天人们毫不留情地道出了事情的原委。
我的山顶崩塌，眼前出现的是沙漠无垠。
我慈祥的母亲，我的麦加－麦地那，我的挚爱，你在哪里？

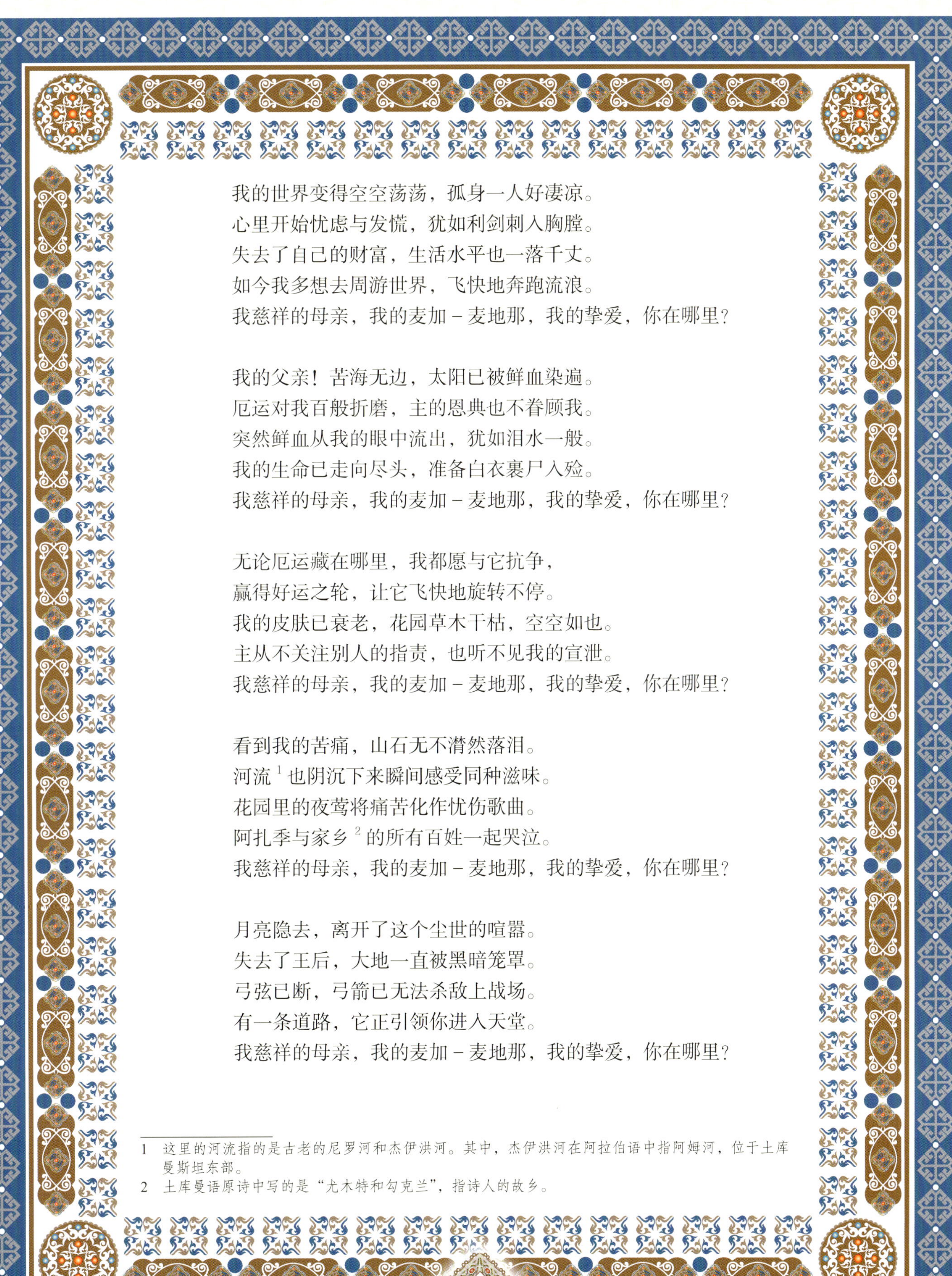

我的世界变得空空荡荡，孤身一人好凄凉。
心里开始忧虑与发慌，犹如利剑刺入胸膛。
失去了自己的财富，生活水平也一落千丈。
如今我多想去周游世界，飞快地奔跑流浪。
我慈祥的母亲，我的麦加－麦地那，我的挚爱，你在哪里？

我的父亲！苦海无边，太阳已被鲜血染遍。
厄运对我百般折磨，主的恩典也不眷顾我。
突然鲜血从我的眼中流出，犹如泪水一般。
我的生命已走向尽头，准备白衣裹尸入殓。
我慈祥的母亲，我的麦加－麦地那，我的挚爱，你在哪里？

无论厄运藏在哪里，我都愿与它抗争，
赢得好运之轮，让它飞快地旋转不停。
我的皮肤已衰老，花园草木干枯，空空如也。
主从不关注别人的指责，也听不见我的宣泄。
我慈祥的母亲，我的麦加－麦地那，我的挚爱，你在哪里？

看到我的苦痛，山石无不潸然落泪。
河流[1]也阴沉下来瞬间感受同种滋味。
花园里的夜莺将痛苦化作忧伤歌曲。
阿扎季与家乡[2]的所有百姓一起哭泣。
我慈祥的母亲，我的麦加－麦地那，我的挚爱，你在哪里？

月亮隐去，离开了这个尘世的喧嚣。
失去了王后，大地一直被黑暗笼罩。
弓弦已断，弓箭已无法杀敌上战场。
有一条道路，它正引领你进入天堂。
我慈祥的母亲，我的麦加－麦地那，我的挚爱，你在哪里？

1　这里的河流指的是古老的尼罗河和杰伊洪河。其中，杰伊洪河在阿拉伯语中指阿姆河，位于土库曼斯坦东部。

2　土库曼语原诗中写的是“尤木特和匈克兰”，指诗人的故乡。

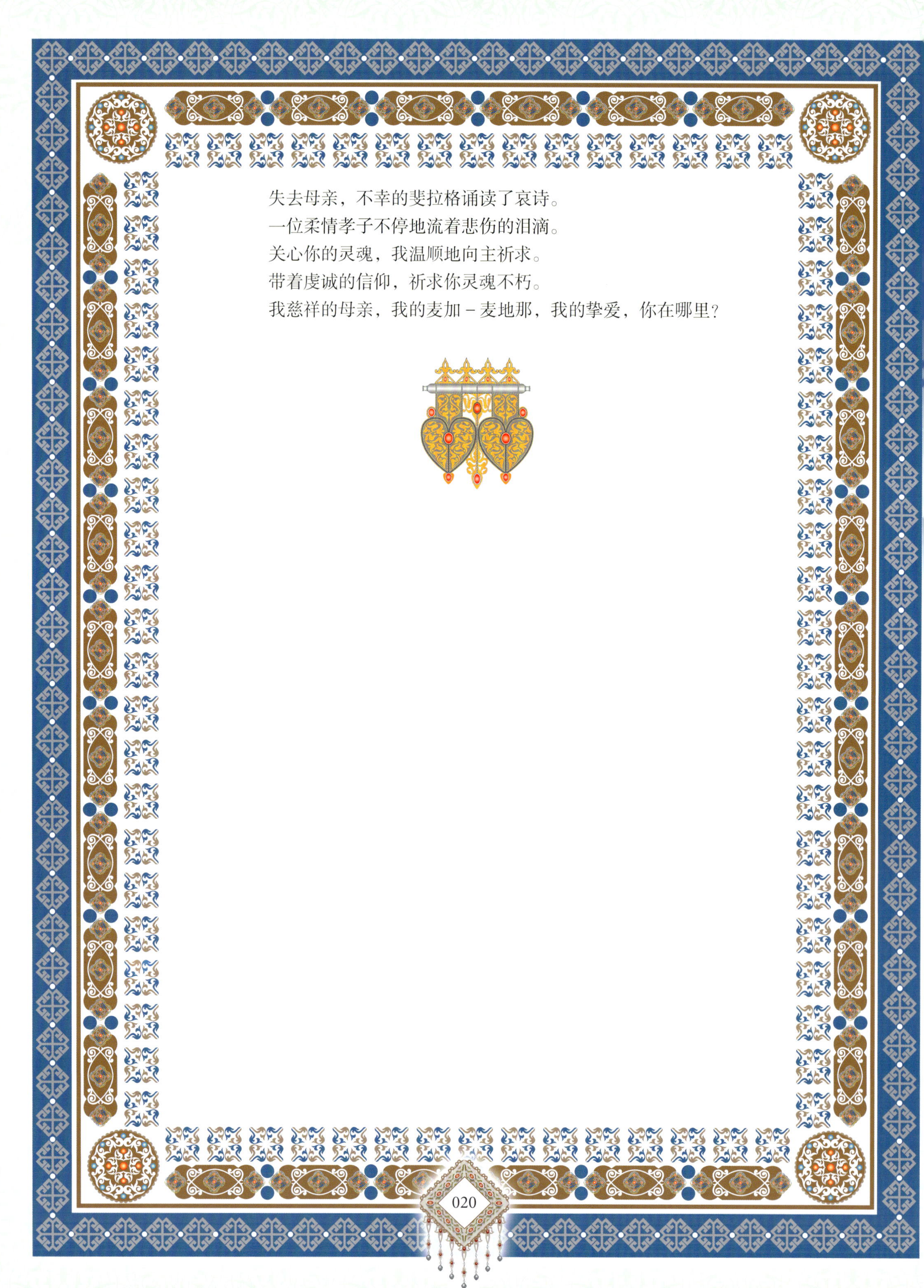

失去母亲，不幸的斐拉格诵读了哀诗。
一位柔情孝子不停地流着悲伤的泪滴。
关心你的灵魂，我温顺地向主祈求。
带着虔诚的信仰，祈求你灵魂不朽。
我慈祥的母亲，我的麦加－麦地那，我的挚爱，你在哪里？

Kaýda sen?

Neýleýin, tagty weýran Süleýmanym, kaýda sen?
Amanady berer boldum, bir imanym, kaýda sen?
Tagty-täjim eýesi, eý, soltanym, kaýda sen?
Iki dide görejim, sahypkyranym, kaýda sen?
Walydam, Mekge-Medinäm, mähribanym, kaýda sen?

Bu pelegiň zulmy bilen birje zaman gülmediň,
Waý, purum diýip gala, men misgini almadyň,
Toýlarymda şat bolup sen, ajap nazar salmadyň,
Birje zaman eglenip sen ykbalymy bilmediň,
Walydam, Mekge-Medinäm, mähribanym, kaýda sen?

Ser salyban bu zemine, arzymy men sözlesem,
Taparynmy, mähribanym, jemalyňy gözlesem,
Deşte çykyp, zary-giryan, ençe günler bozlasam,
Barça pişeden geçip men bu jahany yzlasam,
Walydam, Mekge-Medinäm, mähribanym, kaýda sen?

Gül roýuň görmemişem, bu pelek gerdişiden,
Bihabar boldy nalaýyp, pelek tutan işiden,
Halas eýläp öter boldy bu pany teşwüşiden,
Indi men geçmişem, waý, bahar, nowruz, gyşydan,
Walydam, Mekge-Medinäm, mähribanym, kaýda sen?

Ne hasraty ötürip sen, kördür görmez gözlerim,
Uly jemagatlar içre boldy syýa ýüzlerim,
Asal eripdi bu gün zäher bolmuş sözlerim,
Daglarym deşte dönüp, dag bolupdyr düzlerim,
Walydam, Mekge-Medinäm, mähribanym, kaýda sen?

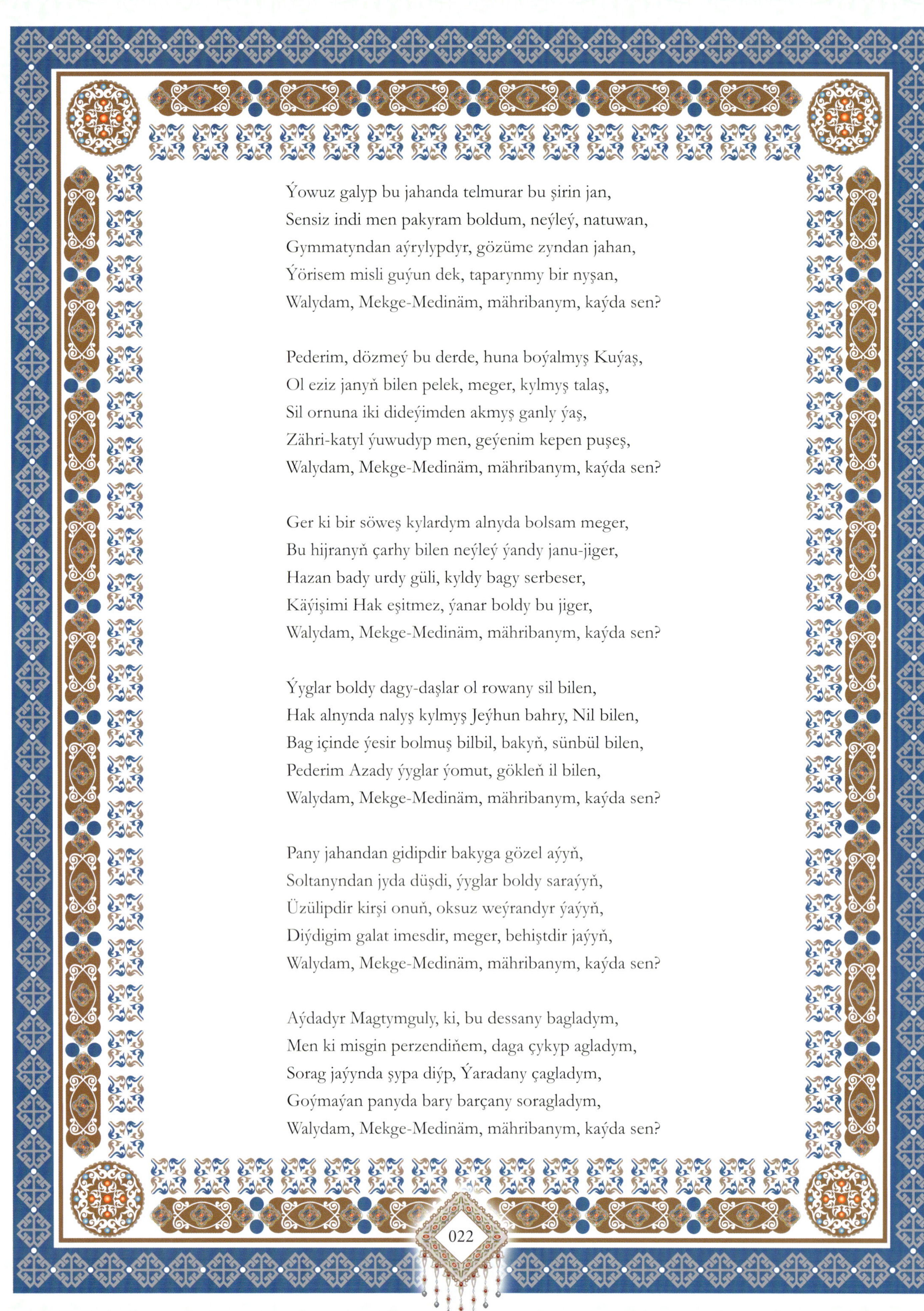

Ýowuz galyp bu jahanda telmurar bu şirin jan,
Sensiz indi men pakyram boldum, neýleý, natuwan,
Gymmatyndan aýrylypdyr, gözüme zyndan jahan,
Ýörisem misli guýun dek, taparynmy bir nyşan,
Walydam, Mekge-Medinäm, mähribanym, kaýda sen?

Pederim, dözmeý bu derde, huna boýalmyş Kuýaş,
Ol eziz janyň bilen pelek, meger, kylmyş talaş,
Sil ornuna iki dideýimden akmyş ganly ýaş,
Zähri-katyl ýuwudyp men, geýenim kepen puşeş,
Walydam, Mekge-Medinäm, mähribanym, kaýda sen?

Ger ki bir söweş kylardym alnyda bolsam meger,
Bu hijranyň çarhy bilen neýleý ýandy janu-jiger,
Hazan bady urdy güli, kyldy bagy serbeser,
Käýişimi Hak eşitmez, ýanar boldy bu jiger,
Walydam, Mekge-Medinäm, mähribanym, kaýda sen?

Ýyglar boldy dagy-daşlar ol rowany sil bilen,
Hak alnynda nalyş kylmyş Jeýhun bahry, Nil bilen,
Bag içinde ýesir bolmuş bilbil, bakyň, sünbül bilen,
Pederim Azady ýyglar ýomut, gökleň il bilen,
Walydam, Mekge-Medinäm, mähribanym, kaýda sen?

Pany jahandan gidipdir bakyga gözel aýyň,
Soltanyndan jyda düşdi, ýyglar boldy saraýyň,
Üzülipdir kirşi onuň, oksuz weýrandyr ýaýyň,
Diýdigim galat imesdir, meger, behiştdir jaýyň,
Walydam, Mekge-Medinäm, mähribanym, kaýda sen?

Aýdadyr Magtymguly, ki, bu dessany bagladym,
Men ki misgin perzendiňem, daga çykyp agladym,
Sorag jaýynda şypa diýp, Ýaradany çagladym,
Goýmaýan panyda bary barçany soragladym,
Walydam, Mekge-Medinäm, mähribanym, kaýda sen?

不要离开故土

阿卜杜拉，我可爱的兄长，
不要抛弃自己出生的地方。
万能的主，将赐予你力量，
我们的家园将美好如往常。

在落实自己的设想前，
请把古代的先知回忆，
是谁走上了康庄大道，
古代的诺亚[1]四海名扬。

如果我变得形单影只，
会因悲伤而显得无知，
我不会把先知遗忘，
呼唤父亲也不会停息。

山那边总是一片白雾茫茫。
美好的日子容易被人遗忘。
即使是硕果累累的伊甸园，
缺少了园丁也会满目荒凉。

命运对我如此无情与残酷，
将我的心脏从胸膛中掏出，
人们为此已经尝遍了苦难。
真主啊，快派鲁格曼[2]救援！

1 诺亚（也译作挪亚）是《圣经》中的神话形象，被尊奉为先知。在《圣经》故事中，他是洪水灭世后人类的新祖先；在伊斯兰教中，他被称作努哈，是《古兰经》中的神话人物，最伟大的五位先知之一。

2 鲁格曼（也译作路格曼）是《古兰经》中记载的古代贤哲。他充满智慧，妙语惊人，相当于古希腊的伊索；他还被称为神医，曾发现过多味草药。

哭泣的妇女令我心痛难受，
我自己一直梦想获得自由。
我对那杰伊洪河依依不舍，
因此不想步入海水中跋涉。

悲伤永远停留在我的心底，
我会常常把那些兄弟想起，
人世间是剥夺自由的牢狱，
在热恋之中也无幸福之意。

我的朋友和战友们在哪里？
他们是远赴印度半岛[1]了吗？
在那个辽阔的国度里，
你们是否看到了我的孟丽[2]？

我饱受疑虑磨难，
精神已疲惫不堪，
遭受了他人诽谤，
人已如秋叶枯黄。

显然，眼泪已白流，
忧伤并未离我远走。
我热切地向主祈求，
因朋友不信任发愁。

这世界充斥着各种奥秘，
心中再次感到苦闷不已。
这里一切都脆弱而随意，
知心话儿无人可以说起。

1 印度半岛（也称印度次大陆）是喜马拉雅山脉以南的大片半岛形陆地，是亚洲大陆的南延部分。其总面积约为 209 万平方公里，自北向南延绵约 3200 公里。

2 孟丽是马赫图姆库里一生的至爱。在两人谈婚论嫁之际，孟丽的父母为了彩礼将女儿嫁给了别人，这对马赫图姆库里造成了难以承受的打击与伤害。

我不知道更美的土地，
或许还未曾到过那里。
去过印度半岛的人说，
那里的人们幸福无比。

类似的思考常常出现。
世界被裹上一层云团。
毛拉[1]一时记不起信仰，
《古兰经》也已被遗忘。

你若有求，我必回应，
对待友好我报以热情，
然在富有的家庭做客，
却得不到真诚的款待。

世上没有完美之事。
鱼儿只能活在水里。
趁真主还没有召唤，
知足常乐活在人间。

我已将皮带束在腰间。
总结一生，发出誓言。
今天斐拉格要向人民
献上自己创作的诗篇。

1　毛拉是人们对伊斯兰教学者的尊称。

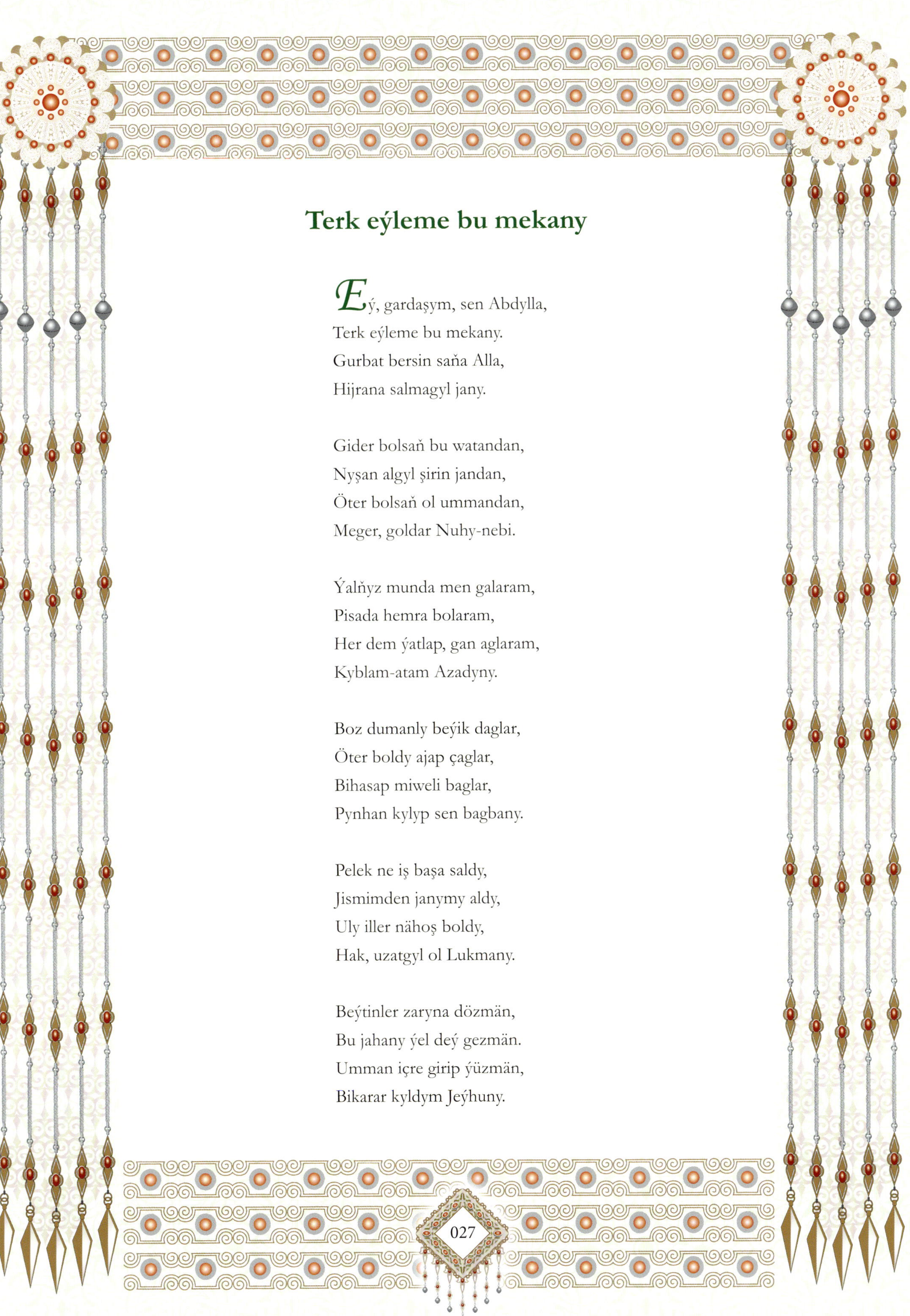

Terk eýleme bu mekany

Eý, gardaşym, sen Abdylla,
Terk eýleme bu mekany.
Gurbat bersin saňa Alla,
Hijrana salmagyl jany.

Gider bolsaň bu watandan,
Nyşan algyl şirin jandan,
Öter bolsaň ol ummandan,
Meger, goldar Nuhy-nebi.

Ýalňyz munda men galaram,
Pisada hemra bolaram,
Her dem ýatlap, gan aglaram,
Kyblam-atam Azadyny.

Boz dumanly beýik daglar,
Öter boldy ajap çaglar,
Bihasap miweli baglar,
Pynhan kylyp sen bagbany.

Pelek ne iş başa saldy,
Jismimden janymy aldy,
Uly iller nähoş boldy,
Hak, uzatgyl ol Lukmany.

Beýtinler zaryna dözmän,
Bu jahany ýel deý gezmän.
Umman içre girip ýüzmän,
Bikarar kyldym Jeýhuny.

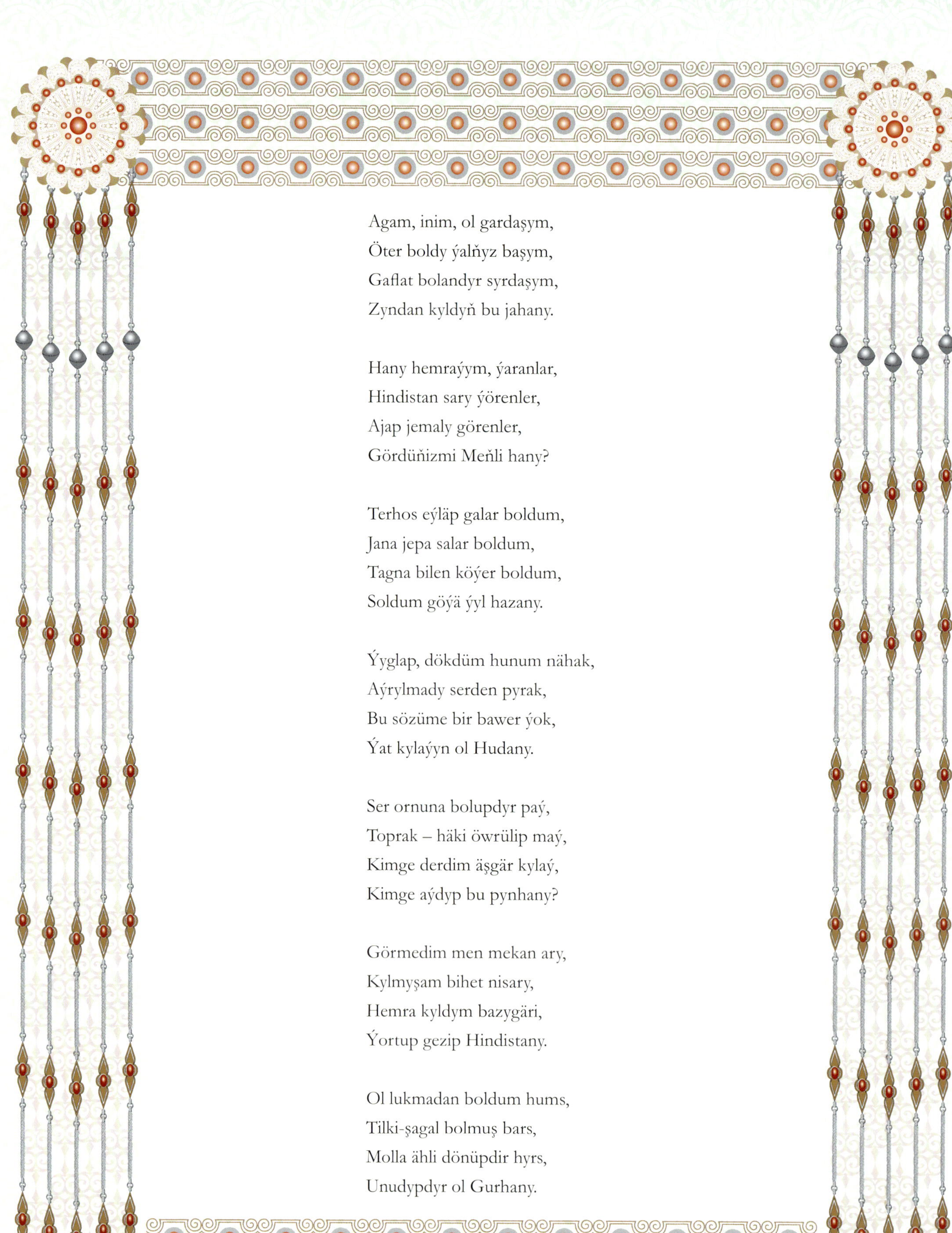

Agam, inim, ol gardaşym,
Öter boldy ýalňyz başym,
Gaflat bolandyr syrdaşym,
Zyndan kyldyň bu jahany.

Hany hemraýym, ýaranlar,
Hindistan sary ýörenler,
Ajap jemaly görenler,
Gördüňizmi Meňli hany?

Terhos eýläp galar boldum,
Jana jepa salar boldum,
Tagna bilen köýer boldum,
Soldum göýä ýyl hazany.

Ýyglap, dökdüm hunum nähak,
Aýrylmady serden pyrak,
Bu sözüme bir bawer ýok,
Ýat kylaýyn ol Hudany.

Ser ornuna bolupdyr paý,
Toprak – häki öwrülip maý,
Kimge derdim äşgär kylaý,
Kimge aýdyp bu pynhany?

Görmedim men mekan ary,
Kylmyşam bihet nisary,
Hemra kyldym bazygäri,
Ýortup gezip Hindistany.

Ol lukmadan boldum hums,
Tilki-şagal bolmuş bars,
Molla ähli dönüpdir hyrs,
Unudypdyr ol Gurhany.

Söz diýer men, kelam sorsaň,
Odum ýandyr golaý dursaň,
Bir ak öýe gonak barsaň,
Asla almaz ol myhmany.

Umman içre ýüzer harçeň,
Ýortgul bu dünýäni her çen,
Dem gutarar, bilmez haçan,
Tä gelinçä Hak peýmany.

Kelam getirdim dilime,
Zünnar urmuşam bilime,
Magtymguly diýr, ilime
Bagş etmişem bu dessany.

阿卜杜拉

你我一别九年多。
阿卜杜拉——我的哥，
你在哪里漂泊？还不回来吗？
阿卜杜拉，你在哪里安了家？

我常常问大山，
大山沉默不语。
没有亲人，哪有幸福可言。
阿卜杜拉，你在哪里安了家？

如果死亡是命运的安排，
那么等待死亡并不可怕。
你去了哪里，是海还是洋？
阿卜杜拉，你在哪里安了家？

我们忍受着分离之火的灼烤。
我在等待你，历经痛苦煎熬。
老父亲焦虑地搓着手嘟囔道：
阿卜杜拉，你在哪里安了家？

我愿意向周围所有的人咨询。
对我来说分离是真正的地狱。
亲人的眼泪蕴含着致命药剂。
阿卜杜拉，你在哪里安了家？

不会忍耐，我无法平静。
我在痛苦的分离中煎熬。
我的亲人，你怎能丢下我们？！
阿卜杜拉，你在哪里安了家？

我听到了那些悲伤的话语，
因分离我的生命已经僵死。
我悲恸欲绝，快快回来吧！
阿卜杜拉，你在哪里安了家？

我们好久没有开心地在一起，
你年少离家，是否把我忘记。
备受折磨的斐拉格不禁要问：
阿卜杜拉，你在哪里安了家？

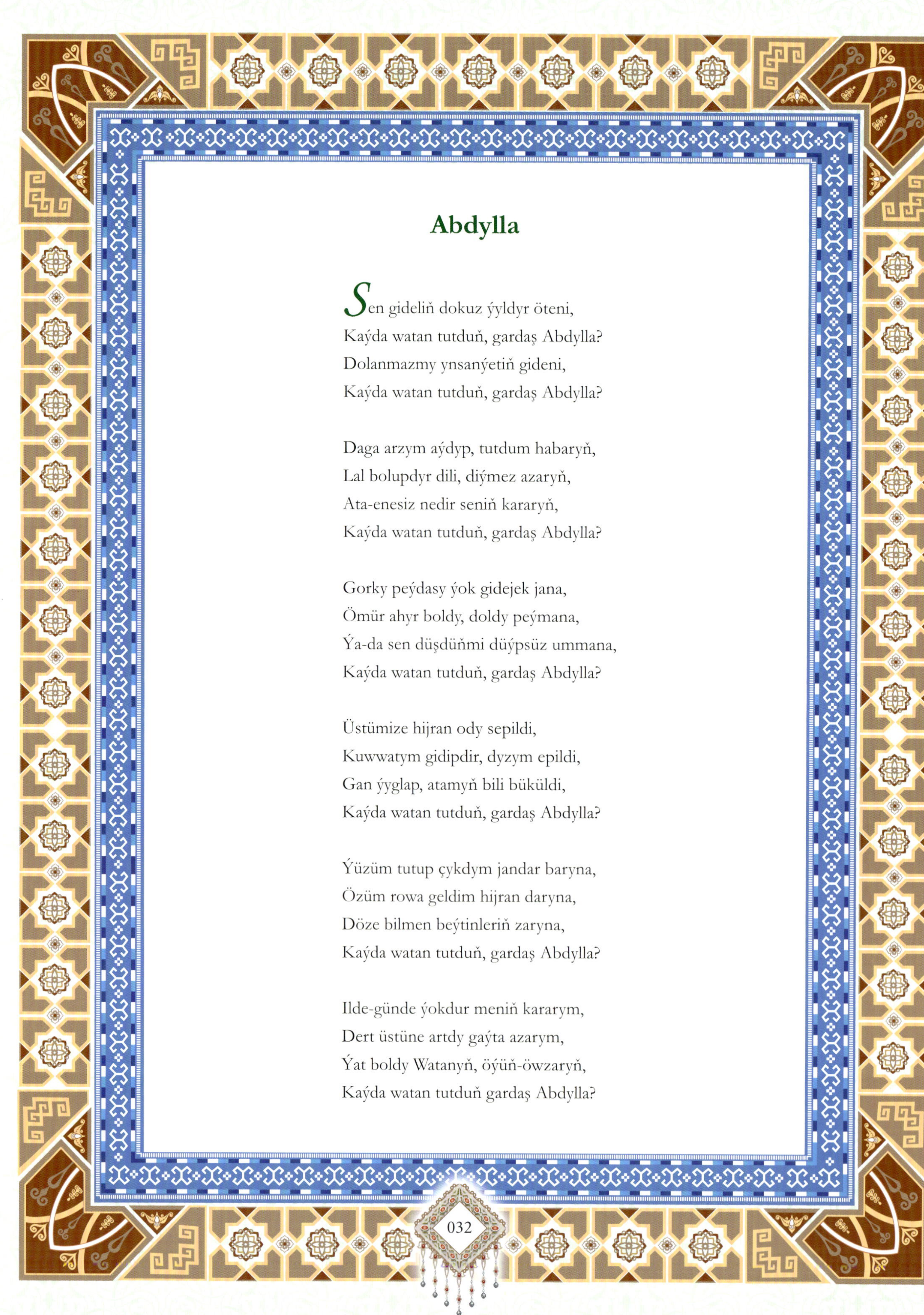

Abdylla

Sen gideliň dokuz ýyldyr öteni,
Kaýda watan tutduň, gardaş Abdylla?
Dolanmazmy ynsanýetiň gideni,
Kaýda watan tutduň, gardaş Abdylla?

Daga arzym aýdyp, tutdum habaryň,
Lal bolupdyr dili, diýmez azaryň,
Ata-enesiz nedir seniň kararyň,
Kaýda watan tutduň, gardaş Abdylla?

Gorky peýdasy ýok gidejek jana,
Ömür ahyr boldy, doldy peýmana,
Ýa-da sen düşdüňmi düýpsüz ummana,
Kaýda watan tutduň, gardaş Abdylla?

Üstümize hijran ody sepildi,
Kuwwatym gidipdir, dyzym epildi,
Gan ýyglap, atamyň bili büküldi,
Kaýda watan tutduň, gardaş Abdylla?

Ýüzüm tutup çykdym jandar baryna,
Özüm rowa geldim hijran daryna,
Döze bilmen beýtinleriň zaryna,
Kaýda watan tutduň, gardaş Abdylla?

Ilde-günde ýokdur meniň kararym,
Dert üstüne artdy gaýta azarym,
Ýat boldy Watanyň, öýüň-öwzaryň,
Kaýda watan tutduň gardaş Abdylla?

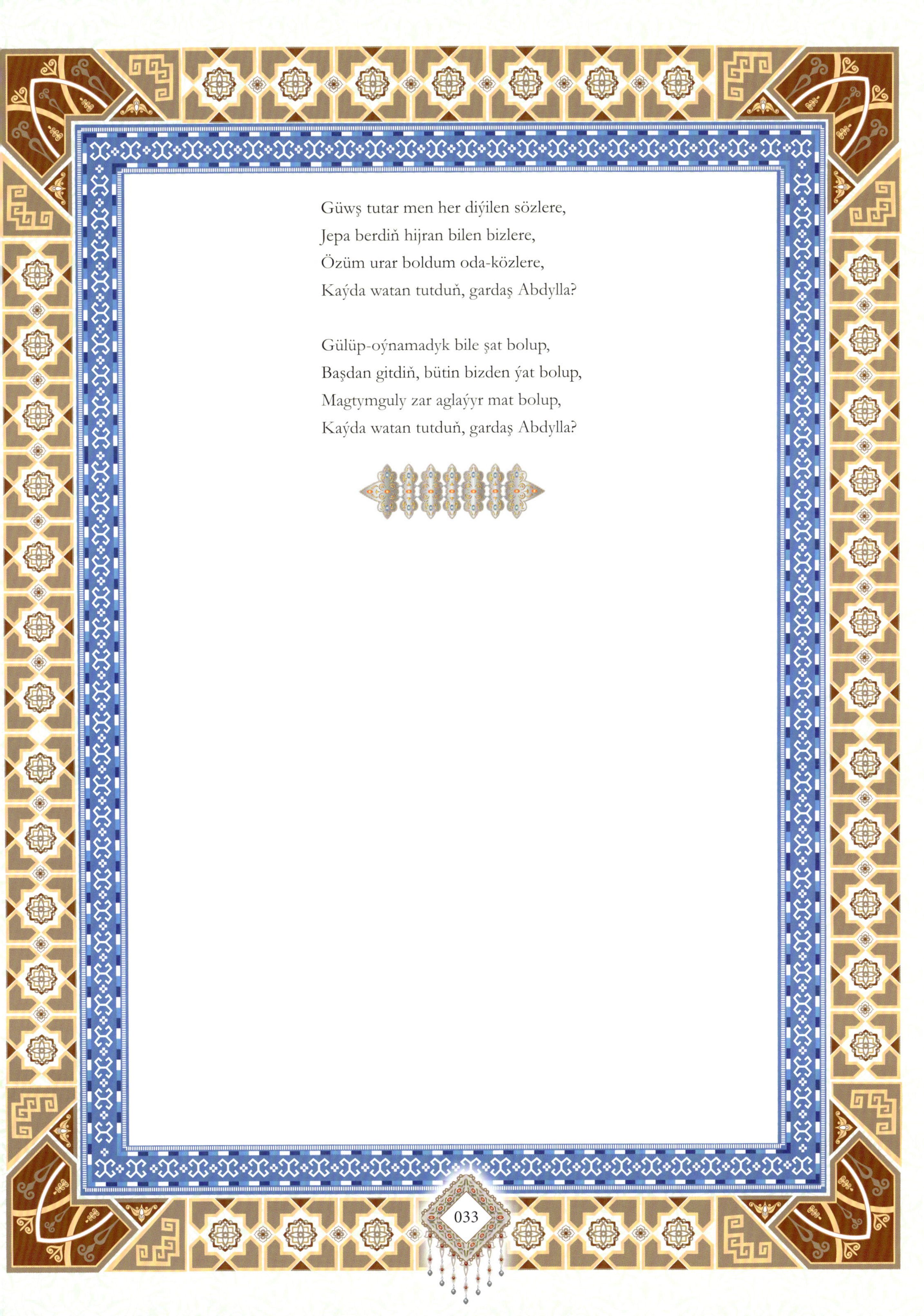

Güwş tutar men her diýilen sözlere,
Jepa berdiň hijran bilen bizlere,
Özüm urar boldum oda-közlere,
Kaýda watan tutduň, gardaş Abdylla?

Gülüp-oýnamadyk bile şat bolup,
Başdan gitdiň, bütin bizden ýat bolup,
Magtymguly zar aglaýyr mat bolup,
Kaýda watan tutduň, gardaş Abdylla?

哥哥的消息

哥哥阿卜杜拉早已离开家远去，
过路人的提示把我的希望唤起。
我是凯伊斯[1]，在山脚下徘徊，
指路人说的不对我心里很明白。

受意志驱使，我也成为麦吉侬，
心中充满苦闷忧郁，双眉紧皱。
穆斯林的孩子们竟然忘记经书，
错把异教徒的偶像看成了真主。

我的身躯已弯曲，体力也不支：
喝下的是胆汁，居住的是墓地。
麦吉侬的骨灰被大地吞噬——
化作乳汁用来滋养玫瑰和草地。

我肩上披着火红色的丝绸，
面无血色，默默地向前行。
我建造了宫殿，渴望相会，
狡黠的恶魔却将穹顶摧毁！

孱弱的鸟儿被攥在手心里，
马儿在挣脱，一刻不停息。
面对追捕已再也无处可逃，
一位武士拽住了我的衣角。

1　凯伊斯是公元7世纪阿拉伯民间传说故事《莱丽与麦吉侬》中男主人公麦吉侬的名字。凯伊斯是国王的儿子，对一位叫莱丽的美丽姑娘一见钟情。然而，由于家庭的阻拦，他们最终未能成为眷属。凯伊斯对莱丽忠贞不渝，人送绰号“麦吉侬”（意为“疯子”，后引申出“情痴”之意）。此处马赫图姆库里说自己是凯伊斯，是为强调自己寻找哥哥的执着程度。

如今斐拉格已经以四海为家，
既无处可归，也无处可回忆。
远方的麦地那令朋友们神往，
只有我留下来，扑倒在地上。

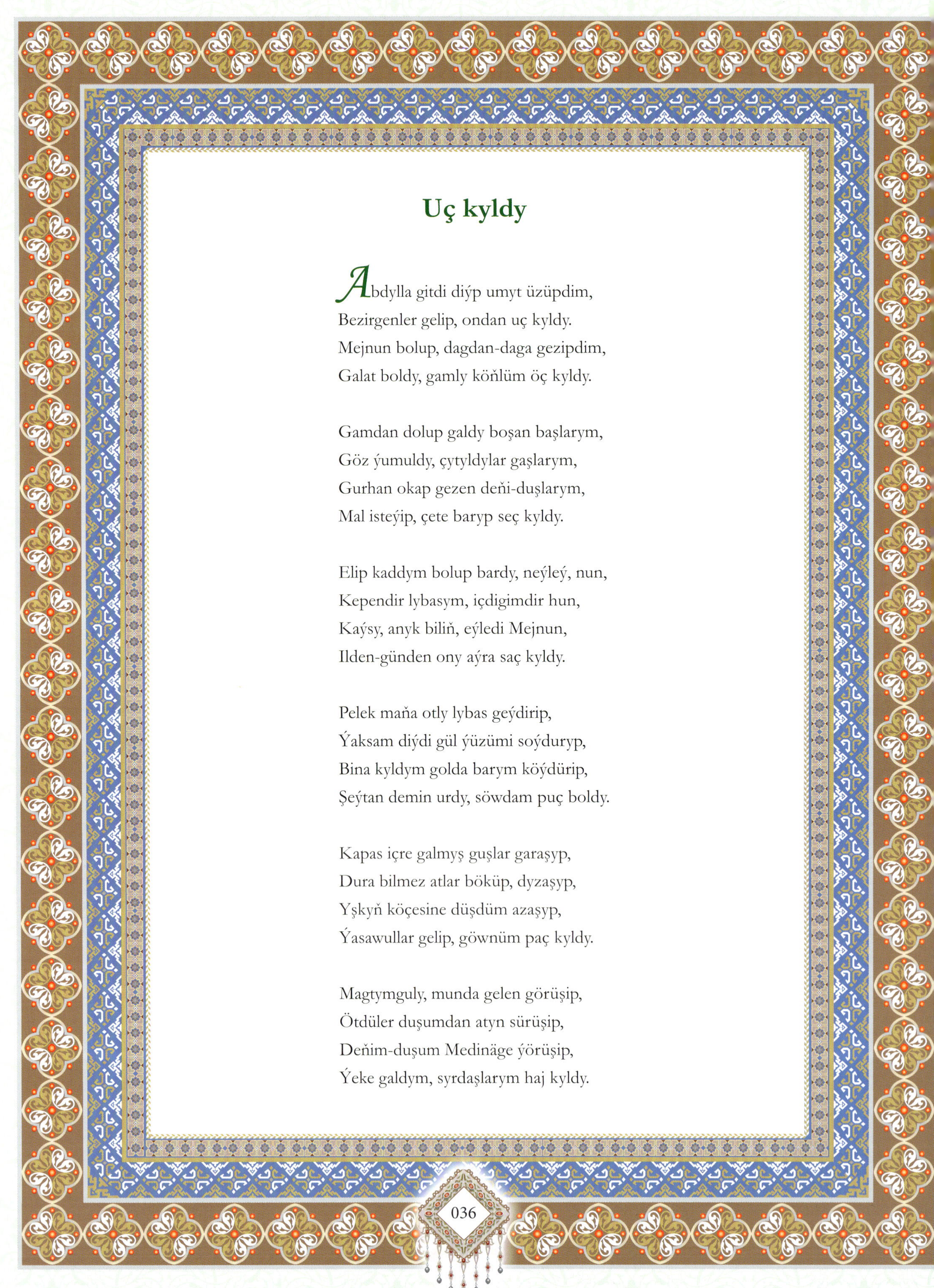

Uç kyldy

Abdylla gitdi diýp umyt üzüpdim,
Bezirgenler gelip, ondan uç kyldy.
Mejnun bolup, dagdan-daga gezipdim,
Galat boldy, gamly köňlüm öç kyldy.

Gamdan dolup galdy boşan başlarym,
Göz ýumuldy, çytyldylar gaşlarym,
Gurhan okap gezen deňi-duşlarym,
Mal isteýip, çete baryp seç kyldy.

Elip kaddym bolup bardy, neýleý, nun,
Kependir lybasym, içdigimdir hun,
Kaýsy, anyk biliň, eýledi Mejnun,
Ilden-günden ony aýra saç kyldy.

Pelek maňa otly lybas geýdirip,
Ýaksam diýdi gül ýüzümi soýduryp,
Bina kyldym golda barym köýdürip,
Şeýtan demin urdy, söwdam puç boldy.

Kapas içre galmyş guşlar garaşyp,
Dura bilmez atlar böküp, dyzaşyp,
Yşkyň köçesine düşdüm azaşyp,
Ýasawullar gelip, göwnüm paç kyldy.

Magtymguly, munda gelen görüşip,
Ötdüler duşumdan atyn sürüşip,
Deňim-duşum Medinäge ýörüşip,
Ýeke galdym, syrdaşlarym haj kyldy.

Bereketli türkmen saçagy
Bereketli türkmen saçagy

请告诉

风儿，请你告诉我那位背井离乡的哥哥！
我为失去他而嚎啕痛哭，请把我的一切
告诉他——我的那位逃脱了厄运的哥哥！
不知道他在哪里。请告诉我，你能找到！
请告诉我那个被主遗忘且疲惫不堪的人！

我不知道他出了什么事，也不见他的面容。
我的泪水流个不止，可怜的心灵备受折磨。
我愿献出世间所有财富，只求把哥哥瞅瞅。
请向我讲述一下，他是否已经被敌人俘虏。
我的心病无法治愈，请了解此事并告诉我。

自从他与祖国分离，我的命运被黑暗笼罩。
父母陷入伤悲的境地，不知道他是否活着。
他不明智地离家，犹如用双手将父母扼杀。
每当我再次想起此事，就会两眼流泪不止。
请把我内心的痛苦向世界各地的人们倾诉！

我的生活早就毁了，如今我又能逃向何方？
智慧天使转身离去，我最好在九泉下平躺。
我的翅膀已被折断，如今再无法展翅飞翔。
我的口袋空空瘪瘪，无力为哥哥的事倾囊。
请告诉普天下的人，我的内心是何等沮丧。

为使迷途的羔羊回归，我日夜不停地祈祷。
泪珠潮水般涌出双眼，我无法将它们驱散。
分离的日子到来，我们被迫加入游戏行列。
我们——斐拉格和亲哥哥，永久地被拆散。
请告诉圣灵，在阴阳两个世界我都有依靠。

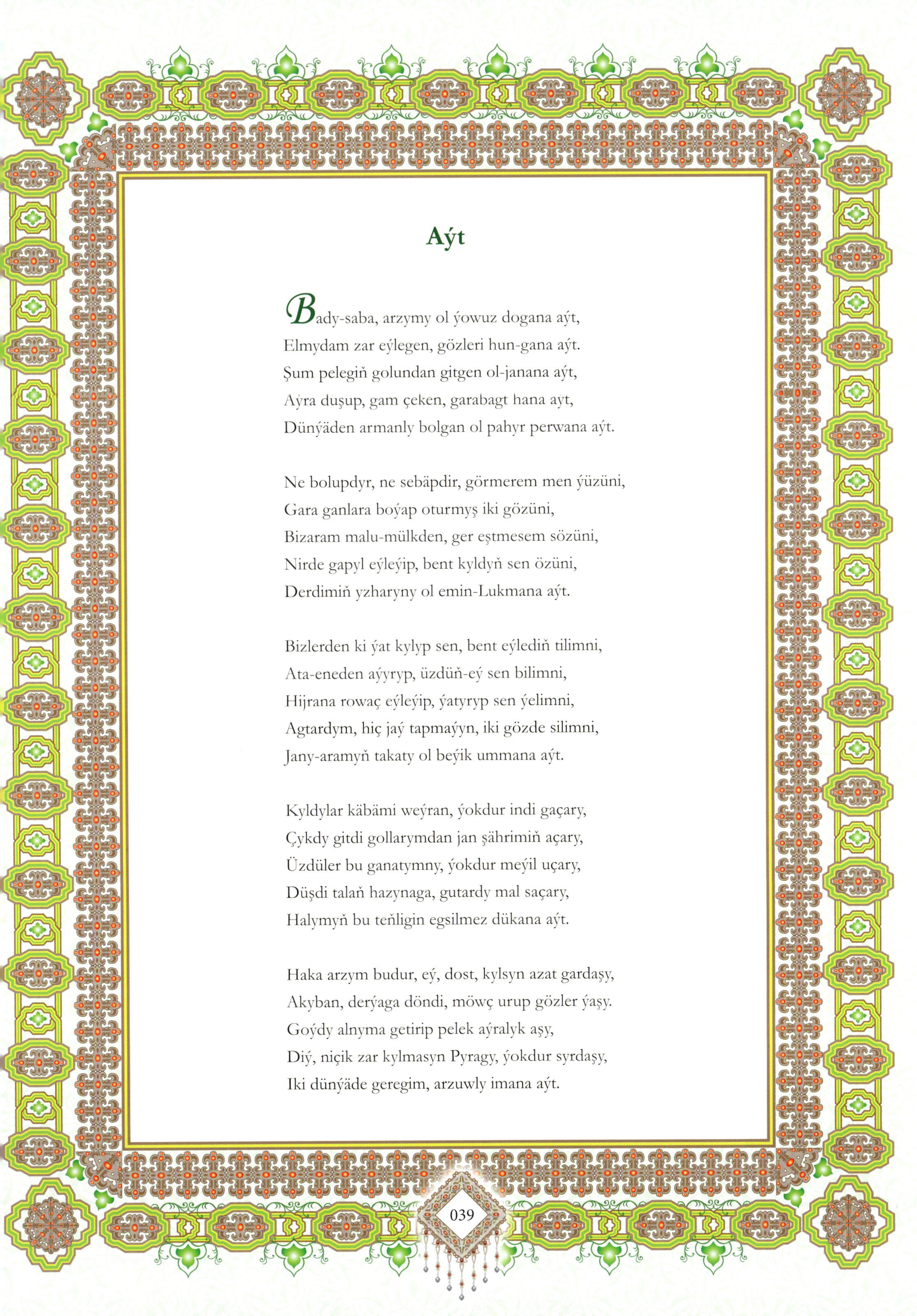

Aýt

Bady-saba, arzymy ol ýowuz dogana aýt,
Elmydam zar eýlegen, gözleri hun-gana aýt.
Şum pelegiň golundan gitgen ol-janana aýt,
Aýra düşup, gam çeken, garabagt hana aýt,
Dünýäden armanly bolgan ol pahyr perwana aýt.

Ne bolupdyr, ne sebäpdir, görmerem men ýüzüni,
Gara ganlara boýap oturmyş iki gözüni,
Bizaram malu-mülkden, ger eştmesem sözüni,
Nirde gapyl eýleýip, bent kyldyň sen özüni,
Derdimiň yzharyny ol emin-Lukmana aýt.

Bizlerden ki ýat kylyp sen, bent eýlediň tilimni,
Ata-eneden aýyryp, üzdüň-eý sen bilimni,
Hijrana rowaç eýleýip, ýatyryp sen ýelimni,
Agtardym, hiç jaý tapmaýyn, iki gözde silimni,
Jany-aramyň takaty ol beýik ummana aýt.

Kyldylar käbämi weýran, ýokdur indi gaçary,
Çykdy gitdi gollarymdan jan şährimiň açary,
Üzdüler bu ganatymny, ýokdur meýil uçary,
Düşdi talaň hazynaga, gutardy mal saçary,
Halymyň bu teňligin egsilmez dükana aýt.

Haka arzym budur, eý, dost, kylsyn azat gardaşy,
Akyban, deryaga döndi, möwç urup gözler ýaşy.
Goýdy alnyma getirip pelek aýralyk aşy,
Diý, niçik zar kylmasyn Pyragy, ýokdur syrdaşy,
Iki dünýäde geregim, arzuwly imana aýt.

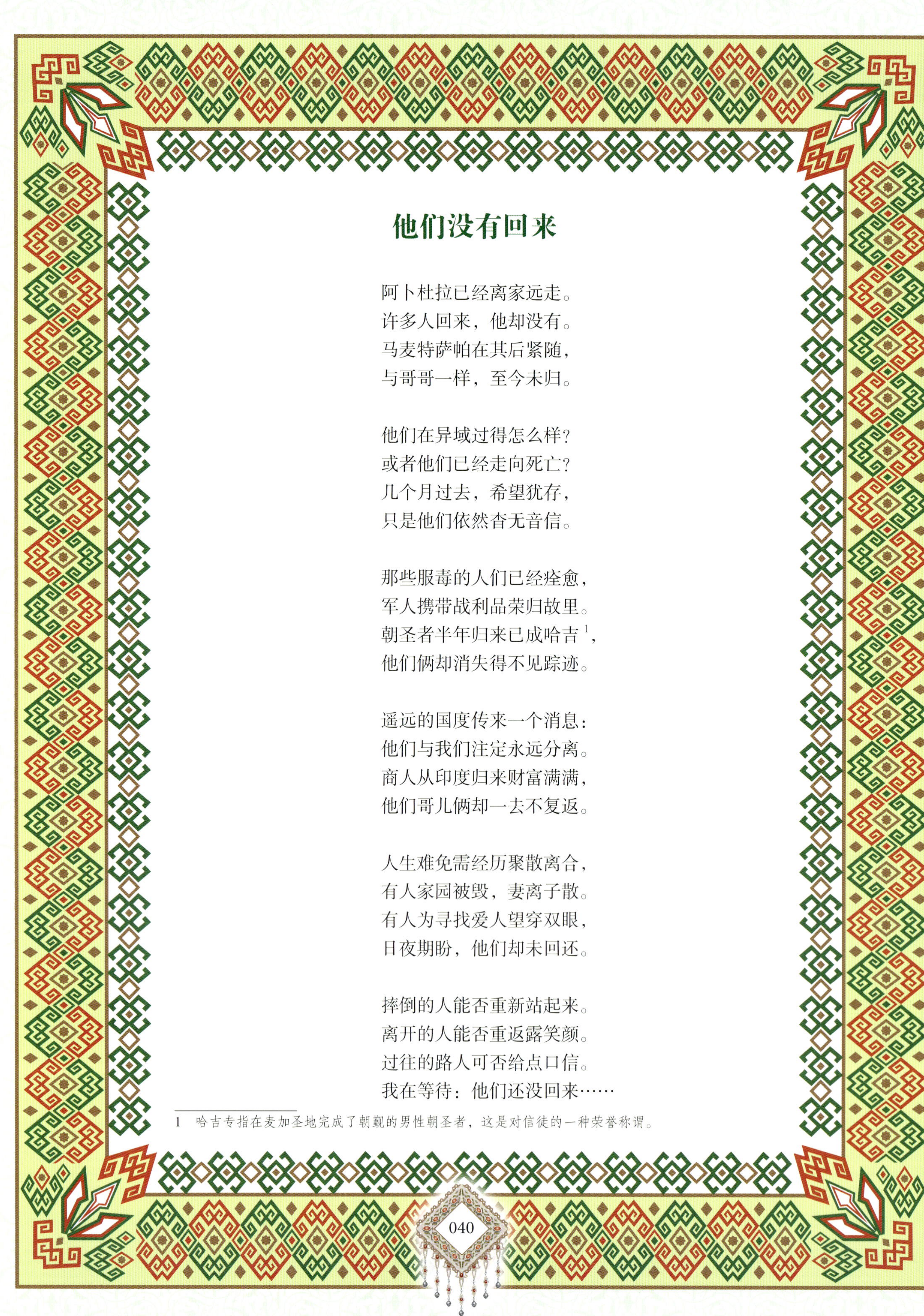

他们没有回来

阿卜杜拉已经离家远走。
许多人回来，他却没有。
马麦特萨帕在其后紧随，
与哥哥一样，至今未归。

他们在异域过得怎么样？
或者他们已经走向死亡？
几个月过去，希望犹存，
只是他们依然杳无音信。

那些服毒的人们已经痊愈，
军人携带战利品荣归故里。
朝圣者半年归来已成哈吉[1]，
他们俩却消失得不见踪迹。

遥远的国度传来一个消息：
他们与我们注定永远分离。
商人从印度归来财富满满，
他们哥儿俩却一去不复返。

人生难免需经历聚散离合，
有人家园被毁，妻离子散。
有人为寻找爱人望穿双眼，
日夜期盼，他们却未回还。

摔倒的人能否重新站起来。
离开的人能否重返露笑颜。
过往的路人可否给点口信。
我在等待：他们还没回来……

1 哈吉专指在麦加圣地完成了朝觐的男性朝圣者，这是对信徒的一种荣誉称谓。

斐拉格内心苦闷失去平静，
睡梦中也在鞴马准备前行，
只是向何处飞驰他不知晓……
大家都已回来，他俩没有。

Bular gelmedi

Göçi-gony birle göçdi Abdylla,
Hemme giden geldi, bular gelmedi.
Mämmetsapa gitdi kömek bermäge,
Uzadanlar geldi, bular gelmedi.

Enesinden aýry ýatmaz oglanlar,
Ýa, Rep, gören barmy bulardan, iller,
Aýlanyban aýlar, dolanyp ýyllar,
Aýlar-ýyllar geldi, bular gelmedi.

Hassadan sagaldy zäher dadanlar,
Algy alyp çykdy goýun güýdenler,
Alty aýlyk ýola – Käbä gidenler,
Hajy bolup geldi, bular gelmedi.

Yrakdan, ýakyndan baryp gelenler,
Barmydyr bulardan görüp, bilenler,
Hindistana bezirgenlik kylanlar,
Malyn satyp geldi, bular gelmedi.

Darydy bir doly, degdi bir baran,
Birin ýurdy bile eýledi weýran,
Birisiniň ýary yzynda haýran,
Gözleri ýoldadyr, bular gelmedi.

Ýykylanyň bagry ýerden galmazmy,
Hiç baran gelmezmi, aglan gülmezm,
Ötenden-geçenden sorsaň bilmezmi?
Bilinmezler geldi, bular gelmedi.

Magtymguly, derdi goýmaz ýatmaga,
Ugrun bilmez soraý-soraý gitmäge,
Ýerden jogap çykmaz habar tutmaga,
Gören-bilen barmy, bular gelmedi.

致胞妹

啊，帮帮我，祖贝达[1]！
悲伤的泪在我眼中留下。
我开始嚎啕痛哭，永远
将热血抛洒在这片黄沙。

离别为我带来沉重打击。
夜莺般的天赋骤然消失，
节日般的巴扎已经关闭，
我的孟丽含泪驻足于此。

我梦见阳光灿烂的日子，
面对我的祖国倍感羞耻；
我的灵魂成为悲伤之地，
我的肉体留在了黑暗里。

痛苦如同潮水一般袭来。
我为和平与劳动而存在；
我是个苦命人，把不幸
写在催人泪下的诗行中。

在我们这个消沉的时代，
爱情注定被扼杀和失败。
我那颗美轮美奂的月亮
永远葬身于迷蒙的天空。

1 祖贝达是马赫图姆库里的同胞妹妹，在诗人心里占有重要的地位。她在父母的言传身教下长大，婚后受到婆家人和邻里的尊重。

斐拉格的脸是那样阴沉。
哭吧，祖贝达！小铺里
早就空空荡荡一片漆黑，
角落里留下的只有灰尘。

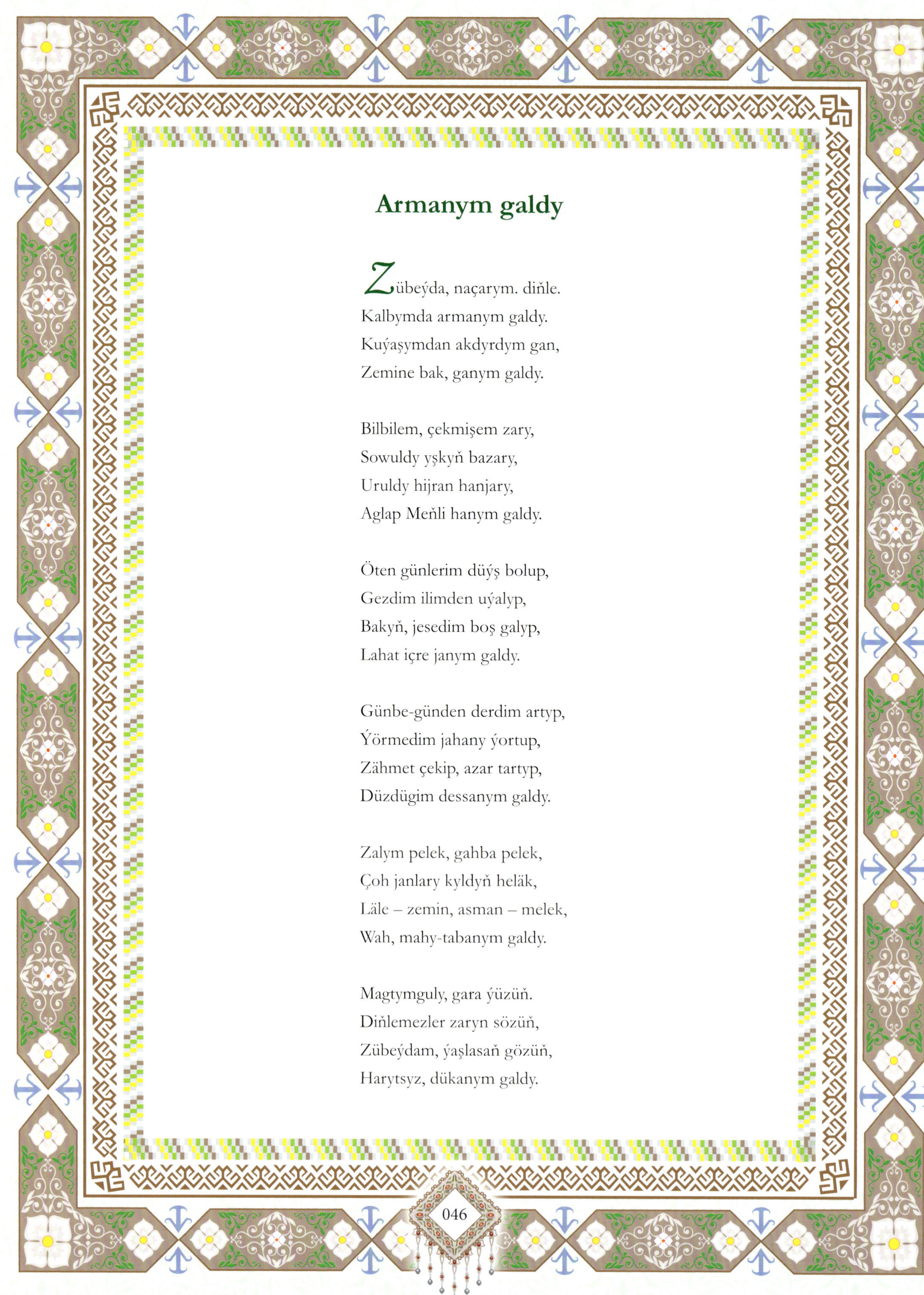

Armanym galdy

Zübeýda, naçarym. diňle.
Kalbymda armanym galdy.
Kuýaşymdan akdyrdym gan,
Zemine bak, ganym galdy.

Bilbilem, çekmişem zary,
Sowuldy yşkyň bazary,
Uruldy hijran hanjary,
Aglap Meňli hanym galdy.

Öten günlerim düýş bolup,
Gezdim ilimden uýalyp,
Bakyň, jesedim boş galyp,
Lahat içre janym galdy.

Günbe-günden derdim artyp,
Ýörmedim jahany ýortup,
Zähmet çekip, azar tartyp,
Düzdügim dessanym galdy.

Zalym pelek, gahba pelek,
Çoh janlary kyldyň heläk,
Läle – zemin, asman – melek,
Wah, mahy-tabanym galdy.

Magtymguly, gara ýüzüň.
Diňlemezler zaryn sözüň,
Zübeýdam, ýaşlasaň gözüň,
Harytsyz, dükanym galdy.

请相信我

美女[1]！我爱上了你，激情在燃烧，请相信我！
看不到你的面容，我心里无法平静，请相信我！

美女，我突然听到了你可爱的名字。
有一只被爱情征服的夜莺正飞向你，请相信我！

像商人一样，我四处游逛，推荐商品。
我早就来到你的城市，正在变成商人，请相信我！

我对你尚不了解，祈求赢得你的芳心。
我是圣宴上的侍者，面对你服侍躬身，请相信我！

美女，你的发髻与天仙般的美貌真是绝配。
斐拉格说：“美女啊，我是你俘获的奴隶，请相信我！”

1　原文中的Peri是波斯神话中长着翅膀的、美丽的救难仙女，在诗歌中常转义指迷人的美女。

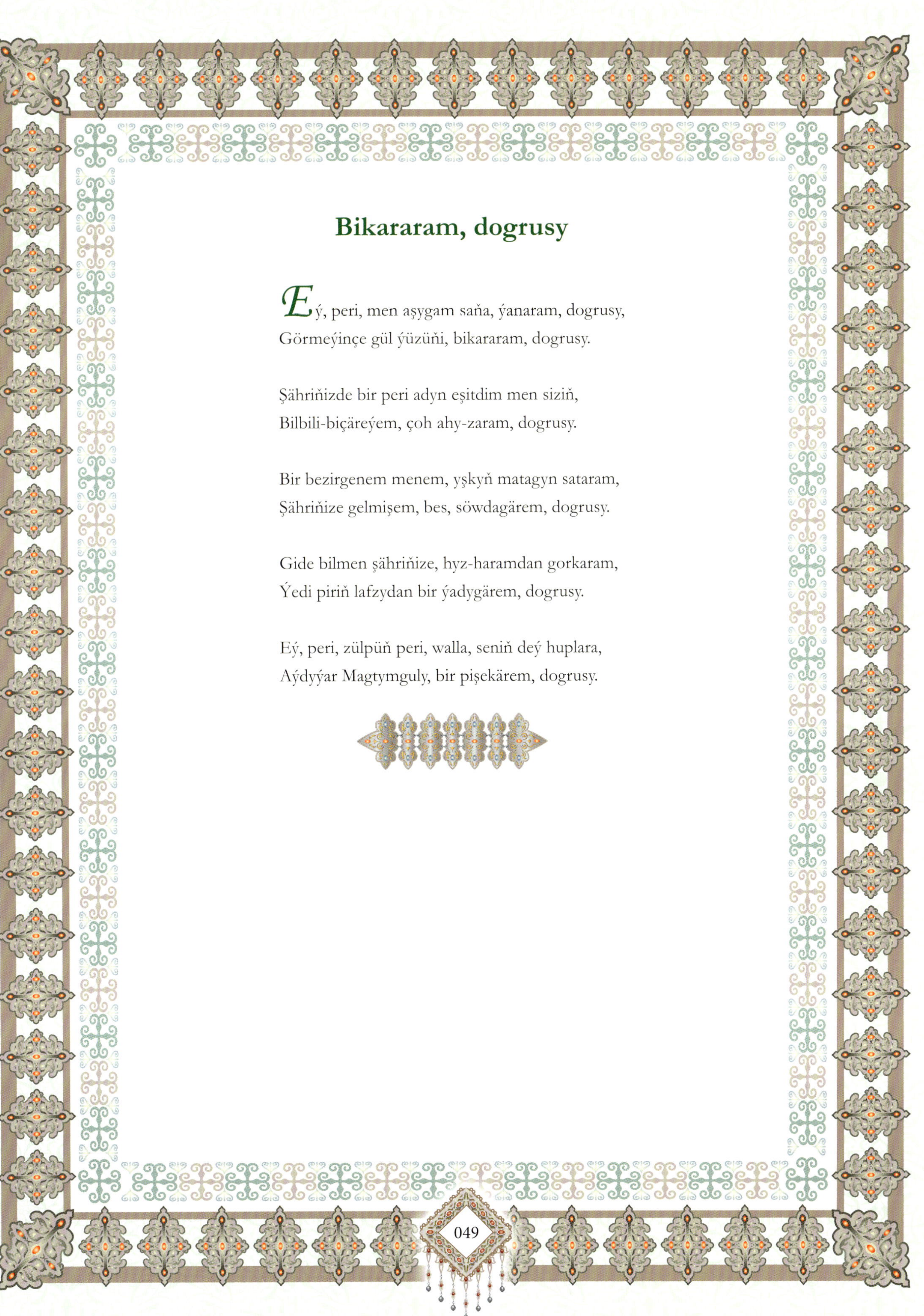

Bikararam, dogrusy

Eý, peri, men aşygam saňa, ýanaram, dogrusy,
Görmeýinçe gül ýüzüňi, bikararam, dogrusy.

Şähriňizde bir peri adyn eşitdim men siziň,
Bilbili-biçäreýem, çoh ahy-zaram, dogrusy.

Bir bezirgenem menem, yşkyň matagyn sataram,
Şähriňize gelmişem, bes, söwdagärem, dogrusy.

Gide bilmen şähriňize, hyz-haramdan gorkaram,
Ýedi piriň lafzydan bir ýadygärem, dogrusy.

Eý, peri, zülpüň peri, walla, seniň deý huplara,
Aýdyýar Magtymguly, bir pişekärem, dogrusy.

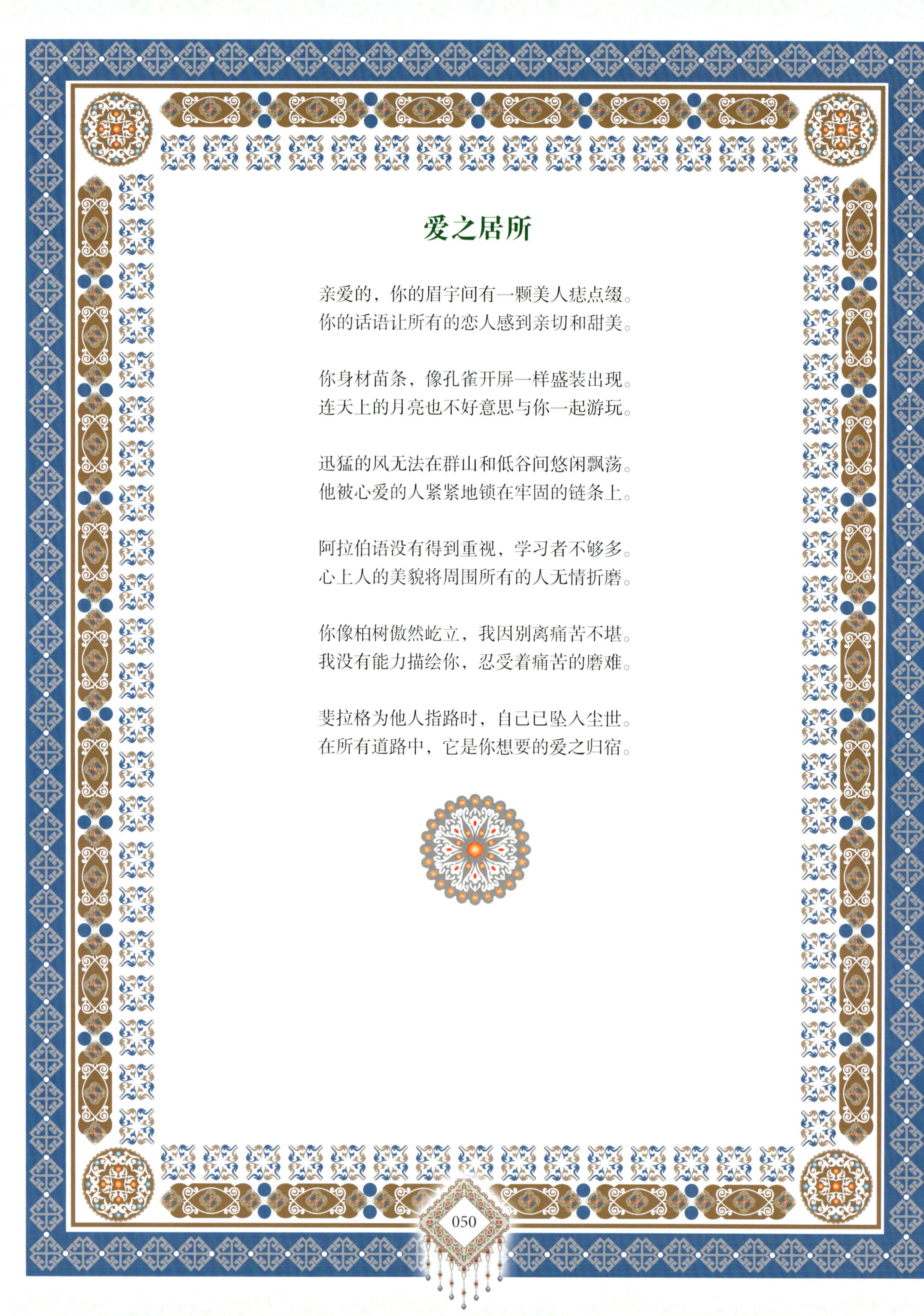

爱之居所

亲爱的，你的眉宇间有一颗美人痣点缀。
你的话语让所有的恋人感到亲切和甜美。

你身材苗条，像孔雀开屏一样盛装出现。
连天上的月亮也不好意思与你一起游玩。

迅猛的风无法在群山和低谷间悠闲飘荡。
他被心爱的人紧紧地锁在牢固的链条上。

阿拉伯语没有得到重视，学习者不够多。
心上人的美貌将周围所有的人无情折磨。

你像柏树傲然屹立，我因别离痛苦不堪。
我没有能力描绘你，忍受着痛苦的磨难。

斐拉格为他人指路时，自己已坠入尘世。
在所有道路中，它是你想要的爱之归宿。

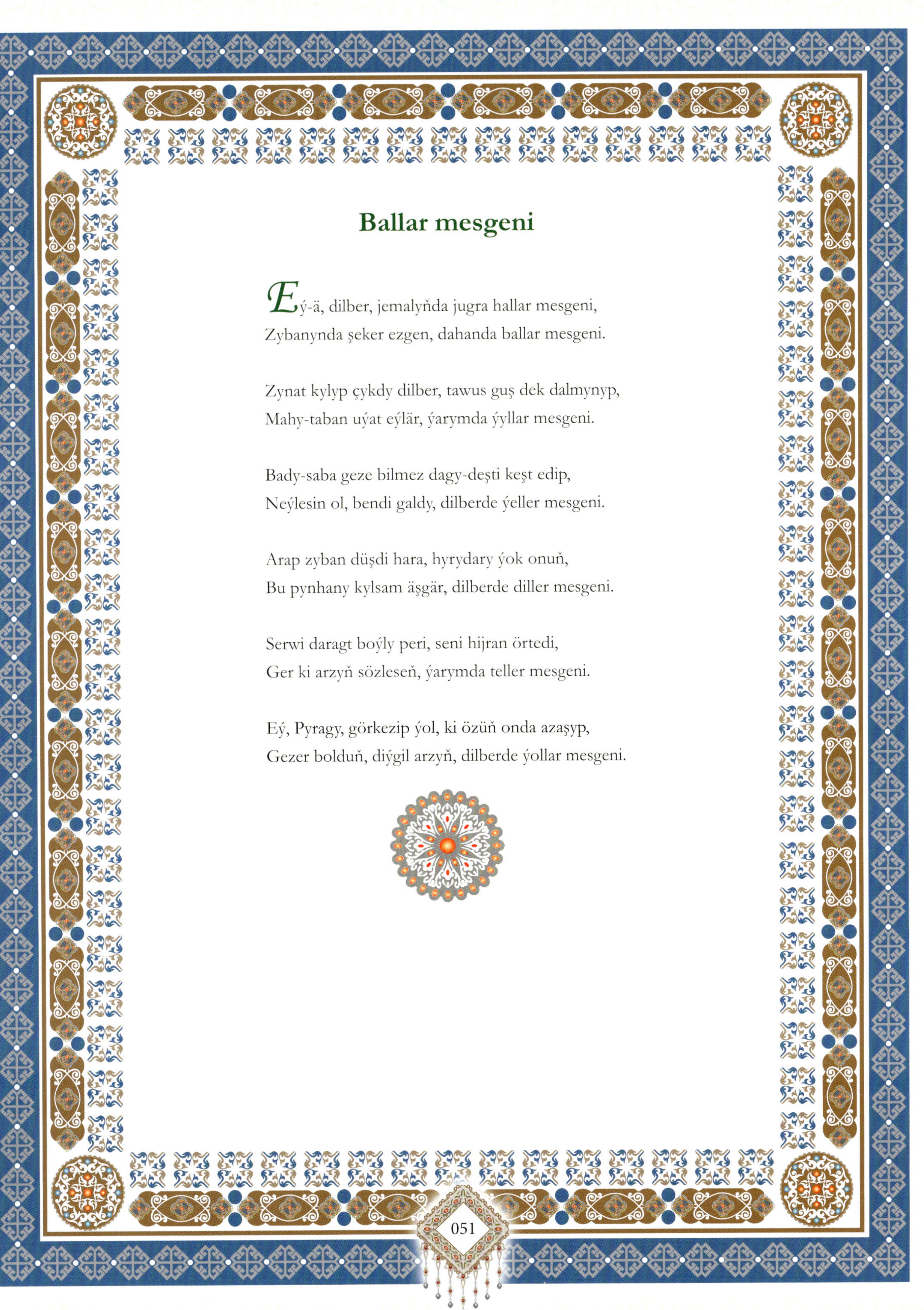

Ballar mesgeni

Eý-ä, dilber, jemalyňda jugra hallar mesgeni,
Zybanynda şeker ezgen, dahanda ballar mesgeni.

Zynat kylyp çykdy dilber, tawus guş dek dalmynyp,
Mahy-taban uýat eýlär, ýarymda ýyllar mesgeni.

Bady-saba geze bilmez dagy-deşti keşt edip,
Neýlesin ol, bendi galdy, dilberde ýeller mesgeni.

Arap zyban düşdi hara, hyrydary ýok onuň,
Bu pynhany kylsam äşgär, dilberde diller mesgeni.

Serwi daragt boýly peri, seni hijran örtedi,
Ger ki arzyň sözleseň, ýarymda teller mesgeni.

Eý, Pyragy, görkezip ýol, ki özüň onda azaşyp,
Gezer bolduň, diýgil arzyň, dilberde ýollar mesgeni.

你美若天仙

只有金色的太阳光才能从天空降临大地，
你像月亮在我面前升起，令我惊奇不已。
万能的真主亲自从天上赐给你貂皮大衣。
你的眉毛像伊斯法罕[1]弓，迷人的仙女！

那些贵重的头饰在你的秀发上闪闪发光。
只要你走来，所有的大门都会为你敞开。
渗渗泉[2]的玉液琼浆从你的口中潺潺流出。
你是永恒的生命之源，你是迷人的仙女！

用寻常的语言描绘你，我确实力所不及。
你是印度的雪白特[3]，布尔加尔[4]的甜蜂蜜。
啊，你是一束刚刚绽放的美丽鲜花。
宛如优素福与栽丽哈[5]，你是迷人的仙女。

世界上最聪明的圣贤宴会被称作“盛宴”。
你把病人治愈，大家都不假思索地相信你。
豺狼饱食最甜的瓜，阳光对幸运儿眷顾有加。
啊，迷人的仙女，你为青年勇士带来了福气。

你的芳名流传很远，甚至到达了天朝[6]本土。
无论谁，哪怕只见你一次，都会六神无主。

1 伊斯法罕是伊朗一个古老的城市，以武器制造而著称。
2 渗渗泉指位于沙特阿拉伯麦加城内克尔白天房南侧的一眼古老的天然泉溪。泉水清澈甘冽，长年流淌不息。原文 Zemzem 音译为“宰姆宰姆”，在阿拉伯语中意为“水流声”。在阿拉伯世界的传说中，这是一种神奇的救命泉水。
3 雪白特是印度一种香甜清凉的果汁饮料。
4 布尔加尔是古代伏尔加河－卡马河布尔加尔国的首都，位于俄罗斯母亲河伏尔加河的左岸，建立于 9—10 世纪，是布尔加尔国的政治、经济和文化中心。公元 922 年，这里的居民接受了伊斯兰教。布尔加尔人是当代鞑靼人的祖先。布尔加尔历史古迹位于俄罗斯，被联合国教科文组织列入世界文化遗产名录。
5 优素福是《古兰经》中的人物，穆斯林信奉的先知之一。他聪慧、温厚、善良、英俊，是美好的象征。栽丽哈是埃及王室亲信葛图斐尔的妻子，多次色诱优素福，但最终未能得逞。
6 这里的天朝指中国，意为“离土库曼很远的东方大国”。

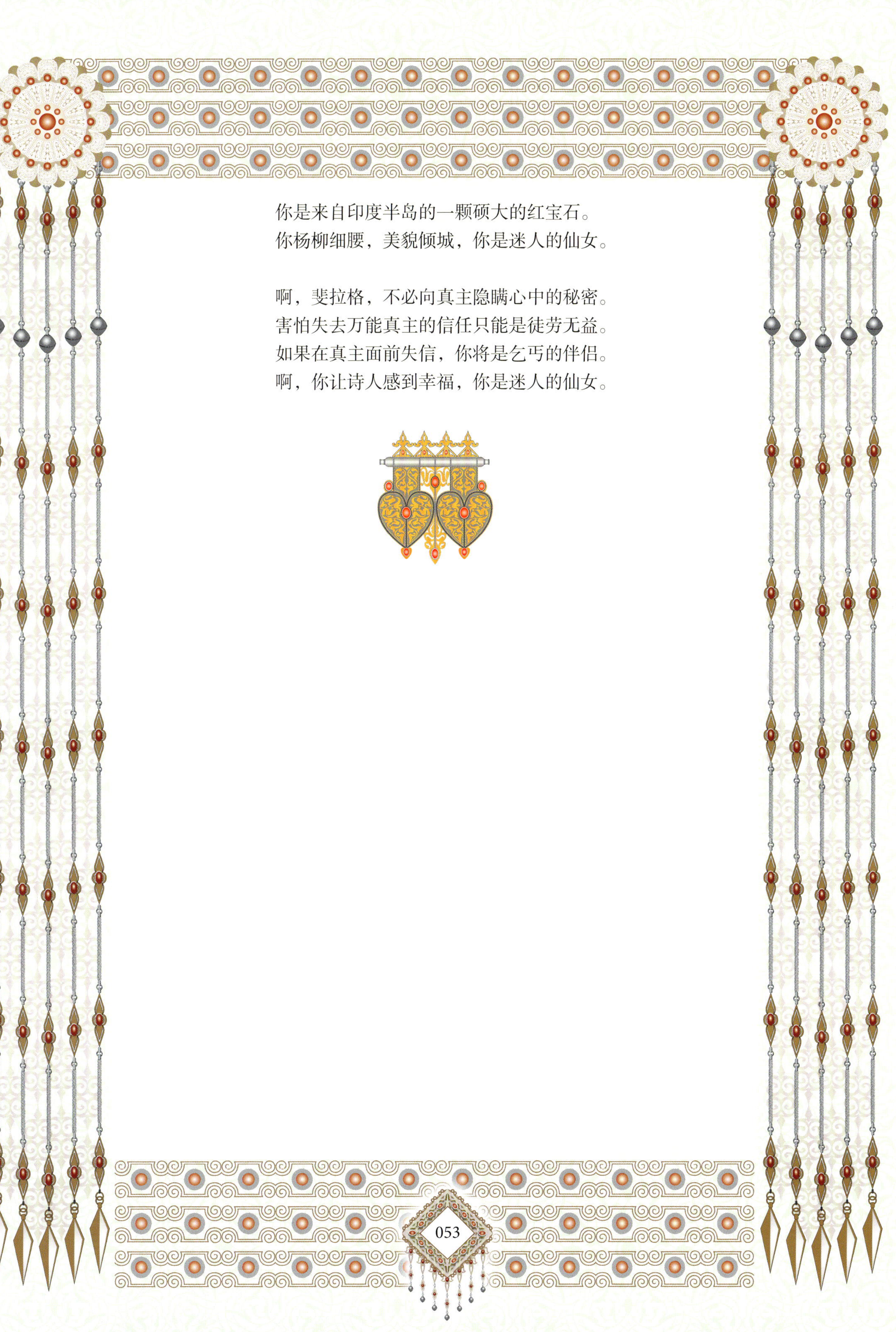

你是来自印度半岛的一颗硕大的红宝石。
你杨柳细腰，美貌倾城，你是迷人的仙女。

啊，斐拉格，不必向真主隐瞒心中的秘密。
害怕失去万能真主的信任只能是徒劳无益。
如果在真主面前失信，你将是乞丐的伴侣。
啊，你让诗人感到幸福，你是迷人的仙女。

Gözel sen

Gün hanjary gökden ýere inende,
Güne garşy dogan Aýy, gözel sen.
Ussa Jagfar işi, senjap jüpbesi,
Yspyhanda gurlan ýaýy, gözel sen.

Saçbagyň ujunyň simdir işmesi,
Üstüňden ýol düşse, kyndyr aşmasy,
Agzyň aby-haýat, Zemzem çeşmesi,
Aýnal-baky suwnuň laýy, gözel sen.

Gyzyl diýsem – gyzyl, al diýsem – al sen.
Hindistanda – şeker, Bulgarda – bal sen,
Yşk bilen açylan bir täze gül sen,
Ýusup-Züleýhanyň taýy, gözel sen.

Her kim güýçli bolsa, oňa «pir» diýrler,
«Dertli guluň dermanyny biýr» diýrler,
«Gawunyň ýagşysyn şagal iýr» diýrler,
Ykbally bendäniň paýy, gözel sen.

Owazaň Çyn-Maçyn, daglar aşasy,
Seni görenleriň akly çaşasy,
Hindistanyň reňkli gyzyl şişesi,
Suraýy çilimniň naýy, gözel sen.

Magtymguly halkdan syryn gizlese,
Dişini uşadyň, ýalan sözlese,
Owalda, ahyrda Eýäm gözlese,
Garyp biçäräniň paýy, gözel sen.

在心上人的花园里

如果我走进美丽的花园去找心上人，
天空将光芒四射，呈现出朵朵白云。
当我登上山顶，就会听到夜莺啼鸣，
还有那两条油亮的辫子可爱地飘动。

她的眼睛似阿布－考福赛[1]明亮清澈。
她那多情的眼神令我备受痛苦折磨。
若赢得她的芳心，众人定欢呼雀跃，
痴情者会亲自献艺，令心上人愉悦。

我冒着生命危险走进心上人的花园。
为的是守住神圣梦想免遭痛苦磨难。
热恋的夜莺在鸣唱，果味四处飘香，
无花果和苹果在花丛中散发着芬芳。

我有许多动听的话要在此向她倾诉，
即使春天的溪流也无法将它们冲走。
土库曼斯坦孕育出年轻的勇士无数，
这些幕后英雄把心上人的名声保护。

如今厄运似魔鬼用分离来威胁我们。
圣贤与杀人犯永远不会成为同路人。
我，斐拉格，与心爱的孟丽不分离，
连续五天我们在美丽的花园里嬉戏。

1　阿布－考福赛（Aby-Köwser）指天堂里的泉水。

Gülgüzar oýnaşar

Girsem baryp söwer dostuň bagyna,
Asman galyp, ol gülgüzar oýnaşar.
Seýran etsem duman basan dagyna,
Hemle urup, iki şamar oýnaşar.

Iki maral Aby-Köwser güzerde,
Men pakyry örtäp nuran nazarda,
Yşk söwdasy rowaç tapan bazarda,
Satan bilen ol hyrydar oýnaşar.

Girdim baga bütin dünýä harç edip,
Bakdym güle, arman bilen hyrç edip,
Güller bilen bilbil birge möwç edip,
Alma-enar, injiri-nar oýnaşar.

Ýagşy sözler jaý eýleýir dil içre,
Närse gaçsa, dura bilmez sil içre,
Är ýigitli, berkararly il içre,
Hiç oňuşmaz namys-u ar oýnaşar.

Pelek gezer hijran-hemle atyşyp,
Namart ýörmez mertler bilen gatyşyp,
Magtymguly Meňli ýara sataşyp,
Bäş gün biziň bilen gül ýar oýnaşar.

像花朵一样

啊，我心灵的王后，你的面容像月亮。
你散发着花的芳香，酷似罗勒花模样。

哪怕你说句话，我心里不再痛苦难耐。
你是那么像莱丽[1]，你的形象人见人爱。

我完全被你征服，我的生命由你掌握。
苏莱曼的公允在你金子般的心中沉没。

你可以把我扔进火海或者剥下我的皮，
来自你的任何惩罚接受起来我都乐意。

为了在人间找到你，我四处漂泊流浪。
因思念你而忧伤，我差点儿失去希望。

命运如此捉弄我，使我经常失去平静。
世界像地下囚笼，生活在其中不轻松。

你让许多人受穷，也赐予许多人财富。
担心灾祸突然降临，我无法精神抖擞。

斐拉格像饥饿的雄狮，不会让出猎物。
他会等待属于自己的时刻，死不让步。

1　莱丽是阿拉伯民间传说故事《莱丽与麦吉侬》中女主人公的名字。她美丽动人，让麦吉侬一见钟情。

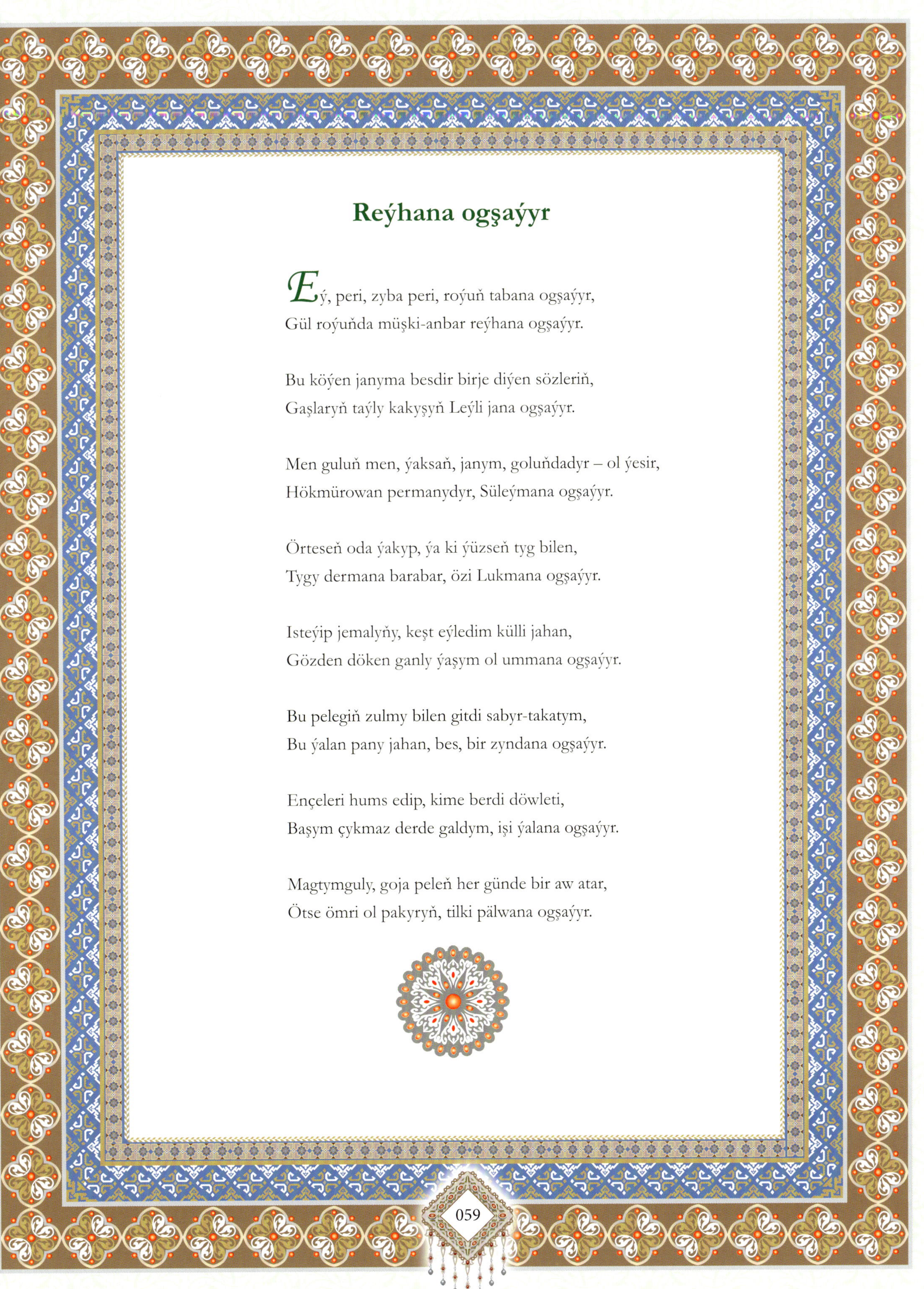

Reýhana ogşaýyr

Eý, peri, zyba peri, roýuň tabana ogşaýyr,
Gül roýuňda müşki-anbar reýhana ogşaýyr.

Bu köýen janyma besdir birje diýen sözleriň,
Gaşlaryň taýly kakyşyň Leýli jana ogşaýyr.

Men guluň men, ýaksaň, janym, goluňdadyr – ol ýesir,
Hökmürowan permanydyr, Süleýmana ogşaýyr.

Örteseň oda ýakyp, ýa ki ýüzseň tyg bilen,
Tygy dermana barabar, özi Lukmana ogşaýyr.

Isteýip jemalyňy, keşt eýledim külli jahan,
Gözden döken ganly ýaşym ol ummana ogşaýyr.

Bu pelegiň zulmy bilen gitdi sabyr-takatym,
Bu ýalan pany jahan, bes, bir zyndana ogşaýyr.

Ençeleri hums edip, kime berdi döwleti,
Başym çykmaz derde galdym, işi ýalana ogşaýyr.

Magtymguly, goja peleň her günde bir aw atar,
Ötse ömri ol pakyryň, tilki pälwana ogşaýyr.

你的黑眼睛

你的眼睛是我痛苦的根源，
你的眼睛是扼杀我的利剑。
如此残忍地伤害我的心灵，
祸首是你那双乌黑的眼睛。

你不会变得形单影只，
我已经真诚地告诉你。
你那乌黑发亮的眼睛，
是伤害我心灵的元凶。

这双眼睛是心灵克星，
将全世界推向云雾中。
因为你这安详的眼神，
人们失去了往日平静。

我，斐拉格，为梦所伤，
经常为她哭泣泪满衣裳。
世上每一位穆斯林兄弟，
都等待着这安详的目光。

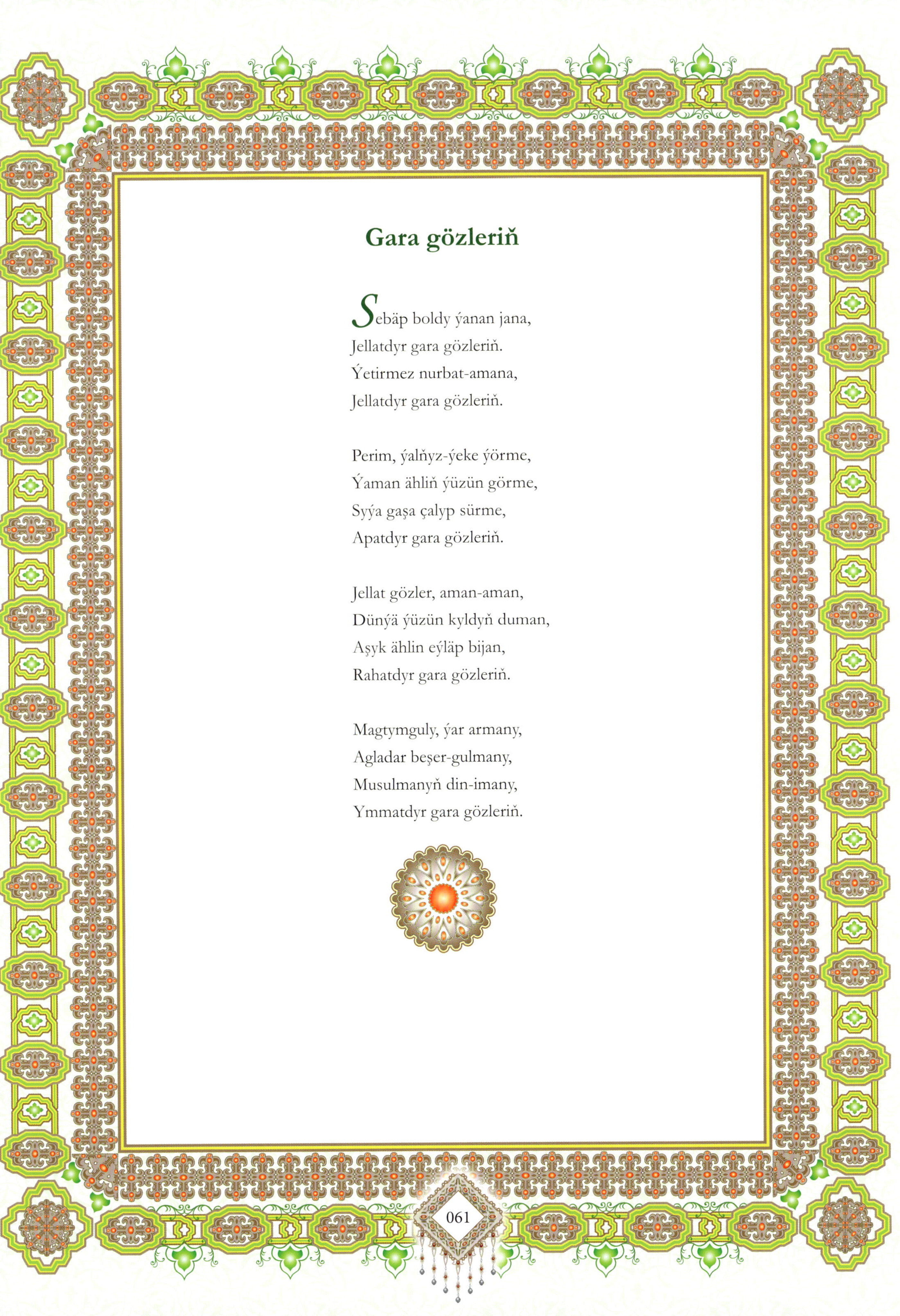

Gara gözleriň

Sebäp boldy ýanan jana,
Jellatdyr gara gözleriň.
Ýetirmez nurbat-amana,
Jellatdyr gara gözleriň.

Perim, ýalňyz-ýeke ýörme,
Ýaman ähliň ýüzün görme,
Syýa gaşa çalyp sürme,
Apatdyr gara gözleriň.

Jellat gözler, aman-aman,
Dünýä ýüzün kyldyň duman,
Aşyk ählin eýläp bijan,
Rahatdyr gara gözleriň.

Magtymguly, ýar armany,
Agladar beşer-gulmany,
Musulmanyň din-imany,
Ymmatdyr gara gözleriň.

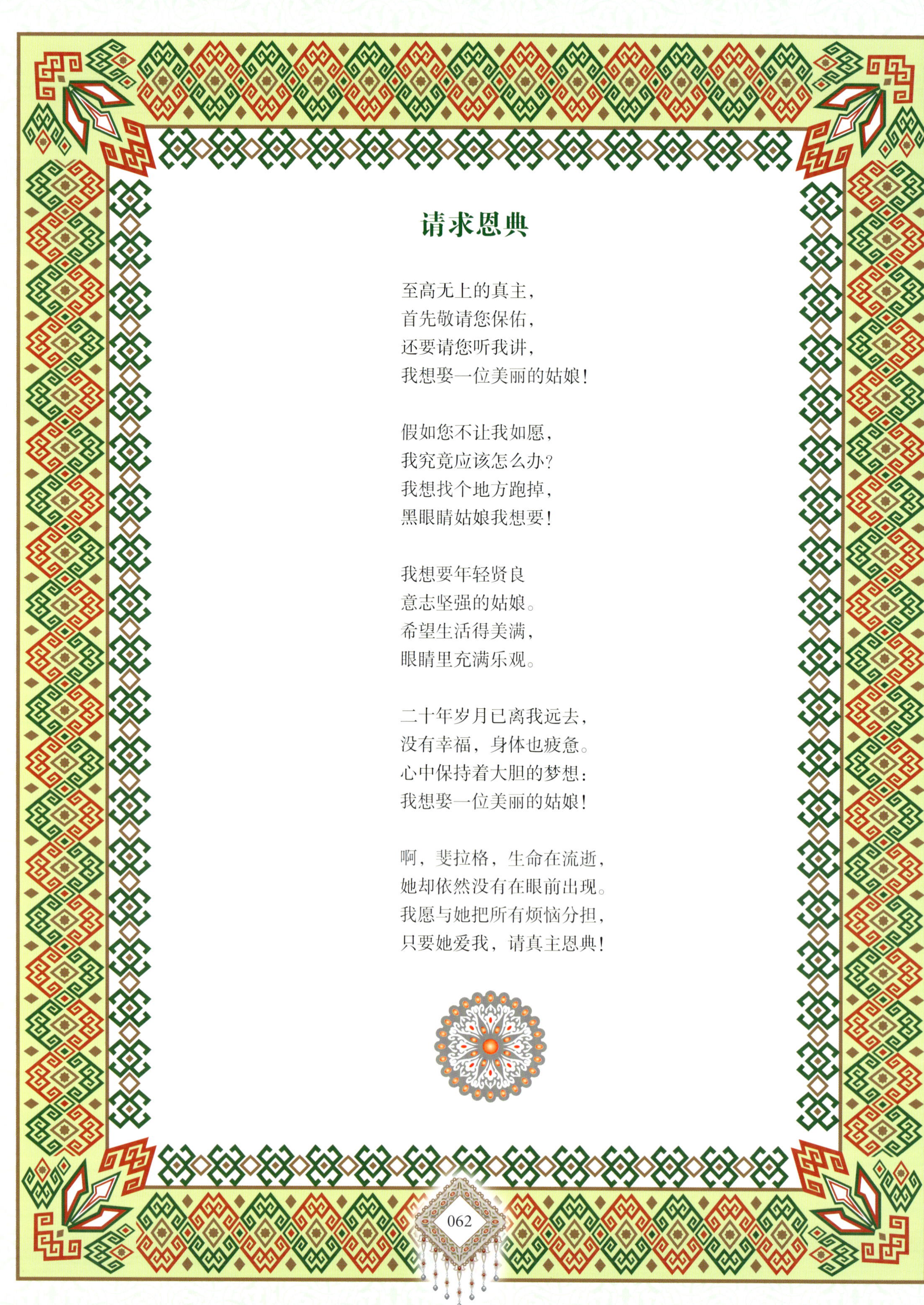

请求恩典

至高无上的真主，
首先敬请您保佑，
还要请您听我讲，
我想娶一位美丽的姑娘！

假如您不让我如愿，
我究竟应该怎么办？
我想找个地方跑掉，
黑眼睛姑娘我想要！

我想要年轻贤良
意志坚强的姑娘。
希望生活得美满，
眼睛里充满乐观。

二十年岁月已离我远去，
没有幸福，身体也疲惫。
心中保持着大胆的梦想：
我想娶一位美丽的姑娘！

啊，斐拉格，生命在流逝，
她却依然没有在眼前出现。
我愿与她把所有烦恼分担，
只要她爱我，请真主恩典！

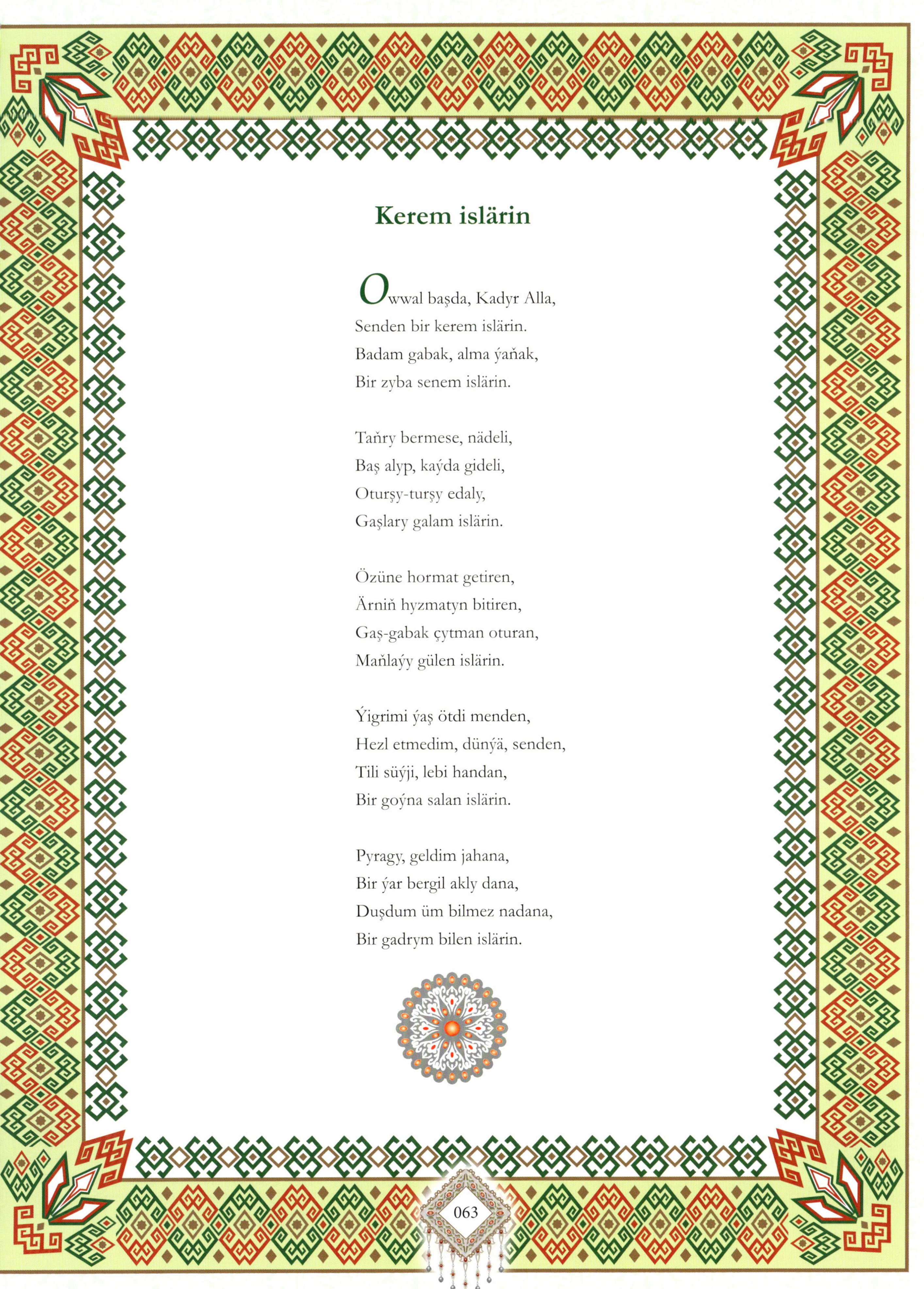

Kerem islärin

Owwal başda, Kadyr Alla,
Senden bir kerem islärin.
Badam gabak, alma ýaňak,
Bir zyba senem islärin.

Taňry bermese, nädeli,
Baş alyp, kaýda gideli,
Oturşy-turşy edaly,
Gaşlary galam islärin.

Özüne hormat getiren,
Ärniň hyzmatyn bitiren,
Gaş-gabak çytman oturan,
Maňlaýy gülen islärin.

Ýigrimi ýaş ötdi menden,
Hezl etmedim, dünýä, senden,
Tili süýji, lebi handan,
Bir goýna salan islärin.

Pyragy, geldim jahana,
Bir ýar bergil akly dana,
Duşdum üm bilmez nadana,
Bir gadrym bilen islärin.

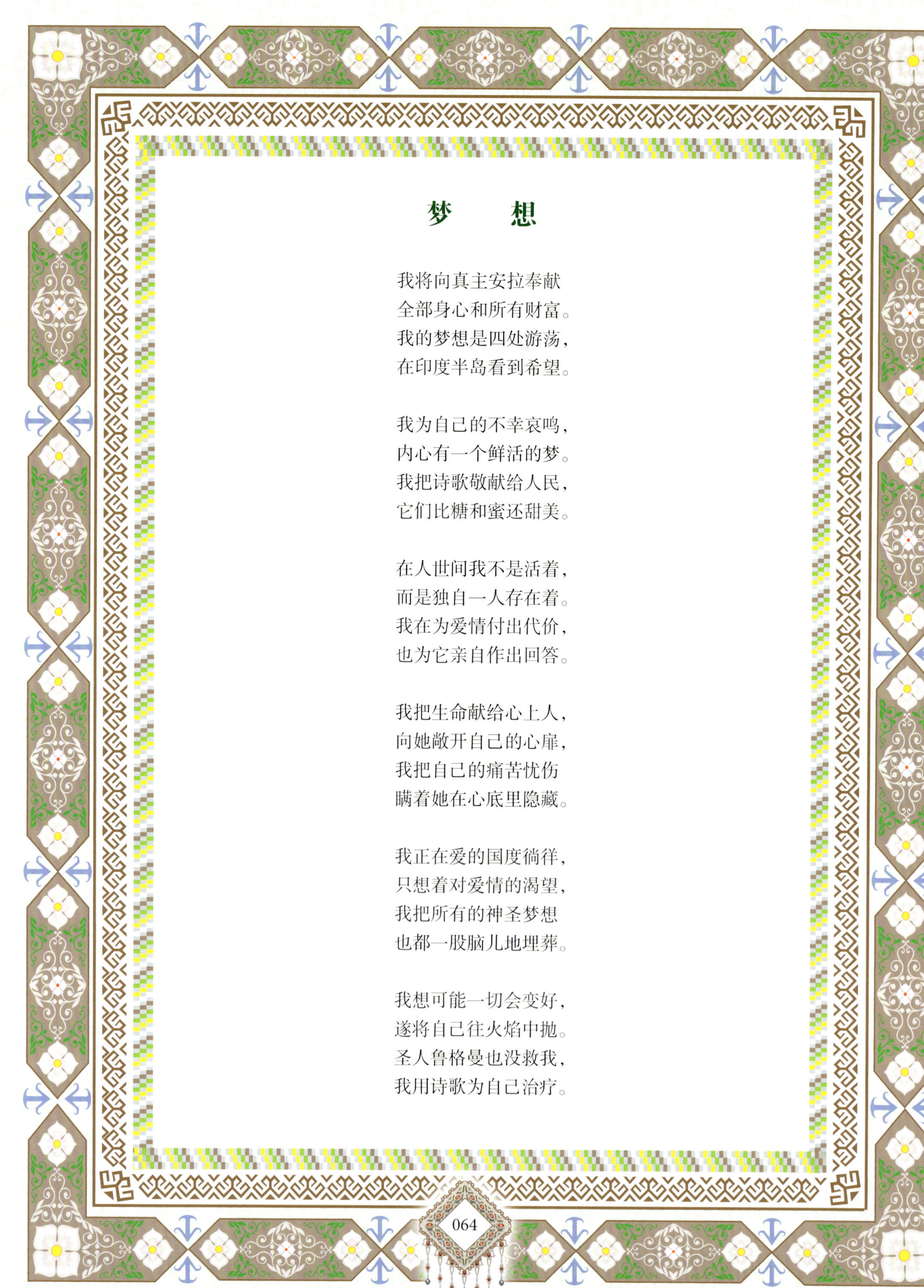

梦　想

我将向真主安拉奉献
全部身心和所有财富。
我的梦想是四处游荡，
在印度半岛看到希望。

我为自己的不幸哀鸣，
内心有一个鲜活的梦。
我把诗歌敬献给人民，
它们比糖和蜜还甜美。

在人世间我不是活着，
而是独自一人存在着。
我在为爱情付出代价，
也为它亲自作出回答。

我把生命献给心上人，
向她敞开自己的心扉，
我把自己的痛苦忧伤
瞒着她在心底里隐藏。

我正在爱的国度徜徉，
只想着对爱情的渴望，
我把所有的神圣梦想
也都一股脑儿地埋葬。

我想可能一切会变好，
遂将自己往火焰中抛。
圣人鲁格曼也没救我，
我用诗歌为自己治疗。

现在我已经回到民间。
等待着人们作出抉择。
我在众人中隐瞒爱情，
不知道如何解释说明。

在这个可怜的世界上，
我像一支箭射向心脏。
麦吉侬与命运争吵着，
沉没在无底的大海中。

我爱上一位窈窕淑女，
为之舍命也在所不惜。
在她面前我低头伫立，
难以找到合适的话语。

孟丽，穷诗人心目中
爱情的火焰被你点燃。
斐拉格在朋友们面前
面红耳赤，局促腼腆。

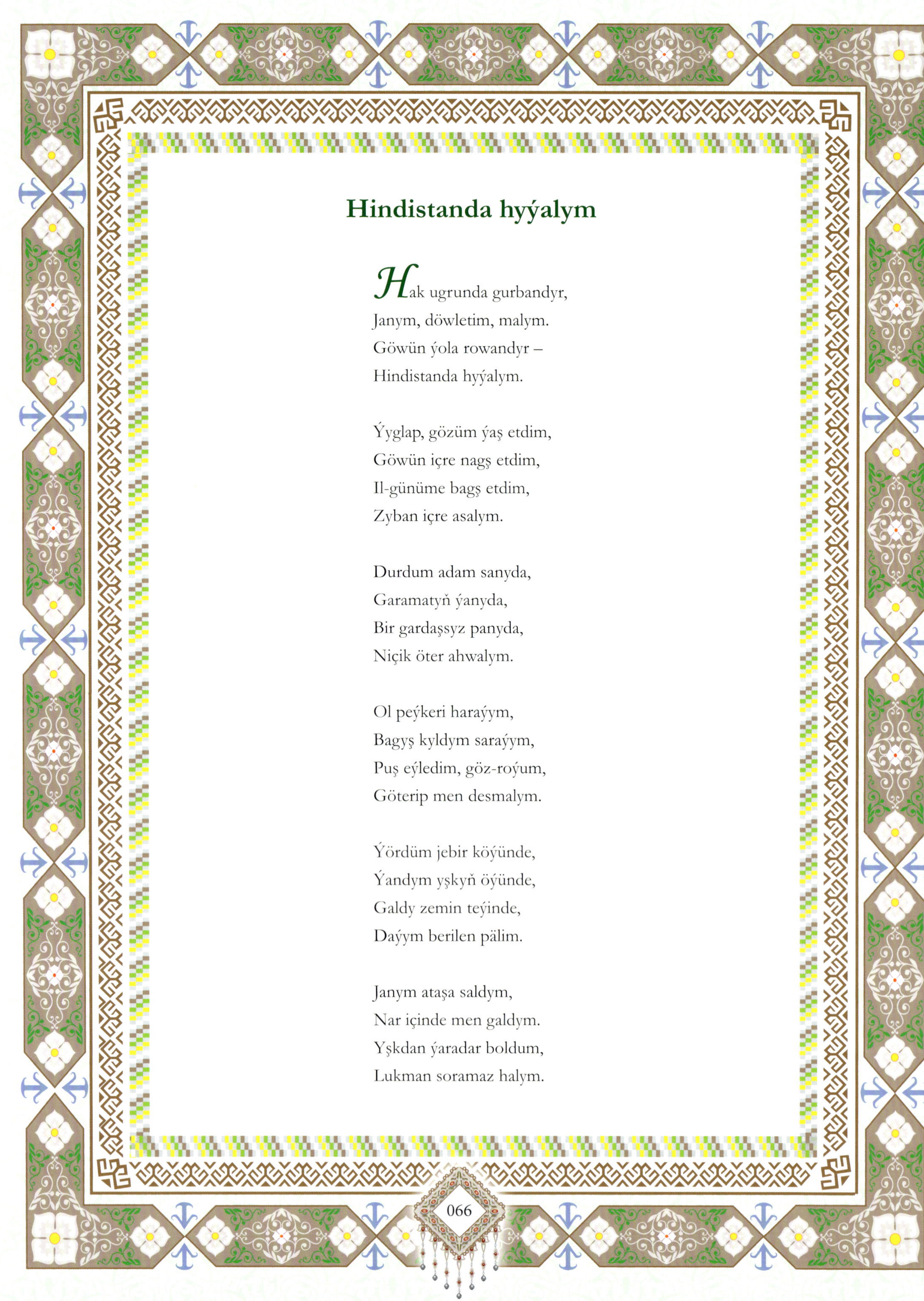

Hindistanda hyýalym

Hak ugrunda gurbandyr,
Janym, döwletim, malym.
Göwün ýola rowandyr –
Hindistanda hyýalym.

Ýyglap, gözüm ýaş etdim,
Göwün içre nagş etdim,
Il-günüme bagş etdim,
Zyban içre asalym.

Durdum adam sanyda,
Garamatyň ýanyda,
Bir gardaşsyz panyda,
Niçik öter ahwalym.

Ol peýkeri haraýym,
Bagyş kyldym saraýym,
Puş eýledim, göz-roýum,
Göterip men desmalym.

Ýördüm jebir köýünde,
Ýandym yşkyň öýünde,
Galdy zemin teýinde,
Daýym berilen pälim.

Janym ataşa saldym,
Nar içinde men galdym.
Yşkdan ýaradar boldum,
Lukman soramaz halym.

Il gözüne ilip men,
Ilenimi bilip men,
Ýar gaşyna gelip men,
Nä diýerem – delilim.

Pany-jahan içinde,
Peýkam keman içinde,
Mejnun umman içinde,
Gark bolmuş eski salym.

Bir perige hyrydar,
Bu janym oňa nisar,
Diýdim ýara: «Arzym bar»,
Unutmyşam sowalym.

Meňli jana ot salar,
Ody jismimde galar,
Magtymguly, uýalar
Meniň sahypjemalym.

孟丽杳无音信

别离无情地惩罚了我和我的心上人。
孟丽，我想知道为何这么疼痛难忍！

痛苦导致生灵僵死过去，万物战栗。
哀恸促使苍天活动起来，群星发怒。

无情的暴君折磨着我那颗痛苦的心。
鲁格曼被俘，因我杳无音信而郁闷。

我吃尽苦头，也不会换来爱情眷顾。
我身心憔悴不堪，失去往日的平静。

这个世界必将灭亡，未来不再这样。
难忘她的笑靥，也不指责我的痴情。

心灵的泉水每天四十次为众生服务。
阿布－考福赛纯净圣水让人开怀畅饮。

你的眼睛像两团火让我的心怦怦跳。
马赫图姆库里激情高昂浑身似火烧。

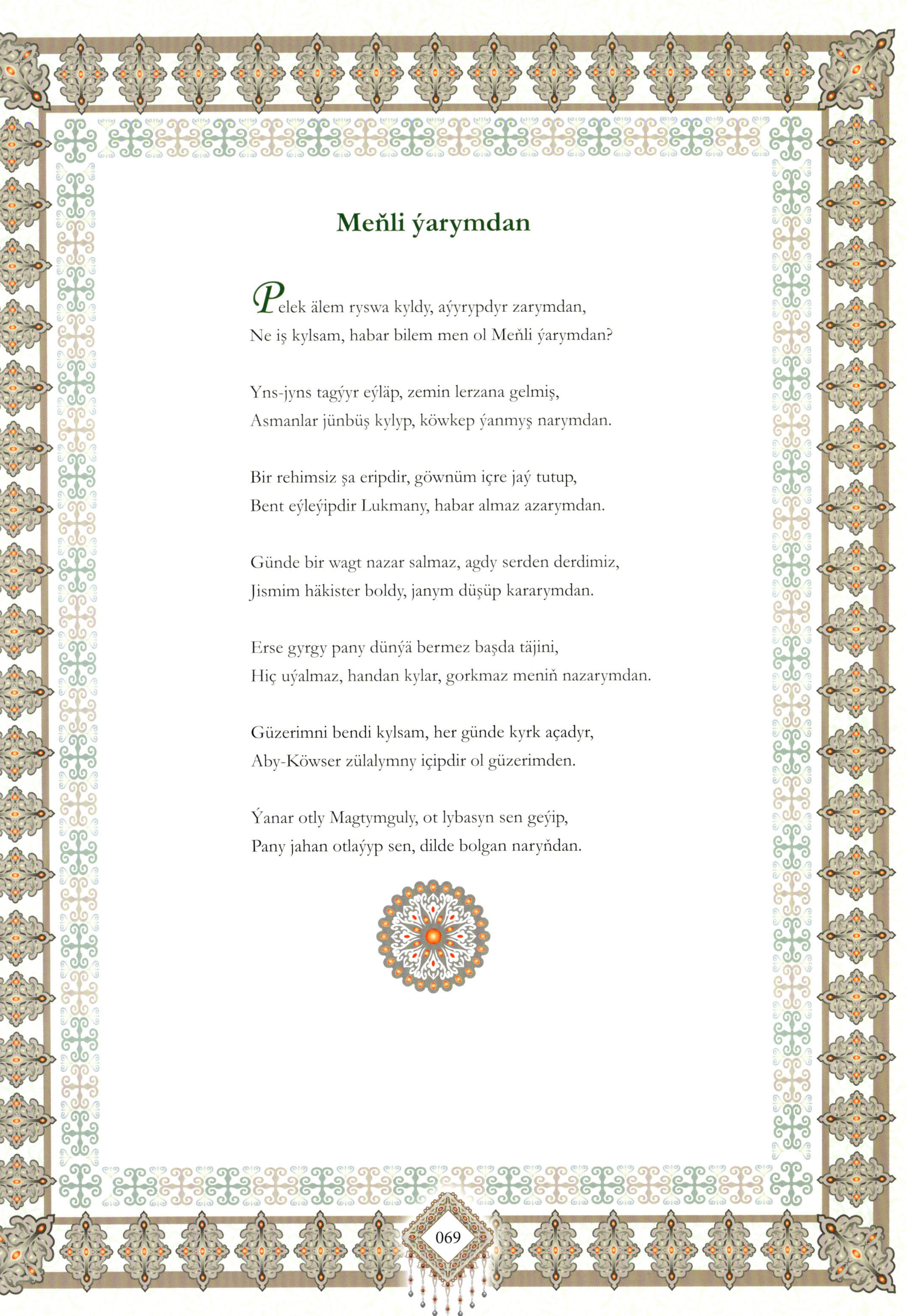

Meňli ýarymdan

Pelek älem ryswa kyldy, aýyrypdyr zarymdan,
Ne iş kylsam, habar bilem men ol Meňli ýarymdan?

Yns-jyns tagýyr eýläp, zemin lerzana gelmiş,
Asmanlar jünbüş kylyp, köwkep ýanmyş narymdan.

Bir rehimsiz şa eripdir, göwnüm içre jaý tutup,
Bent eýleýipdir Lukmany, habar almaz azarymdan.

Günde bir wagt nazar salmaz, agdy serden derdimiz,
Jismim häkister boldy, janym düşüp kararymdan.

Erse gyrgy pany dünýä bermez başda täjini,
Hiç uýalmaz, handan kylar, gorkmaz meniň nazarymdan.

Güzerimni bendi kylsam, her günde kyrk açadyr,
Aby-Köwser zülalymny içipdir ol güzerimden.

Ýanar otly Magtymguly, ot lybasyn sen geýip,
Pany jahan otlaýyp sen, dilde bolgan naryňdan.

AZADY
MAGTYMGULY

庇护女神来了

深夜里我遇到一个梦景。
梦中一群圣贤向我走来。
我抖了一下，猛然惊醒。
他们手持金杖向我走来。

突然庇护女神把我围住，
她们身着红衣毕恭毕敬。
我瞬间选中了一位美女，
她走过来，嘴巴甜似蜜。

天上的美女在这里漫步，
她的眼睛让我六神无主。
爱的心灵在痛苦中燃烧，
她戴着金帽缨突然来到。

斐拉格爱上了那位美女，
她像我花园里的红石榴。
我深深地迷恋着这种美，
梦境中你已经向我走近。

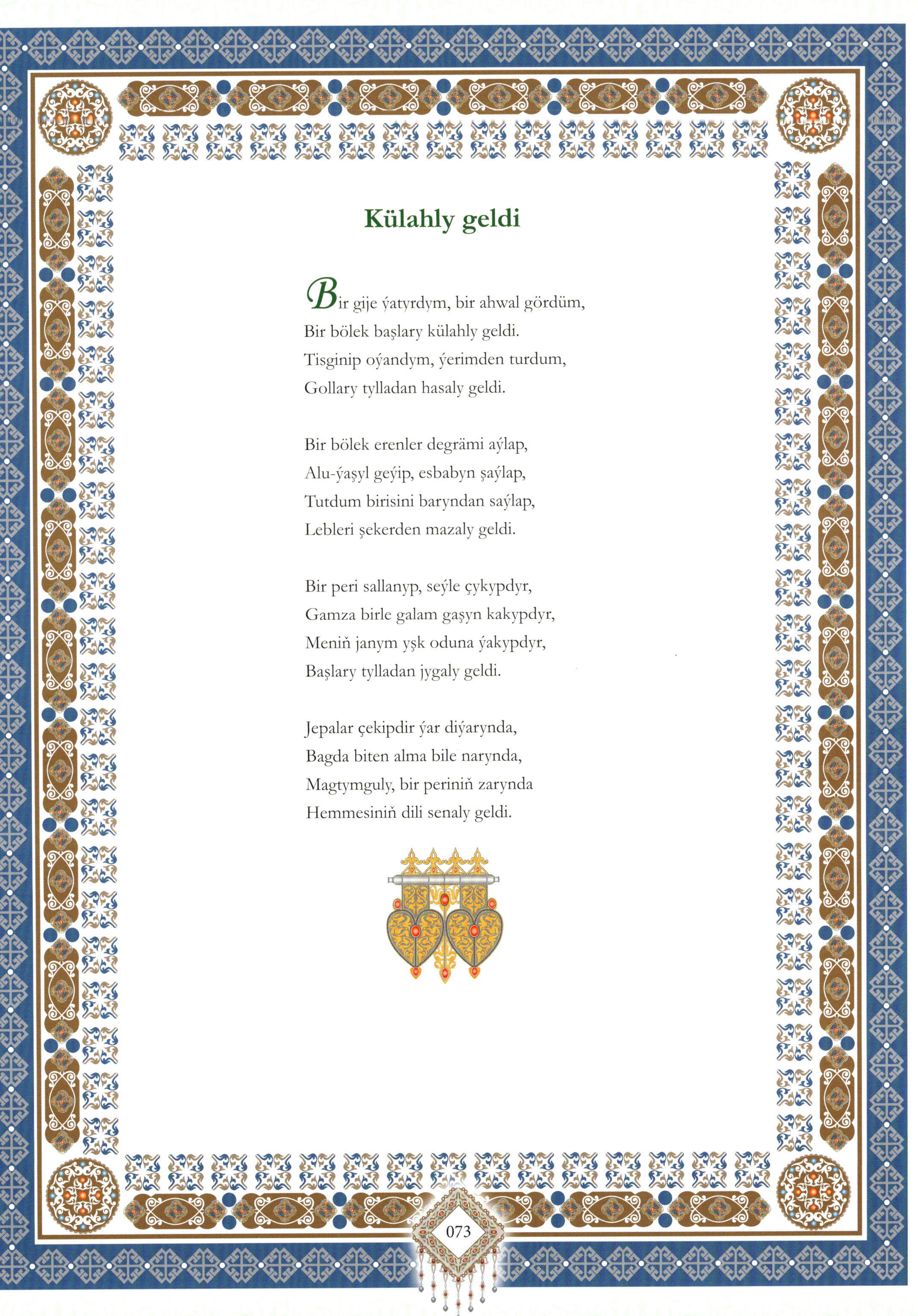

Külahly geldi

Bir gije ýatyrdym, bir ahwal gördüm,
Bir bölek başlary külahly geldi.
Tisginip oýandym, ýerimden turdum,
Gollary tylladan hasaly geldi.

Bir bölek erenler degrämi aýlap,
Alu-ýaşyl geýip, esbabyn şaýlap,
Tutdum birisini baryndan saýlap,
Lebleri şekerden mazaly geldi.

Bir peri sallanyp, seýle çykypdyr,
Gamza birle galam gaşyn kakypdyr,
Meniň janym yşk oduna ýakypdyr,
Başlary tylladan jygaly geldi.

Jepalar çekipdir ýar diýarynda,
Bagda biten alma bile narynda,
Magtymguly, bir periniň zarynda
Hemmesiniň dili senaly geldi.

你[1]不为人所知

你只拥有美貌和幸福，心灵并不了解你。
你用自身来充实世界，世界并不了解你。

我秘密地把自己的船工派出去探测河水，
询问身边碰到的所有人，没有谁认识你。

倘若有人说，世界不属于你，那是罪过。
你的路漫长且不平坦，家乡并不认识你。

苍天、大地和周围一切被你的美貌征服。
你是世界的主宰，只是世界并不认识你。

大海一直思念着你，正在掀起狂风暴雨。
虽然它听说过你的美貌，但是不认识你。

大地祈求苍天找到你，怀有绝望的疑虑，
苍天也无能为力，没有人知道这一奥秘。

马赫图姆库里谦卑地向熟人们打听着你。
他们讲了许多有关你的事，却不认识你。

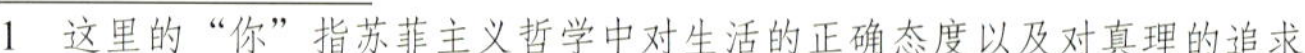

1 这里的“你”指苏菲主义哲学中对生活的正确态度以及对真理的追求。

Jahan senden bihabar

Sen-sen araýyşy-jan, hem jan senden bihabar,
Sen jahana doly sen, jahan senden bihabar.

Endişe derýasynda syrym sefinesini
Ýüz tarapa ýüzdürdim, seýran senden bihabar.

Ger diýseler küfr olar: «Eşýa senden halydyr»,
Menzil senden mustagrak, mekan senden bihabar.

Zemin, asman, garb-u şark pertöwiňde gerdandyr,
Zamanyýa sen gerdan, zaman senden bihabar.

Istär seni deňizler ýaýkanyşyp şowkuňdan,
Sen olar içre mälim, umman senden bihabar.

Zemin dilär asmanda, asman dilär zeminde,
Bir-birine gümanda, güman senden bihabar.

Magtymguly, gör indi, eşýalar ne işdedir,
Ýok imiş bu eşýada, heman senden bihabar.

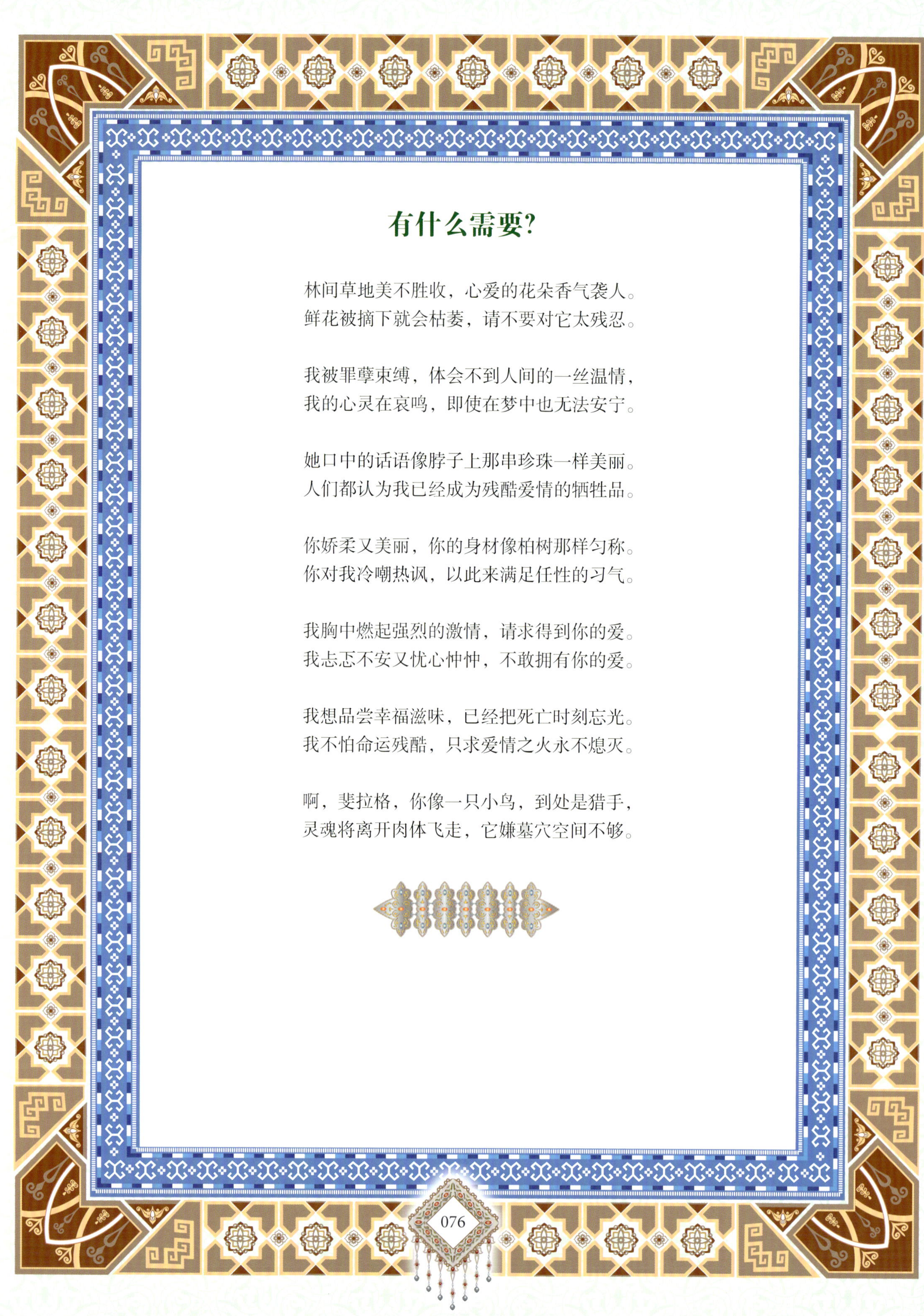

有什么需要?

林间草地美不胜收，心爱的花朵香气袭人。
鲜花被摘下就会枯萎，请不要对它太残忍。

我被罪孽束缚，体会不到人间的一丝温情，
我的心灵在哀鸣，即使在梦中也无法安宁。

她口中的话语像脖子上那串珍珠一样美丽。
人们都认为我已经成为残酷爱情的牺牲品。

你娇柔又美丽，你的身材像柏树那样匀称。
你对我冷嘲热讽，以此来满足任性的习气。

我胸中燃起强烈的激情，请求得到你的爱。
我忐忑不安又忧心忡忡，不敢拥有你的爱。

我想品尝幸福滋味，已经把死亡时刻忘光。
我不怕命运残酷，只求爱情之火永不熄灭。

啊，斐拉格，你像一只小鸟，到处是猎手，
灵魂将离开肉体飞走，它嫌墓穴空间不够。

Ne hajatdyr?

Gülçehreýi sowsan anbar buý eýleýip salamatdyr,
Gol uzatsam gül mähweşim, ýeg bilmeý dur, ne hajatdyr?

Webal bilen wabeste men, mürewwet ýok men dek gula,
Gapyl jiger eýläp lerzan, diýer: dehri kesapatdyr.

Lagly-merjendir boýnunda, Aby-Köwser dahanynda,
Nisar bolan men bendäge rehim etmez, ne apatdyr?

Ragna ýarym, serwi kamat boýlaryňa perwana men,
Suhanyma handan kylyp, gaşyn kakar, ne adatdyr?

Gola tutup yşk oduny, men perwana hödür eýleýir,
Elem bilen hasyl bolsam, pynhan kylar, ne aşratdyr?

Jamyg eýläp sagadatym, ýörsem katl alnymdadyr,
Wehim kylmanam pelekden, ýören ugrumda hasratdyr.

Magtymguly, sen deý murga deştde saýýat duçar geler,
Lahat içre ýalňyz goýar, jandan jyda rahatdyr.

冷眼看世界

亚当之子，请放眼看世界。
这里奇妙的事物随处可见。
对待大千世界要冷静直观。
随时随地能发现它的谎言。

它把伊斯坎德尔[1]诱入圈套，
还派信使来到苏莱曼面前，
它将戈伦[2]和哈隆[3]全杀掉，
到处都有命中注定的危险。

有多少无辜的冤魂被埋葬。
有多少勇敢的人战死沙场。
有多少人灾难被潮水冲走。
苦难的海洋简直随处都有。

崇山峻岭之峰隐在云雾后。
遍地的溪流匆匆注入山谷。
远处展开美妙绝伦的画卷，
山顶俯瞰，只见浓雾一片。

对中国这一遥远的国度[4]，
阿富汗和伊朗国王常光顾。
到访者还有阿塔尼亚孜汗，
他甚至曾经到过印度半岛。

1　伊斯坎德尔源自波斯语，意为“人类的保护者”，是古代马其顿国王亚历山大三世大帝（公元前356年至公元前322年）的名字，他是世界古代史上杰出的军事家和政治家。

2　戈伦是《古兰经》中记载的古代先知穆萨故事中的人物。该名字源自阿拉伯语，也译作“葛伦”。据说他拥有数不尽的财富，但由于他很吝啬，遭到穆萨诅咒，最终他本人连同财富一起被土地吞噬。

3　哈隆是伊斯兰教的先知，是先知穆萨的哥哥，相当于基督教中摩西的哥哥亚伦。

4　原文中的 Çyn 指中国中原地区，Maçyn 指中国当时少数民族居住的边境地区，Çyn-Maçyn 泛指中国。

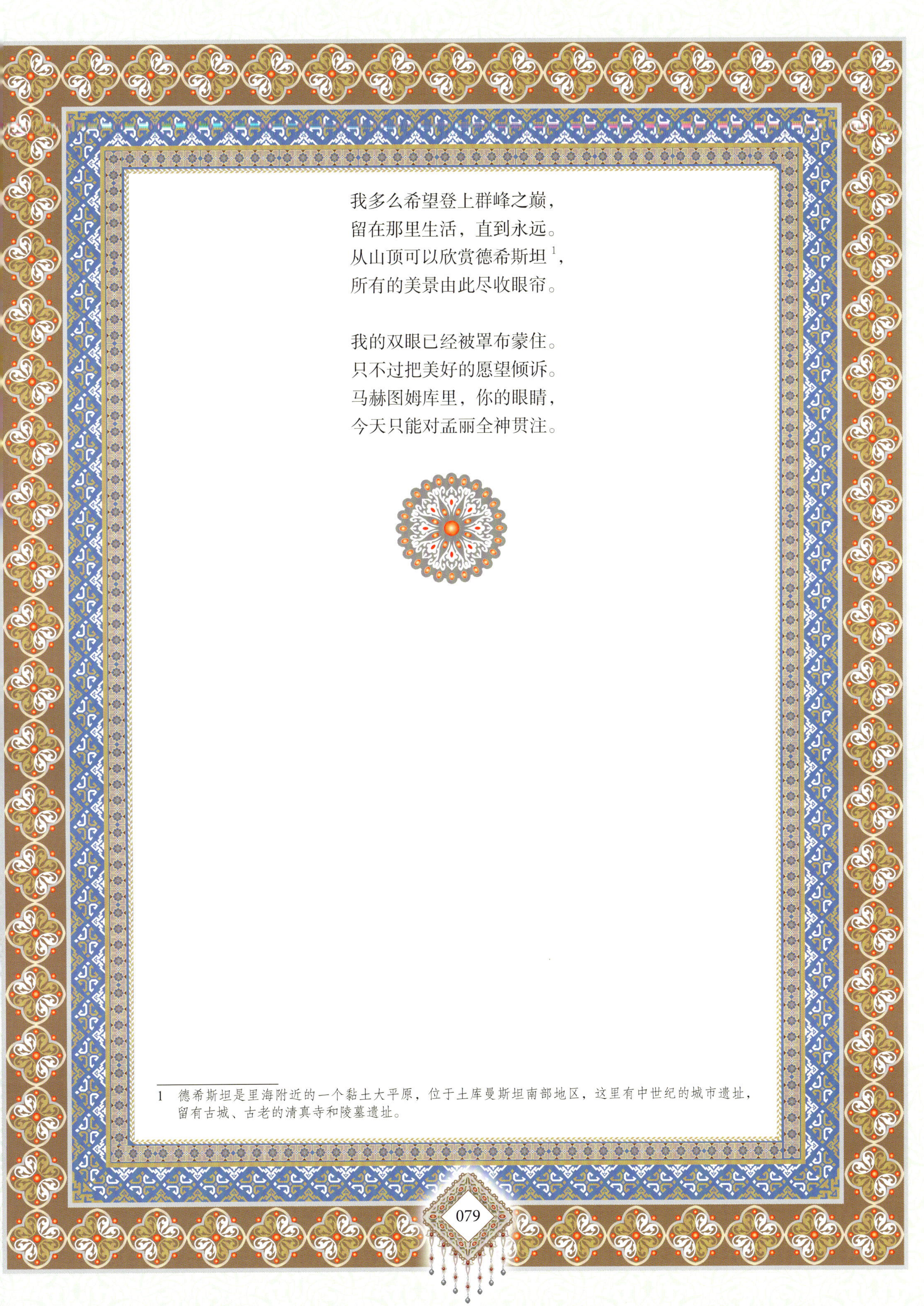

我多么希望登上群峰之巅，
留在那里生活，直到永远。
从山顶可以欣赏德希斯坦[1]，
所有的美景由此尽收眼帘。

我的双眼已经被罩布蒙住。
只不过把美好的愿望倾诉。
马赫图姆库里，你的眼睛，
今天只能对孟丽全神贯注。

1 德希斯坦是里海附近的一个黏土大平原，位于土库曼斯坦南部地区，这里有中世纪的城市遗址，留有古城、古老的清真寺和陵墓遗址。

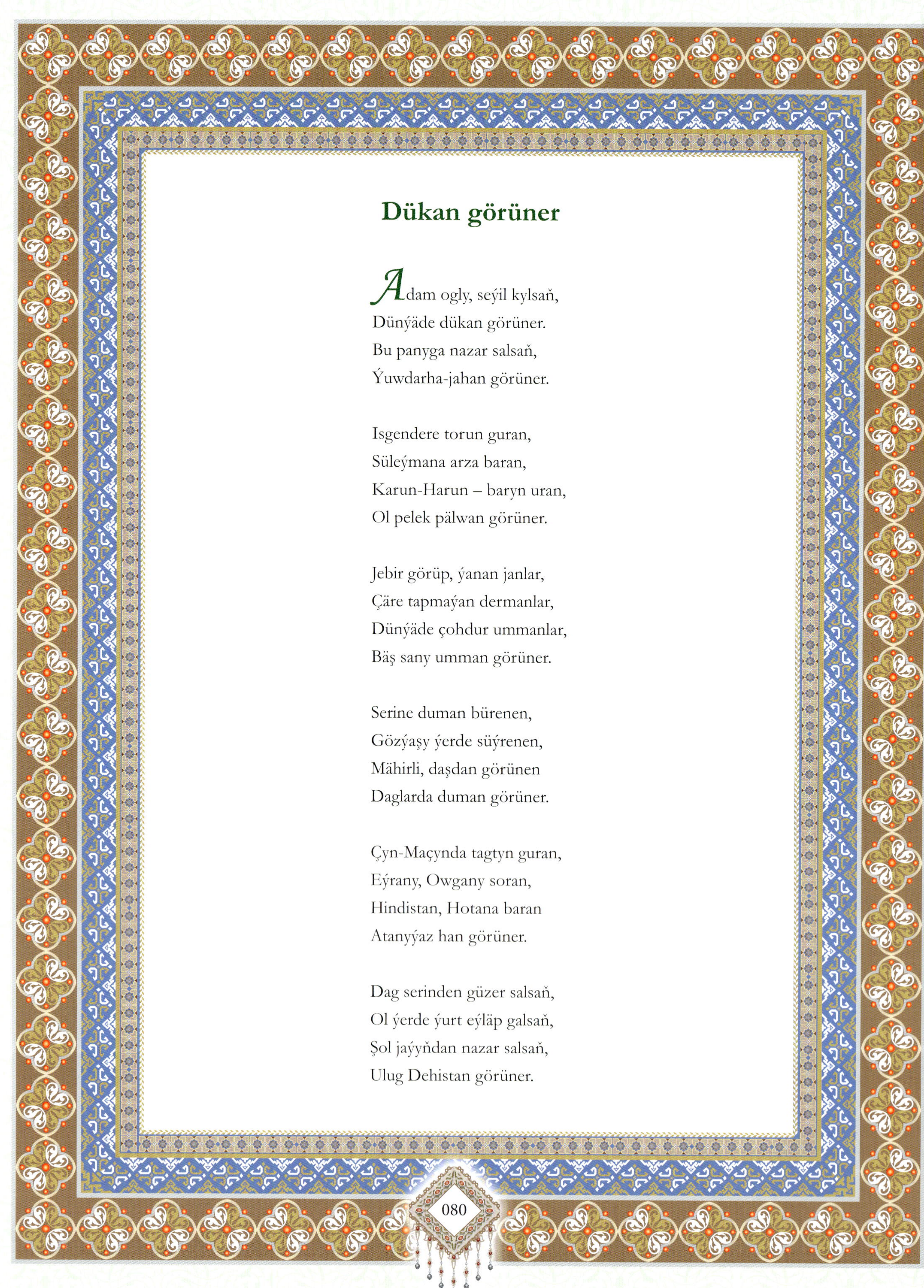

Dükan görüner

Adam ogly, seýil kylsaň,
Dünýäde dükan görüner.
Bu panyga nazar salsaň,
Ýuwdarha-jahan görüner.

Isgendere torun guran,
Süleýmana arza baran,
Karun-Harun – baryn uran,
Ol pelek pälwan görüner.

Jebir görüp, ýanan janlar,
Çäre tapmaýan dermanlar,
Dünýäde çohdur ummanlar,
Bäş sany umman görüner.

Serine duman bürenen,
Gözýaşy ýerde süýrenen,
Mähirli, daşdan görünen
Daglarda duman görüner.

Çyn-Maçynda tagtyn guran,
Eýrany, Owgany soran,
Hindistan, Hotana baran
Atanyýaz han görüner.

Dag serinden güzer salsaň,
Ol ýerde ýurt eýläp galsaň,
Şol jaýyňdan nazar salsaň,
Ulug Dehistan görüner.

Perde tartyp ýüzlerime,
Raýyş berip sözlerime,
Magtymguly, gözlerime
Ýeke Meňli han görüner.

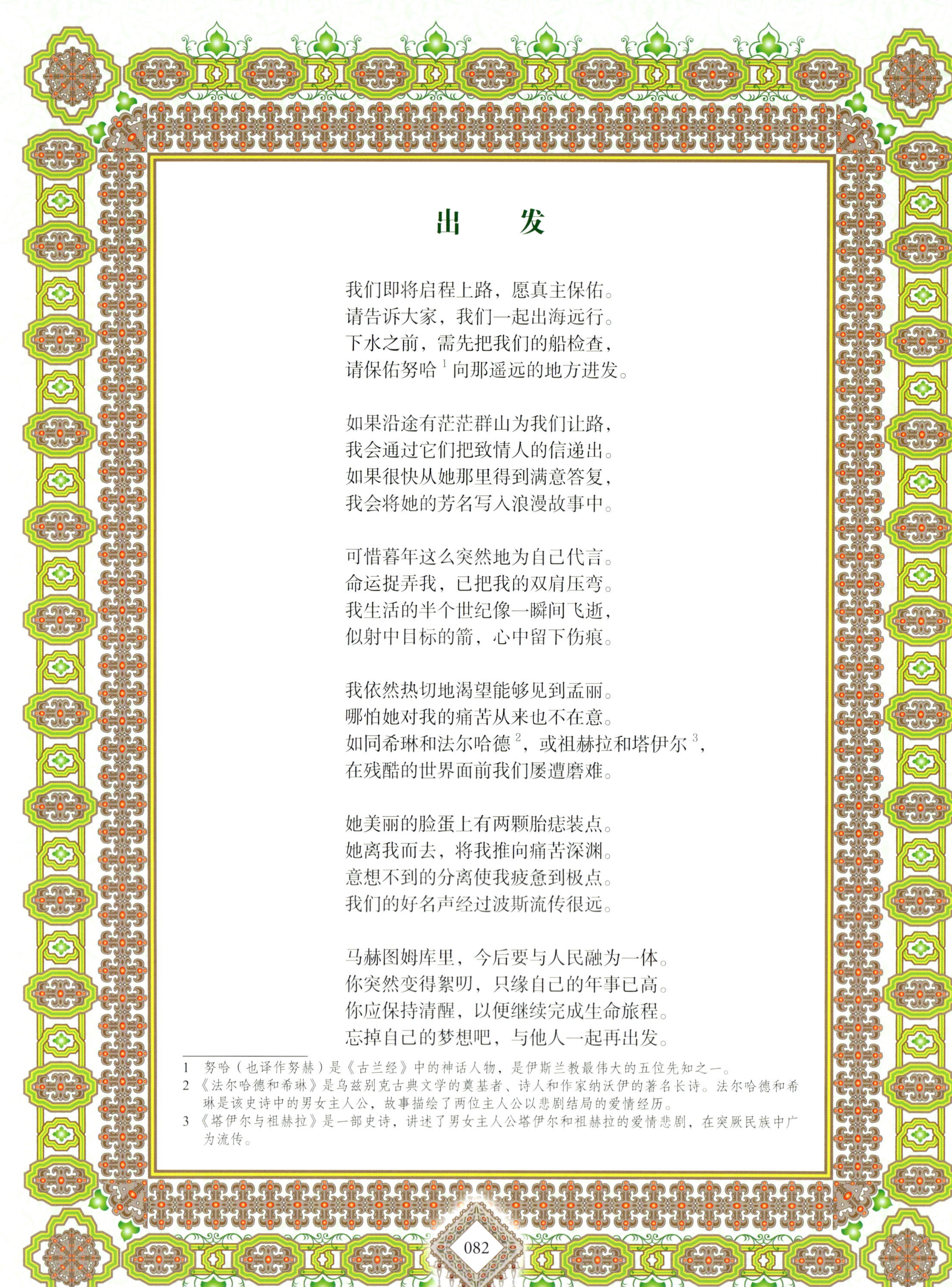

出　发

我们即将启程上路，愿真主保佑。
请告诉大家，我们一起出海远行。
下水之前，需先把我们的船检查，
请保佑努哈[1]向那遥远的地方进发。

如果沿途有茫茫群山为我们让路，
我会通过它们把致情人的信递出。
如果很快从她那里得到满意答复，
我会将她的芳名写入浪漫故事中。

可惜暮年这么突然地为自己代言。
命运捉弄我，已把我的双肩压弯。
我生活的半个世纪像一瞬间飞逝，
似射中目标的箭，心中留下伤痕。

我依然热切地渴望能够见到孟丽。
哪怕她对我的痛苦从来也不在意。
如同希琳和法尔哈德[2]，或祖赫拉和塔伊尔[3]，
在残酷的世界面前我们屡遭磨难。

她美丽的脸蛋上有两颗胎痣装点。
她离我而去，将我推向痛苦深渊。
意想不到的分离使我疲惫到极点。
我们的好名声经过波斯流传很远。

马赫图姆库里，今后要与人民融为一体。
你突然变得絮叨，只缘自己的年事已高。
你应保持清醒，以便继续完成生命旅程。
忘掉自己的梦想吧，与他人一起再出发。

1　努哈（也译作努赫）是《古兰经》中的神话人物，是伊斯兰教最伟大的五位先知之一。

2　《法尔哈德和希琳》是乌兹别克古典文学的奠基者、诗人和作家纳沃伊的著名长诗。法尔哈德和希琳是该史诗中的男女主人公，故事描绘了两位主人公以悲剧结局的爱情经历。

3　《塔伊尔与祖赫拉》是一部史诗，讲述了男女主人公塔伊尔和祖赫拉的爱情悲剧，在突厥民族中广为流传。

Bizge rowana

Nesip tartyp, biz hem düşsek ýollara,
Diýiň iller bolsun bizge rowana.
Nuh goldaýyp girer bolsak sillere,
Pata beriň nazar tutup ummana.

Goja daglar serin egip ötürse,
Saba gelip, arzym ýara ýetirse,
Yza dönüp, ýar jogabyn getirse,
Höwes bilen ismin ýazsam dessana.

Gojalykdan göwnüm laýa batypdyr,
Pelek oýnap, ykbalymy satypdyr,
Gözün ýumup, elli okun atypdyr,
Gelip orun tapyp girmiş bu jana.

Mejnun menem Meňli hanyň odunda,
Ýanyp-köýsem, ýokdur onuň ýadynda,
Perhat-Şirin, Zöhre-Tahyr adynda,
Taglym alyp, boldum menem perwana.

Hindi hallar gül ýüzünde jugradyr,
Zar eýleýip, çeken ahym nagradyr,
Hijran wasyl, jigerimi dogradyr,
Owazasy dolup onuň Eýrana.

Magtymguly, unutmagyl iliňi,
Uzyn ýaly, gysgaldawer diliňi,
Ýol ýörir men diýseň, bagla biliňi,
Bezirgenler gider Mazanderana.

你能否理解？

我写信给你，你却无法吃透其中的含义。
我诵读了咒语，其中的内涵你无法明晰。
我哭喊三天三夜才停息，原因你却不知。
我派鸡冠鸟追你，你无法明白我的用意，
我像以撒[1]骑驴狂奔，你是否笑我痴迷？

我像麦吉侬一样眼含泪水在草原上徘徊。
我尝试将泪珠组成珊瑚项链用线串起来。
土地如同一绺火焰在我的脚下熊熊燃起。
我宛如瓦尔卡[2]，到死才肯把希望丢弃，
我像舍勃利[3]烧光了山顶——你能否理解？

我从欧洲原野飞向中国，像一只鸡冠鸟。
在带有拱形枝叶的花园把萨巴女王[4]找到。
坐在苏莱曼的宝座上我向人们大声宣告，
我还模仿着夜莺的姿态，不再继续鸟瞰，
召唤群鸟在我头上歇脚——你能否理解？

麦吉侬在洞穴外边想出了一种奇特魔法：
他认出了自己的导师，突然高喊“安拉”。
但是除了真知，没有谁听得见他的话语。
热恋中的情侣们将周围的一切全然忘记。
他用我的眼泪熄灭爱情火——你能否理解？

---

1 以撒是《圣经》中的人物，是亚伯拉罕和妻子撒拉的独生子。

2 瓦尔卡是中世纪中亚国家流行的言情小说《瓦尔卡和波里莎》中的男主人公。

3 舍勃利是著名诗人谢赫阿布别克尔·穆哈迈德·哈拉夫（9—10世纪）的绰号。该诗人的父亲出生在阿姆河与锡尔河之间的舍彼勒村。传说诗人舍勃利与自己的心上人分了手，悲伤的他登上卡尔卡拉附近的一座山（位于土库曼斯坦南部）并咆哮起来。从他口中喷出的火焰把周围的一切烧光了，这座山的山峰也变黑了。从此，人们称他为“舍勃利”。舍勃利代表了忠贞于爱情但在爱情中并不成功的受害者形象。

4 萨巴女王，也叫希巴女王或示巴女王，是《圣经·旧约》中的人物。在传说中，她是阿拉伯半岛的一位女王。在与所罗门王见面后，女王与之有过一段甜蜜的恋情并孕有一子。

如果希尔凡汗王[1]把一场例行盛宴筹划，
他是否做得太细腻，这将由他自己回答。
审判日那天，当市民们将被编入队列时，
流露出的爱不是小溪，而是凝固的海洋。
我通过痛饮甘泉来解渴——你能否理解？

我是一只雏鹰，羽翼未丰就要抵御寒风。
世界对我不留情，箭头射入我的肋骨缝。
沙土将我青春的血液吸收到自己的肌体。
我每隔四十朵鲜花就把一片花瓣儿摘取。
摘的不是一百朵花蕾，而是一百个花刺——你能否理解？

马赫图姆库里把你称作所有星体的金星，
他送给你“大熊星座[2]的姐姐”之美称，
在他看来你的目光比太阳和月亮更明亮。
似乎向渗渗泉奔去，他丝毫不吝惜力气，
他像苏莱曼一样发出了誓言——你能否理解？

1　希尔凡汗王（531—579 年在位）是波斯第二帝国萨桑王朝（224—651 年）的统治者。传说在希尔凡执政时期，人民幸福安康。因此，希尔凡汗王也成为英明和公正的象征。
2　大熊星座是北半球天空中最醒目的星座之一，由许多星星共同构成一个类似于熊的图案。其中，最有特色的是北斗七星。

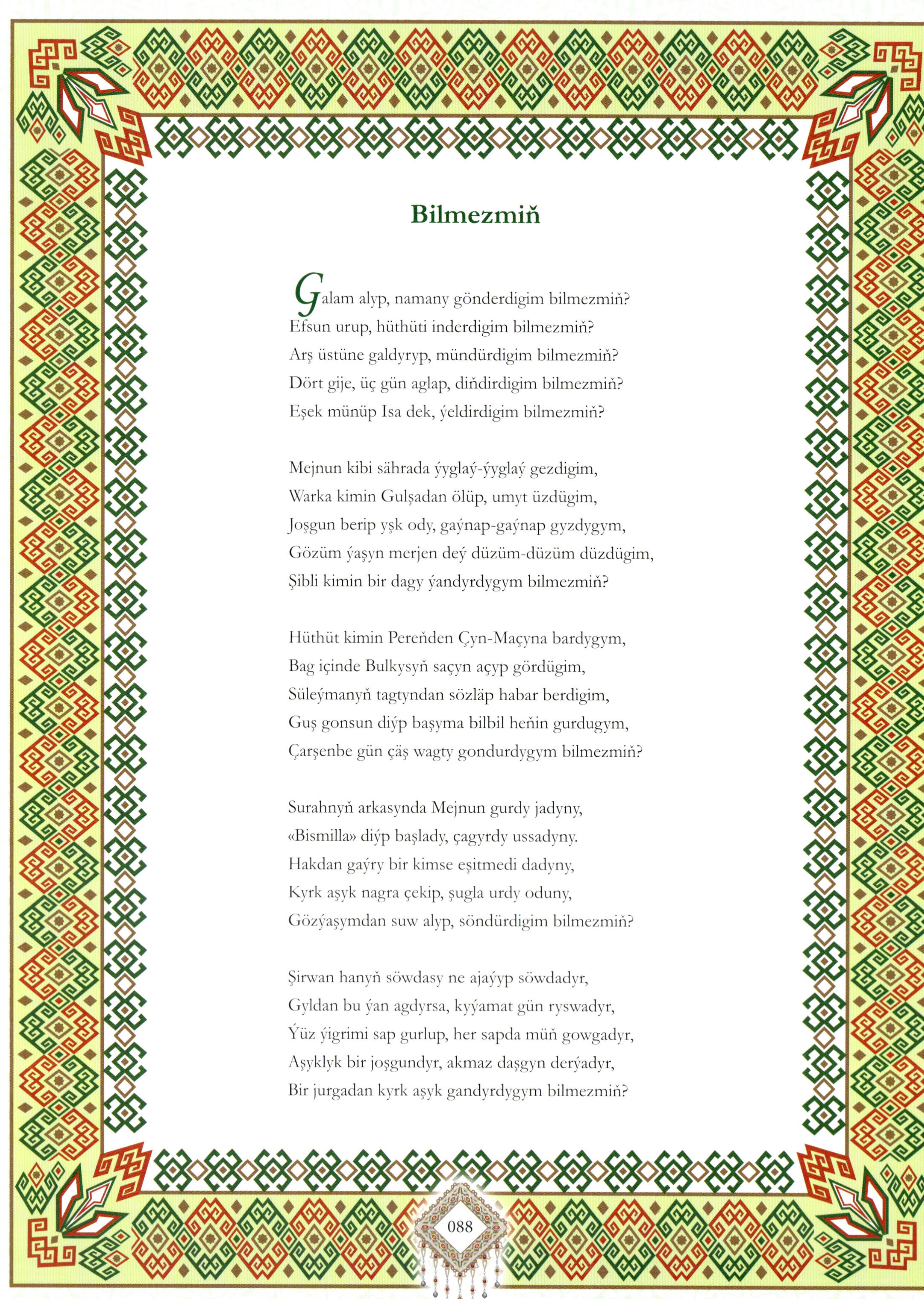

Bilmezmiň

Galam alyp, namany gönderdigim bilmezmiň?
Efsun urup, hüthüti inderdigim bilmezmiň?
Arş üstüne galdyryp, mündürdigim bilmezmiň?
Dört gije, üç gün aglap, diňdirdigim bilmezmiň?
Eşek münüp Isa dek, ýeldirdigim bilmezmiň?

Mejnun kibi sährada ýyglaý-ýyglaý gezdigim,
Warka kimin Gulşadan ölüp, umyt üzdügim,
Joşgun berip yşk ody, gaýnap-gaýnap gyzdygym,
Gözüm ýaşyn merjen deý düzüm-düzüm düzdügim,
Şibli kimin bir dagy ýandyrdygym bilmezmiň?

Hüthüt kimin Pereňden Çyn-Maçyna bardygym,
Bag içinde Bulkysyň saçyn açyp gördügim,
Süleýmanyň tagtyndan sözläp habar berdigim,
Guş gonsun diýp başyma bilbil heňin gurdugym,
Çarşenbe gün çäş wagty gondurdygym bilmezmiň?

Surahnyň arkasynda Mejnun gurdy jadyny,
«Bismilla» diýp başlady, çagyrdy ussadyny.
Hakdan gaýry bir kimse eşitmedi dadyny,
Kyrk aşyk nagra çekip, şugla urdy oduny,
Gözýaşymdan suw alyp, söndürdigim bilmezmiň?

Şirwan hanyň söwdasy ne ajaýyp söwdadyr,
Gyldan bu ýan agdyrsa, kyýamat gün ryswadyr,
Ýüz ýigrimi sap gurlup, her sapda müň gowgadyr,
Aşyklyk bir joşgundyr, akmaz daşgyn derýadyr,
Bir jurgadan kyrk aşyk gandyrdygym bilmezmiň?

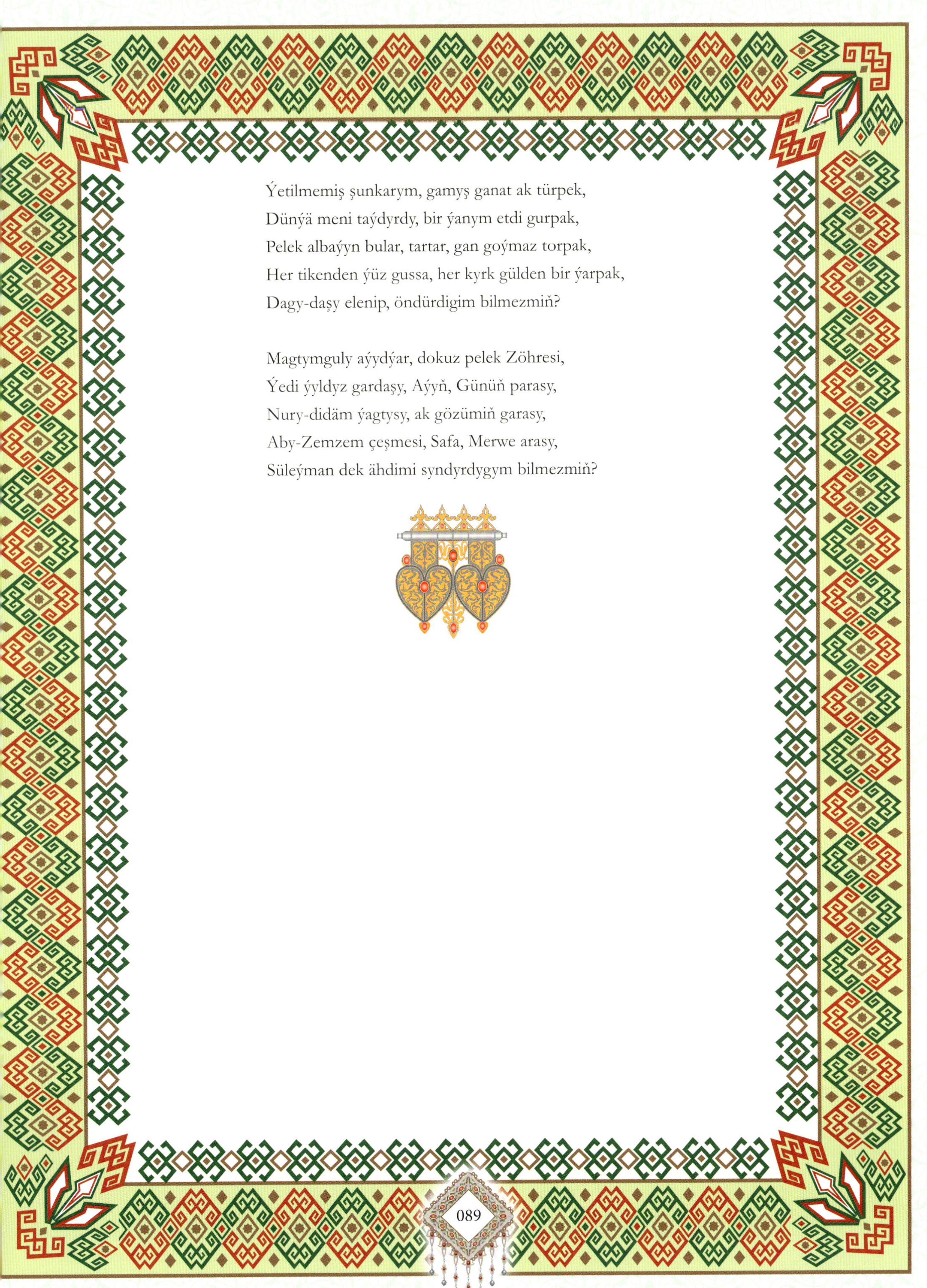

Ýetilmemiş şunkarym, gamyş ganat ak türpek,
Dünýä meni taýdyrdy, bir ýanym etdi gurpak,
Pelek albaýyn bular, tartar, gan goýmaz torpak,
Her tikenden ýüz gussa, her kyrk gülden bir ýarpak,
Dagy-daşy elenip, öndürdigim bilmezmiň?

Magtymguly aýydýar, dokuz pelek Zöhresi,
Ýedi ýyldyz gardaşy, Aýyň, Günüň parasy,
Nury-didäm ýagtysy, ak gözümiň garasy,
Aby-Zemzem çeşmesi, Safa, Merwe arasy,
Süleýman dek ähdimi syndyrdygym bilmezmiň?

尽人皆知

我的朋友们！爱情曾经是我的支柱，
有关爱情之美的传闻遍及千家万户。

爱着，我幸福，总是躬身走近爱情，
与之相伴随，我找到了家园与安宁。

爱情却对我说："亲爱的，我要离去，
我陷入无限悲伤中，连你也不饶恕！"

你以自己的秀发之美吸引了所有恋人，
你充满神秘梦境，将我如奴隶般生擒。

当你到别人那里为痛苦的心寻找慰藉，
但愿有时想起我并说一句"他很悲凄"。

岁月如梭，春天即逝，我被梦境笼罩，
想要醒来却没做到，梦境沉重又糟糕。

如果有人问起那个被爱困扰的人叫什么，
你就说："他叫马赫图姆库里，来自格尔克孜[1]。"

1　格尔克孜是马赫图姆库里的家乡，位于土库曼斯坦西南部的科佩特山南麓，在艾提热克河流最大的支流苏姆巴尔河河谷地带，靠近里海。自 2005 年起，格尔克孜村更名为马赫图姆库里村，这里建有马赫图姆库里博物馆。

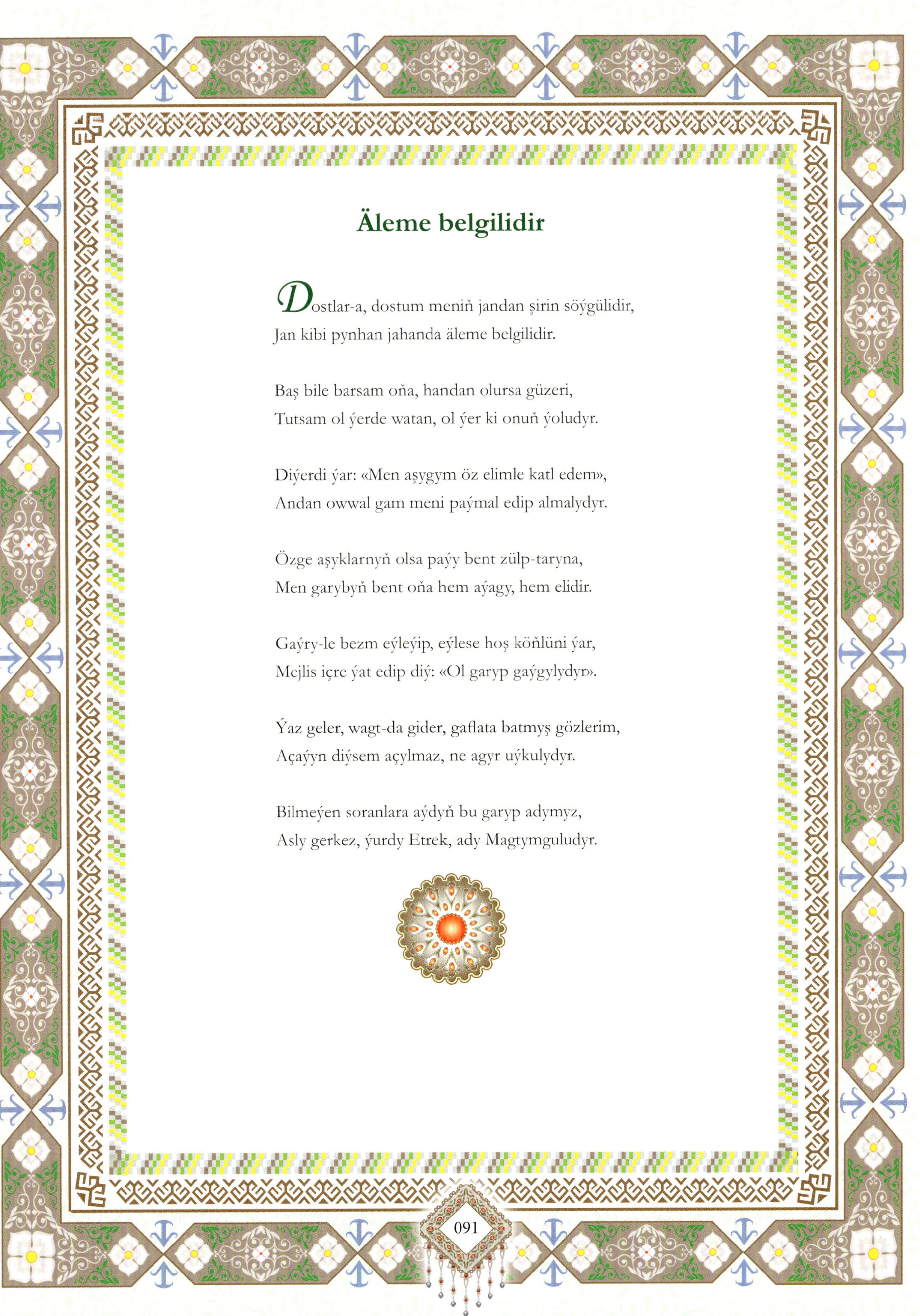

Äleme belgilidir

Dostlar-a, dostum meniň jandan şirin söýgülidir,
Jan kibi pynhan jahanda äleme belgilidir.

Baş bile barsam oňa, handan olursa güzeri,
Tutsam ol ýerde watan, ol ýer ki onuň ýoludyr.

Diýerdi ýar: «Men aşygym öz elimle katl edem»,
Andan owwal gam meni paýmal edip almalydyr.

Özge aşyklarnyň olsa paýy bent zülp-taryna,
Men garybyň bent oňa hem aýagy, hem elidir.

Gaýry-le bezm eýleýip, eýlese hoş köňlüni ýar,
Mejlis içre ýat edip diý: «Ol garyp gaýgylydyr».

Ýaz geler, wagt-da gider, gaflata batmyş gözlerim,
Açaýyn diýsem açylmaz, ne agyr uýkulydyr.

Bilmeýen soranlara aýdyň bu garyp adymyz,
Asly gerkez, ýurdy Etrek, ady Magtymguludyr.

酒　杯

苦行僧闭上眼睛怡然自得，
伸手去把盛着酒的酒杯摸。
他手握着酒杯进入了梦乡，
在深夜的静谧状态中徜徉。

司酒官开始为所有人斟酒，
有人得到一杯，有人没有。
苦行僧又一次端起一杯酒，
然而我也非常希望喝上酒。

在他们中间我还不够成熟，
不过是可怜的痴情小毛头。
心上人的脸庞朦胧看不清，
只缘被罩在红色的面纱中。

人若达到揭秘世界的境地，
他就会把人间的财富摒弃。
为了不在爱情中受到凌辱，
恋人们随时准备断绝生路。

生命如同商队的一个客栈，
人在其中是路人停留短暂。
斐拉格等待着先知希兹尔
和伊利亚斯[1]派来的救援。

1　伊利亚斯对应着《圣经》中的以利亚，是一位先知。

Tasa garşy

Agyz açdym, göz ýumdum,
Gol sundum tasa garşy.
Tas üstünde ýatypdyr
Galandar ýasa garşy.

Saky turdy, ses etdi,
Kim giç galdy, kim ýetdi,
Galandar tasyn tutdy,
Düşdüm höwäse garşy.

Men bikemal ol ýerde,
Yşk içre düşdüm derde,
Gül ýüzde gülgün perde
Tutdy palasa garşy.

Habar tutan jahandan,
Aýrylar hanymandan,
Aşyklar geçer jandan,
Tutulsa käse garşy.

Bu dünýä bir saraýdyr,
Gelen geçip baraýdyr,
Magtymguly haraý diýr,
Hydyr, Ylýasa garşy.

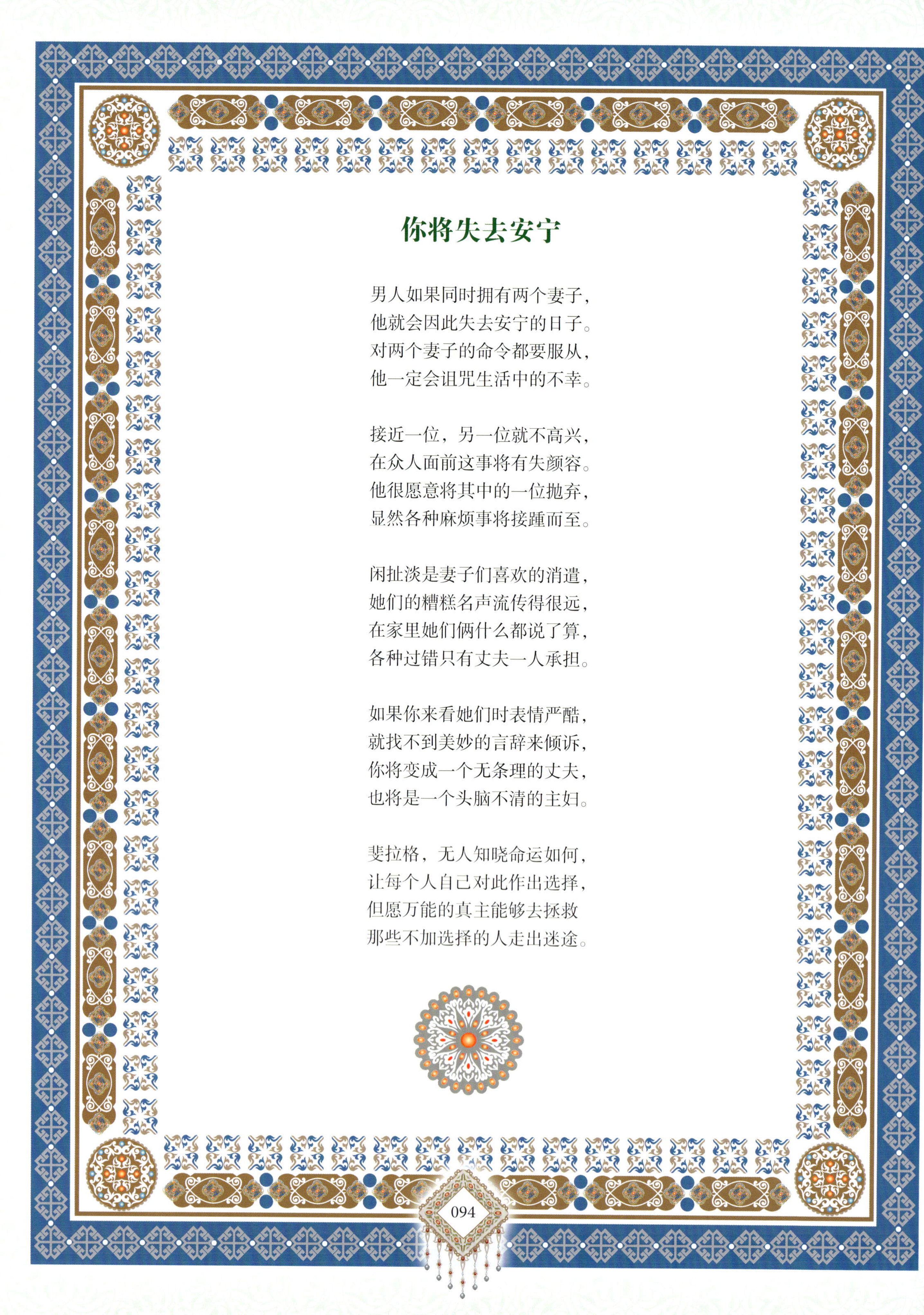

你将失去安宁

男人如果同时拥有两个妻子，
他就会因此失去安宁的日子。
对两个妻子的命令都要服从，
他一定会诅咒生活中的不幸。

接近一位，另一位就不高兴，
在众人面前这事将有失颜容。
他很愿意将其中的一位抛弃，
显然各种麻烦事将接踵而至。

闲扯淡是妻子们喜欢的消遣，
她们的糟糕名声流传得很远，
在家里她们俩什么都说了算，
各种过错只有丈夫一人承担。

如果你来看她们时表情严酷，
就找不到美妙的言辞来倾诉，
你将变成一个无条理的丈夫，
也将是一个头脑不清的主妇。

斐拉格，无人知晓命运如何，
让每个人自己对此作出选择，
但愿万能的真主能够去拯救
那些不加选择的人走出迷途。

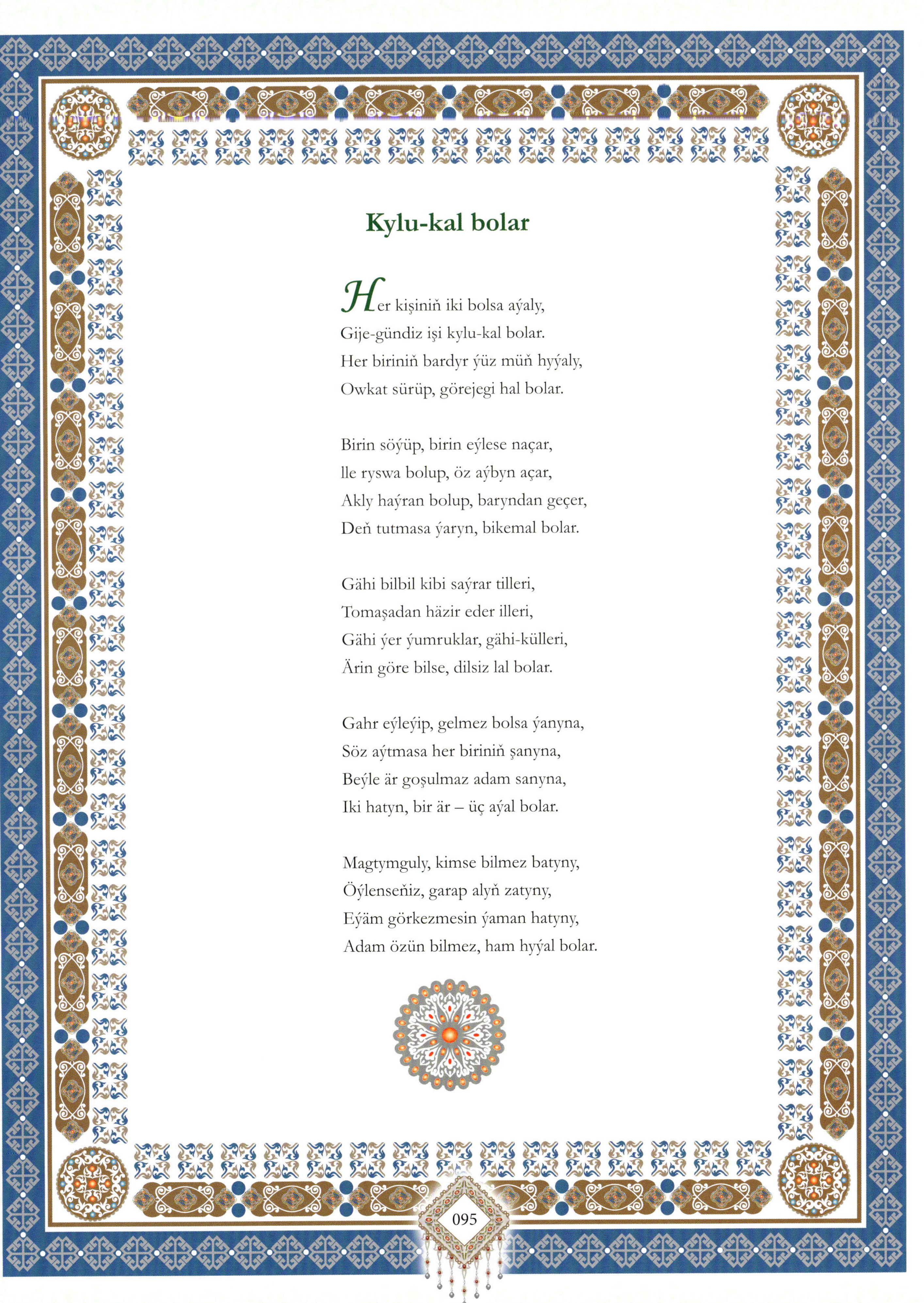

Kylu-kal bolar

Her kişiniň iki bolsa aýaly,
Gije-gündiz işi kylu-kal bolar.
Her biriniň bardyr ýüz müň hyýaly,
Owkat sürüp, görejegi hal bolar.

Birin söýüp, birin eýlese naçar,
Ile ryswa bolup, öz aýbyn açar,
Akly haýran bolup, baryndan geçer,
Deň tutmasa ýaryn, bikemal bolar.

Gähi bilbil kibi saýrar tilleri,
Tomaşadan häzir eder illeri,
Gähi ýer ýumruklar, gähi-külleri,
Ärin göre bilse, dilsiz lal bolar.

Gahr eýleýip, gelmez bolsa ýanyna,
Söz aýtmasa her biriniň şanyna,
Beýle är goşulmaz adam sanyna,
Iki hatyn, bir är – üç aýal bolar.

Magtymguly, kimse bilmez batyny,
Öýlenseňiz, garap alyň zatyny,
Eýäm görkezmesin ýaman hatyny,
Adam özün bilmez, ham hyýal bolar.

夜莺和玫瑰

一次启程上路，与一个胆小鬼同行。
沿途我和他共同尝遍了苦头与艰辛。

曾经有一次我遇到一朵娇嫩的玫瑰，
然而我不得不把这朵玫瑰留给夜莺。

夜莺看到了玫瑰，幸福得心花怒放。
我温和地请他把事情的原委对我讲。

他说：“我是飞蛾，坠入激情之火。
爱上这朵玫瑰，为自己带来灾祸。”

撒旦突然出现，他一把夺走了玫瑰，
把玫瑰扔进火里，自己也掉入其中。

火焰已把我的灵魂和肉体化为灰烬。
春天的轻风吹过，我蒸发在空气里。

马赫图姆库里说，人间没给我欢乐，
最好做一个白痴，免得为命运忧伤。

Görmüşem

Hemra eýläp men namardy, birje zaman ýörmüşem,
Dözüp onuň her derdine, kyldyk işin görmüşem.

Bir zamanda bir gül gelip, hasyl boldy bagyma,
Neýleýin men ol sowsany, andalyba bermişem.

Ol andalyp şady-horram boldy güle sataşyp,
Aklym kesmeý, ne hekaýat baryn ondan sormuşam.

Diýdi: «Perwana menem, yşk elemne baş goşup,
Bu sowsanyň derdi bilen özüm nara urmuşam».

Gelip şeýtan, alyp güli ataş içre atar boldy,
Suzanyny men unudyp, ataş içre girmişem.

Jany-tenim baryny häkister kyldy ataş,
Bady-saba öwser boldy, asmana sowrulmyşam.

Magtymguly, akmak oldum, nadanlygym ýeg eken,
Erse elem bilen gezem, bu ykbala begenmişem.

你是哪一个？

我从来没有见过你的外表。
是夜莺还是斑鸠，你是哪一个？
我痛苦地把自己欺骗：
你像园中一朵小花，芳名是啥？

是出身草根还是圣贤之家，
是不是金器皿中的葡萄酒，
是日夜还是美好的受造物，
是月亮还是太阳，你到底是哪一个？

是龙涎香、麝香还是其他，
是不是诡计多端的命运盘，
是河流还是河床里的沙粒，
是雪暴还是漩涡，你到底是哪一个？

是天然金锭还是天然银锭，
是不是隐没在海里的珍珠，
是不是深夜草原上的灯光，
是苍穹还是地壳，你是哪一个？

马赫图姆库里，请把荣辱遗忘。
管住你的手，不参与任何名堂。
世界丰富多彩，你是否了解它？
你是绿色的草地，还是大蜡烛？

Näme sen?

Asla seni görmemişem, dildarym,
Gumrumy sen, bilbilmi sen, näme sen?
Gamgyn köňlüm hyýalyňda aldaram,
Bag içinde gülgülmi sen, näme sen?

Garaçymyň ýa seýitmiň, hojamyň,
Ýa sakymyň, ýa şerapmyň, ýa jammyň,
Ýa ýylmy sen, ýa gündizmiň, gijemiň,
Ýa Aýmy sen, ýa Günmi sen, näme sen?

Ýa müşkmi sen, ýa kokunar anbarmyň,
Aýda bilmen, ýa çarhmy sen, çenbermiň,
Ýa derýamyň, ýa möwçmi sen, lenbermiň,
Ýa girdapmyň, ýa burgunmyň, näme sen?

Altynmy sen, kümüşmi sen, zermi sen,
Ýa Arşmy sen, ýa Kürsmi sen, Ýermi sen,
Ýa ýakutmyň, ýa merjenmiň, dürmi sen,
Ýa çyragmyň, ýa röwşenmiň, näme sen?

Magtymguly, geç namysdan, aryňdan,
El götergil bu wepasyz käriňden,
Jahan doly, sen gapyl sen ýaryňdan,
Meý-mestmi sen, ýa şeýdamyň, näme sen?

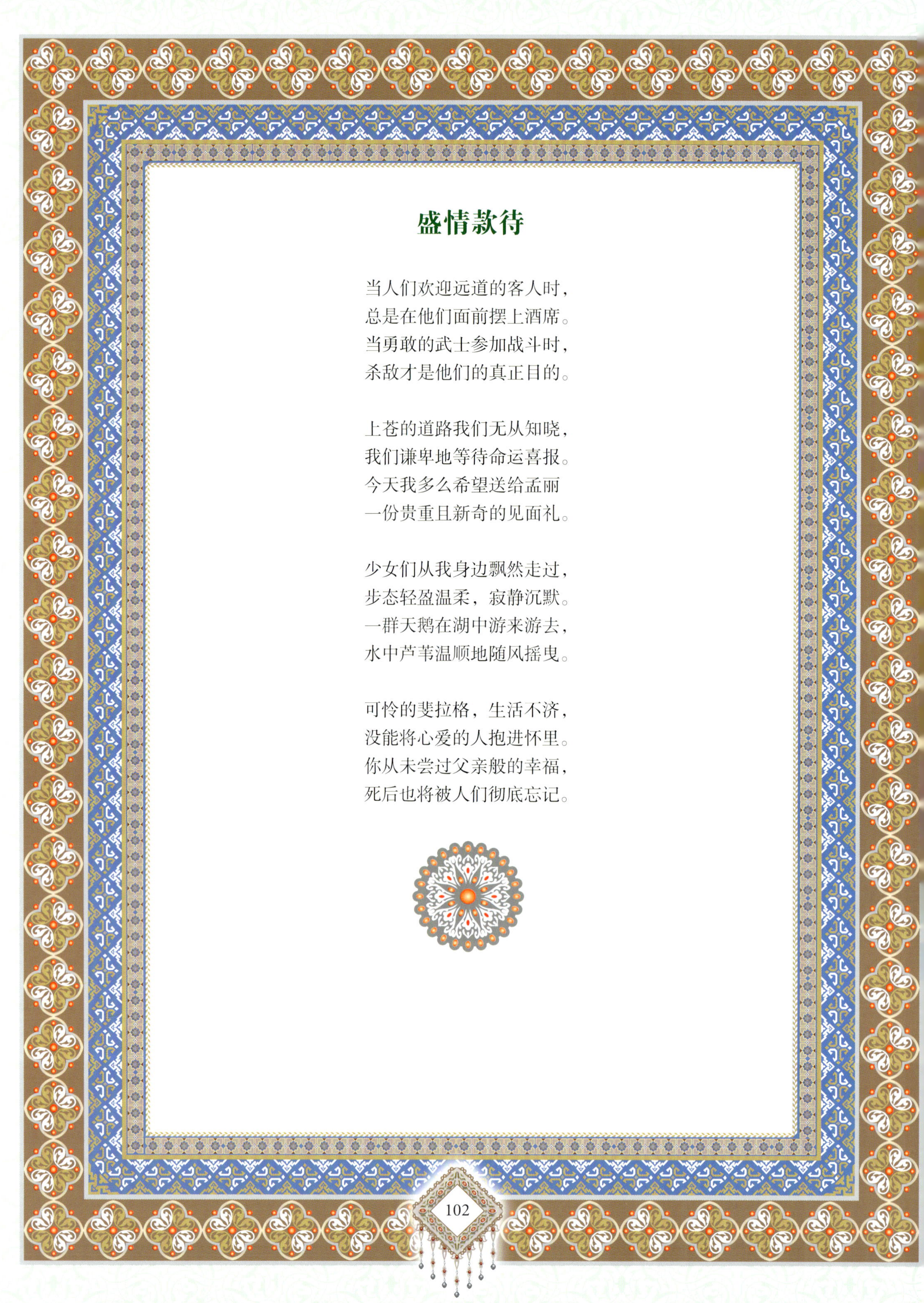

盛情款待

当人们欢迎远道的客人时，
总是在他们面前摆上酒席。
当勇敢的武士参加战斗时，
杀敌才是他们的真正目的。

上苍的道路我们无从知晓，
我们谦卑地等待命运喜报。
今天我多么希望送给孟丽
一份贵重且新奇的见面礼。

少女们从我身边飘然走过，
步态轻盈温柔，寂静沉默。
一群天鹅在湖中游来游去，
水中芦苇温顺地随风摇曳。

可怜的斐拉格，生活不济，
没能将心爱的人抱进怀里。
你从未尝过父亲般的幸福，
死后也将被人们彻底忘记。

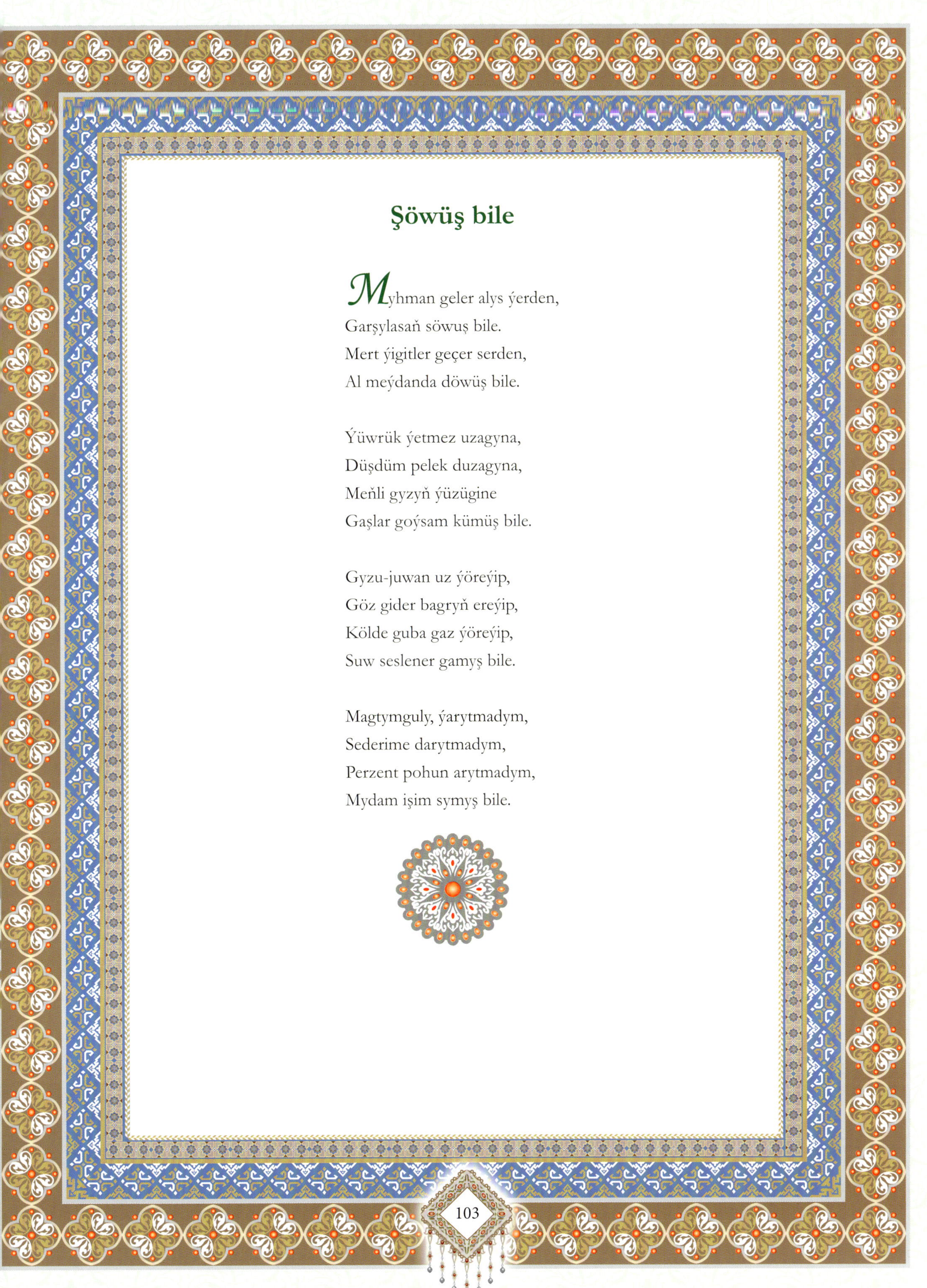

Şöwüş bile

Myhman geler alys ýerden,
Garşylasaň söwuş bile.
Mert ýigitler geçer serden,
Al meýdanda döwüş bile.

Ýüwrük ýetmez uzagyna,
Düşdüm pelek duzagyna,
Meňli gyzyň ýüzügine
Gaşlar goýsam kümüş bile.

Gyzu-juwan uz ýöreýip,
Göz gider bagryň ereýip,
Kölde guba gaz ýöreýip,
Suw seslener gamyş bile.

Magtymguly, ýarytmadym,
Sederime darytmadym,
Perzent pohun arytmadym,
Mydam işim symyş bile.

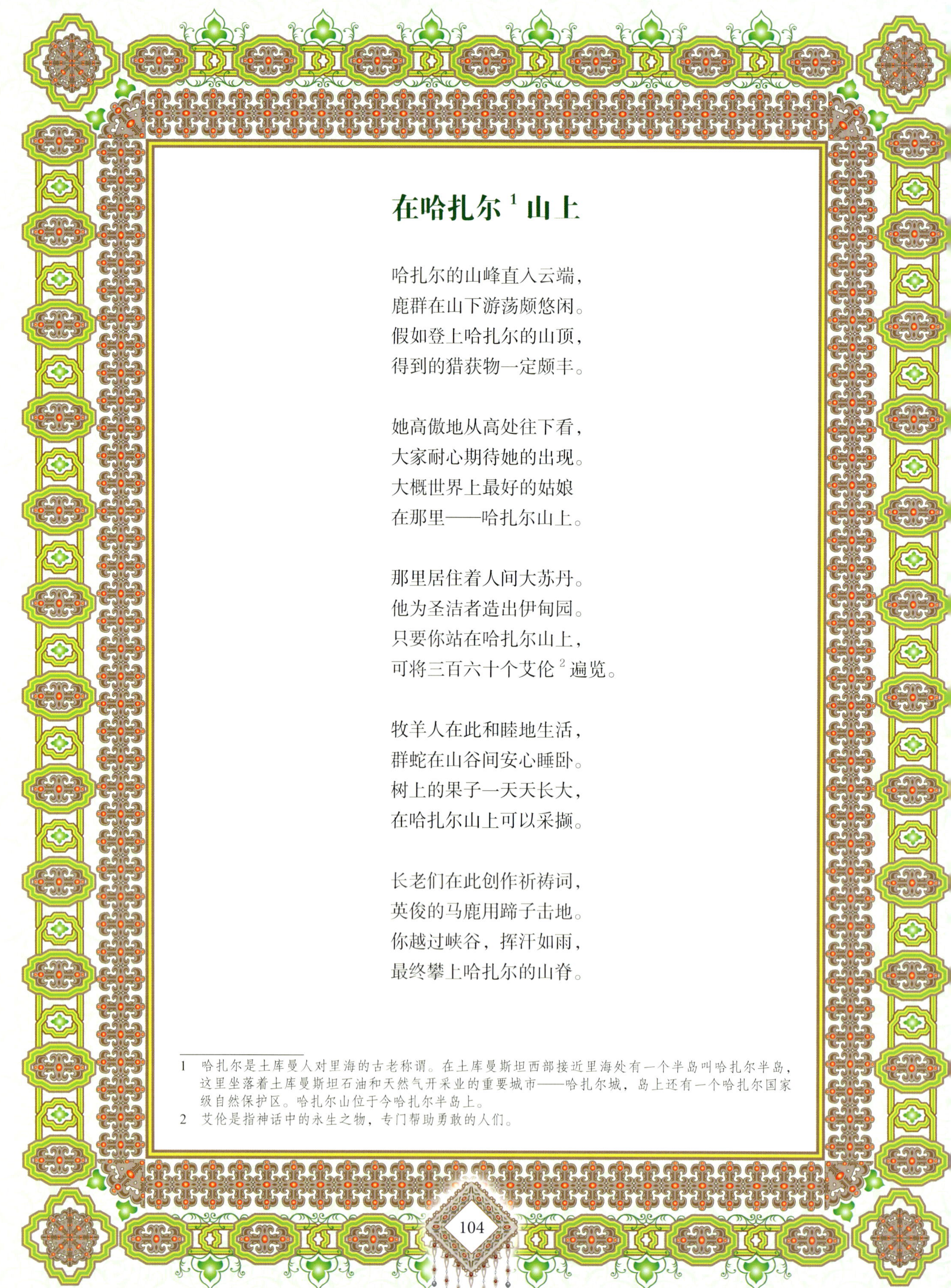

在哈扎尔[1]山上

哈扎尔的山峰直入云端，
鹿群在山下游荡颇悠闲。
假如登上哈扎尔的山顶，
得到的猎获物一定颇丰。

她高傲地从高处往下看，
大家耐心期待她的出现。
大概世界上最好的姑娘
在那里——哈扎尔山上。

那里居住着人间大苏丹。
他为圣洁者造出伊甸园。
只要你站在哈扎尔山上，
可将三百六十个艾伦[2]遍览。

牧羊人在此和睦地生活，
群蛇在山谷间安心睡卧。
树上的果子一天天长大，
在哈扎尔山上可以采撷。

长老们在此创作祈祷词，
英俊的马鹿用蹄子击地。
你越过峡谷，挥汗如雨，
最终攀上哈扎尔的山脊。

1 哈扎尔是土库曼人对里海的古老称谓。在土库曼斯坦西部接近里海处有一个半岛叫哈扎尔半岛，这里坐落着土库曼斯坦石油和天然气开采业的重要城市——哈扎尔城，岛上还有一个哈扎尔国家级自然保护区。哈扎尔山位于今哈扎尔半岛上。

2 艾伦是指神话中的永生之物，专门帮助勇敢的人们。

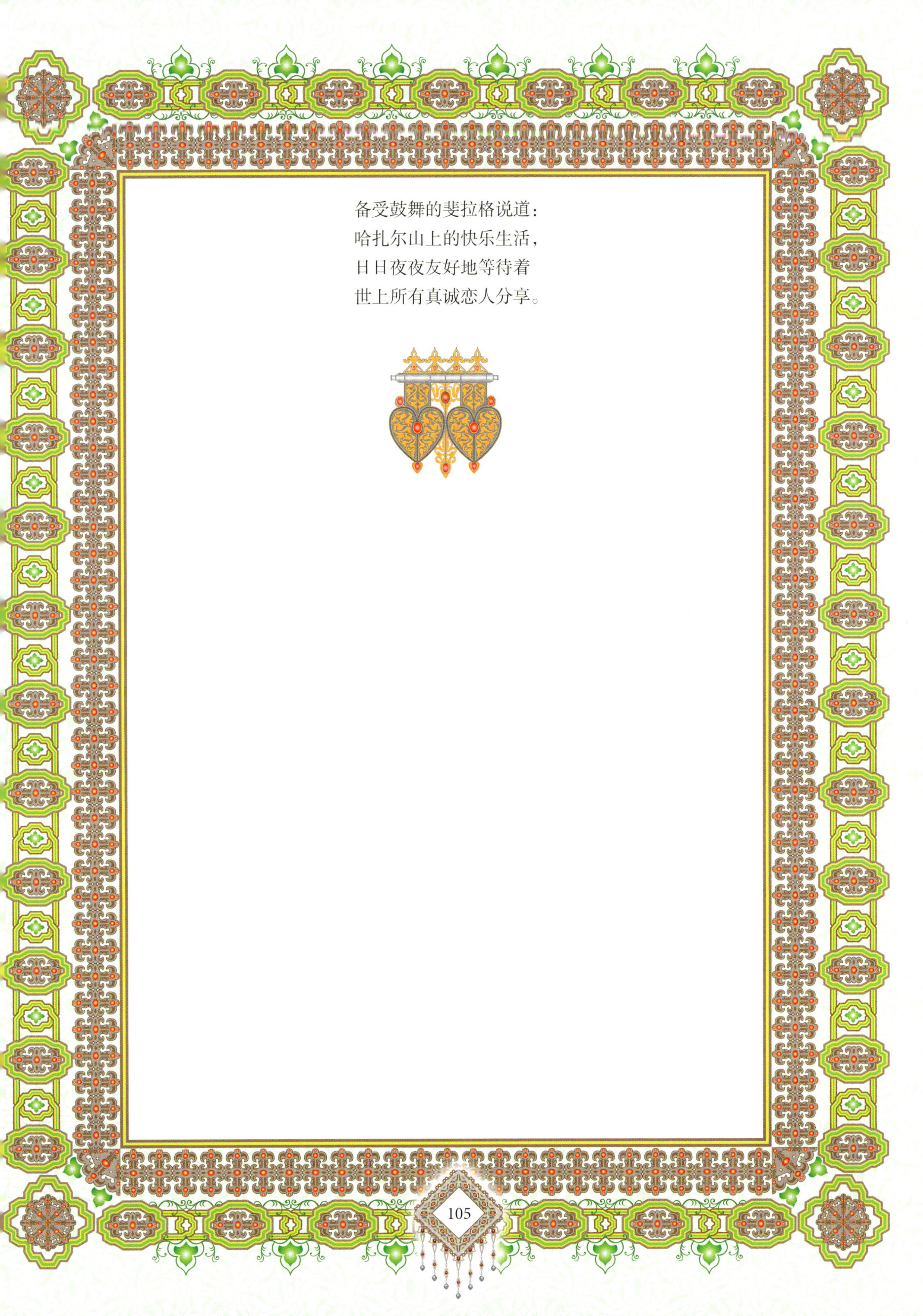

备受鼓舞的斐拉格说道：
哈扎尔山上的快乐生活，
日日夜夜友好地等待着
世上所有真诚恋人分享。

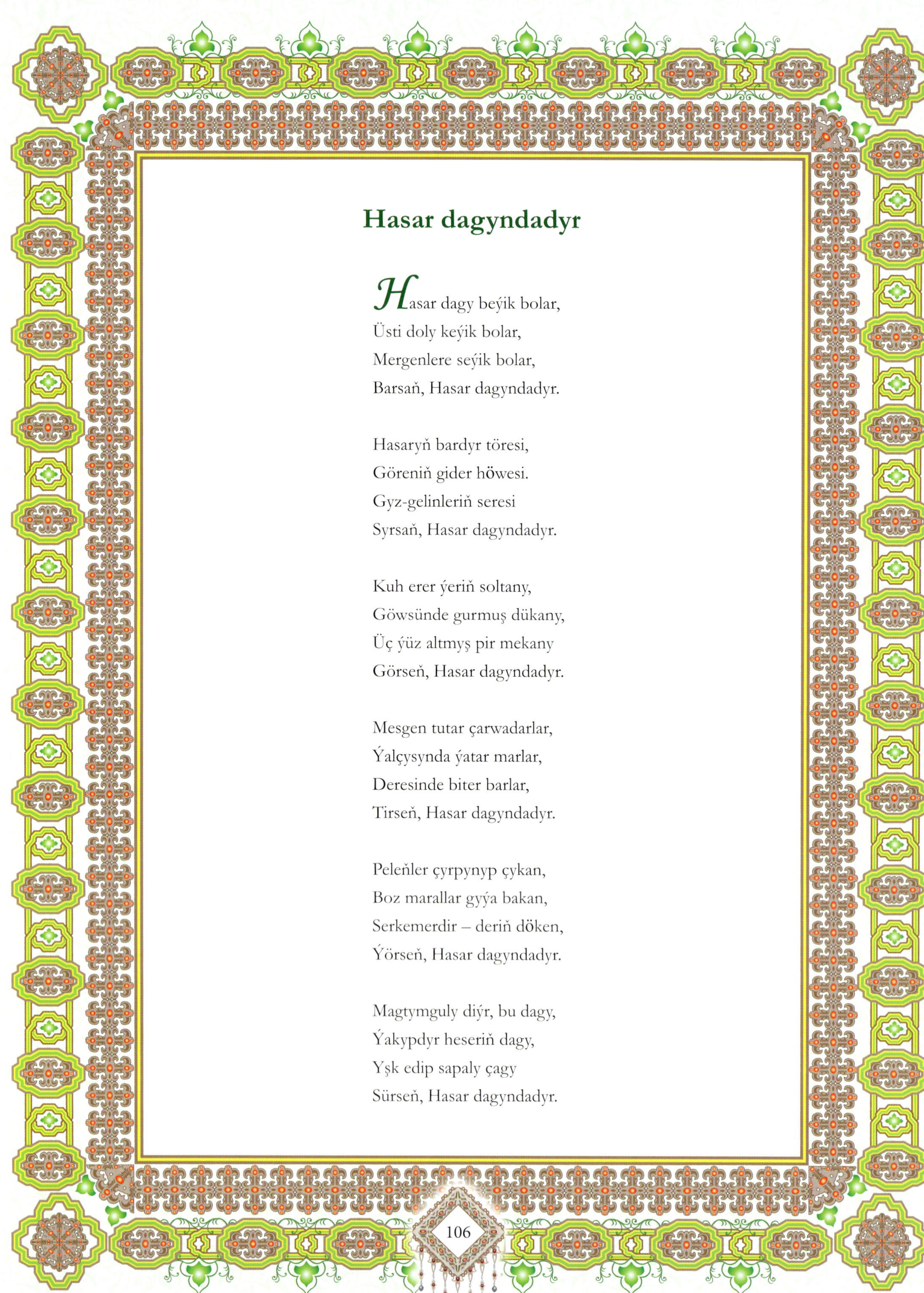

Hasar dagyndadyr

Hasar dagy beýik bolar,
Üsti doly keýik bolar,
Mergenlere seýik bolar,
Barsaň, Hasar dagyndadyr.

Hasaryň bardyr töresi,
Göreniň gider höwesi.
Gyz-gelinleriň seresi
Syrsaň, Hasar dagyndadyr.

Kuh erer ýeriň soltany,
Göwsünde gurmuş dükany,
Üç ýüz altmyş pir mekany
Görseň, Hasar dagyndadyr.

Mesgen tutar çarwadarlar,
Ýalçysynda ýatar marlar,
Deresinde biter barlar,
Tirseň, Hasar dagyndadyr.

Peleňler çyrpynyp çykan,
Boz marallar gyýa bakan,
Serkemerdir – deriň döken,
Ýörseň, Hasar dagyndadyr.

Magtymguly diýr, bu dagy,
Ýakypdyr heseriň dagy,
Yşk edip sapaly çagy
Sürseň, Hasar dagyndadyr.

我的朋友

缺少了你，这世界就没有快乐，我的朋友。
在极度悲伤的日子我只寻找你，我的朋友。

我的各种灾祸不会殃及我的亲人和朋友们。
你将那么多烦心的想法带给我，我的朋友。

与你相见的那一刻，我的心灵失去了平静。
我准备毫不犹豫地以死来救赎，我的朋友。

寻求与你见面，无异于将自己推向死亡深渊。
你的眼睛冷酷无情，眉毛似弯弓，我的朋友。

向不幸的人伸出救助之手，该行为历来就有。
多行善事正是真主对世人的希冀，我的朋友。

给你爱的人们希望吧，让他们与你秘密相会。
每个人都梦想与你单独见面，我亲爱的朋友。

我是斐拉格，是一个被爱情冲昏了头脑的人，
如果你把我赶走，那我该怎么办，我的朋友。

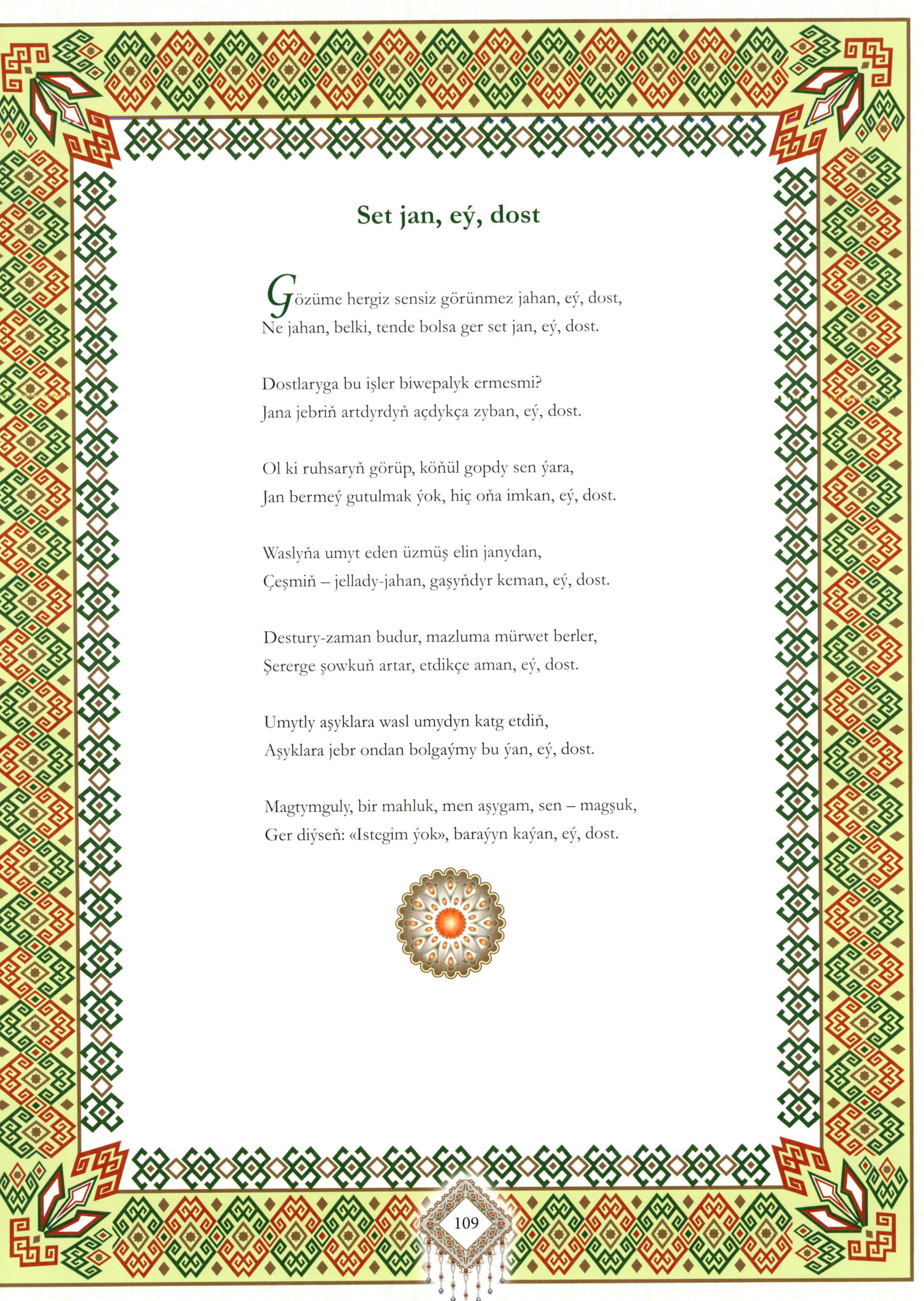

Set jan, eý, dost

Gözüme hergiz sensiz görünmez jahan, eý, dost,
Ne jahan, belki, tende bolsa ger set jan, eý, dost.

Dostlaryga bu işler biwepalyk ermesmi?
Jana jebriň artdyrdyň açdykça zyban, eý, dost.

Ol ki ruhsaryň görüp, köňül gopdy sen ýara,
Jan bermeý gutulmak ýok, hiç oňa imkan, eý, dost.

Waslyňa umyt eden üzmüş elin janydan,
Çeşmiň – jellady-jahan, gaşyňdyr keman, eý, dost.

Destury-zaman budur, mazluma mürwet berler,
Şererge şowkuň artar, etdikçe aman, eý, dost.

Umytly aşyklara wasl umydyn katg etdiň,
Aşyklara jebr ondan bolgaýmy bu ýan, eý, dost.

Magtymguly, bir mahluk, men aşygam, sen – magşuk,
Ger diýseň: «Istegim ýok», baraýyn kaýan, eý, dost.

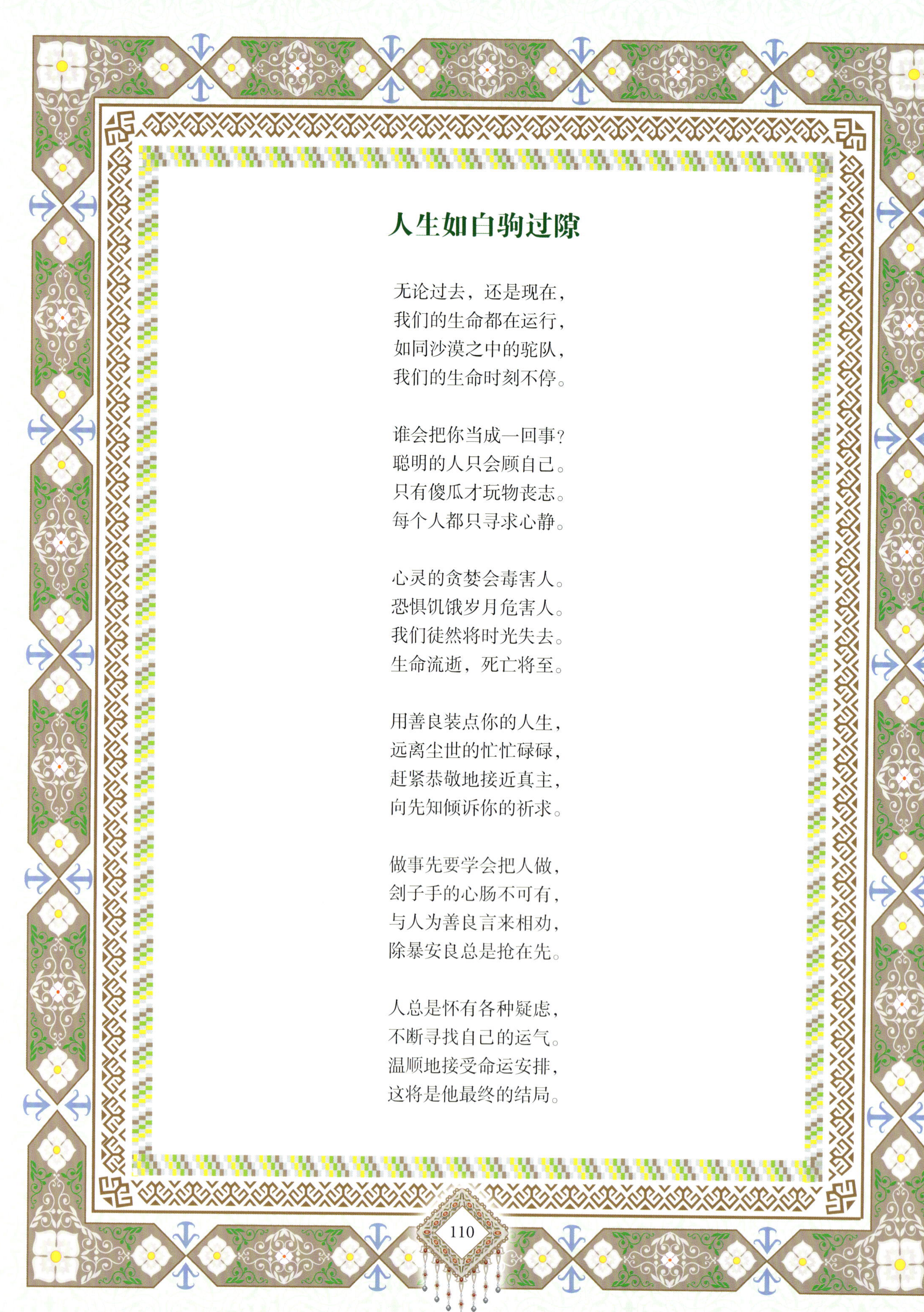

人生如白驹过隙

无论过去，还是现在，
我们的生命都在运行，
如同沙漠之中的驼队，
我们的生命时刻不停。

谁会把你当成一回事？
聪明的人只会顾自己。
只有傻瓜才玩物丧志。
每个人都只寻求心静。

心灵的贪婪会毒害人。
恐惧饥饿岁月危害人。
我们徒然将时光失去。
生命流逝，死亡将至。

用善良装点你的人生，
远离尘世的忙忙碌碌，
赶紧恭敬地接近真主，
向先知倾诉你的祈求。

做事先要学会把人做，
刽子手的心肠不可有，
与人为善良言来相劝，
除暴安良总是抢在先。

人总是怀有各种疑虑，
不断寻找自己的运气。
温顺地接受命运安排，
这将是他最终的结局。

瞧，斐拉格学会了服从，
他今天说道：
人生如白驹过隙！
人啊，多行善事莫迟疑！

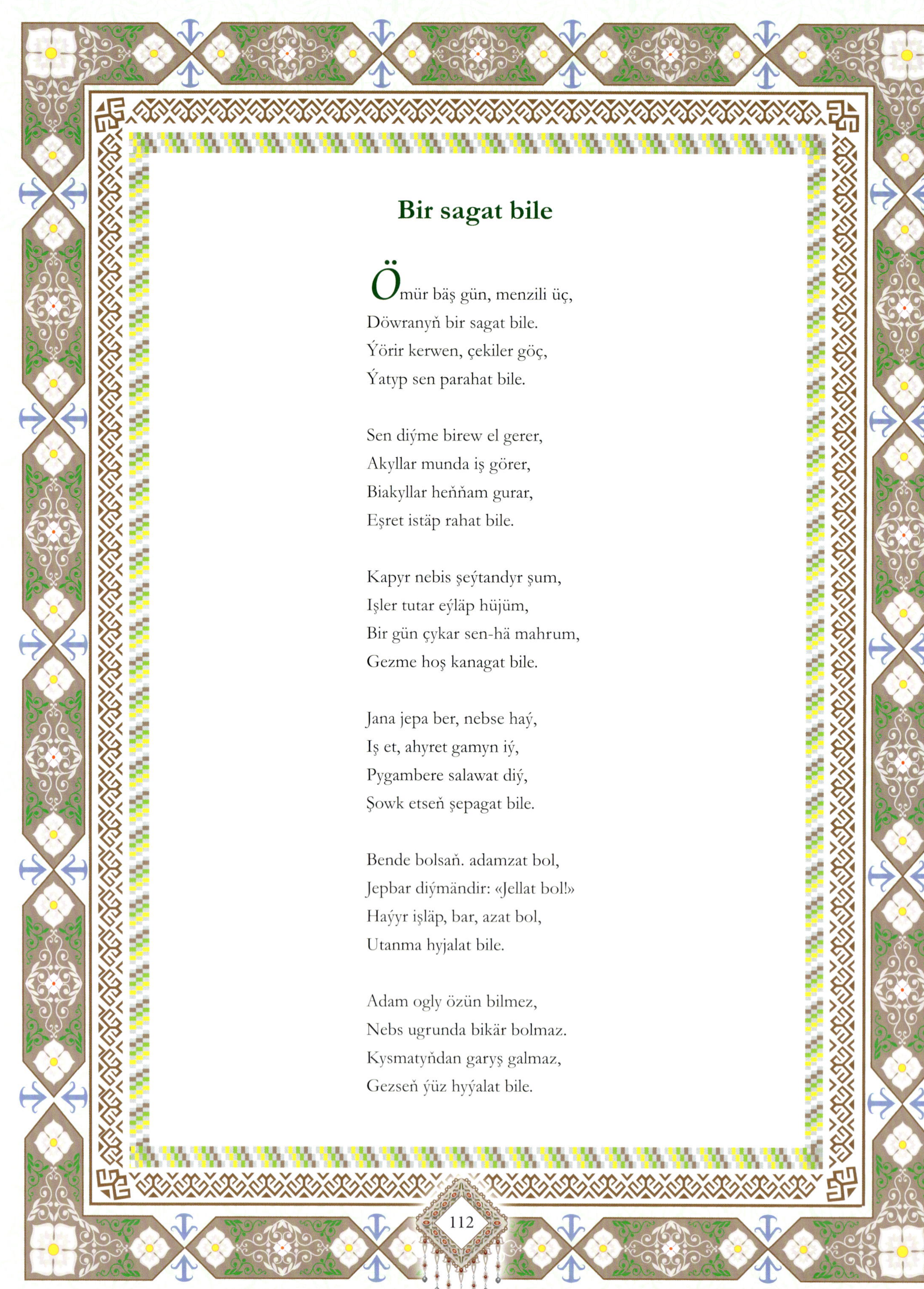

Bir sagat bile

Ömür bäş gün, menzili üç,
Döwranyň bir sagat bile.
Ýörir kerwen, çekiler göç,
Ýatyp sen parahat bile.

Sen diýme birew el gerer,
Akyllar munda iş görer,
Biakyllar heňňam gurar,
Eşret istäp rahat bile.

Kapyr nebis şeýtandyr şum,
Işler tutar eýläp hüjüm,
Bir gün çykar sen-hä mahrum,
Gezme hoş kanagat bile.

Jana jepa ber, nebse haý,
Iş et, ahyret gamyn iý,
Pygambere salawat diý,
Şowk etseň şepagat bile.

Bende bolsaň. adamzat bol,
Jepbar diýmändir: «Jellat bol!»
Haýyr işläp, bar, azat bol,
Utanma hyjalat bile.

Adam ogly özün bilmez,
Nebs ugrunda bikär bolmaz.
Kysmatyňdan garyş galmaz,
Gezseň ýüz hyýalat bile.

Magtymguly diýer, ýaran,
Halk tutan işe men haýran,
Geçer pursat öter döwran.
Güýmenewer tagat bile.

但愿不再……

嗨，同一信仰的朋友们！
愿我们心中不再有忧伤！
愿勇敢的武士朋友心中，
不会有凶恶的女友形象！

谁从真主那里接受天赋，
他就不再会有忧伤痛苦！
幸福会来到你的家门口，
没有领袖人民也不会有！

真主为伊斯兰教指方向，
还将骏马授予猛士英雄。
那些骗子和狡诈钻营者，
不会有长久的人间生活！

人人都袒露在我们面前，
人们按智慧对我们评判。
但愿在亲近的朋友之间，
不会有糟糕的事情出现！

但愿每个人都能有孩子，
家里的幸福永远不失去。
但愿身边所有的热恋者，
终日相守永远不会分离！

一个人只要表白了爱情，
他的心将立刻失去平静。
时刻害怕与心上人分离，
跟恋人在一起并不踏实！

有时我会出说一句箴言，
别人并不是我的裁判官：
愿这位年轻的英雄好汉，
永远不会被烦心事纠缠！

就算夸奖自己也是必需，
他会按事实来评价自己。
愿在残酷无情的战斗中，
永远没有懦夫与我相依！

先知在总结我们走的路，
告知世界的末日已临近。
斐拉格，请你依然保密，
大家都不需要知道谜底。

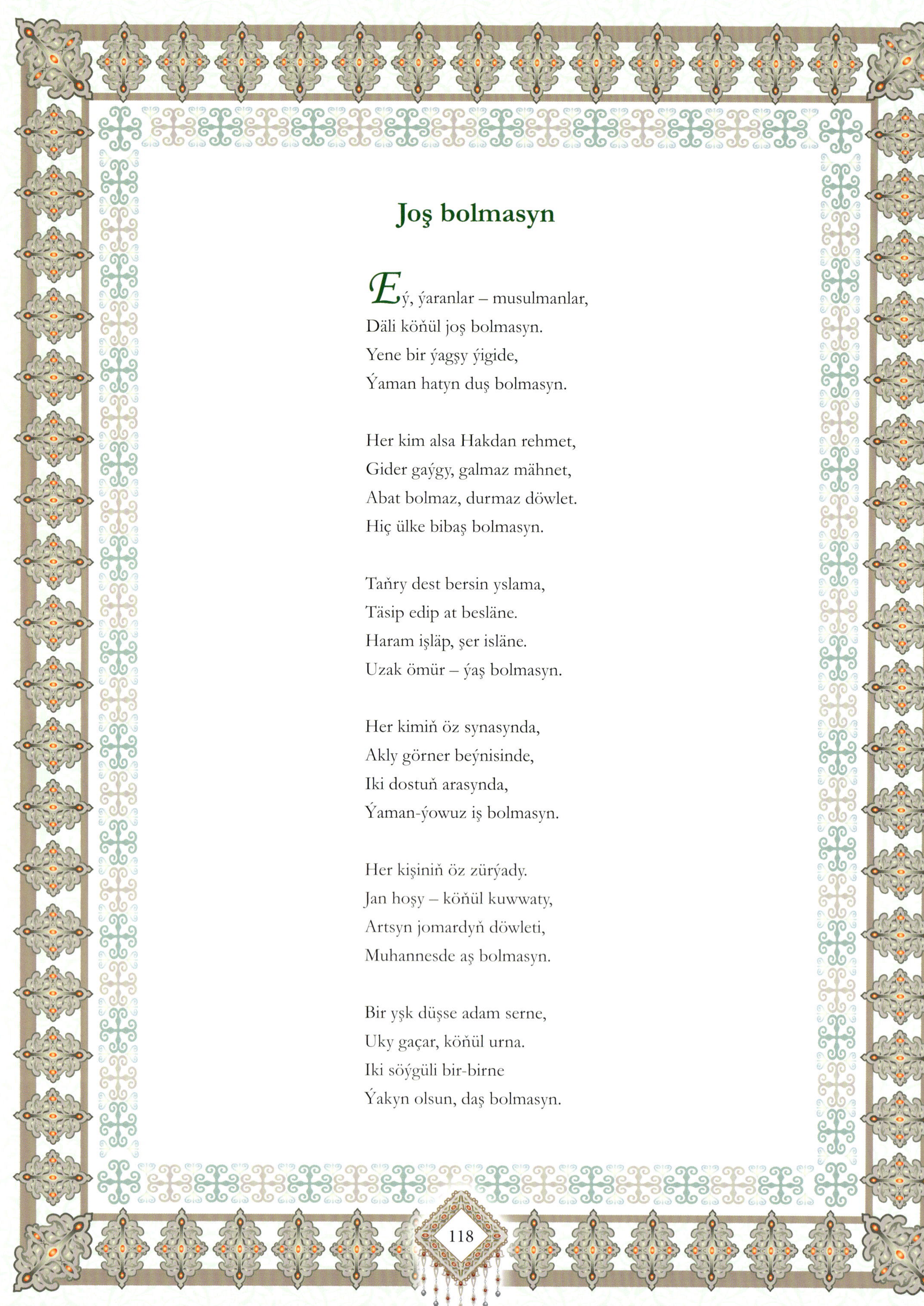

Joş bolmasyn

Eý, ýaranlar – musulmanlar,
Däli köňül joş bolmasyn.
Yene bir ýagşy ýigide,
Ýaman hatyn duş bolmasyn.

Her kim alsa Hakdan rehmet,
Gider gaýgy, galmaz mähnet,
Abat bolmaz, durmaz döwlet.
Hiç ülke bibaş bolmasyn.

Taňry dest bersin yslama,
Täsip edip at besläne.
Haram işläp, şer isläne.
Uzak ömür – ýaş bolmasyn.

Her kimiň öz synasynda,
Akly görner beýnisinde,
Iki dostuň arasynda,
Ýaman-ýowuz iş bolmasyn.

Her kişiniň öz zürýady.
Jan hoşy – köňül kuwwaty,
Artsyn jomardyň döwleti,
Muhannesde aş bolmasyn.

Bir yşk düşse adam serne,
Uky gaçar, köňül urna.
Iki söýgüli bir-birne
Ýakyn olsun, daş bolmasyn.

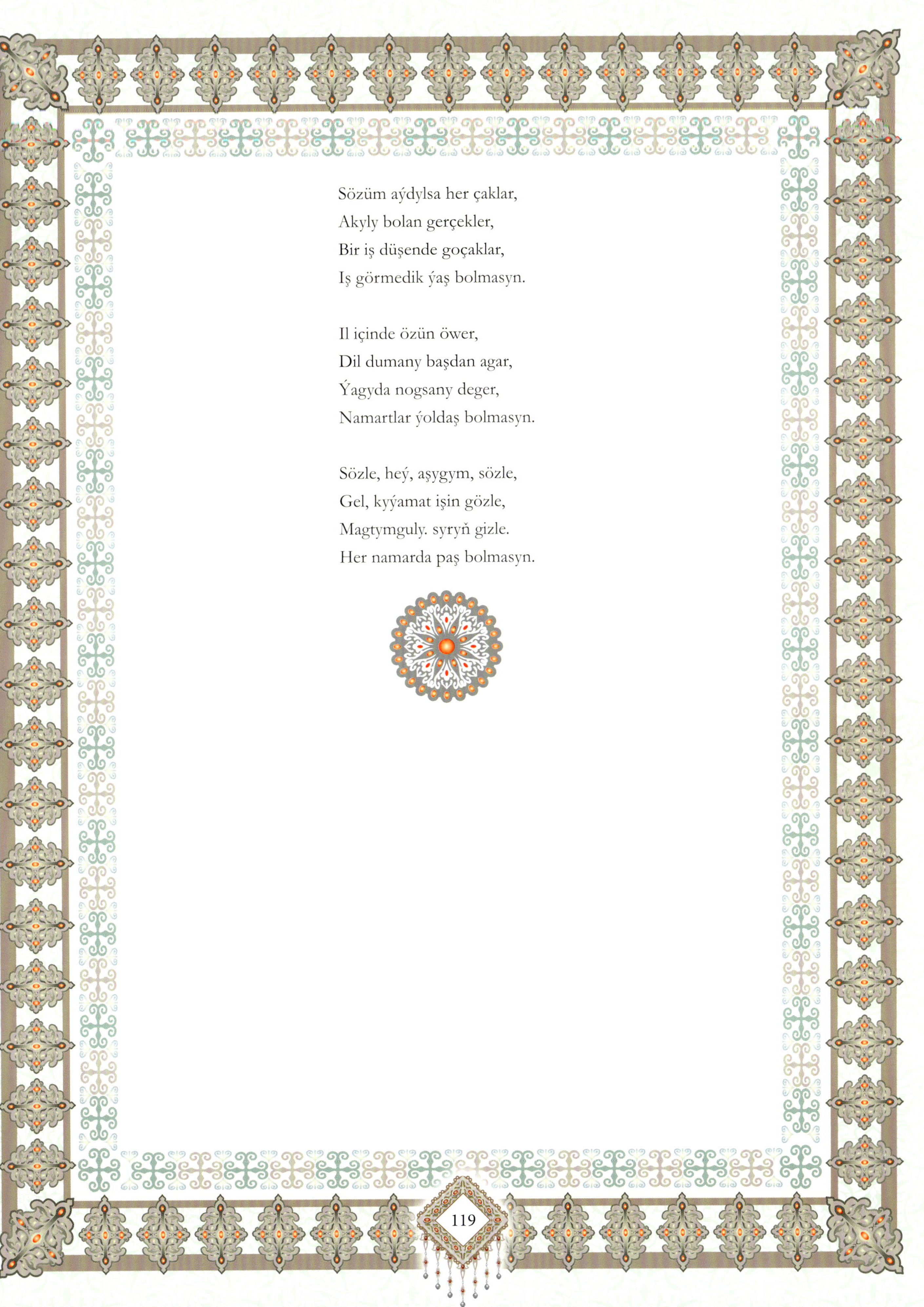

Sözüm aýdylsa her çaklar,
Akyly bolan gerçekler,
Bir iş düşende goçaklar,
Iş görmedik ýaş bolmasyn.

Il içinde özün öwer,
Dil dumany başdan agar,
Ýagyda nogsany deger,
Namartlar ýoldaş bolmasyn.

Sözle, heý, aşygym, sözle,
Gel, kyýamat işin gözle,
Magtymguly. syryň gizle.
Her namarda paş bolmasyn.

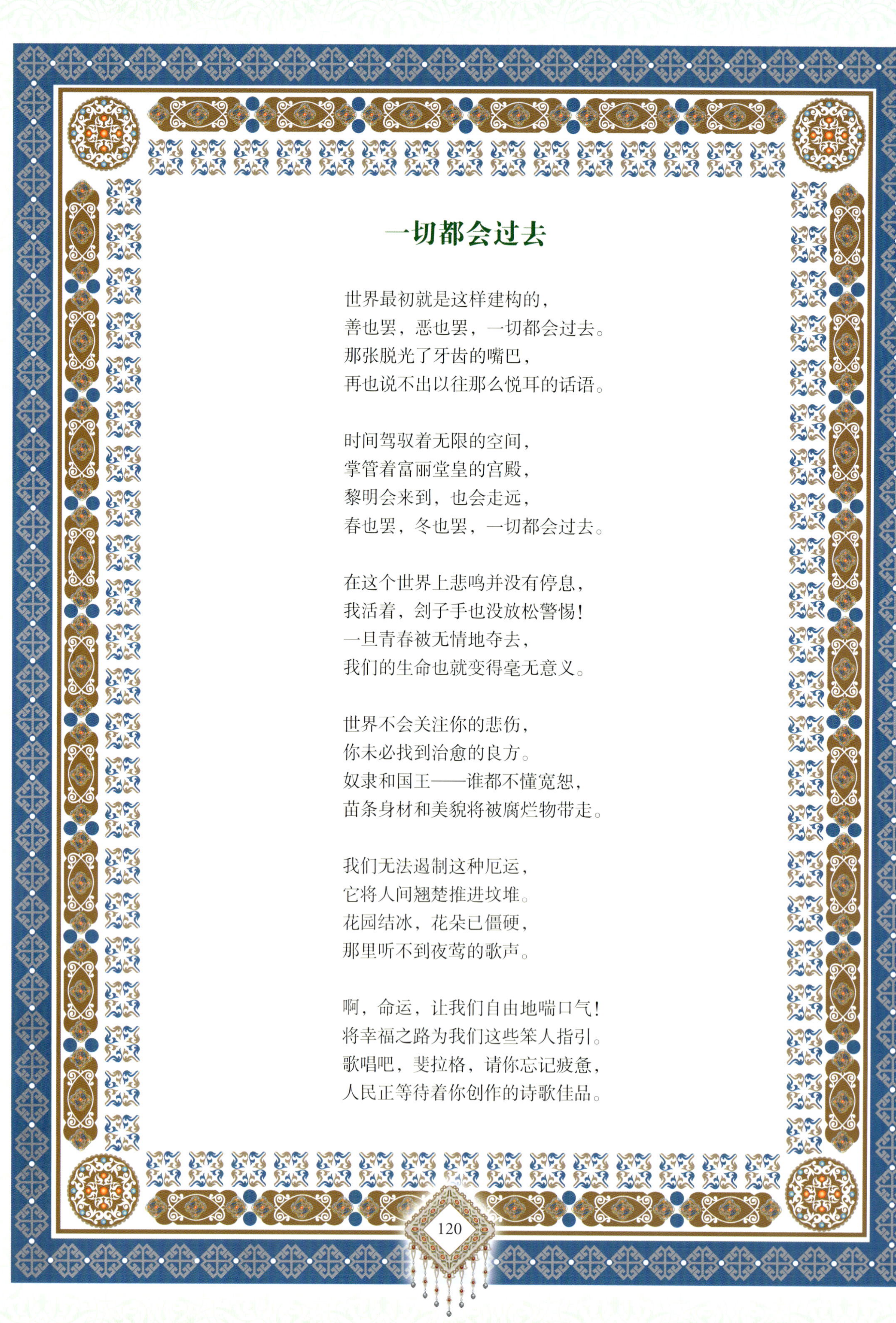

一切都会过去

世界最初就是这样建构的，
善也罢，恶也罢，一切都会过去。
那张脱光了牙齿的嘴巴，
再也说不出以往那么悦耳的话语。

时间驾驭着无限的空间，
掌管着富丽堂皇的宫殿，
黎明会来到，也会走远，
春也罢，冬也罢，一切都会过去。

在这个世界上悲鸣并没有停息，
我活着，刽子手也没放松警惕！
一旦青春被无情地夺去，
我们的生命也就变得毫无意义。

世界不会关注你的悲伤，
你未必找到治愈的良方。
奴隶和国王——谁都不懂宽恕，
苗条身材和美貌将被腐烂物带走。

我们无法遏制这种厄运，
它将人间翘楚推进坟堆。
花园结冰，花朵已僵硬，
那里听不到夜莺的歌声。

啊，命运，让我们自由地喘口气！
将幸福之路为我们这些笨人指引。
歌唱吧，斐拉格，请你忘记疲惫，
人民正等待着你创作的诗歌佳品。

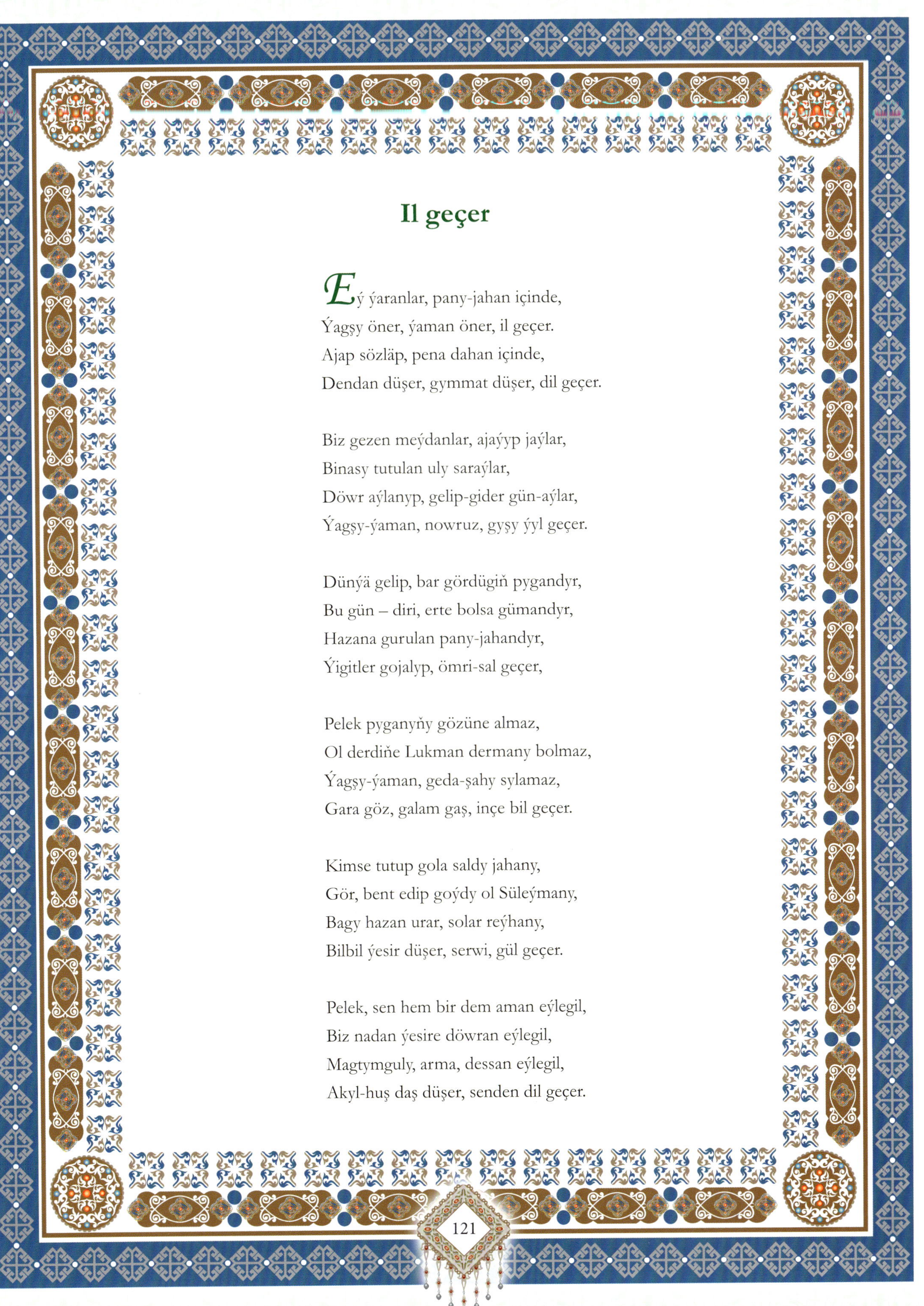

Il geçer

Eý ýaranlar, pany-jahan içinde,
Ýagşy öner, ýaman öner, il geçer.
Ajap sözläp, pena dahan içinde,
Dendan düşer, gymmat düşer, dil geçer.

Biz gezen meýdanlar, ajaýyp jaýlar,
Binasy tutulan uly saraýlar,
Döwr aýlanyp, gelip-gider gün-aýlar,
Ýagşy-ýaman, nowruz, gyşy ýyl geçer.

Dünýä gelip, bar gördügiň pygandyr,
Bu gün – diri, erte bolsa gümandyr,
Hazana gurulan pany-jahandyr,
Ýigitler gojalyp, ömri-sal geçer,

Pelek pyganyňy gözüne almaz,
Ol derdiňe Lukman dermany bolmaz,
Ýagşy-ýaman, geda-şahy sylamaz,
Gara göz, galam gaş, inçe bil geçer.

Kimse tutup gola saldy jahany,
Gör, bent edip goýdy ol Süleýmany,
Bagy hazan urar, solar reýhany,
Bilbil ýesir düşer, serwi, gül geçer.

Pelek, sen hem bir dem aman eýlegil,
Biz nadan ýesire döwran eýlegil,
Magtymguly, arma, dessan eýlegil,
Akyl-huş daş düşer, senden dil geçer.

你在变老

哦，朋友们，尽管生活美好，
我却一天比一天衰老。
每天我都在寻找好药，
所有的关心都集中在这一招。

勇敢的青年为爱烦恼，
往事的回忆时刻萦绕，
他在捍卫爱人的荣誉，
抛弃生命也在所不惜。

我们相处的日子很多，
大家都曾为爱情拼搏，
各位尊贵的好友至亲，
如今我们已变成老人。

啊，不幸的马赫图姆库里，
现在你已经年过五旬。
年龄还是那么不饶人，
往日的幸福无处可寻。

Lerzanadyr

Eý, ýaranlar, gözel ömrüm,
Garradykça lerzanadyr.
Günbe-günden artyp derdim,
Däri istäp perwanadyr.

Aşyk ýansa ol ýar üçin,
Margir ýörse şamar üçin,
Goçaklar namys-ar üçin
Ata çykar, merdanadyr.

Ne ajap elwanlar süren,
Ýagşy-ýaman – baryn gören,
Bizler bilen hemra ýören
Aksakallar, bak, danadyr.

Magtymguly, elli ýaşyň,
Gamdyr, gaýgydyr syrdaşyň,
Gapyl bolma, galdyr başyň,
Garrylyk bir bahanadyr.

健康不常在

疾病给心灵带来痛苦，健康则是心灵的支柱，
但健康并不常在，它如同客人，很快会离开。

只有意志坚强的人，才不会向各种病魔低头。
我们的精神永存，但是肉体很快会化为乌有。

一个人来到世上就不断追求更加美好的生活，
他既年轻，又勇敢，从来不对命运抱怨和指责。

谁能够抑制个人的贪婪，他就能被称作好汉，
他努力生活在追求真理和全面和谐的时空间。

一个人如果在生病时还不忘记对财富的贪恋，
至高无上的真主一定会让他为这一罪过买单。

我梦想为最英明的圣贤服务并谦卑地去朝觐，
可惜这两件值得做的事我都没有来得及完成。

啊，马赫图姆库里，人们将在困苦中熬多久？
人生只是短暂的一瞬间，尽情地享受生活吧！

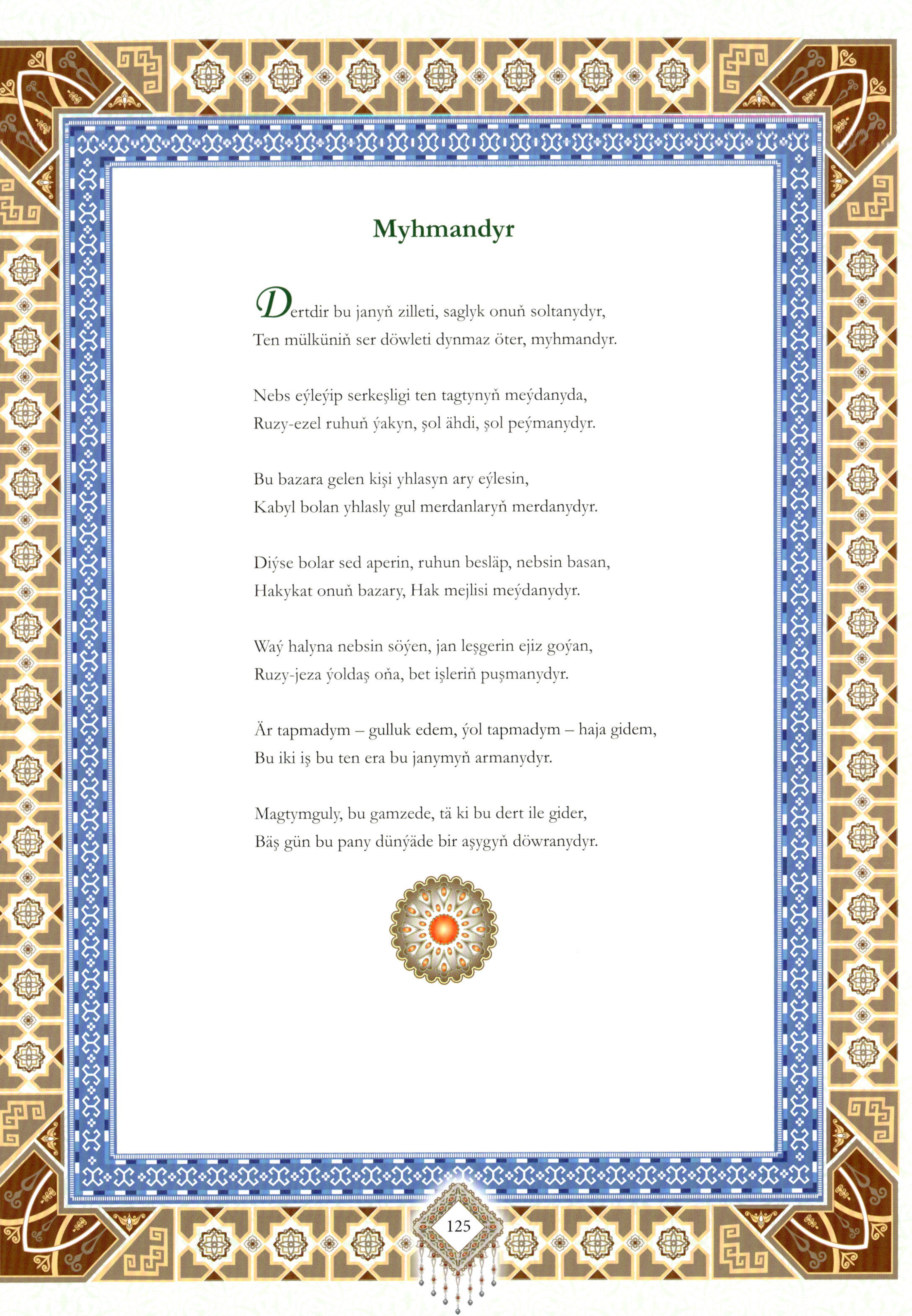

Myhmandyr

Dertdir bu janyň zilleti, saglyk onuň soltanydyr,
Ten mülküniň ser döwleti dynmaz öter, myhmandyr.

Nebs eýleýip serkeşligi ten tagtynyň meýdanyda,
Ruzy-ezel ruhuň ýakyn, şol ähdi, şol peýmanydyr.

Bu bazara gelen kişi yhlasyn ary eýlesin,
Kabyl bolan yhlasly gul merdanlaryň merdanydyr.

Diýse bolar sed aperin, ruhun besläp, nebsin basan,
Hakykat onuň bazary, Hak mejlisi meýdanydyr.

Waý halyna nebsin söýen, jan leşgerin ejiz goýan,
Ruzy-jeza ýoldaş oňa, bet işleriň puşmanydyr.

Är tapmadym – gulluk edem, ýol tapmadym – haja gidem,
Bu iki iş bu ten era bu janymyň armanydyr.

Magtymguly, bu gamzede, tä ki bu dert ile gider,
Bäş gün bu pany dünýäde bir aşygyň döwranydyr.

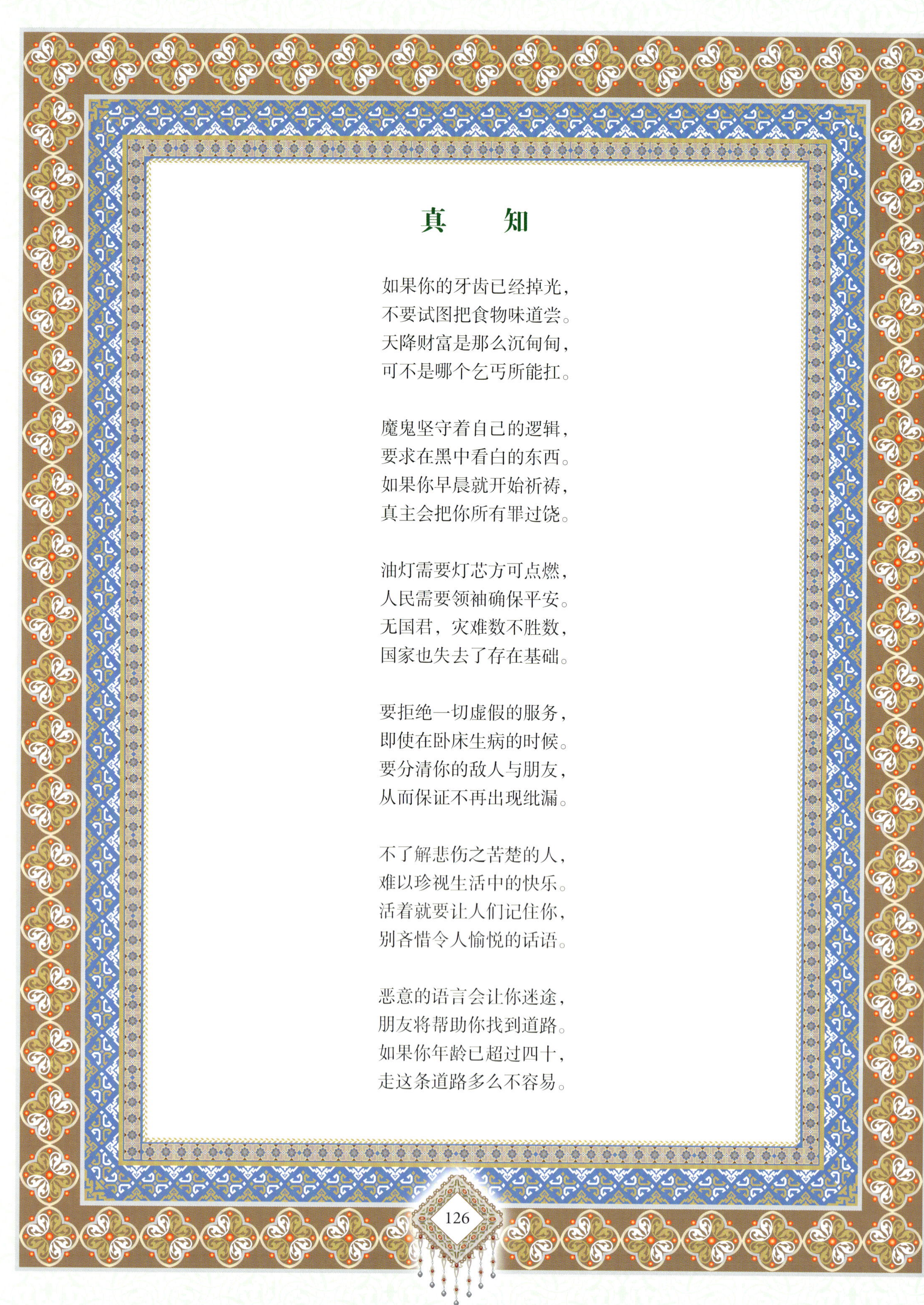

真　知

如果你的牙齿已经掉光，
不要试图把食物味道尝。
天降财富是那么沉甸甸，
可不是哪个乞丐所能扛。

魔鬼坚守着自己的逻辑，
要求在黑中看白的东西。
如果你早晨就开始祈祷，
真主会把你所有罪过饶。

油灯需要灯芯方可点燃，
人民需要领袖确保平安。
无国君，灾难数不胜数，
国家也失去了存在基础。

要拒绝一切虚假的服务，
即使在卧床生病的时候。
要分清你的敌人与朋友，
从而保证不再出现纰漏。

不了解悲伤之苦楚的人，
难以珍视生活中的快乐。
活着就要让人们记住你，
别吝惜令人愉悦的话语。

恶意的语言会让你迷途，
朋友将帮助你找到道路。
如果你年龄已超过四十，
走这条道路多么不容易。

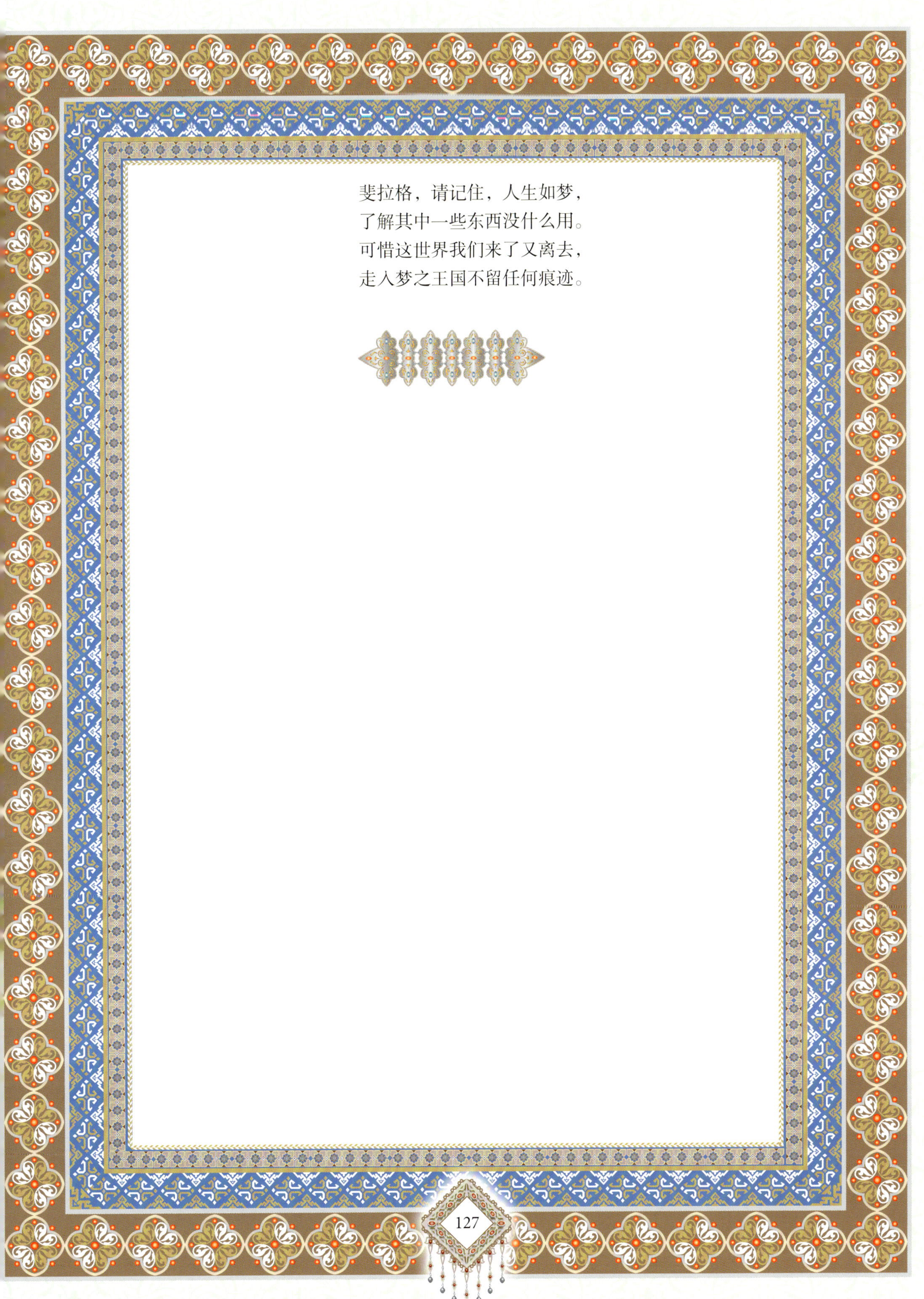

斐拉格，请记住，人生如梦，
了解其中一些东西没什么用。
可惜这世界我们来了又离去，
走入梦之王国不留任何痕迹。

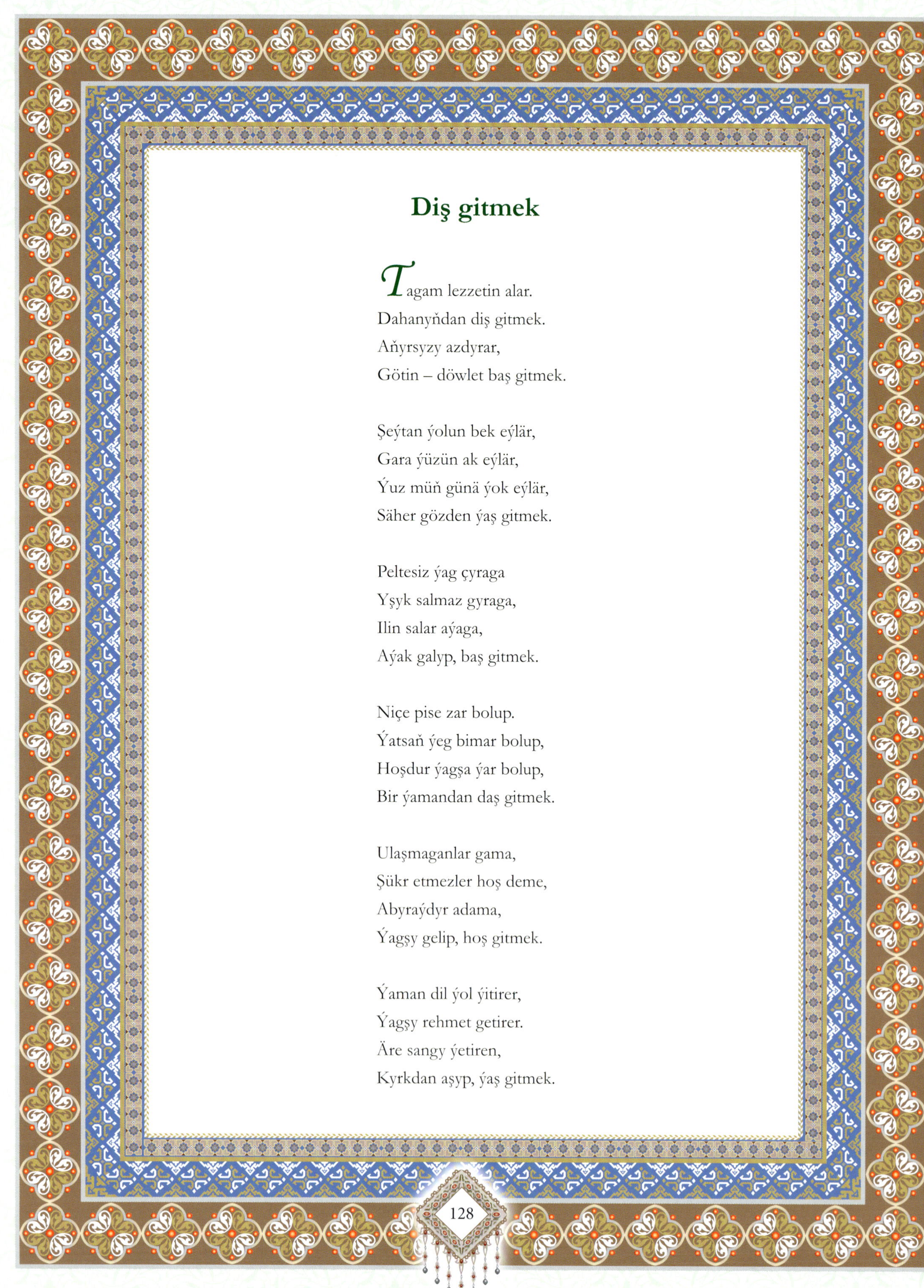

Diş gitmek

Tagam lezzetin alar.
Dahanyňdan diş gitmek.
Aňyrsyzy azdyrar,
Götin – döwlet baş gitmek.

Şeýtan ýolun bek eýlär,
Gara ýüzün ak eýlär,
Ýuz müň günä ýok eýlär,
Säher gözden ýaş gitmek.

Peltesiz ýag çyraga
Yşyk salmaz gyraga,
Ilin salar aýaga,
Aýak galyp, baş gitmek.

Niçe pise zar bolup.
Ýatsaň ýeg bimar bolup,
Hoşdur ýagşa ýar bolup,
Bir ýamandan daş gitmek.

Ulaşmaganlar gama,
Şükr etmezler hoş deme,
Abyraýdyr adama,
Ýagşy gelip, hoş gitmek.

Ýaman dil ýol ýitirer,
Ýagşy rehmet getirer.
Äre sangy ýetiren,
Kyrkdan aşyp, ýaş gitmek.

Pyragy, dünýä düýşdür,
Düýş görseň, düýbi hiçdir.
Jahanda ýaman işdir
Gury gelip, boş gitmek.

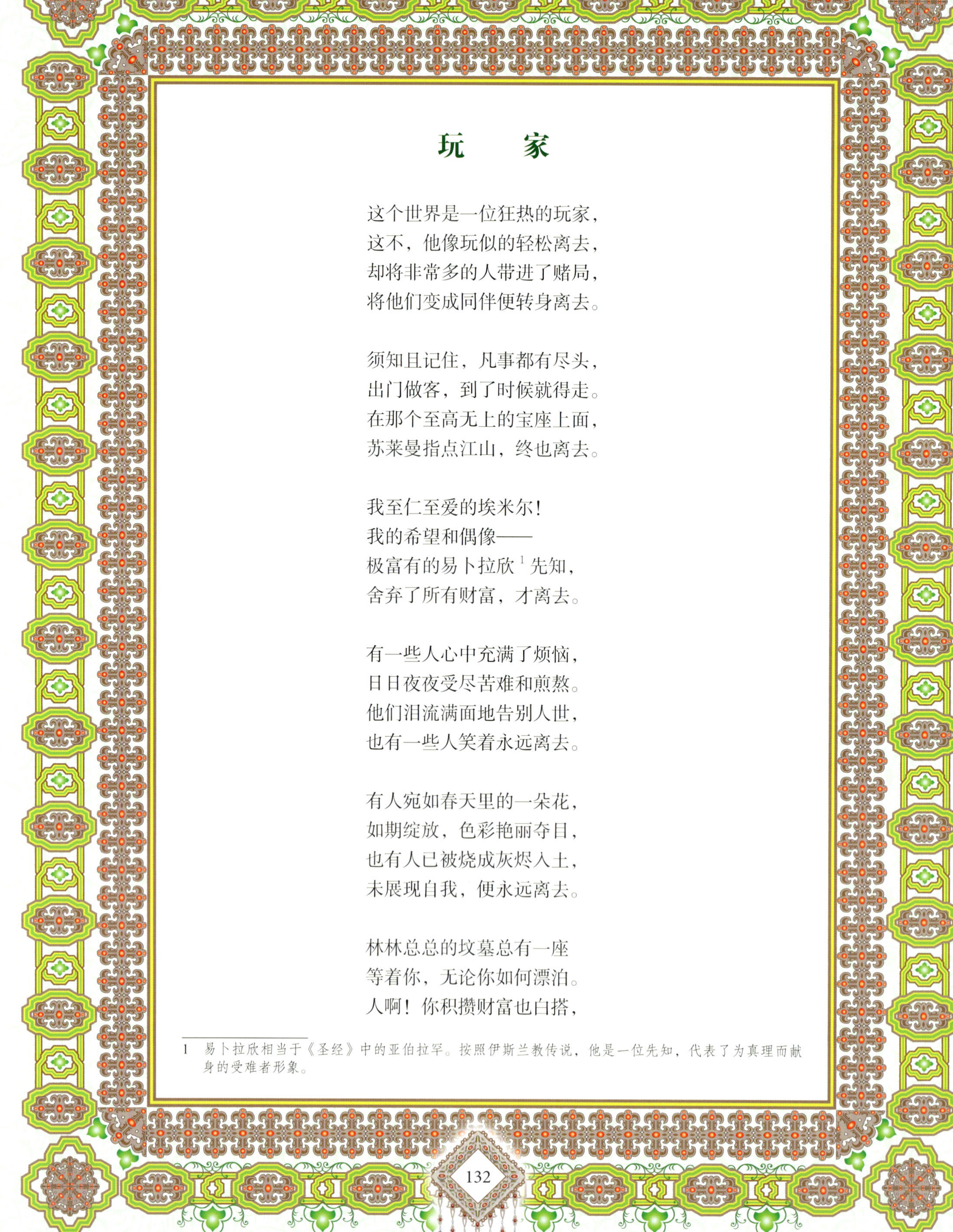

玩　家

这个世界是一位狂热的玩家，
这不，他像玩似的轻松离去，
却将非常多的人带进了赌局，
将他们变成同伴便转身离去。

须知且记住，凡事都有尽头，
出门做客，到了时候就得走。
在那个至高无上的宝座上面，
苏莱曼指点江山，终也离去。

我至仁至爱的埃米尔！
我的希望和偶像——
极富有的易卜拉欣[1]先知，
舍弃了所有财富，才离去。

有一些人心中充满了烦恼，
日日夜夜受尽苦难和煎熬。
他们泪流满面地告别人世，
也有一些人笑着永远离去。

有人宛如春天里的一朵花，
如期绽放，色彩艳丽夺目，
也有人已被烧成灰烬入土，
未展现自我，便永远离去。

林林总总的坟墓总有一座
等着你，无论你如何漂泊。
人啊！你积攒财富也白搭，

1　易卜拉欣相当于《圣经》中的亚伯拉罕。按照伊斯兰教传说，他是一位先知，代表了为真理而献身的受难者形象。

离开人世时，也带不走它。

或许，一切完全不是这样，
你的话毫无道理——
马赫图姆库里，放声大哭吧！
以泪洗面，然后再撒手人寰。

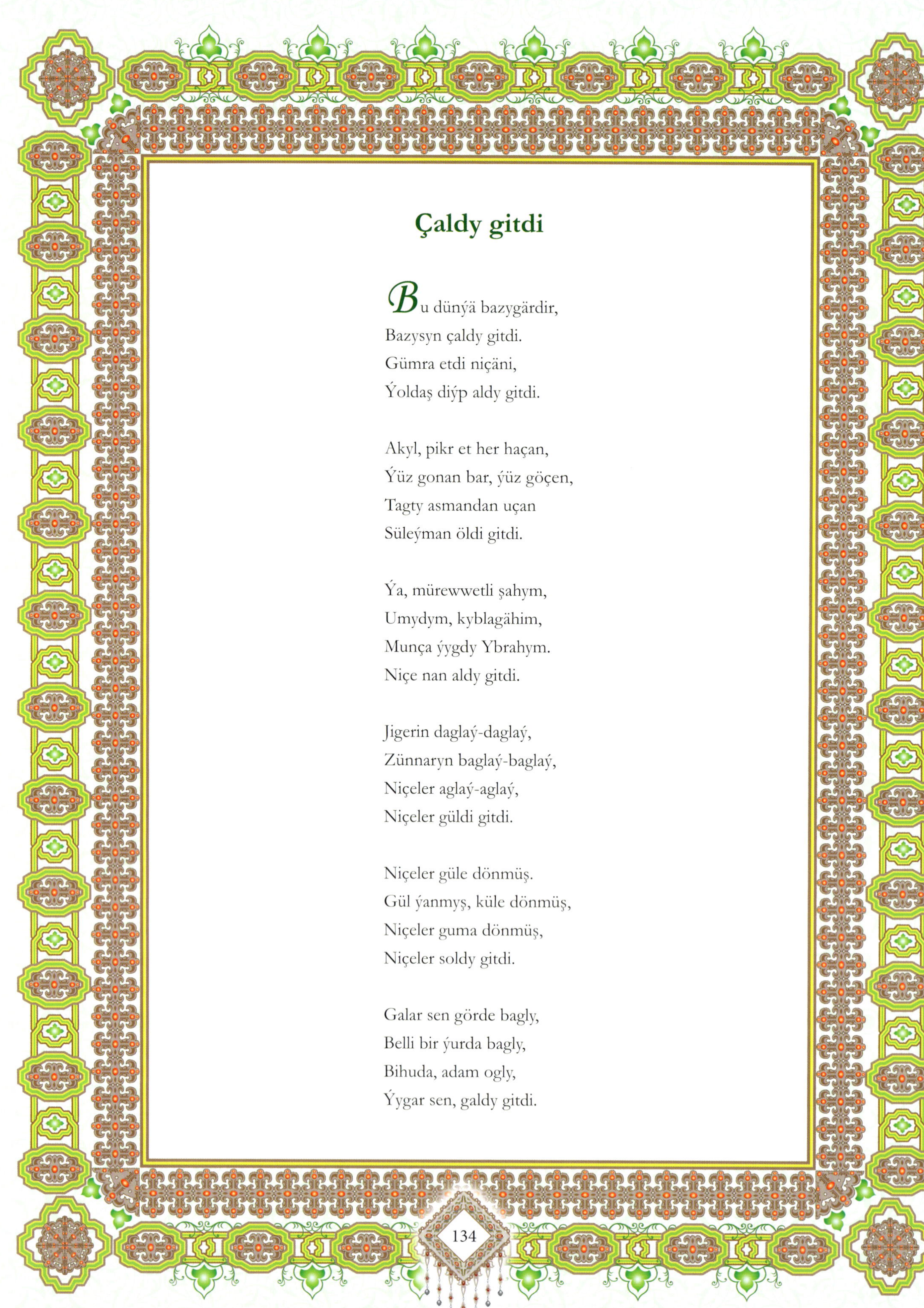

Çaldy gitdi

Bu dünýä bazygärdir,
Bazysyn çaldy gitdi.
Gümra etdi niçäni,
Ýoldaş diýp aldy gitdi.

Akyl, pikr et her haçan,
Ýüz gonan bar, ýüz göçen,
Tagty asmandan uçan
Süleýman öldi gitdi.

Ýa, mürewwetli şahym,
Umydym, kyblagähim,
Munça ýygdy Ybrahym.
Niçe nan aldy gitdi.

Jigerin daglaý-daglaý,
Zünnaryn baglaý-baglaý,
Niçeler aglaý-aglaý,
Niçeler güldi gitdi.

Niçeler güle dönmüş.
Gül ýanmyş, küle dönmüş,
Niçeler guma dönmüş,
Niçeler soldy gitdi.

Galar sen görde bagly,
Belli bir ýurda bagly,
Bihuda, adam ogly,
Ýygar sen, galdy gitdi.

Akmaklyk bilen özüm,
Bilmeý sözlärin sözüm,
Magtymguly diýr, gözüm
Gan ýaşa doldy gitdi.

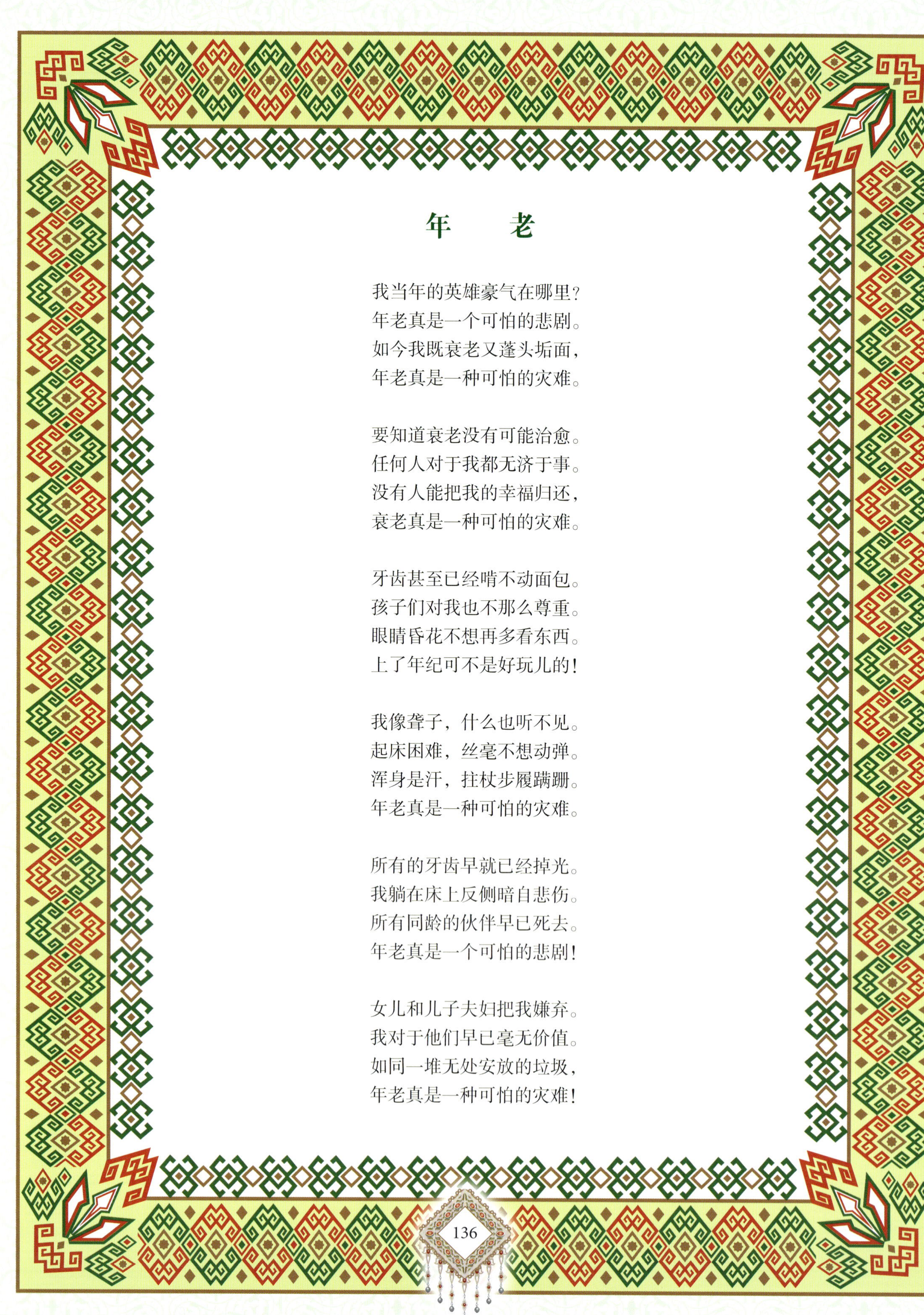

年　　老

我当年的英雄豪气在哪里?
年老真是一个可怕的悲剧。
如今我既衰老又蓬头垢面,
年老真是一种可怕的灾难。

要知道衰老没有可能治愈。
任何人对于我都无济于事。
没有人能把我的幸福归还,
衰老真是一种可怕的灾难。

牙齿甚至已经啃不动面包。
孩子们对我也不那么尊重。
眼睛昏花不想再多看东西。
上了年纪可不是好玩儿的!

我像聋子,什么也听不见。
起床困难,丝毫不想动弹。
浑身是汗,拄杖步履蹒跚。
年老真是一种可怕的灾难。

所有的牙齿早就已经掉光。
我躺在床上反侧暗自悲伤。
所有同龄的伙伴早已死去。
年老真是一个可怕的悲剧!

女儿和儿子夫妇把我嫌弃。
我对于他们早已毫无价值。
如同一堆无处安放的垃圾,
年老真是一种可怕的灾难!

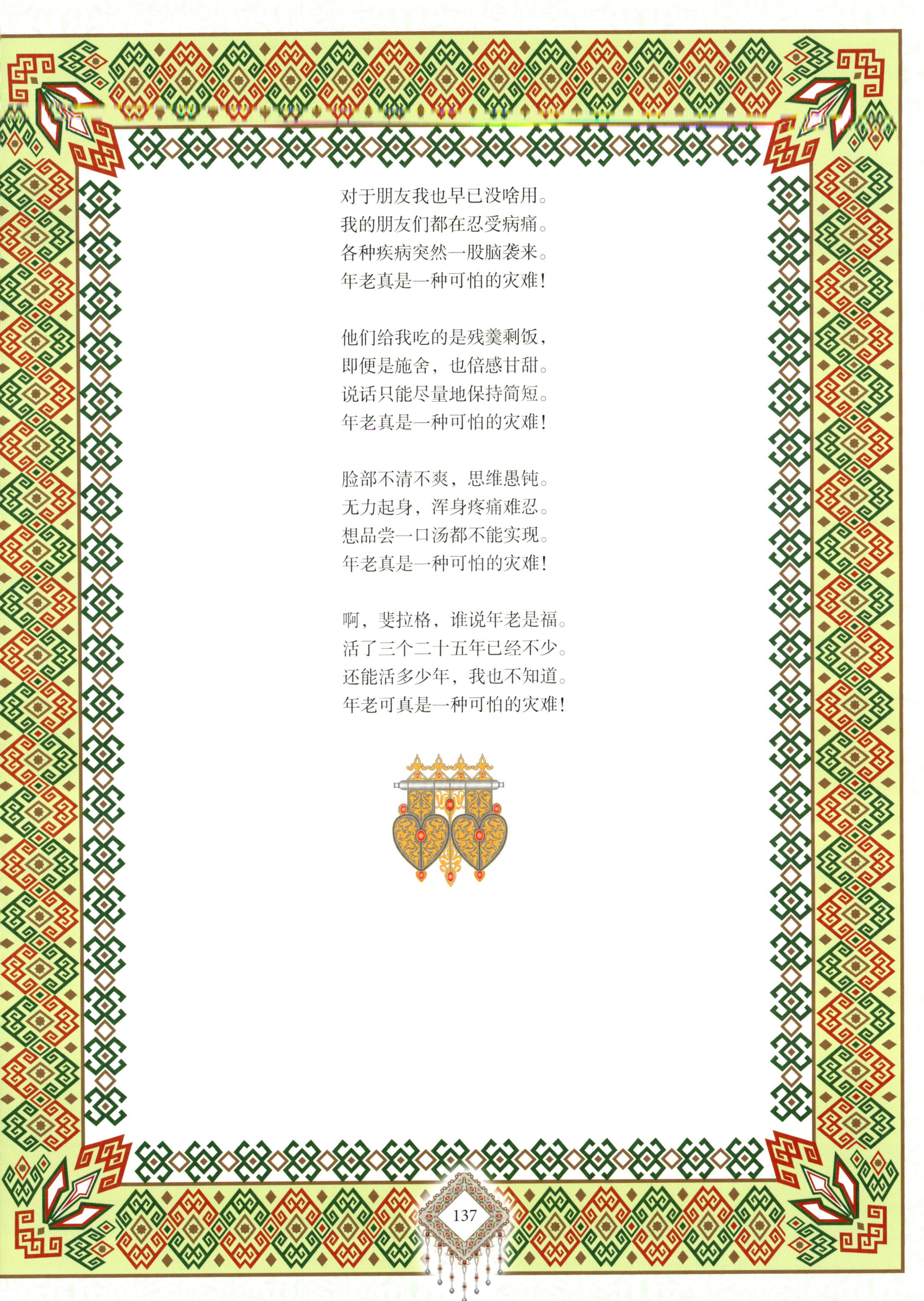

对于朋友我也早已没啥用。
我的朋友们都在忍受病痛。
各种疾病突然一股脑袭来。
年老真是一种可怕的灾难！

他们给我吃的是残羹剩饭，
即便是施舍，也倍感甘甜。
说话只能尽量地保持简短。
年老真是一种可怕的灾难！

脸部不清不爽，思维愚钝。
无力起身，浑身疼痛难忍。
想品尝一口汤都不能实现。
年老真是一种可怕的灾难！

啊，斐拉格，谁说年老是福。
活了三个二十五年已经不少。
还能活多少年，我也不知道。
年老可真是一种可怕的灾难！

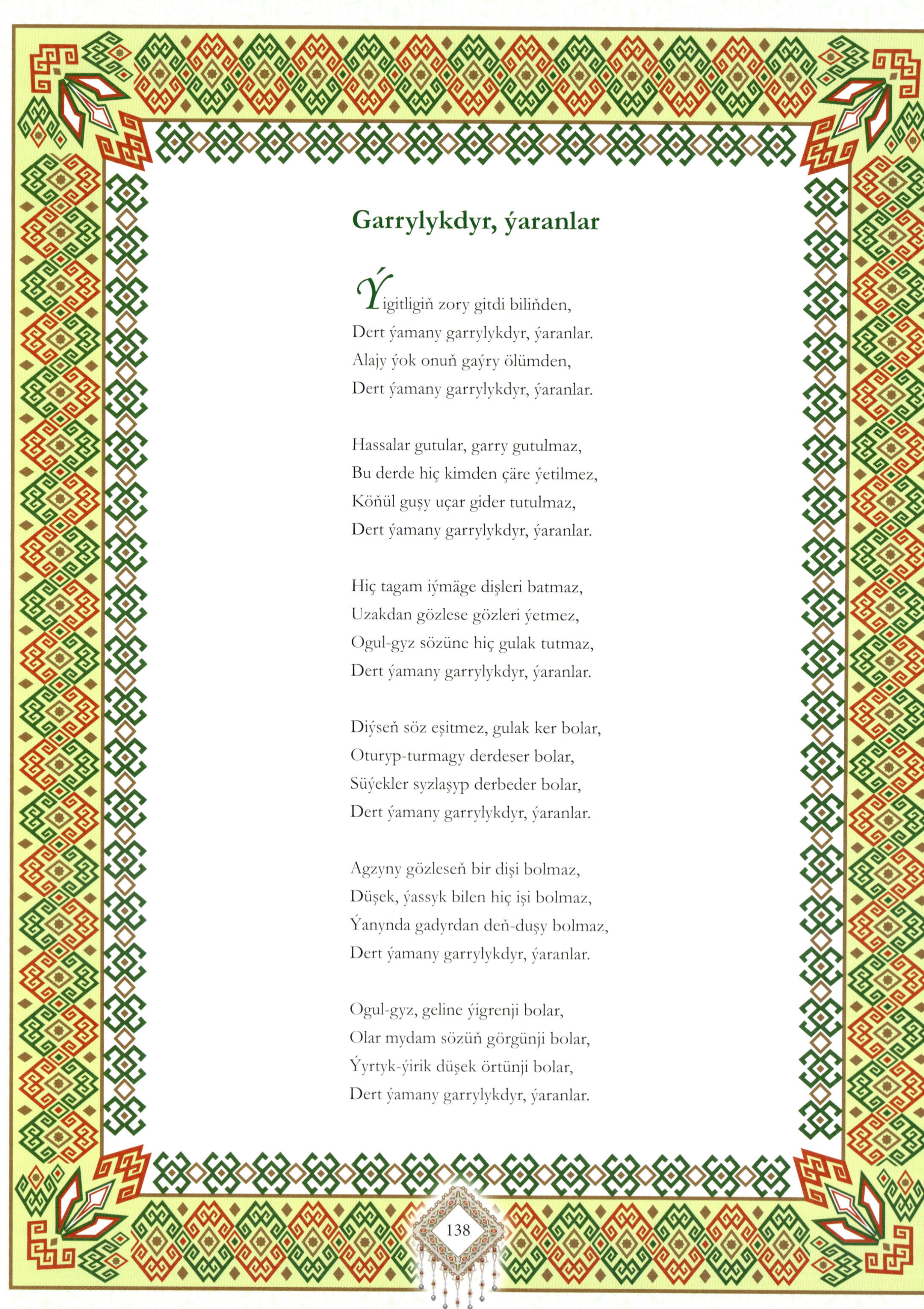

Garrylykdyr, ýaranlar

Ýigitligiň zory gitdi biliňden,
Dert ýamany garrylykdyr, ýaranlar.
Alajy ýok onuň gaýry ölümden,
Dert ýamany garrylykdyr, ýaranlar.

Hassalar gutular, garry gutulmaz,
Bu derde hiç kimden çäre ýetilmez,
Köňül guşy uçar gider tutulmaz,
Dert ýamany garrylykdyr, ýaranlar.

Hiç tagam iýmäge dişleri batmaz,
Uzakdan gözlese gözleri ýetmez,
Ogul-gyz sözüne hiç gulak tutmaz,
Dert ýamany garrylykdyr, ýaranlar.

Diýseň söz eşitmez, gulak ker bolar,
Oturyp-turmagy derdeser bolar,
Süýekler syzlaşyp derbeder bolar,
Dert ýamany garrylykdyr, ýaranlar.

Agzyny gözleseň bir dişi bolmaz,
Düşek, ýassyk bilen hiç işi bolmaz,
Ýanynda gadyrdan deň-duşy bolmaz,
Dert ýamany garrylykdyr, ýaranlar.

Ogul-gyz, geline ýigrenji bolar,
Olar mydam sözüň görgünji bolar,
Ýyrtyk-ýirik düşek örtünji bolar,
Dert ýamany garrylykdyr, ýaranlar.

Gitdi tamam gadyr bilen deň-duşuň,
Imdi saglyk ötdi, dertdir ýoldaşyň,
Bardykça ýyl-ýyldan möwç urar gyşyň,
Dert yamany garrylykdyr, ýaranlar.

Galan-gaçan bolsa öňüne biýrler,
Yssy-ýyly bolmaz, şuny iý diýrler.
Her kime sözlese gepleme diýrler,
Dert ýamany garrylykdyr, ýaranlar.

Tende kuwwat galmaz, ýüzüňde görküň,
Oturyp-turmaga ýetişmez erkiň,
Aş içilip bolmaz, süýekde örküň,
Dert ýamany garrylykdyr, ýaranlar.

Magtymguly aýdar, garramaň beter,
Ýetmişiň, segseniň arasy ýeter,
Öz oglanlary gelip depeläp öter,
Dert ýamany garrylykdyr, ýaranlar.

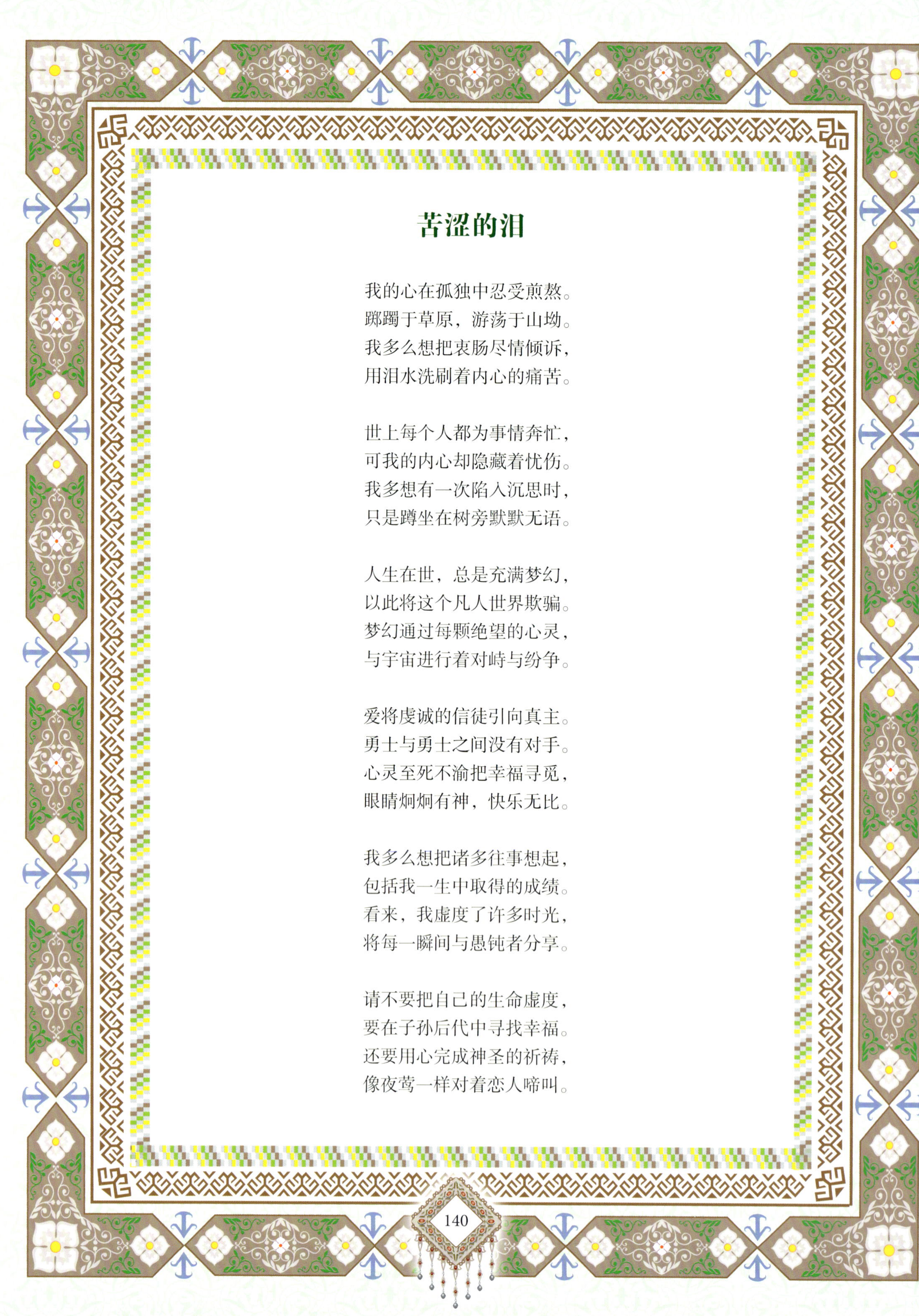

苦涩的泪

我的心在孤独中忍受煎熬。
踯躅于草原，游荡于山坳。
我多么想把衷肠尽情倾诉，
用泪水洗刷着内心的痛苦。

世上每个人都为事情奔忙，
可我的内心却隐藏着忧伤。
我多想有一次陷入沉思时，
只是蹲坐在树旁默默无语。

人生在世，总是充满梦幻，
以此将这个凡人世界欺骗。
梦幻通过每颗绝望的心灵，
与宇宙进行着对峙与纷争。

爱将虔诚的信徒引向真主。
勇士与勇士之间没有对手。
心灵至死不渝把幸福寻觅，
眼睛炯炯有神，快乐无比。

我多么想把诸多往事想起，
包括我一生中取得的成绩。
看来，我虚度了许多时光，
将每一瞬间与愚钝者分享。

请不要把自己的生命虚度，
要在子孙后代中寻找幸福。
还要用心完成神圣的祈祷，
像夜莺一样对着恋人啼叫。

还是请求圣贤们来帮忙吧，
切记必须永远把他们敬仰。
斐拉格说：在智者圈子里，
你才能认识到生活的真谛。

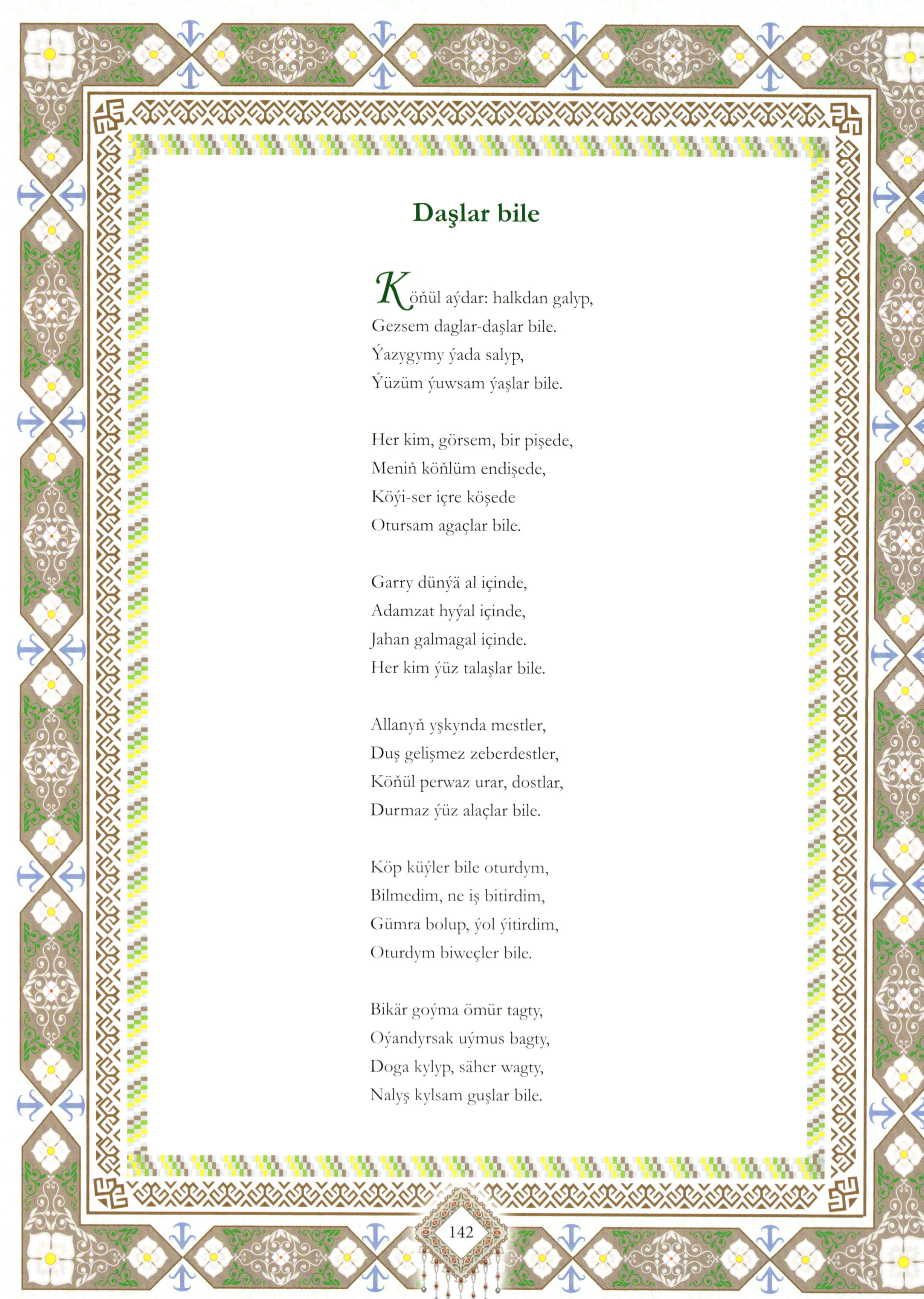

Daşlar bile

Köňül aýdar: halkdan galyp,
Gezsem daglar-daşlar bile.
Ýazygymy ýada salyp,
Ýüzüm ýuwsam ýaşlar bile.

Her kim, görsem, bir pişede,
Meniň köňlüm endişede,
Köýi-ser içre köşede
Otursam agaçlar bile.

Garry dünýä al içinde,
Adamzat hyýal içinde,
Jahan galmagal içinde.
Her kim ýüz talaşlar bile.

Allanyň yşkynda mestler,
Duş gelişmez zeberdestler,
Köňül perwaz urar, dostlar,
Durmaz ýüz alaçlar bile.

Köp küýler bile oturdym,
Bilmedim, ne iş bitirdim,
Gümra bolup, ýol ýitirdim,
Oturdym biweçler bile.

Bikär goýma ömür tagty,
Oýandyrsak uýmus bagty,
Doga kylyp, säher wagty,
Nalyş kylsam guşlar bile.

Magtymguly, towpyk alsam,
Bir är tapsam, gulluk kylsam,
Ýürek aýdar: ýoldaş bolsam,
Dem çeken derwüşler bile.

一切都已成过去

短暂的青春时光匆匆逝去，
它不复存在，已被人忘记。
形单影只的秋天已经来临，
暮年伴随着它生气地敲门。

在煎熬和痛苦中度过一生，
侍奉真主未做到始终真诚，
青春岁月很快就疾驰而去，
生命为我留下的日子无几。

厄运将人间别离送给凡人，
身体像玫瑰一样凋零枯萎，
谁把灵魂的财富大肆挥霍，
他就随之失去记忆和理智。

我的生活已经无快乐可言，
我的呼唤再也无人能听见，
悲苦和怜悯将我的心灼伤，
我心好痛，喘气也不顺畅。

别离为我带来了许多麻烦，
黎明无法替代深夜的黑暗，
我在残酷的煎熬之中度日，
心中已经不再有任何期许。

痛苦伴随着我的整个一生，
沉重的压力已使脊背变形，
我在生命旷野中步履蹒跚，
哪里还有快乐和幸福可言。

啊，马赫图姆库里，这意味着
我已经永远地失去了幸福。
人生中的成功也绕我远去，
心灵空虚，我在放声痛哭。

Daş galdy

Ne zowku-sapalar ýigitlik bilen,
Bahar bolup geçdi, bizden daş galdy.
Garrylyk ýetişdi müň külpet bilen,
Mizan ötdi, hazan geldi, gyş galdy.

Ömrümi sarp etdim haý bile waýa,
Gulluk-tagat eýlemedim Hudaýa,
Ýigitlik eserin ötürdim zaýa,
Imdi ne güýç-kuwwat, ne bir joş galdy.

Ömrümiň galmady bir zerre şady,
Hiç kimse eşitmez ahy-perýady,
Jismim kebap etmiş aýralyk ody,
Ýürekler gan bolup, gözde ýaş galdy.

Her bir gula şum aýralyk salyndy,
Jismim hazan urdy, güli solundy,
Gaznasy uruldy, öýi talandy,
Ne onda bir akyl, ne bir huş galdy.

Goýdy meni ýüz müň azara pyrkat,
Gijäm uzyn boldy, daň atmak – rykkat,
Gussa bilen gün geçirmek muşakgat,
Ne janda parahat, ne bir aýş galdy.

Aýralyk jan-jisme çoh azar berdi,
Renju-elem çekdim, tenim sargardy,
Gussa bilen saç-sakgalym agardy,
Ne ruhda şat, ne köňülde hoş galdy.

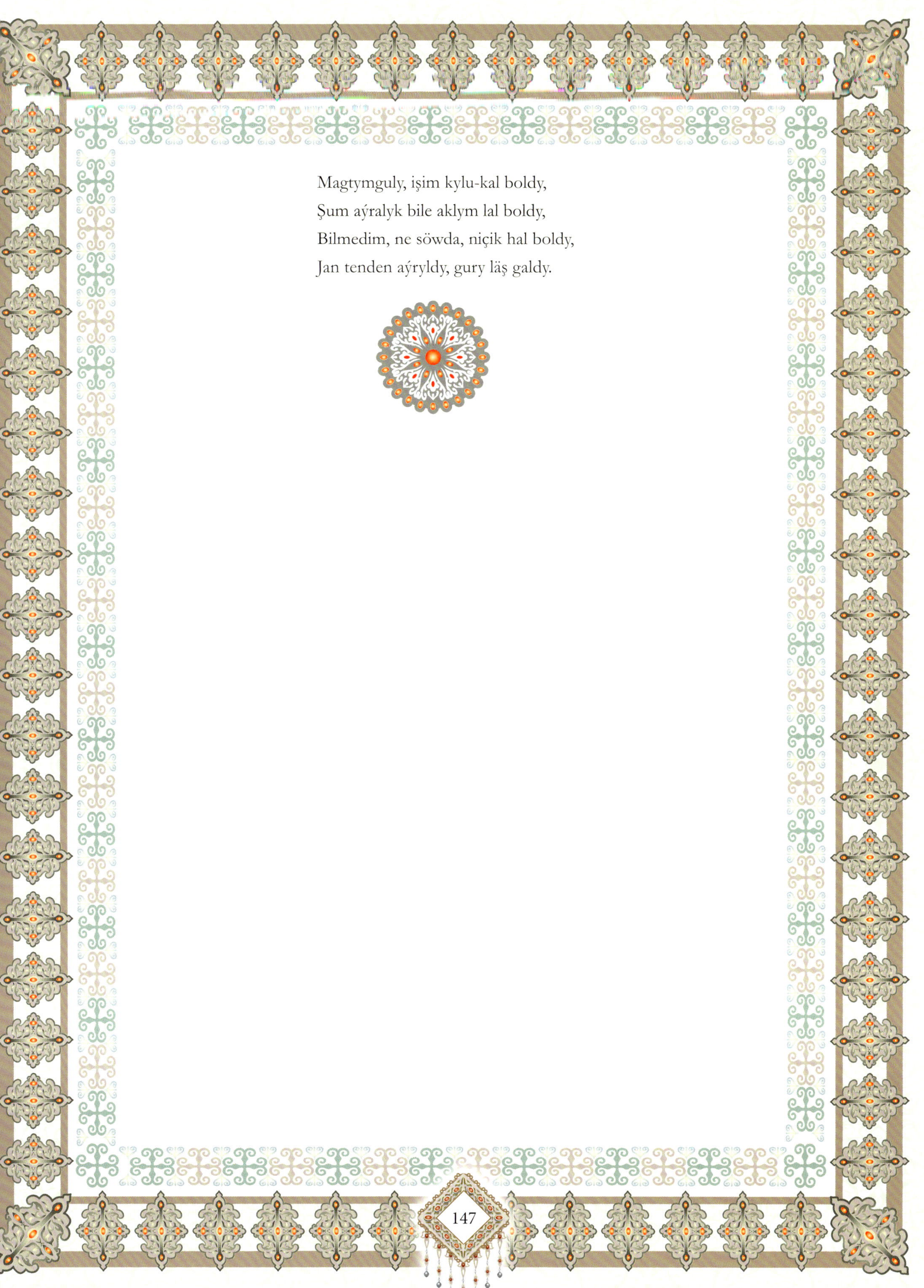

Magtymguly, işim kylu-kal boldy,
Şum aýralyk bile aklym lal boldy,
Bilmedim, ne söwda, niçik hal boldy,
Jan tenden aýryldy, gury läş galdy.

灵魂受到鼓舞

啊，灵魂，你到处游荡，遍及遥远的国度，
为什么无论在哪里，你总是那么精神抖擞？
是不是你以出色的口才让人感到亲切温暖，
像得到真主的宽恕一样，揭开自己的秘密？

如果人们无度地将你谩骂，称你为倒霉蛋，
还给你留下难以抹去的耻辱。你该怎么办？
你是否还这样强烈地爱，或这样保持忠诚，
从此忘掉自我，全身心地沉浸在狂妄之中？

你在一刻不停地跃过草原和沙漠向前飞翔，
把心上人那温柔的名字在大地上不断颂扬。
人们对你感到奇怪，纷纷嘲笑这个倒霉蛋。
你是突然变疯了，还是因幸福而成为痴呆？

你所有的话语像神圣的乐曲一样无比珍贵，
倒霉的日子犹如恶劣的天气一般瞬息万变。
既然知道不幸会带来痛苦，你应尽量驱赶，
相爱的日子如此难以忍受，自古注定如此。

啊，不幸的马赫图姆库里，一切来之不易。
我曾到遥远的国度做客，目睹了各地景致。
只是在这漫长的人生中，我一天还没度过。
置身于深度陶醉状态，我已经不是小孩儿。

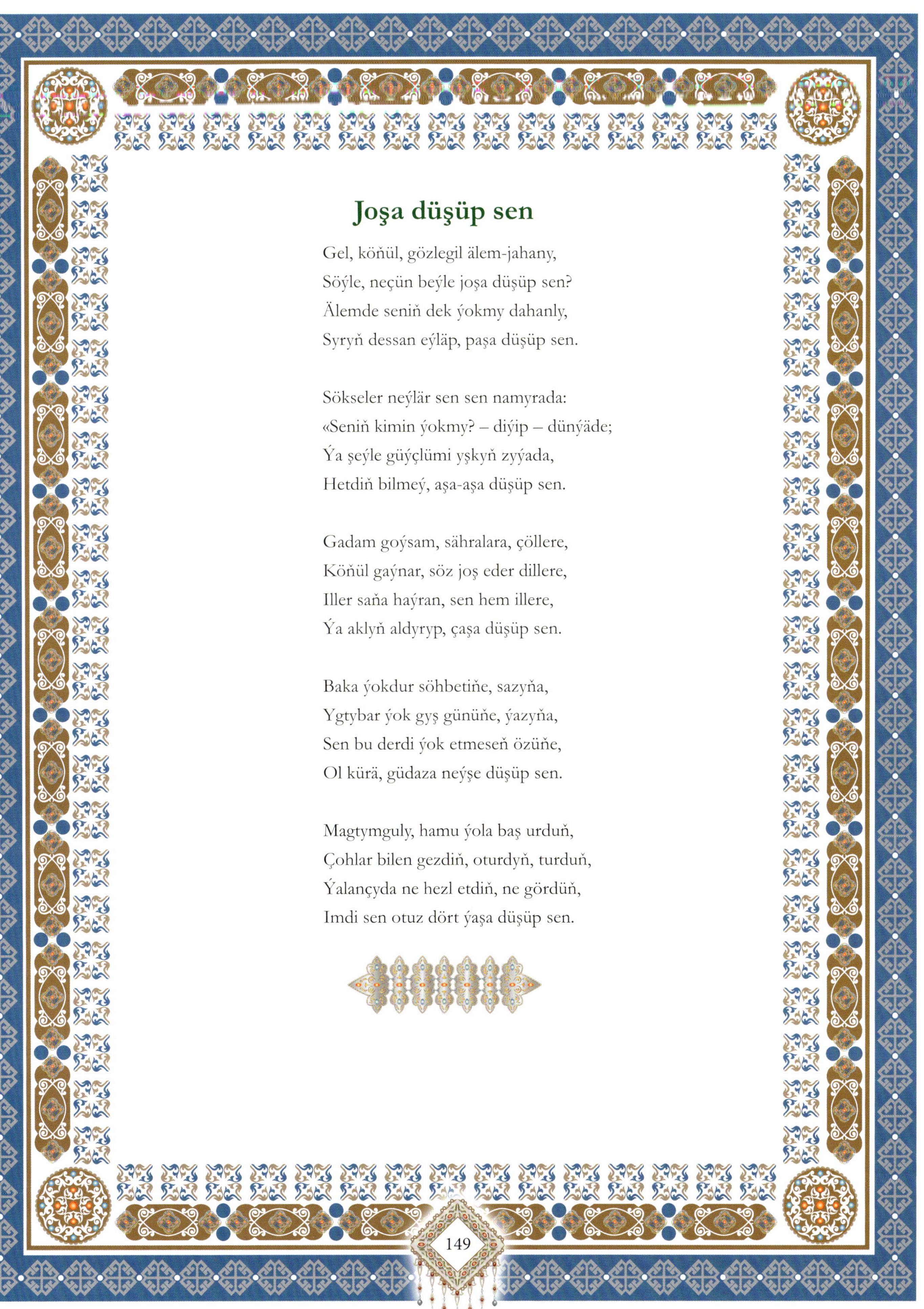

Joşa düşüp sen

Gel, köňül, gözlegil älem-jahany,
Söýle, neçün beýle joşa düşüp sen?
Älemde seniň dek ýokmy dahanly,
Syryň dessan eýläp, paşa düşüp sen.

Sökseler neýlär sen sen namyrada:
«Seniň kimin ýokmy? – diýip – dünýäde;
Ýa şeýle güýçlümi yşkyň zyýada,
Hetdiň bilmeý, aşa-aşa düşüp sen.

Gadam goýsam, sähralara, çöllere,
Köňül gaýnar, söz joş eder dillere,
Iller saňa haýran, sen hem illere,
Ýa aklyň aldyryp, çaşa düşüp sen.

Baka ýokdur söhbetiňe, sazyňa,
Ygtybar ýok gyş günüňe, ýazyňa,
Sen bu derdi ýok etmeseň özüňe,
Ol kürä, güdaza neýşe düşüp sen.

Magtymguly, hamu ýola baş urduň,
Çohlar bilen gezdiň, oturdyň, turduň,
Ýalançyda ne hezl etdiň, ne gördüň,
Imdi sen otuz dört ýaşa düşüp sen.

斐拉格

真主赐予了你非凡的天赋，
斐拉格出发，为人民服务！
不要白白地浪费你的才华，
斐拉格，把自己献给大家！

让外来人对我们刮目相看，
让杰伊洪河水流向戈尔甘[1]，
但愿人们对懒惰不再贪恋，
斐拉格，为了人民而奉献！

遇到懦夫退缩，怎么应对？
同情懦夫，我们就犯了罪，
圣人们护送我们去杀敌人，
斐拉格，为了人民而献身！

不要指望嫉妒的人对你好，
请选择一条英勇无畏的道，
要与烦恼和恐惧脱离关系，
斐拉格，把自己献给人民！

请不要流泪，也不要悲痛，
永远与祖国保持命运与共，
喝酒吧，精神会深受振奋，
斐拉格，把自己献给人民！

谈天说地，可以口若悬河，
生活中应该始终保持虔敬，
愿你的话中不会出现谎言，
斐拉格，把自己献给人民！

1　戈尔甘是伊朗戈勒斯坦省的省会和最大城市，位于里海沿岸。

白天和夜晚都要保持愉快，
接待客人要持续一个礼拜，
愿你的花园永远繁花似锦，
斐拉格，把自己献给人民！

当灾难临头时，不要气馁，
总是需要寻找生活的勇气，
要知道坟墓自己能找到你，
斐拉格，向人民奉献自己！

与人交流始终要彬彬有礼，
尊重近人应感到荣幸不已，
恪守《古兰经》的教诲吧，
斐拉格，把自己献给人民！

天空中呈现出苍穹的美丽，
考福赛的圣泉水滴滴响起，
愿英雄史诗饱含信仰力量，
斐拉格，把自己献给人民！

争做英明的人，勿忘近人，
但愿人人都能得到你关心，
希望你珍惜才华胜过生命，
斐拉格，把自己献给人民！

不要急于挖战壕用于作战，
潜入敌区，首先做好自卫，
莫牵扯更多头绪免得分心，
斐拉格，把自己献给人民！

要看到自己的人民最伟大，
保护好值得你珍视的一切，
要将快乐与穆斯林们分享，

斐拉格，把自己献给人民！

我可爱的家乡花园很美丽，
新娘们身段苗条婀娜多姿，
斐拉格，你的诗作真动人，
斐拉格，把自己献给人民！

啊，马赫图姆库里，你已年老，
将成为善良人群的同路人，
作为自己祖国的赤诚歌手，
斐拉格，出发——为人民服务！

Ötgül, Pyragy

Goluňa alyp sen dünýe zynatyn,
Iliňe bagş eýläp ötgül, Pyragy.
Pynhan kylma ýagşy-ýaman, bar zatyň,
Iliňe bagş eýläp ötgül, Pyragy.

Gaýry il zar bolup etrapdan baksyn,
Jeýhun bahry joşup, Gürgene aksyn,
Gözel iliň seniň gaflatdan çyksyn,
Iliňe bagş eýläp ötgül, Pyragy.

Neýlär sen, köp namart hata eýledi,
Mürewwet kyldylar, seta eýledi,
Jem bolup, erenler pata eýledi,
Iliňe bagş eýläp ötgül, Pyragy.

Umydygär bolma bahyl malyna,
Wabeste eýlegil merdiň ýoluna,
Jyza berme, tutmaz, namart goluna,
Iliňe bagş eýläp ötgül, Pyragy.

Eşk döküp dideden, kylmagyl arman,
Terk edip watany bolmagyl rowan,
Meý içip, bezm eýläp, kyl janyň gurban,
Iliňe bagş eýläp ötgül, Pyragy.

Diý baryn, erer sen güftary-suhan,
Lutp eýle iliňe, kylmagyl pynhan,
Diýgeniň dür bolsun, ajap jawydan,
Iliňe bagş eýläp ötgül, Pyragy.

Subhy-şam göwnüňi eýlegil handan,
Türki, Bulgar, Parsy – bolsunlar haýran,
Gül bitiren her dem serwi-huraman,
Iliňe bagş eýläp ötgül, Pyragy.

Edna bolma guýun degse başyňa,
Enjümen eýlegil ili daşyňa,
Dilhah istäp, Firdöws geler gaşyňa,
Iliňe bagş eýläp ötgül, Pyragy.

Diliň bolsun daýym yzhary-güftar,
Serefraz sen, bolmaz seriňde azar,
Wazzuha eýleýip, gurar sen bazar,
Iliňe bagş eýläp ötgül, Pyragy.

Merhaba, alnyňda «...zeýýennes-sema»,
Ferawan iliňe köwseri-aba,
Asal dessan bergil ile merhaba,
Iliňe bagş eýläp ötgül, Pyragy.

Dana men diýp, misginleri unutma,
Afzal men diýp, namartlara baş gatma,
Erk isteýip, ajap dessanyň satma,
Iliňe bagş eýläp ötgül, Pyragy.

Ile ýagma degse, çyk sen söweşe,
Görogly dek esräp girgin döwüşe,
Mundan gaýry fuzun kylma bir işe,
Iliňe bagş eýläp ötgül, Pyragy.

Iliňi eýlegil jahan serferaz,
Goluňda götergil daýym bähri baz,
Kyldygyň çoh işler barçasyn beýaz,
Iliňe bagş eýläp ötgül, Pyragy.

Bossanyň bitiren Erem nahaly,
Mahy-taban roýy jennet mysaly,
Syýa zülp «Welleýli» gaşy hilaly,
Iliňe bagş eýläp ötgül, Pyragy.

Magtymguly, indi goja galyp sen,
Ýagşylara her dem hemra bolup sen,
Zeberdest ärlerden pata alyp sen,
Iliňe bagş eýläp ötgül, Pyragy.

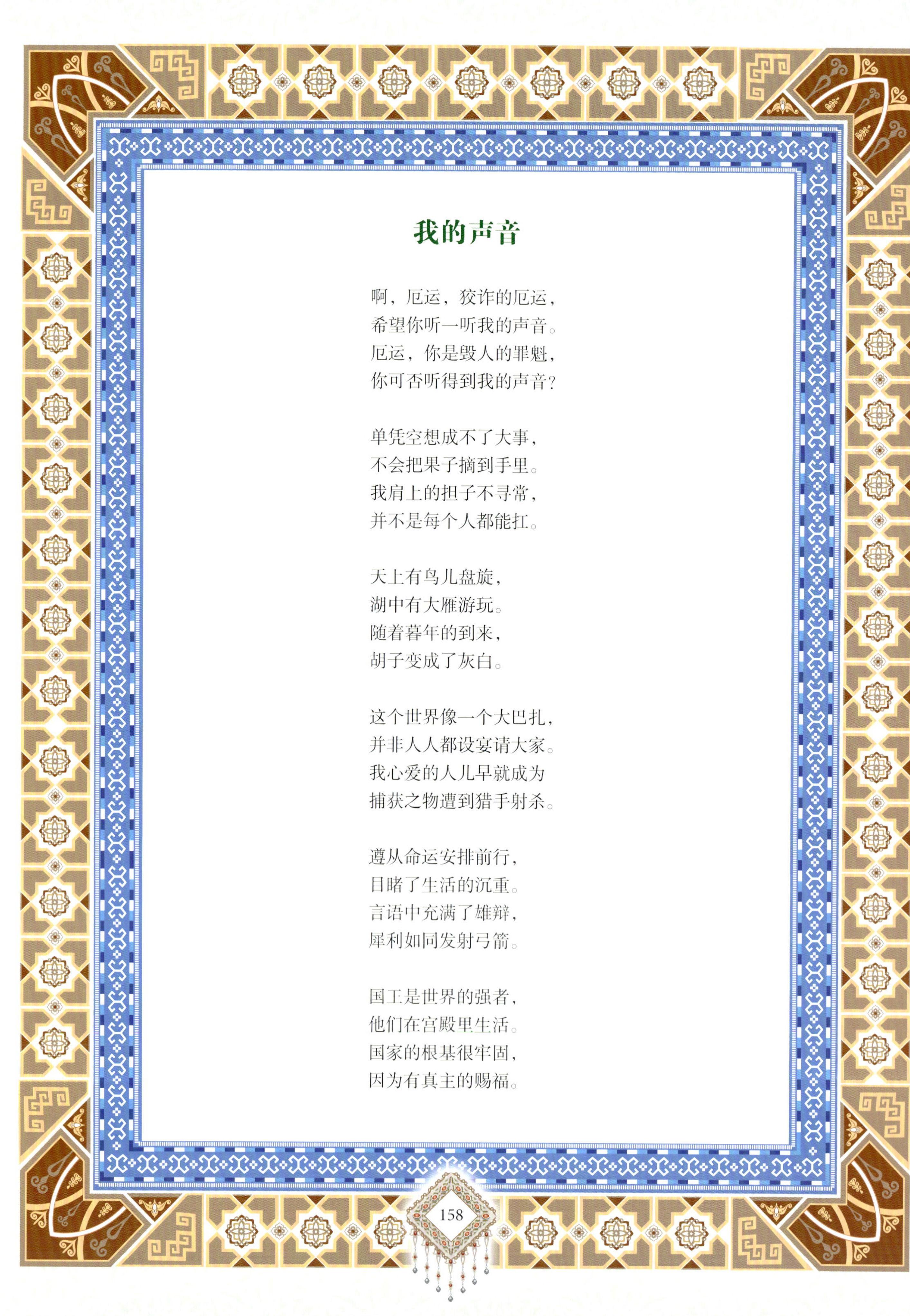

我的声音

啊，厄运，狡诈的厄运，
希望你听一听我的声音。
厄运，你是毁人的罪魁，
你可否听得到我的声音？

单凭空想成不了大事，
不会把果子摘到手里。
我肩上的担子不寻常，
并不是每个人都能扛。

天上有鸟儿盘旋，
湖中有大雁游玩。
随着暮年的到来，
胡子变成了灰白。

这个世界像一个大巴扎，
并非人人都设宴请大家。
我心爱的人儿早就成为
捕获之物遭到猎手射杀。

遵从命运安排前行，
目睹了生活的沉重。
言语中充满了雄辩，
犀利如同发射弓箭。

国王是世界的强者，
他们在宫殿里生活。
国家的根基很牢固，
因为有真主的赐福。

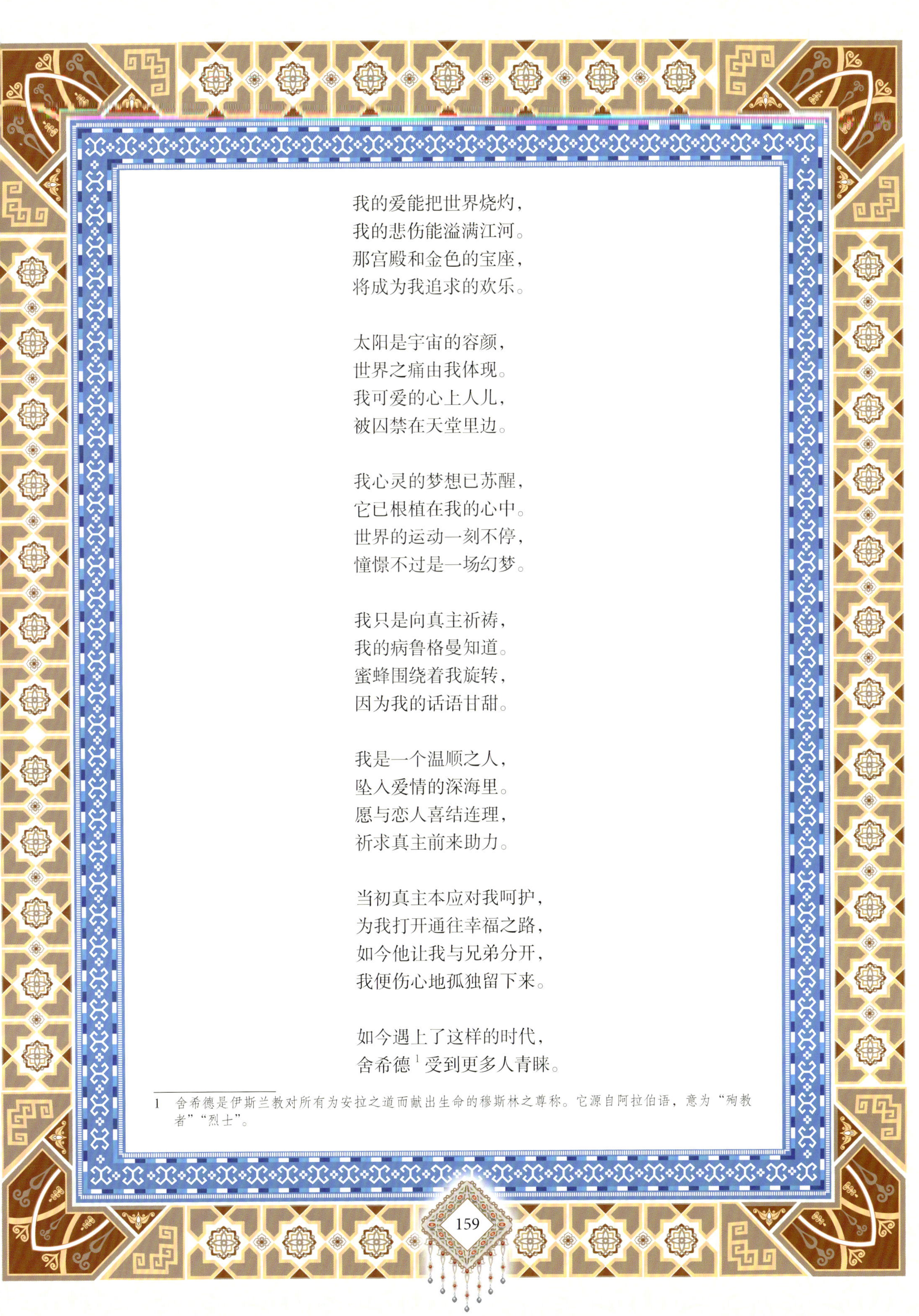

我的爱能把世界烧灼，
我的悲伤能溢满江河。
那宫殿和金色的宝座，
将成为我追求的欢乐。

太阳是宇宙的容颜，
世界之痛由我体现。
我可爱的心上人儿，
被囚禁在天堂里边。

我心灵的梦想已苏醒，
它已根植在我的心中。
世界的运动一刻不停，
憧憬不过是一场幻梦。

我只是向真主祈祷，
我的病鲁格曼知道。
蜜蜂围绕着我旋转，
因为我的话语甘甜。

我是一个温顺之人，
坠入爱情的深海里。
愿与恋人喜结连理，
祈求真主前来助力。

当初真主本应对我呵护，
为我打开通往幸福之路，
如今他让我与兄弟分开，
我便伤心地孤独留下来。

如今遇上了这样的时代，
舍希德[1]受到更多人青睐。

1 舍希德是伊斯兰教对所有为安拉之道而献出生命的穆斯林之尊称。它源自阿拉伯语，意为“殉教者”“烈士”。

希望女性变得贤良温柔，
这正是我对真主的祈求。

马赫图姆库里，你来自民间，
夜莺的歌声荡漾在美丽花园。
你的诸多话语在人群中流传，
如同《古兰经》中箴言一般。

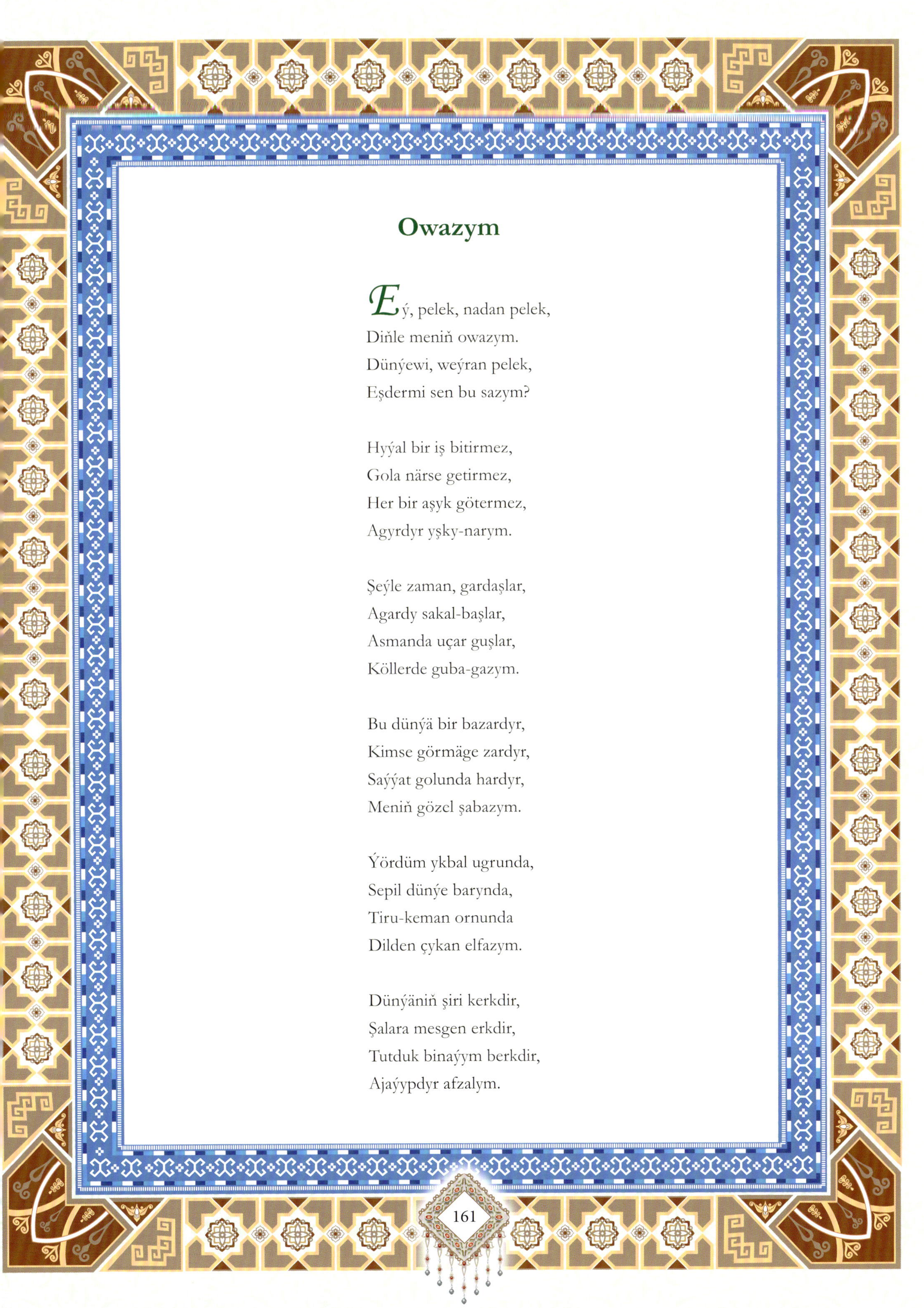

Owazym

Eý, pelek, nadan pelek,
Diňle meniň owazym.
Dünýewi, weýran pelek,
Eşdermi sen bu sazym?

Hyýal bir iş bitirmez,
Gola närse getirmez,
Her bir aşyk götermez,
Agyrdyr yşky-narym.

Şeýle zaman, gardaşlar,
Agardy sakal-başlar,
Asmanda uçar guşlar,
Köllerde guba-gazym.

Bu dünýä bir bazardyr,
Kimse görmäge zardyr,
Saýýat golunda hardyr,
Meniň gözel şabazym.

Ýördüm ykbal ugrunda,
Sepil dünýe barynda,
Tiru-keman ornunda
Dilden çykan elfazym.

Dünýäniň şiri kerkdir,
Şalara mesgen erkdir,
Tutduk binaýym berkdir,
Ajaýypdyr afzalym.

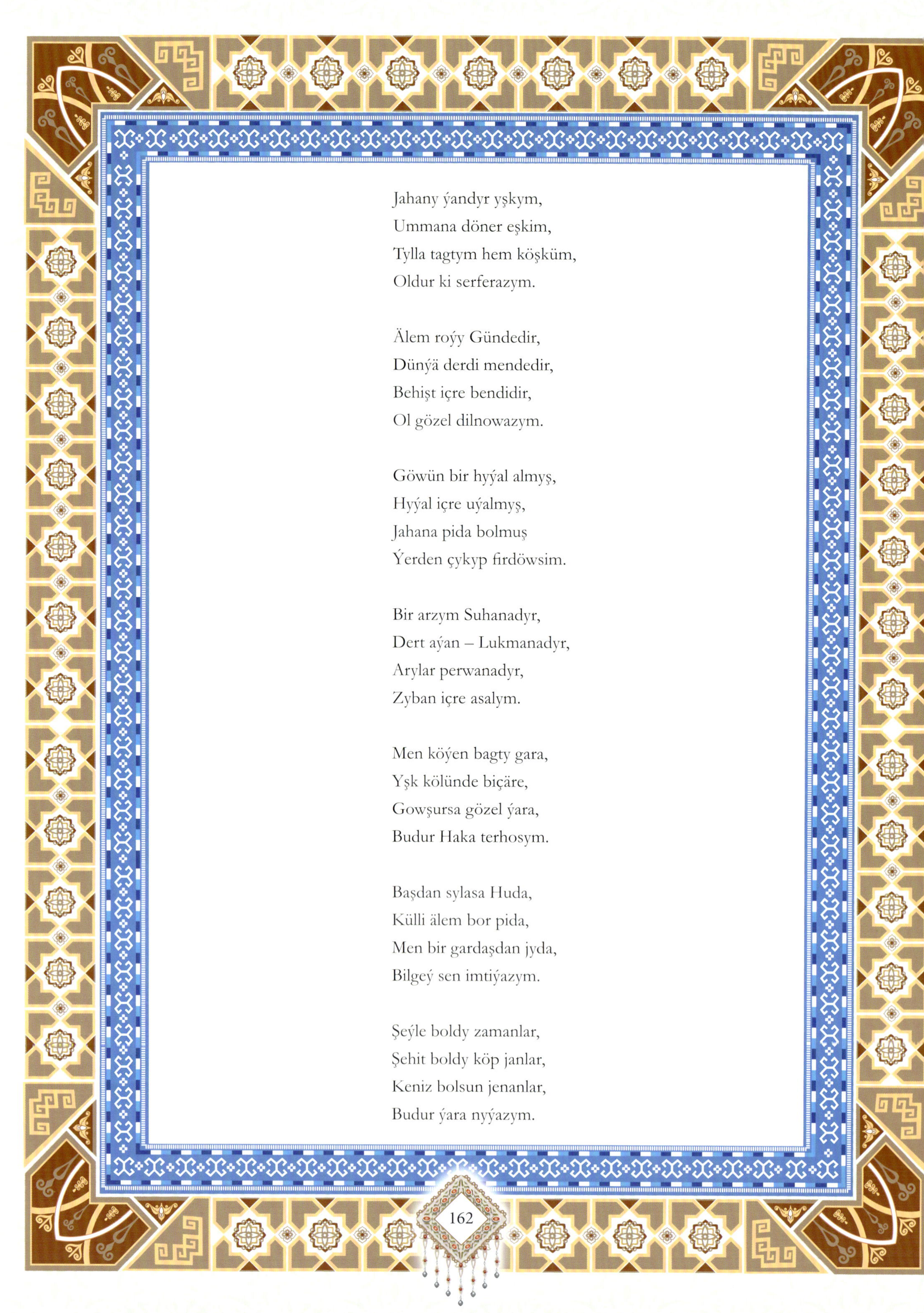

Jahany ýandyr yşkym,
Ummana döner eşkim,
Tylla tagtym hem köşküm,
Oldur ki serferazym.

Älem roýy Gündedir,
Dünýä derdi mendedir,
Behişt içre bendidir,
Ol gözel dilnowazym.

Göwün bir hyýal almyş,
Hyýal içre uýalmyş,
Jahana pida bolmuş
Ýerden çykyp firdöwsim.

Bir arzym Suhanadyr,
Dert aýan – Lukmanadyr,
Arylar perwanadyr,
Zyban içre asalym.

Men köýen bagty gara,
Yşk kölünde biçäre,
Gowşursa gözel ýara,
Budur Haka terhosym.

Başdan sylasa Huda,
Külli älem bor pida,
Men bir gardaşdan jyda,
Bilgeý sen imtiýazym.

Şeýle boldy zamanlar,
Şehit boldy köp janlar,
Keniz bolsun jenanlar,
Budur ýara nyýazym.

Magtymguly ilinde,
Bilbil saýrar gülünde,
Il-ulusyň dilinde
Meniň misgin hadysym.

这就是我的命运

我的荣誉被踏入泥土中，人身受到玷污。
我的生命在无忧无虑的人群中匆匆流走。
我的双膝力气耗尽，脊柱弯曲，背佝偻。
我的太阳已落山，眼前几乎看不到光线。
如今我的兄弟们都是无家可归的流浪汉。

我没有赖以生存的食粮，正忍受着饥饿。
这些年我走遍了罗马、中国和花剌子模[1]。
春天的日子瞬息而过，如今已隆冬时节。
经过艰辛的跋涉，有一天我抵达克尔白[2]。
可是你却把我变成一支香气袭人的花朵。

我像一只飞蛾时刻都在爱情火焰中燃烧。
假如与心上人偎依，一定发出激情喊叫。
如同麦吉侬对莱丽一样，我已习惯思念。
居无定所，爱情受挫，没人懂我的语言。
你把我变成了不断拍打岩石的朵朵浪花。

狂风卷走了我的殿宇，导致我无家可归。
大海以风暴相威胁，我只能无助地落泪。
刚刚摆脱无情的巨浪，我又被毒蛇咬伤。
在圣殿的废墟上，我成为一位残暴君王。
像对待伊斯凡迪亚拉[3]一样，你赐我王国作奖赏。

我徘徊于群山和沙漠，寻找医治情伤良药。
我展翅飞翔，在蓝色天空中把苏莱曼寻找。

1　花剌子模是历史地名，位于中亚西部地区的阿姆河下游和咸海南岸，包括现今乌兹别克斯坦及土库曼斯坦两国所在的地区。

2　克尔白，意为“天房”，是伊斯兰教最重要的圣地，位于沙特阿拉伯的麦加大清真寺内。天房作为伊斯兰教的象征和全球穆斯林的宗教中心，有着悠久的历史和独特的建筑风格。

3　伊斯凡迪亚拉是波斯著名诗人菲尔多西（940—1020年）的代表作民族史诗《列王纪》中的人物。

犹如漂泊者，我在沙漠中徒劳寻觅同路人。
像被你推进火海的人，我在寻找易卜拉欣。
你把我抛入火海，随后又向我泼了瓢冷水。

我多想了解你的想法，你是否对我无所谓？
也许你像佛陀项上的珍珠和宝石出身高贵？
也许像旷地、野草、树干和小花默默无闻？
也许你是无情的刽子手，也许是一片荒地？
你把我由巨人变成懦夫，还对我嘲笑不止。

你给我带来的残酷灾难令我无法看到边际。
我的生活犹如一片废墟，我应该如何处理？
即使是鲁格曼对消除我的病痛也无能为力。
斐拉格，你的道路充满磨难，大家同情你。
可惜我虽然没死在路上，却毁在命运手里。

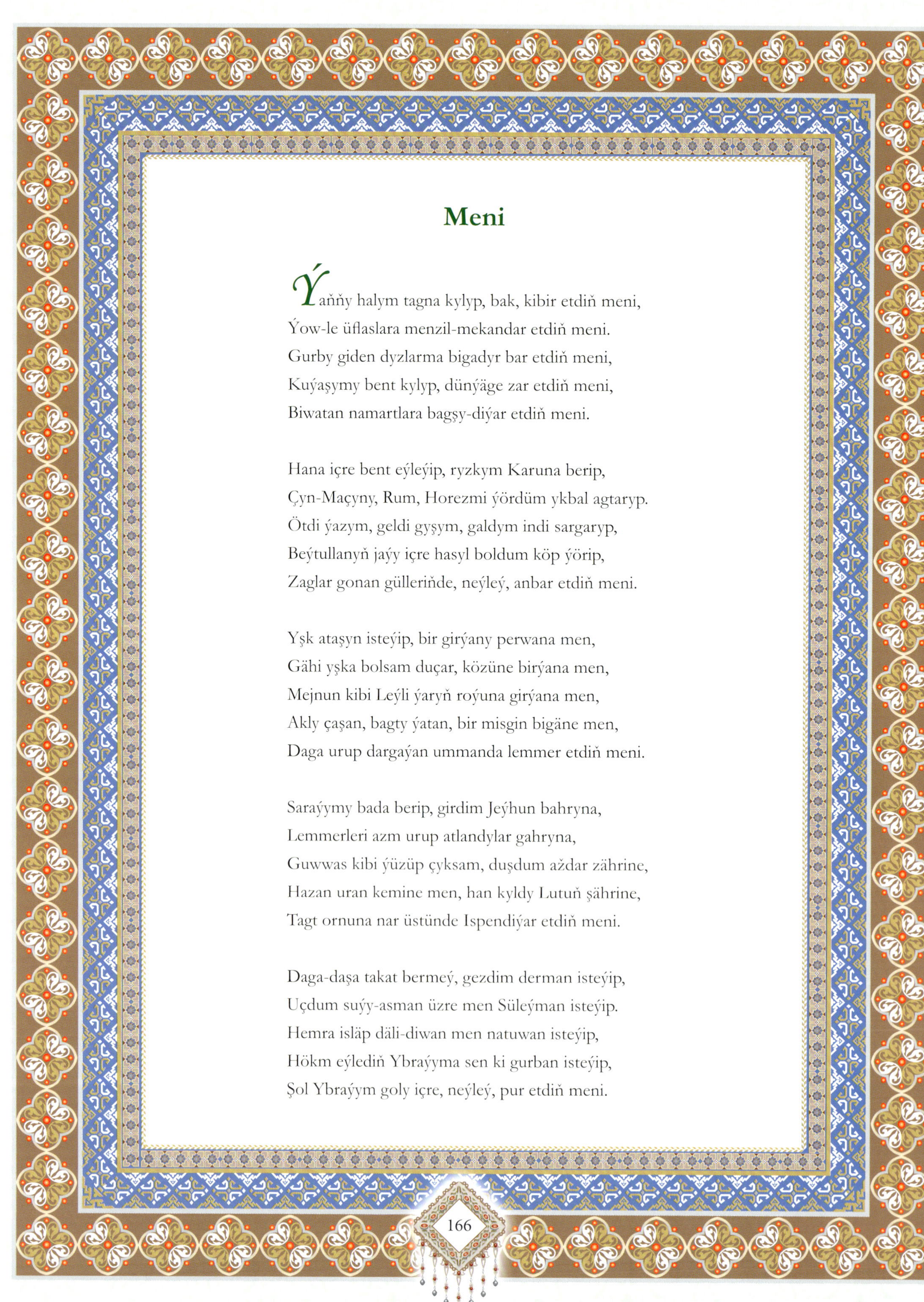

Meni

Ýaňňy halym tagna kylyp, bak, kibir etdiň meni,
Ýow-le üflaslara menzil-mekandar etdiň meni.
Gurby giden dyzlarma bigadyr bar etdiň meni,
Kuýaşymy bent kylyp, dünýäge zar etdiň meni,
Biwatan namartlara bagşy-diýar etdiň meni.

Hana içre bent eýleýip, ryzkym Karuna berip,
Çyn-Maçyny, Rum, Horezmi ýördüm ykbal agtaryp.
Ötdi ýazym, geldi gyşym, galdym indi sargaryp,
Beýtullanyň jaýy içre hasyl boldum köp ýörip,
Zaglar gonan gülleriňde, neýleý, anbar etdiň meni.

Yşk ataşyn isteýip, bir giryany perwana men,
Gähi yşka bolsam duçar, közüne biryana men,
Mejnun kibi Leýli ýaryň roýuna giryana men,
Akly çaşan, bagty ýatan, bir misgin bigäne men,
Daga urup dargaýan ummanda lemmer etdiň meni.

Saraýymy bada berip, girdim Jeýhun bahryna,
Lemmerleri azm urup atlandylar gahryna,
Guwwas kibi ýüzüp çyksam, duşdum aždar zährine,
Hazan uran kemine men, han kyldy Lutuň şährine,
Tagt ornuna nar üstünde Ispendiýar etdiň meni.

Daga-daşa takat bermeý, gezdim derman isteýip,
Uçdum suýy-asman üzre men Süleýman isteýip.
Hemra isläp däli-diwan men natuwan isteýip,
Hökm eýlediň Ybraýyma sen ki gurban isteýip,
Şol Ybraýym goly içre, neýleý, pur etdiň meni.

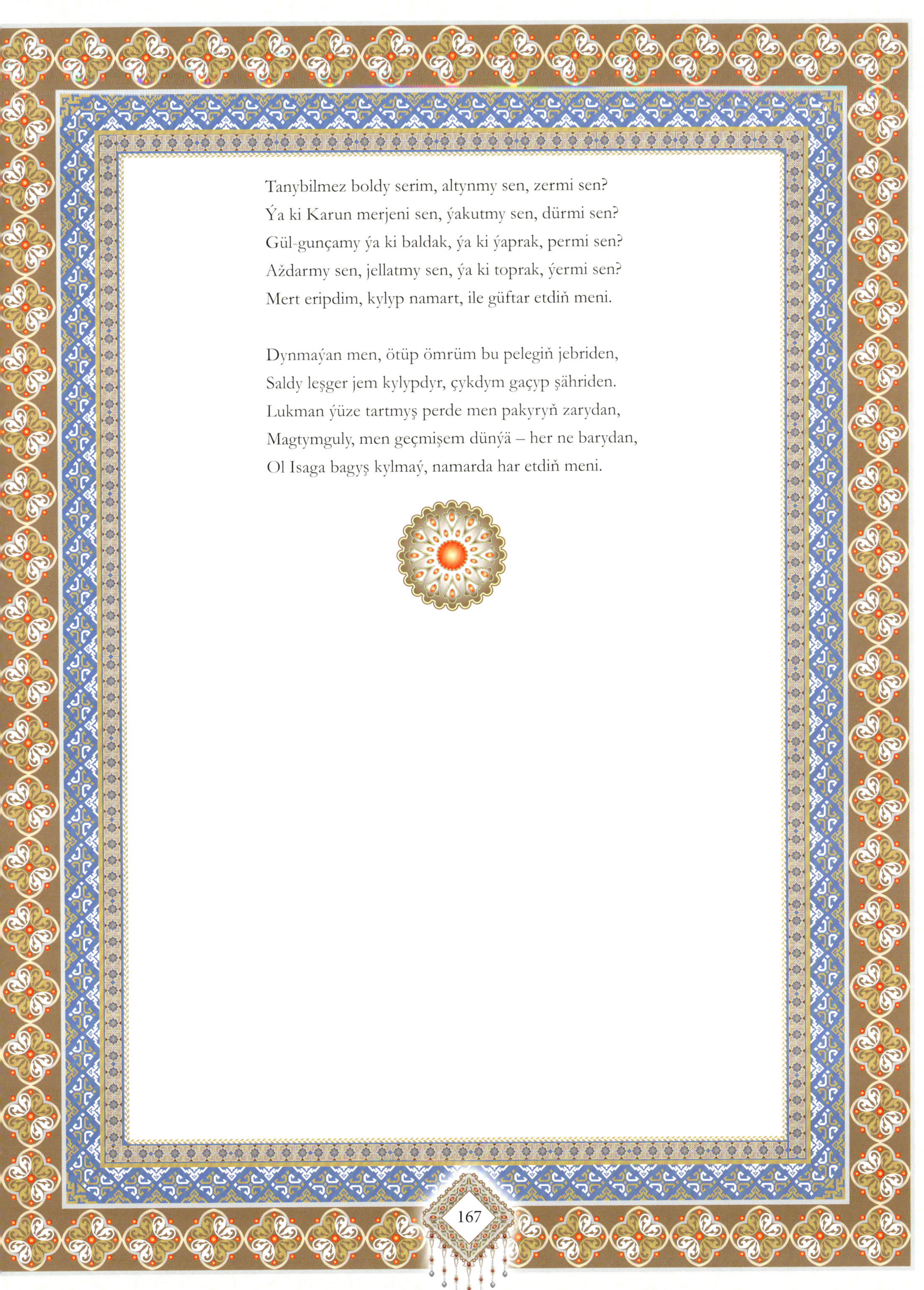

Tanybilmez boldy serim, altynmy sen, zermi sen?
Ýa ki Karun merjeni sen, ýakutmy sen, dürmi sen?
Gül-gunçamy ýa ki baldak, ýa ki ýaprak, permi sen?
Aždarmy sen, jellatmy sen, ýa ki toprak, ýermi sen?
Mert eripdim, kylyp namart, ile güftar etdiň meni.

Dynmaýan men, ötüp ömrüm bu pelegiň jebriden,
Saldy leşger jem kylypdyr, çykdym gaçyp şähriden.
Lukman ýüze tartmyş perde men pakyryň zarydan,
Magtymguly, men geçmişem dünýä – her ne barydan,
Ol Isaga bagyş kylmaý, namarda har etdiň meni.

时光不再

啊，同一信仰的穆斯林们，
我们的时光在痛苦中过去。
生命仿佛在雾中飞奔急驰，
漫长的日子在磨难中流逝。

世界之大，其中罪恶泛滥，
万能的主对我们严酷审判，
大汗对我们统治如此残暴，
幸福的日子能否很快来到？

勾克兰人的所有掌权者
都变得如此贪婪和傲慢，
他们只会掠夺温顺百姓，
我们却选择了忍气吞声。

马赫图姆库里，别吝惜自己，
为了人民的幸福要斗争到底。
现在大汗们沉醉于欢天喜地，
很快他们将接受死亡的结局。

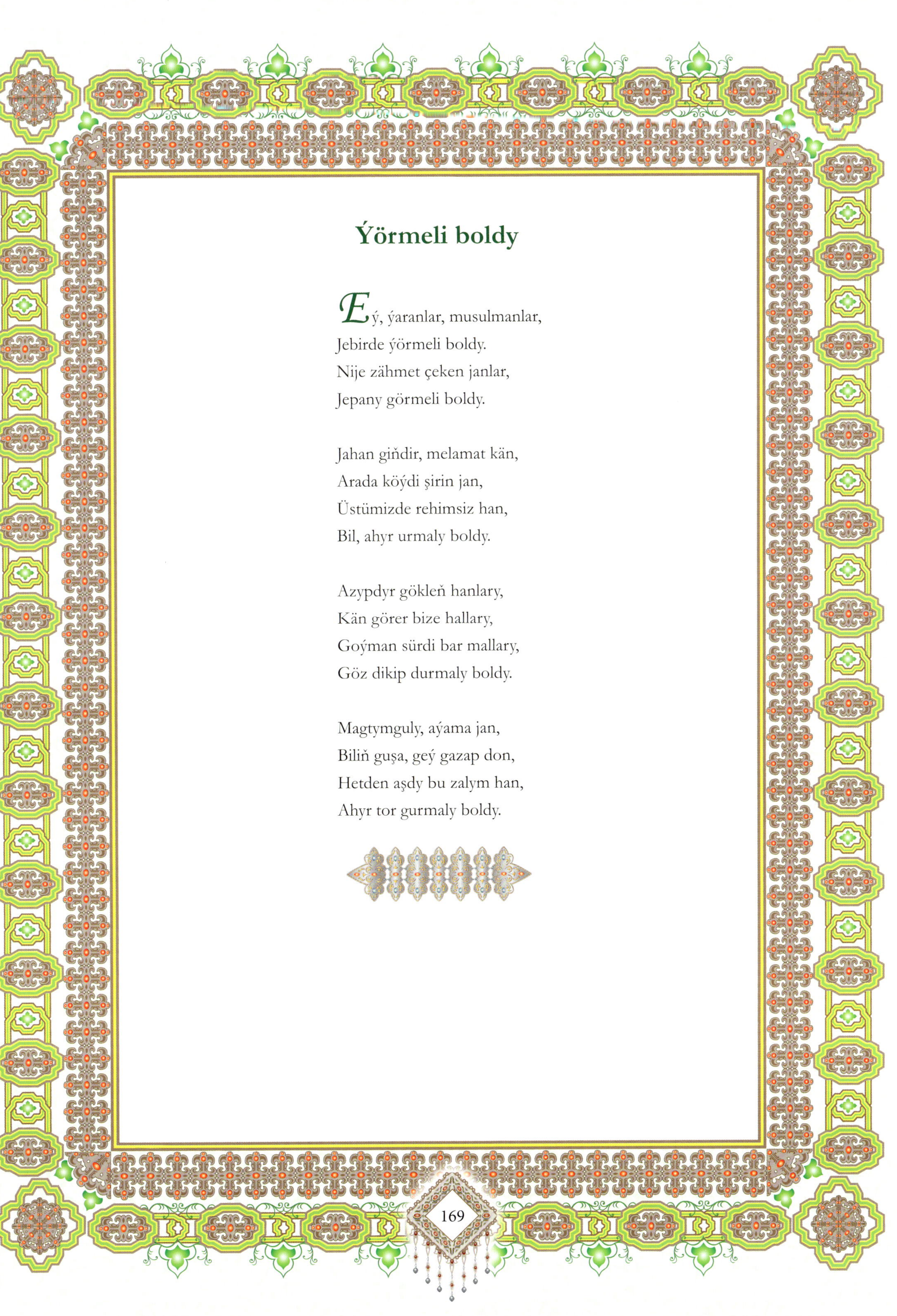

Ýörmeli boldy

Eý, ýaranlar, musulmanlar,
Jebirde ýörmeli boldy.
Nije zähmet çeken janlar,
Jepany görmeli boldy.

Jahan giňdir, melamat kän,
Arada köýdi şirin jan,
Üstümizde rehimsiz han,
Bil, ahyr urmaly boldy.

Azypdyr göklen hanlary,
Kän görer bize hallary,
Goýman sürdi bar mallary,
Göz dikip durmaly boldy.

Magtymguly, aýama jan,
Biliň guşa, geý gazap don,
Hetden aşdy bu zalym han,
Ahyr tor gurmaly boldy.

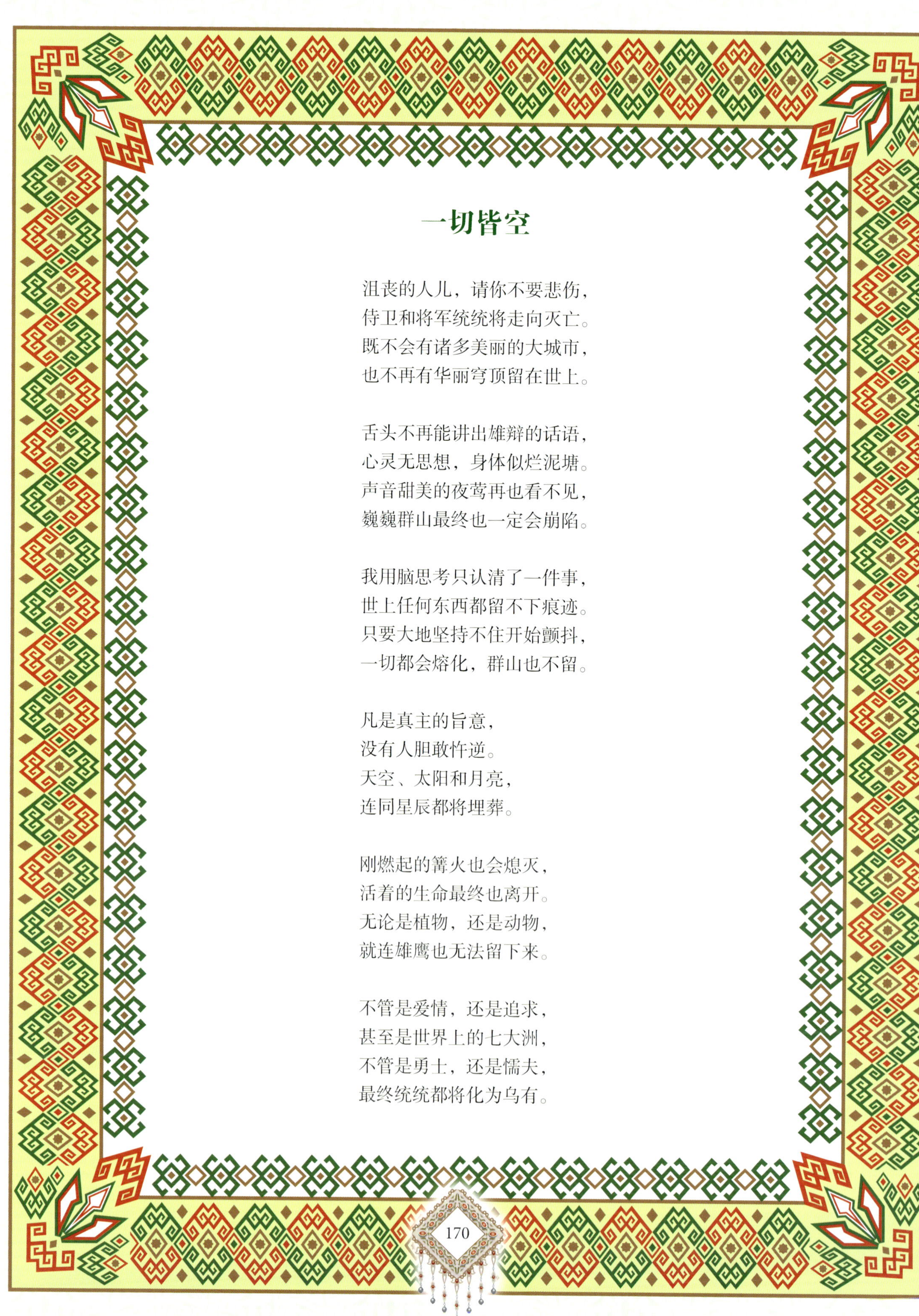

一切皆空

沮丧的人儿，请你不要悲伤，
侍卫和将军统统将走向灭亡。
既不会有诸多美丽的大城市，
也不再有华丽穹顶留在世上。

舌头不再能讲出雄辩的话语，
心灵无思想，身体似烂泥塘。
声音甜美的夜莺再也看不见，
巍巍群山最终也一定会崩陷。

我用脑思考只认清了一件事，
世上任何东西都留不下痕迹。
只要大地坚持不住开始颤抖，
一切都会熔化，群山也不留。

凡是真主的旨意，
没有人胆敢忤逆。
天空、太阳和月亮，
连同星辰都将埋葬。

刚燃起的篝火也会熄灭，
活着的生命最终也离开。
无论是植物，还是动物，
就连雄鹰也无法留下来。

不管是爱情，还是追求，
甚至是世界上的七大洲，
不管是勇士，还是懦夫，
最终统统都将化为乌有。

斐拉格，你已经活了很久，
把世间那么多的苦难经受。
那些潺潺河流和呼啸大海，
所有这一切最终都不存在。

Şalar galmazlar

Gam çekme, garyp adam,
Begler-şalar galmazlar.
Azym-azym şäherler,
Ak otaglar galmazlar.

Galsa sözden gyzyl til,
Jan jöwherdir, ten bir kül,
Hezar mukamly bilbil,
Beýik daglar galmazlar.

Şuny kesipdir aklym,
Ýykylar ýedi yklym,
Ýer bolar büklüm-büklüm,
Erir, daglar galmazlar.

Hakdan ýetişse perman,
Ne çäre bar, ne derman,
Asman, Günu-Aý lerzan,
Hem ýyldyzlar galmazlar.

Ne ýer galar, ne ýurtlar,
Ne türk galar, ne kürtler,
Ne guş galar, ne gurtlar,
Perrendeler galmazlar.

Ne gert galar, ne gerdan,
Ne mert galar, ne merdan,
Pil, peşeýu-kergedan,
Derrendeler galmazlar.

Magtymguly, ýaş süren,
Agyr heňňamlar guran,
Lemmer-lemmer möwç uran,
Şol derýalar galmazlar.

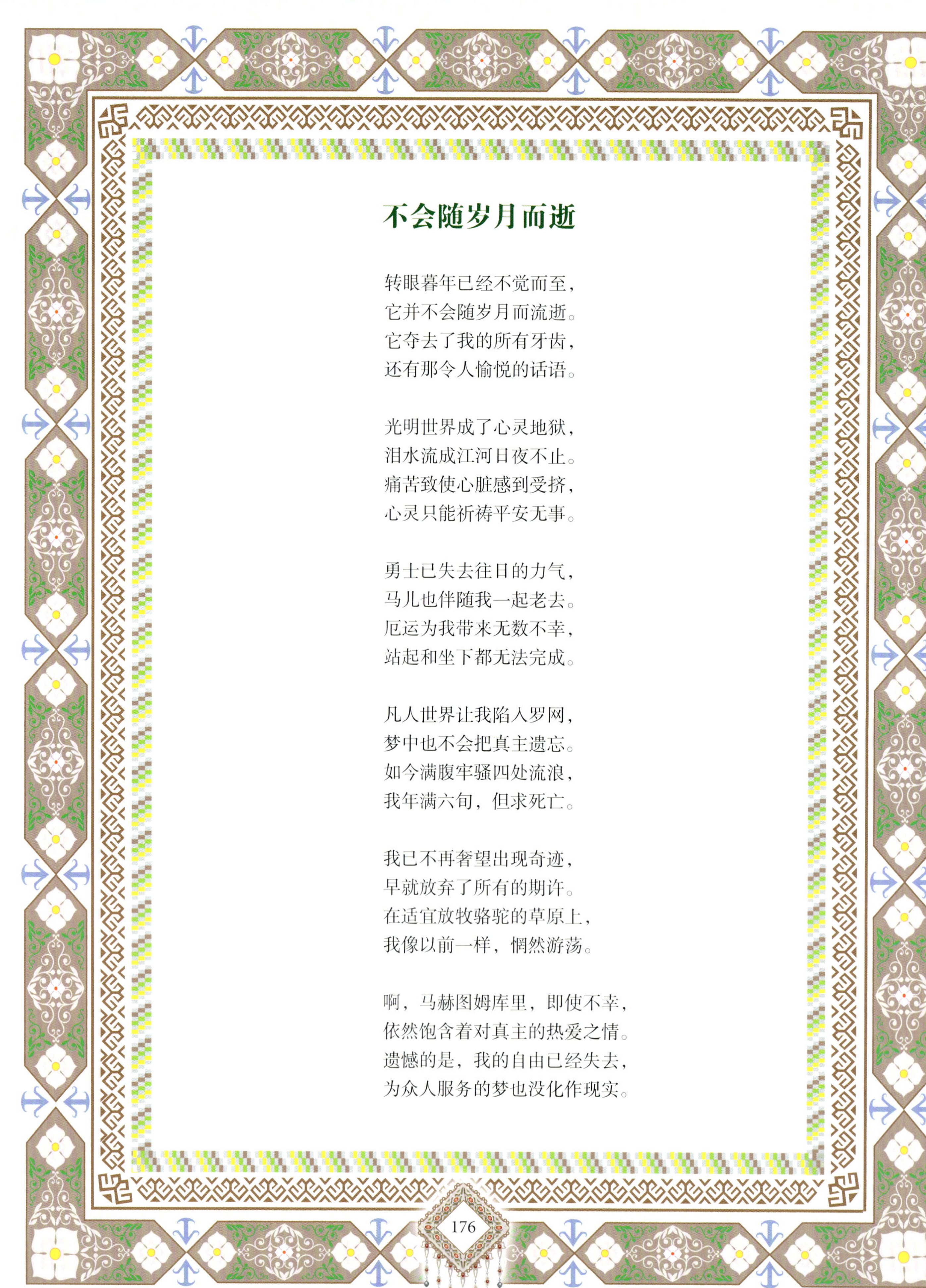

不会随岁月而逝

转眼暮年已经不觉而至，
它并不会随岁月而流逝。
它夺去了我的所有牙齿，
还有那令人愉悦的话语。

光明世界成了心灵地狱，
泪水流成江河日夜不止。
痛苦致使心脏感到受挤，
心灵只能祈祷平安无事。

勇士已失去往日的力气，
马儿也伴随我一起老去。
厄运为我带来无数不幸，
站起和坐下都无法完成。

凡人世界让我陷入罗网，
梦中也不会把真主遗忘。
如今满腹牢骚四处流浪，
我年满六旬，但求死亡。

我已不再奢望出现奇迹，
早就放弃了所有的期许。
在适宜放牧骆驼的草原上，
我像以前一样，惘然游荡。

啊，马赫图姆库里，即使不幸，
依然饱含着对真主的热爱之情。
遗憾的是，我的自由已经失去，
为众人服务的梦也没化作现实。

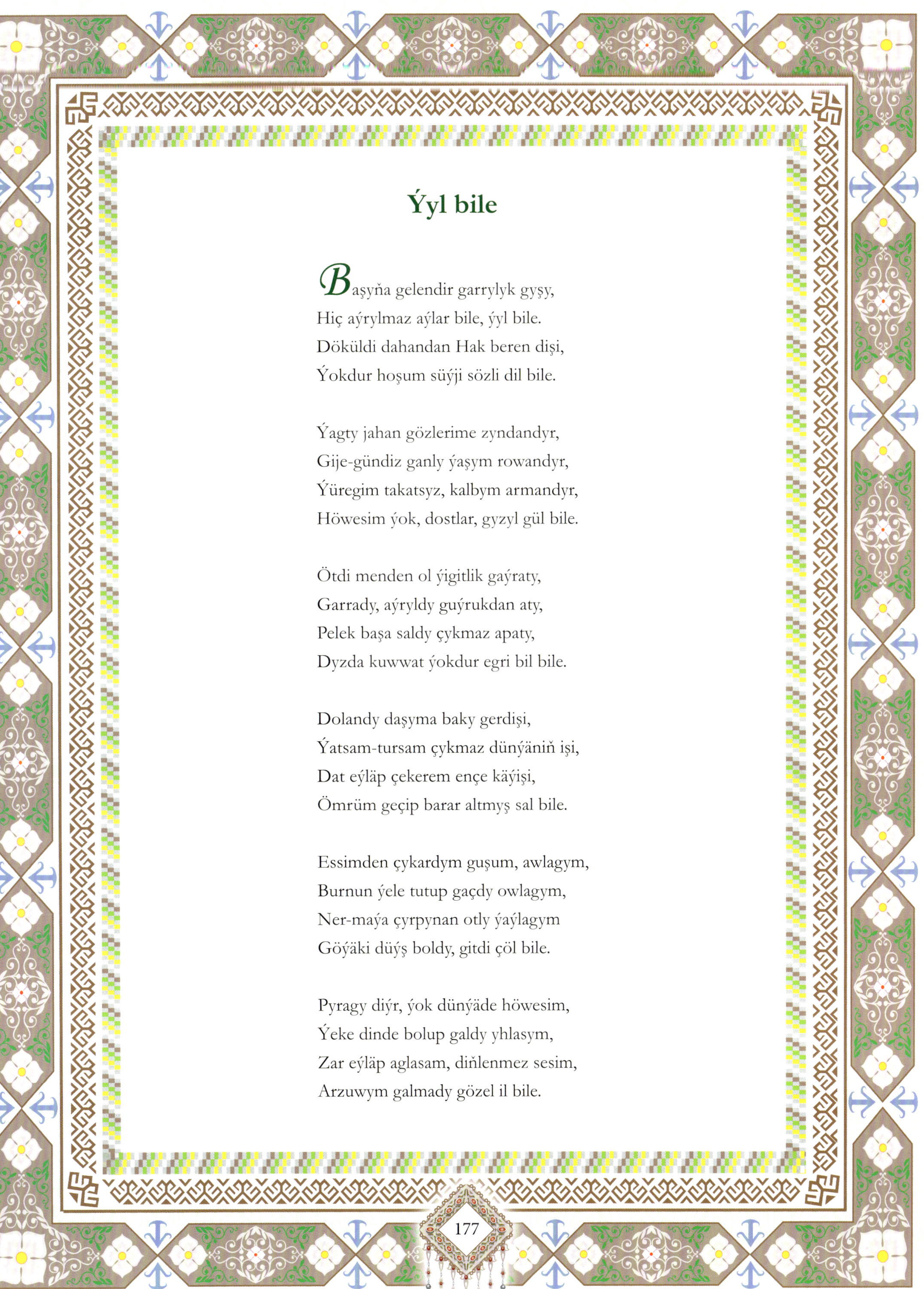

Ýyl bile

Başyňa gelendir garrylyk gyşy,
Hiç aýrylmaz aýlar bile, ýyl bile.
Döküldi dahandan Hak beren dişi,
Ýokdur hoşum süýji sözli dil bile.

Ýagty jahan gözlerime zyndandyr,
Gije-gündiz ganly ýaşym rowandyr,
Ýüregim takatsyz, kalbym armandyr,
Höwesim ýok, dostlar, gyzyl gül bile.

Ötdi menden ol ýigitlik gaýraty,
Garrady, aýryldy guýrukdan aty,
Pelek başa saldy çykmaz apaty,
Dyzda kuwwat ýokdur egri bil bile.

Dolandy daşyma baky gerdişi,
Ýatsam-tursam çykmaz dünýäniň işi,
Dat eýläp çekerem ençe käýişi,
Ömrüm geçip barar altmyş sal bile.

Essimden çykardym guşum, awlagym,
Burnun ýele tutup gaçdy owlagym,
Ner-maýa çyrpynan otly ýaýlagym
Göýäki düýş boldy, gitdi çöl bile.

Pyragy diýr, ýok dünýäde höwesim,
Ýeke dinde bolup galdy yhlasym,
Zar eýläp aglasam, diňlenmez sesim,
Arzuwym galmady gözel il bile.

梦

一个星期五的晚上，我做了个奇怪的梦：
梦见自己插上了翅膀，朋友们。
我飞向蓝天，进入无垠的空间，
星空中有亘古以来的和谐无限，朋友们。

银河系在饱含赞叹的目光前面
变成一座美妙绝伦的多彩花园：
整个花园都被紫红的葡萄缠绕，
在梨子和苹果中间，还有石榴，朋友们。

我欣赏着，我在虔敬地欣赏，
夜莺的鸣唱溪流般轻轻荡漾，
大理石水池的喷泉哗哗作响，
我陶醉在其中，真是心花怒放，朋友们。

在那花园里我看到了清新草地，
还看到盛筵上的人们快乐无比。
走近后，我突然看到了奇力真[1]
并面对他们低下头，行礼躬身，朋友们。

我在他们永恒的神光面前叩拜，
他们对我的恭敬报以问候相待，
他们将一碗雪白特果汁递给我，
这类甜美的食品我还从没尝过，朋友们！

我不记得自己喝得是多还是少，
有一种声音忽然被我的心听到，
心中的爱情犹如琴弦开始颤动，

1　奇力真，意为“四十位圣人”。一种说法认为他们是神话中的人物，似乎能够永生并能为落难者提供帮助；另一种说法认为，他们就是艾伦神。

我找到了蕴藏甜美语言的宝库，朋友们!

斐拉格醒来，又看到现实情形，
那炽热的话语仍在他心中沸腾。
在言语集市上我成了一名裁缝，
着手为这首诗裁剪出一套礼服，朋友们!

Uçdum, ýaranlar

Bir juma gijesi gördüm düýşümde,
Bal urup, göklere uçdum, ýaranlar.
Perwaz eýläp, seýran etdim dünýäni,
Bir abadan jaýa düşdüm, ýaranlar.

Kehkeşana çykyp dürli semerler,
Müň dürli miweler, horram şejerler,
Narynjy, turunjy, leýmun, almalar,
Bir abadan baga duşdum, ýaranlar.

Açylmyşdyr onda reňbe-reň güller,
Şureşu-efganda şeýda bilbiller,
Mermerden howuzly, köwser dek suwlar,
Tahaýýur eýleýip çaşdym, ýaranlar.

Ol gara baglykda gördüm bir çemen,
Ajaýyp mejlisin gördüm enjümen.
Döwre gurup, gördüm, oturmyş çilten,
Salam berip, golun guçdum, ýaranlar.

Hemme owaz eýläp, «Aleýk!» aýdylar,
Yşarat eýleýip: «Ötgül» diýdiler,
Döwre gurap, jama şerap guýdular,
Maňa ýetgeç, golum açdym, ýaranlar.

Bilmedim, köpmi ýa maňa az berdi,
Özge älem, başga bir owaz berdi,
Yşk aldy köňlümi, tile söz berdi,
Aýakdan-aýaga düşdüm, ýaranlar.

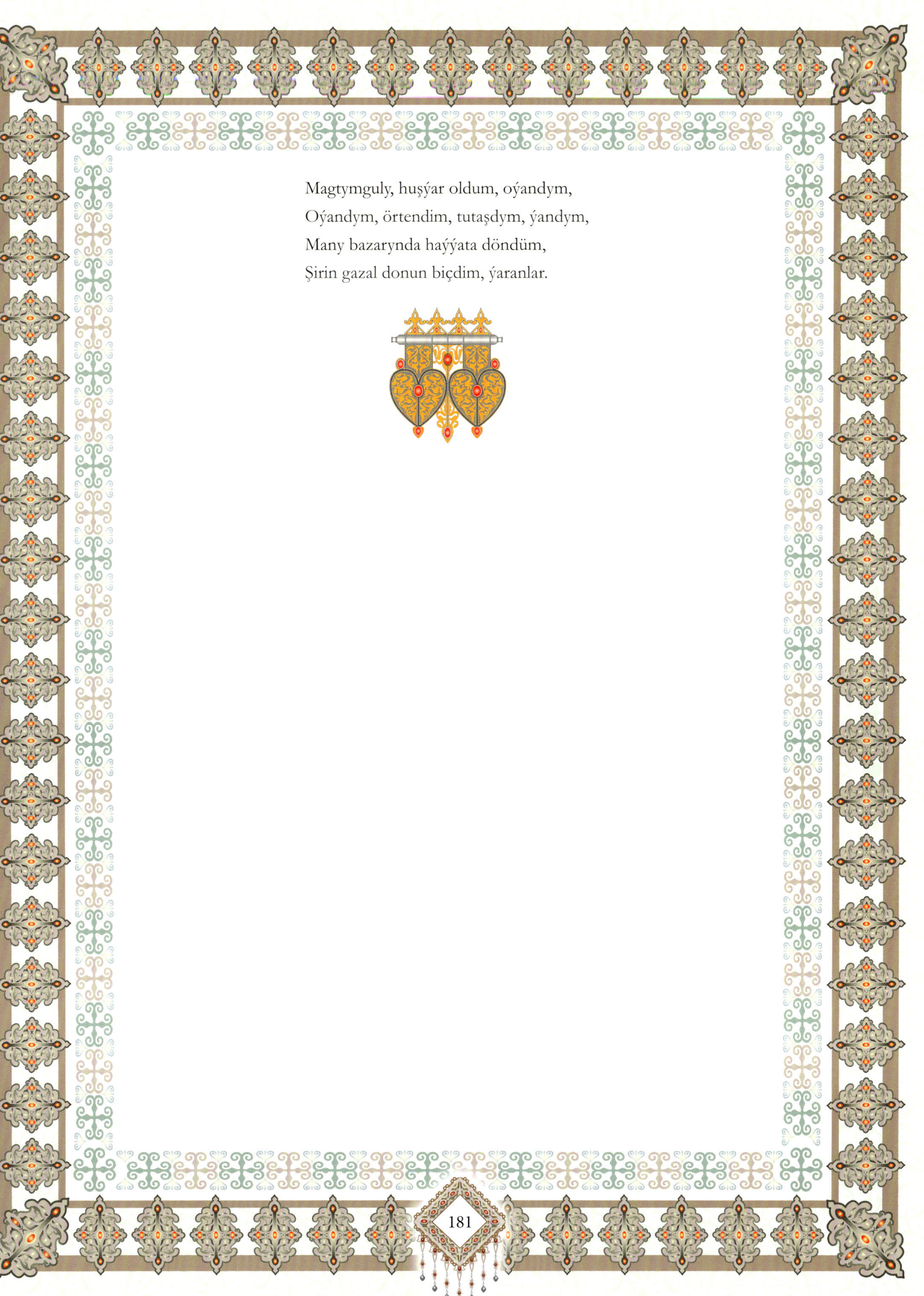

Magtymguly, huşýar oldum, oýandym,
Oýandym, örtendim, tutaşdym, ýandym,
Many bazarynda haýýata döndüm,
Şirin gazal donun biçdim, ýaranlar.

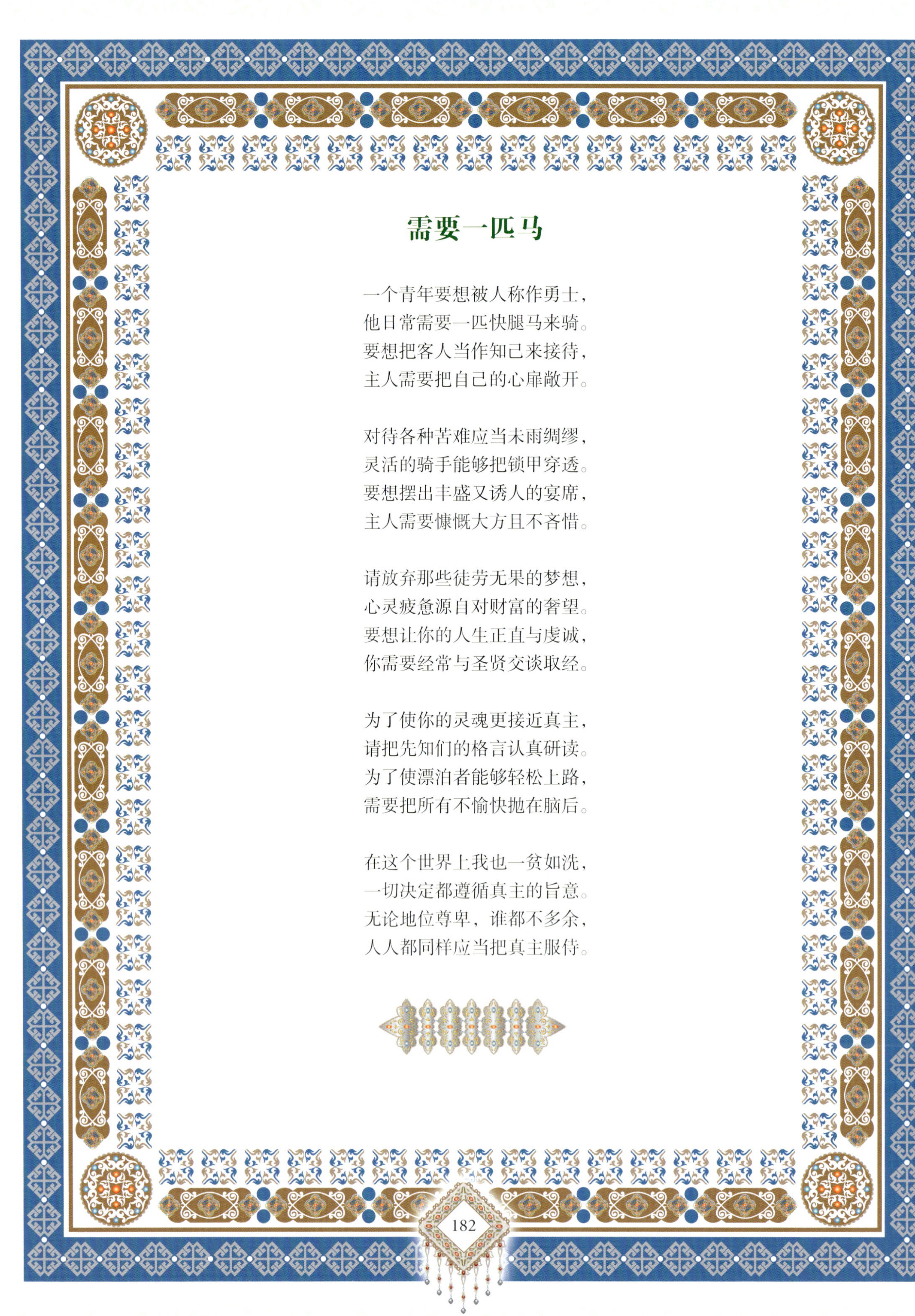

需要一匹马

一个青年要想被人称作勇士，
他日常需要一匹快腿马来骑。
要想把客人当作知己来接待，
主人需要把自己的心扉敞开。

对待各种苦难应当未雨绸缪，
灵活的骑手能够把锁甲穿透。
要想摆出丰盛又诱人的宴席，
主人需要慷慨大方且不吝惜。

请放弃那些徒劳无果的梦想，
心灵疲惫源自对财富的奢望。
要想让你的人生正直与虔诚，
你需要经常与圣贤交谈取经。

为了使你的灵魂更接近真主，
请把先知们的格言认真研读。
为了使漂泊者能够轻松上路，
需要把所有不愉快抛在脑后。

在这个世界上我也一贫如洗，
一切决定都遵循真主的旨意。
无论地位尊卑，谁都不多余，
人人都同样应当把真主服侍。

Aty gerek

At gazanar goç ýigidiň
Owwal bedew aty gerek.
Gelene garşy durmaga,
Ýagşy muhabbeti gerek.

Mert gerek jepa çekmäge,
At gerek zereh sökmäge,
Supra ýaýyp, nan dökmäge
Köňlüniň hümmeti gerek.

El götergin ham hyýaldan,
Saňa yssyg ýokdur maldan,
Rozygär geçse halaldan,
Aryplar söhbeti gerek.

Ýöriseň gulluk kylmaga,
Pygamber ýolun bilmäge,
Derwüşler köňlün almaga
Elinde döwleti gerek.

Magtymguly, bir gedaýdyr,
Barçany saklan Hudaýdyr,
Eger misgin, eger baýdyr –
Gelene hyzmaty gerek.

与猛士同在

如果是为了自由而血战，
英雄好汉就不会留遗憾。
人生幸福是为他人谋利，
为国家和人民带来收益。

命运已将鲜活花朵折断，
还剥夺了夜莺的歌唱权。
哪里的河流似死水一潭，
哪里的生活就无趣可谈。

命运也无法逃脱末路，
勇士决不会与它同步。
十万只豺狼加在一起，
也伤害不了一只老虎。

命运牵制了我的头脑，
命运的防线已经垮掉。
爱情破灭，幸福被毁，
马赫图姆库里极度悲催。

Mert biläni

Çyn ärlerde galmaz arman,
Döwüş kylsa merl biläni.
Hijran bagtym kyldy weýran,
Ilim bilen, ýurt biläni.

Pelek nowça güller ýolar,
Bilbilniň kararyn alar,
Gaýa zarlap şonda galar,
Akmasa sil kert biläni.

Ajal öňünden gutarmaz,
Hemra diýip, är götermez,
Peleňe zyýan getirmez,
Ýüz müň şagal, gurt biläni.

Pelek başym kyldy bendi,
Ýumruldy ykbalym bendi,
Yşkym söndi, bagtym syndy,
Magtymguly, dert biläni.

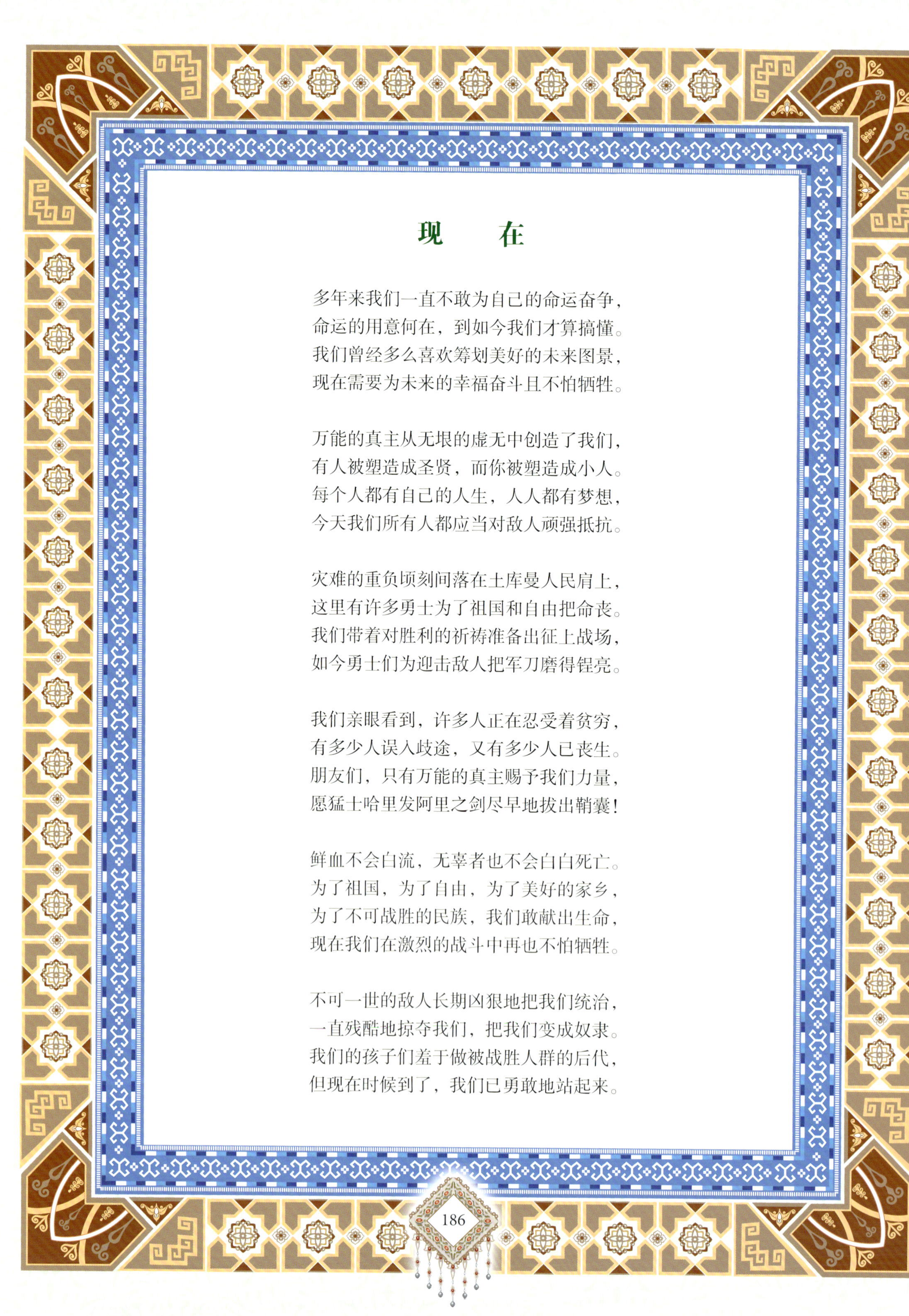

现　在

多年来我们一直不敢为自己的命运奋争，
命运的用意何在，到如今我们才算搞懂。
我们曾经多么喜欢筹划美好的未来图景，
现在需要为未来的幸福奋斗且不怕牺牲。

万能的真主从无垠的虚无中创造了我们，
有人被塑造成圣贤，而你被塑造成小人。
每个人都有自己的人生，人人都有梦想，
今天我们所有人都应当对敌人顽强抵抗。

灾难的重负顷刻间落在土库曼人民肩上，
这里有许多勇士为了祖国和自由把命丧。
我们带着对胜利的祈祷准备出征上战场，
如今勇士们为迎击敌人把军刀磨得铿亮。

我们亲眼看到，许多人正在忍受着贫穷，
有多少人误入歧途，又有多少人已丧生。
朋友们，只有万能的真主赐予我们力量，
愿猛士哈里发阿里之剑尽早地拔出鞘囊！

鲜血不会白流，无辜者也不会白白死亡。
为了祖国，为了自由，为了美好的家乡，
为了不可战胜的民族，我们敢献出生命，
现在我们在激烈的战斗中再也不怕牺牲。

不可一世的敌人长期凶狠地把我们统治，
一直残酷地掠夺我们，把我们变成奴隶。
我们的孩子们羞于做被战胜人群的后代，
但现在时候到了，我们已勇敢地站起来。

我，谦卑的斐拉格，在这里向人民呼吁：
永远和解吧，只有团结起来你们才幸福，
不要让敌人利用邪恶权力再次把我们欺，
现在要让被击败的对手们面对我们战栗！

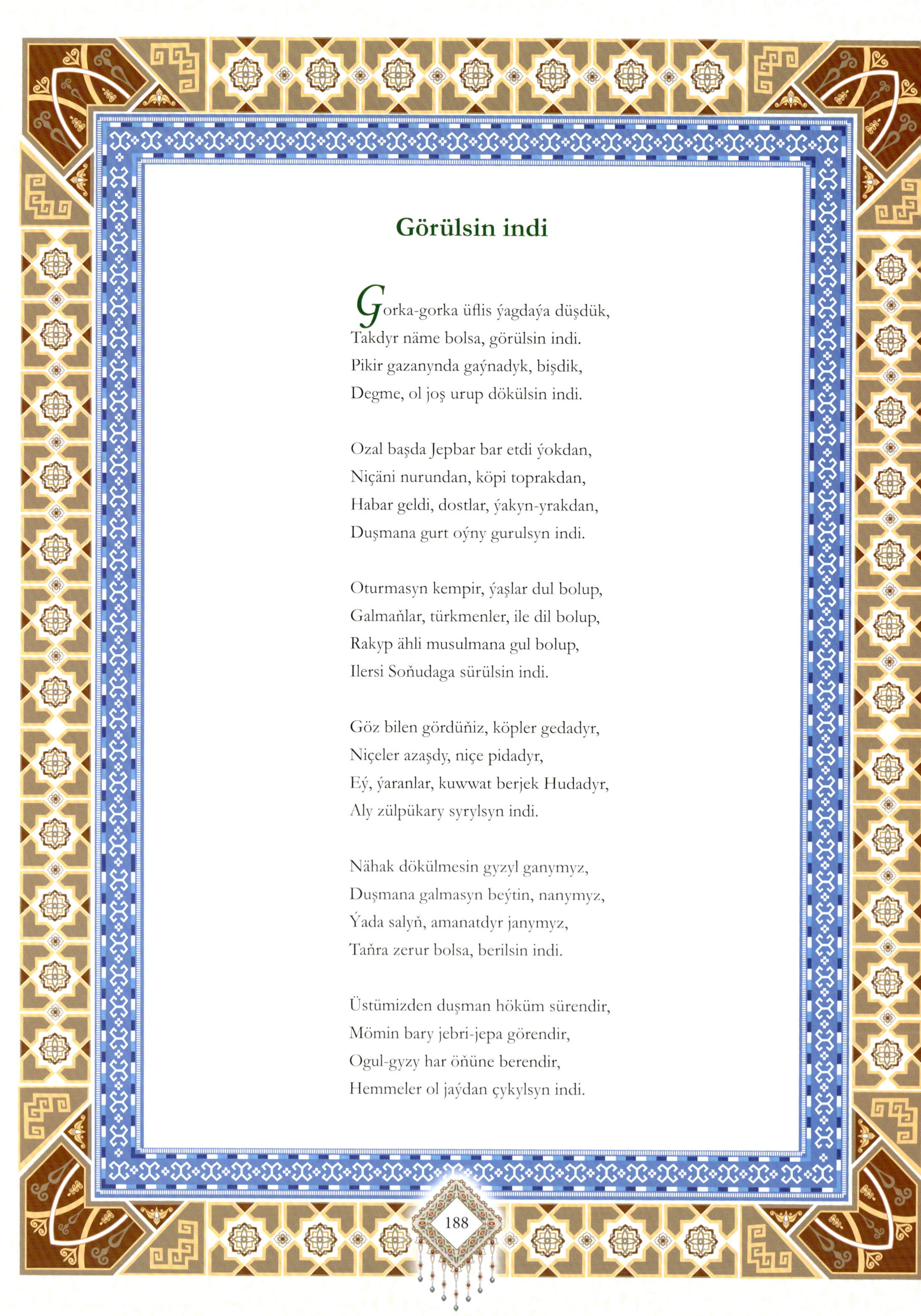

Görülsin indi

Gorka-gorka üflis ýagdaýa düşdük,
Takdyr näme bolsa, görülsin indi.
Pikir gazanynda gaýnadyk, bişdik,
Degme, ol joş urup dökülsin indi.

Ozal başda Jepbar bar etdi ýokdan,
Niçäni nurundan, köpi toprakdan,
Habar geldi, dostlar, ýakyn-yrakdan,
Duşmana gurt oýny gurulsyn indi.

Oturmasyn kempir, ýaşlar dul bolup,
Galmaňlar, türkmenler, ile dil bolup,
Rakyp ähli musulmana gul bolup,
Ilersi Soňudaga sürülsin indi.

Göz bilen gördüňiz, köpler gedadyr,
Niçeler azaşdy, niçe pidadyr,
Eý, ýaranlar, kuwwat berjek Hudadyr,
Aly zülpükary syrylsyn indi.

Nähak dökülmesin gyzyl ganymyz,
Duşmana galmasyn beýtin, nanymyz,
Ýada salyň, amanatdyr janymyz,
Taňra zerur bolsa, berilsin indi.

Üstümizden duşman höküm sürendir,
Mömin bary jebri-jepa görendir,
Ogul-gyzy har öňüne berendir,
Hemmeler ol jaýdan çykylsyn indi.

Pyragy ýüz tutar türkmen iline,
Duşman gol urmasyn gyzyl gülüne,
Dostlar, bizem ahyretiň siline,
Gark etmänkä, rakyp gyrylsyn indi.

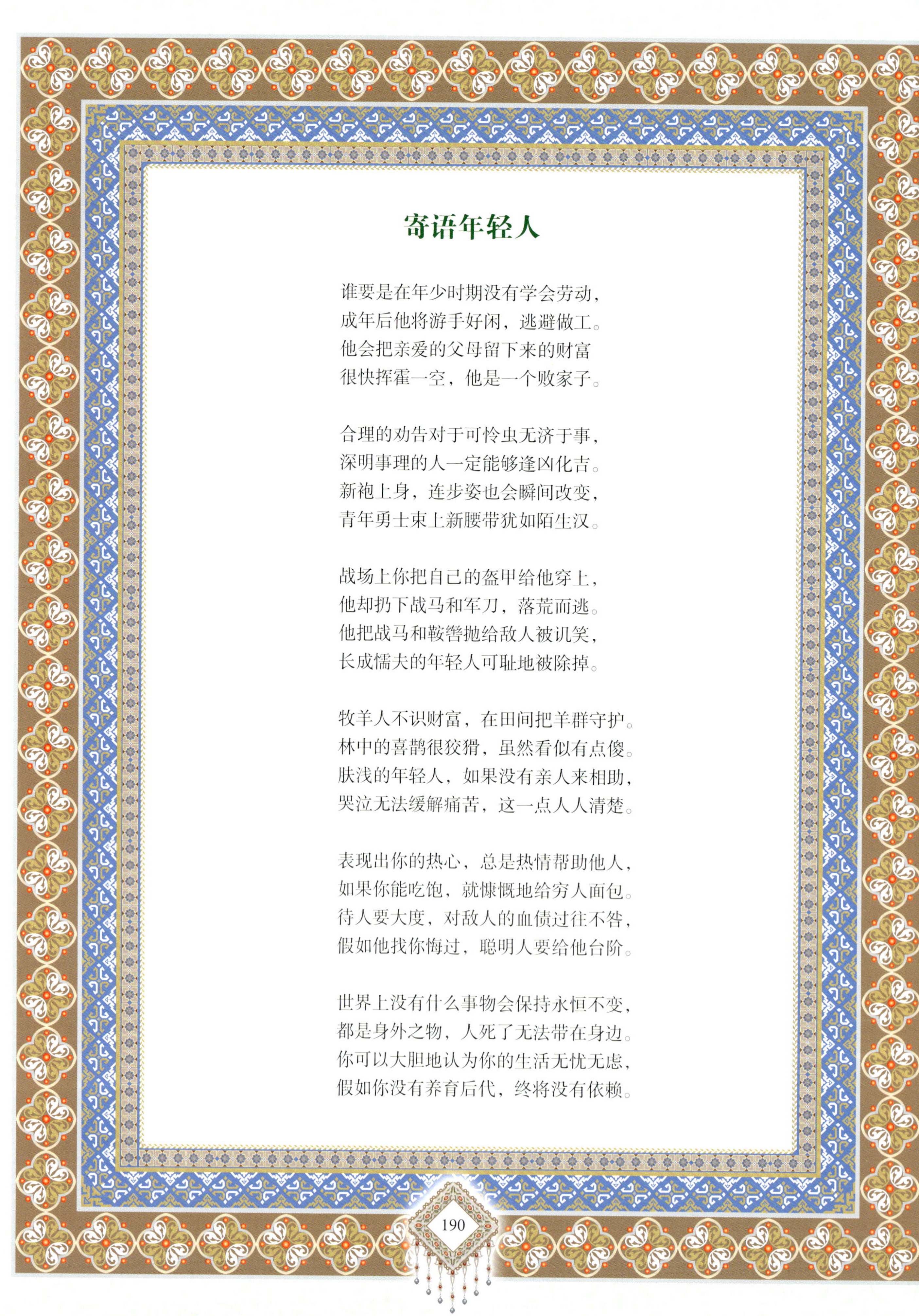

寄语年轻人

谁要是在年少时期没有学会劳动，
成年后他将游手好闲，逃避做工。
他会把亲爱的父母留下来的财富
很快挥霍一空，他是一个败家子。

合理的劝告对于可怜虫无济于事，
深明事理的人一定能够逢凶化吉。
新袍上身，连步姿也会瞬间改变，
青年勇士束上新腰带犹如陌生汉。

战场上你把自己的盔甲给他穿上，
他却扔下战马和军刀，落荒而逃。
他把战马和鞍辔抛给敌人被讥笑，
长成懦夫的年轻人可耻地被除掉。

牧羊人不识财富，在田间把羊群守护。
林中的喜鹊很狡猾，虽然看似有点傻。
肤浅的年轻人，如果没有亲人来相助，
哭泣无法缓解痛苦，这一点人人清楚。

表现出你的热心，总是热情帮助他人，
如果你能吃饱，就慷慨地给穷人面包。
待人要大度，对敌人的血债过往不咎，
假如他找你悔过，聪明人要给他台阶。

世界上没有什么事物会保持永恒不变，
都是身外之物，人死了无法带在身边。
你可以大胆地认为你的生活无忧无虑，
假如你没有养育后代，终将没有依赖。

对于你长期以来积累的人间所有财富，
你应当充满敌意，由此而感觉到耻辱。
把财富分给挨饿者，追求诚实与自由。
把金钱捐给世界，做真主的忠诚信徒。

啊，马赫图姆库里，莫偏离正轨。
金玉良言也无法满足坏人的口味。
如果青年人得不到造物主的温情，
纵有万语千言，他也一概不喜欢。

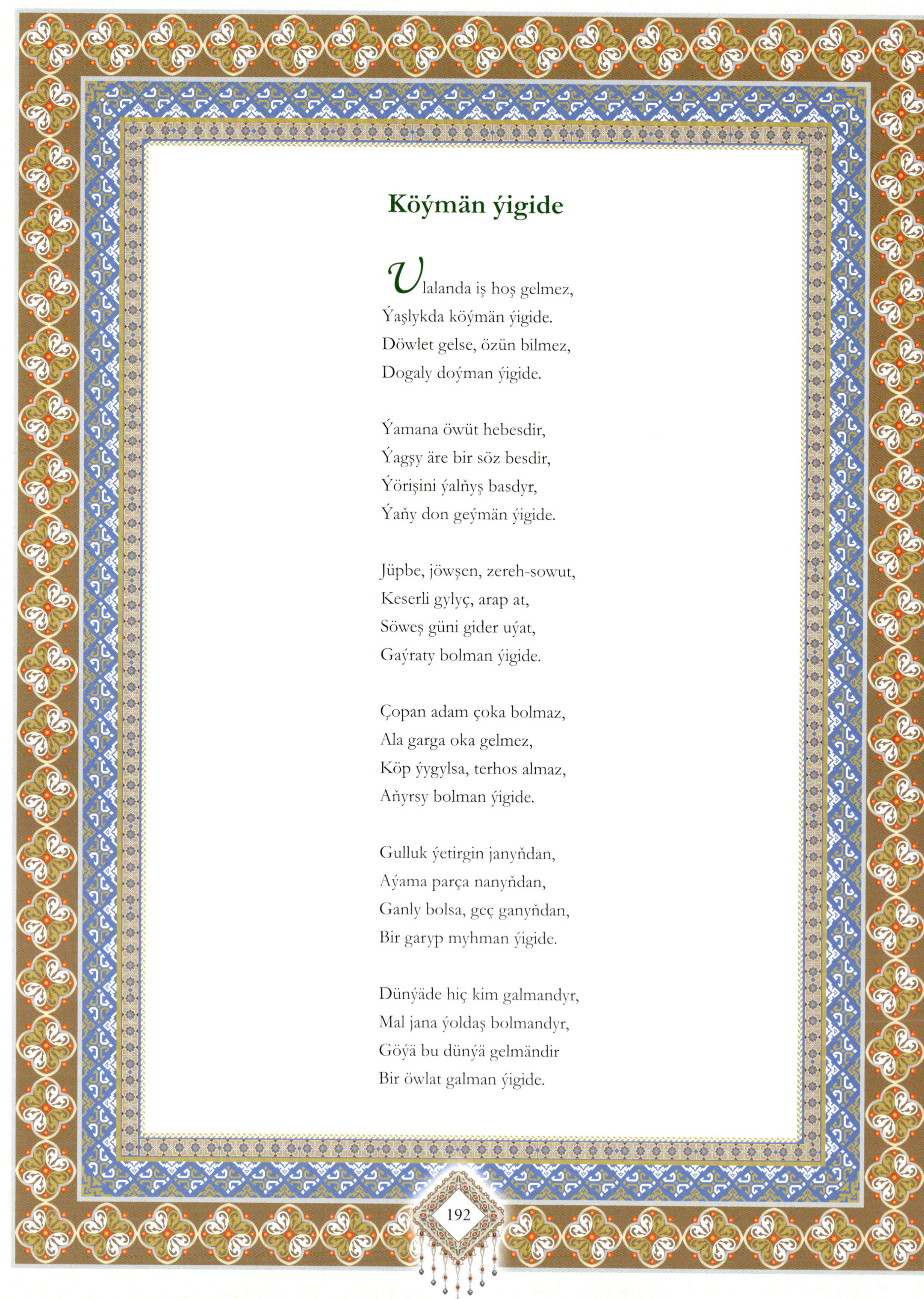

Köýmän ýigide

Ulalanda iş hoş gelmez,
Ýaşlykda köýmän ýigide.
Döwlet gelse, özün bilmez,
Dogaly doýman ýigide.

Ýamana öwüt hebesdir,
Ýagşy äre bir söz besdir,
Ýörişini ýalňyş basdyr,
Ýaňy don geýmän ýigide.

Jüpbe, jöwşen, zereh-sowut,
Keserli gylyç, arap at,
Söweş güni gider uýat,
Gaýraty bolman ýigide.

Çopan adam çoka bolmaz,
Ala garga oka gelmez,
Köp ýygylsa, terhos almaz,
Aňyrsy bolman ýigide.

Gulluk ýetirgin janyňdan,
Aýama parça nanyňdan,
Ganly bolsa, geç ganyňdan,
Bir garyp myhman ýigide.

Dünýäde hiç kim galmandyr,
Mal jana ýoldaş bolmandyr,
Göýä bu dünýä gelmändir
Bir öwlat galman ýigide.

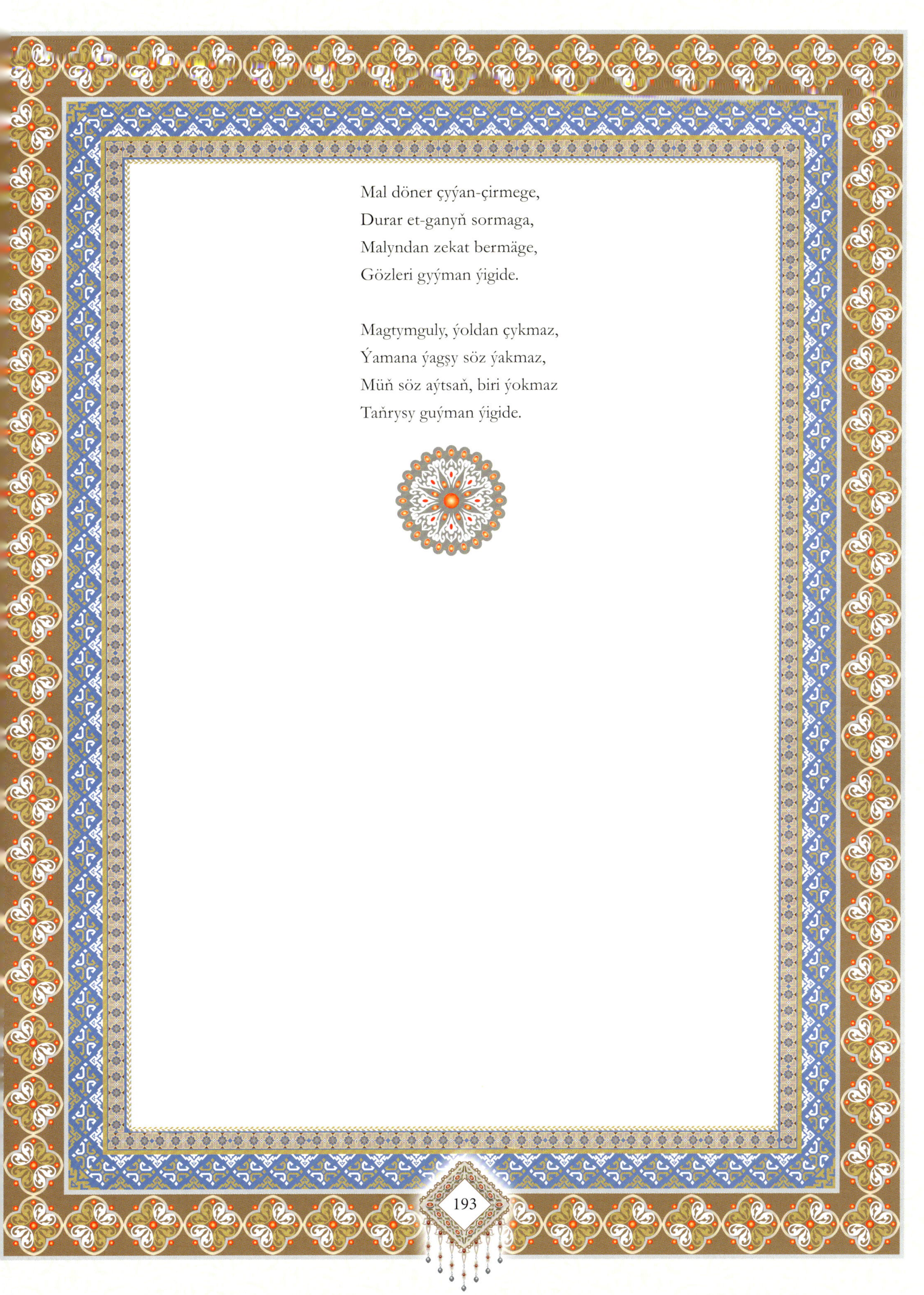

Mal döner çyýan-çirmege,
Durar et-ganyň sormaga,
Malyndan zekat bermäge,
Gözleri gyýman ýigide.

Magtymguly, ýoldan çykmaz,
Ýamana ýagşy söz ýakmaz,
Müň söz aýtsaň, biri ýokmaz
Taňrysy guýman ýigide.

在那里……

在那些不认可榜样的地方，
永远不要指望会得到尊重。
如果那里人们不让你说话，
聪明人的做法是不要张口。

忠告能为有心人提供帮助，
干枯的树木不会花团锦簇。
在哪里得不到尊重与欢迎，
聪明人就首先放弃去哪里。

废弃的沟渠中已经没有水，
等待吝啬鬼仁慈真是白费，
如果主人从不把宾客宴请，
连狗和猫都要从他家绕行。

你的朝觐已变得毫无意义，
小心盛开的玫瑰浑身带刺，
在那些得不到认可的地方，
你想得到重视简直是无望。

懦夫为区区小事抬高嗓门，
他只会茶余饭后高谈阔论，
他挥舞战刀直接冲向战场，
前面并没看到打击的对象。

要睿智地走好人生每一步，
对值得帮助的人伸手相助。
斐拉格，在哪里不受欢迎，
就在哪里保持沉默不作声。

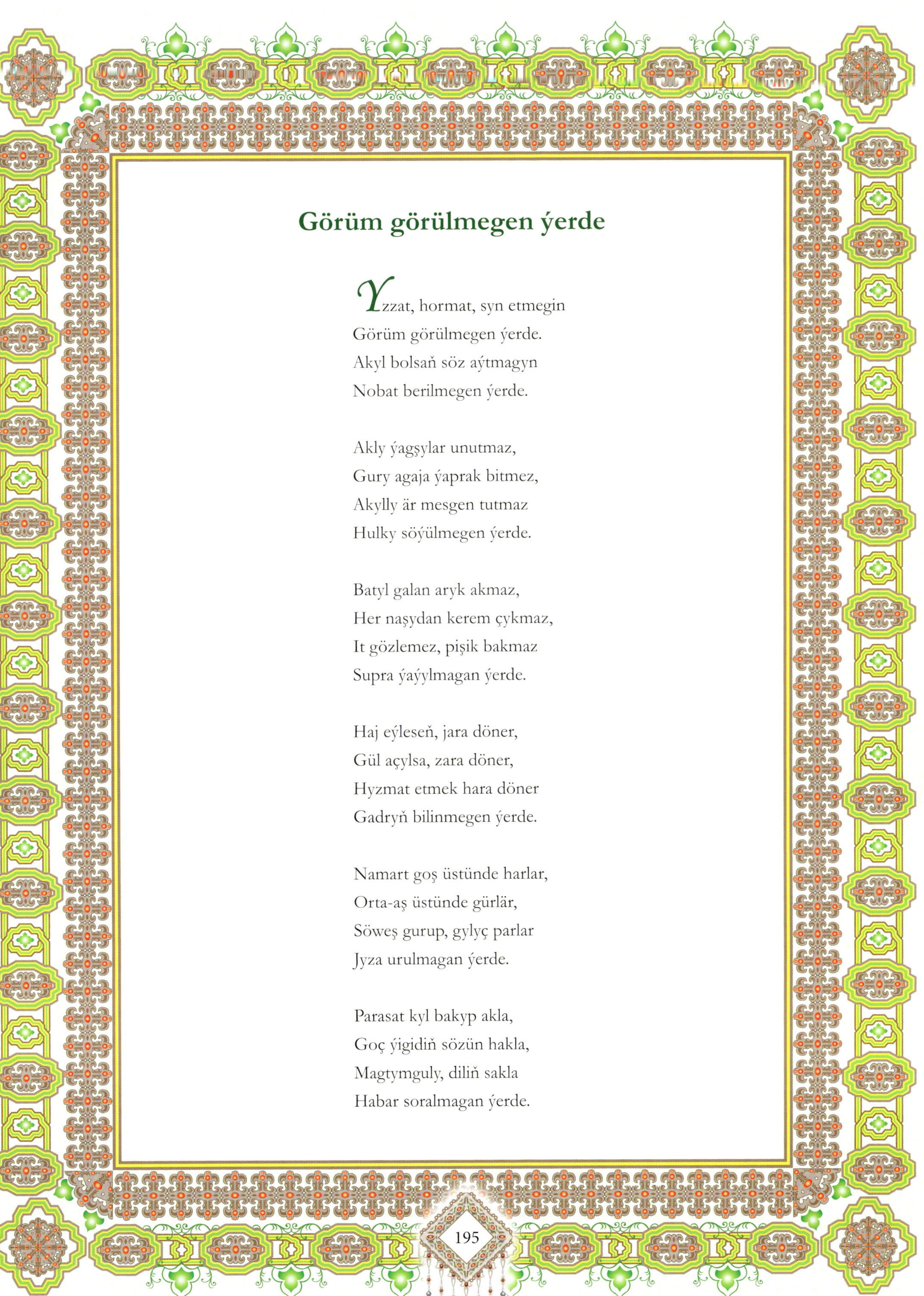

Görüm görülmegen ýerde

Yzzat, hormat, syn etmegin
Görüm görülmegen ýerde.
Akyl bolsaň söz aýtmagyn
Nobat berilmegen ýerde.

Akly ýagşylar unutmaz,
Gury agaja ýaprak bitmez,
Akylly är mesgen tutmaz
Hulky söýülmegen ýerde.

Batyl galan aryk akmaz,
Her naşydan kerem çykmaz,
It gözlemez, pişik bakmaz
Supra ýaýylmagan ýerde.

Haj eýleseň, jara döner,
Gül açylsa, zara döner,
Hyzmat etmek hara döner
Gadryň bilinmegen ýerde.

Namart goş üstünde harlar,
Orta-aş üstünde gürlär,
Söweş gurup, gylyç parlar
Jyza urulmagan ýerde.

Parasat kyl bakyp akla,
Goç ýigidiň sözün hakla,
Magtymguly, diliň sakla
Habar soralmagan ýerde.

唤　　醒

对故乡的思念将我唤醒，我的朋友。
我突然得到故乡的消息，我的朋友。

心儿在胸中躁动，它已经失去平静。
请把心灵、激情和生命献给人民吧，我的朋友。

激情长期亢奋，已使我失去了耐心。
我的理智犹如海上的一叶白帆出现，我的朋友。

从瞬间掠过的微笑中我体会到幸福。
在期待的时刻，我同样受到了鼓舞，我的朋友。

我的周围芳香四溢，花园里百花争艳。
世间生机勃发，但我的春天还未露面，我的朋友。

万能的真主通过仁慈赐福于所有世人。
只有我一人不幸，我没有享受到甘霖，我的朋友。

啊，斐拉格，你的双眼中流出了血泪。
只有心上人的笑才能使你的生活回归，我的朋友。

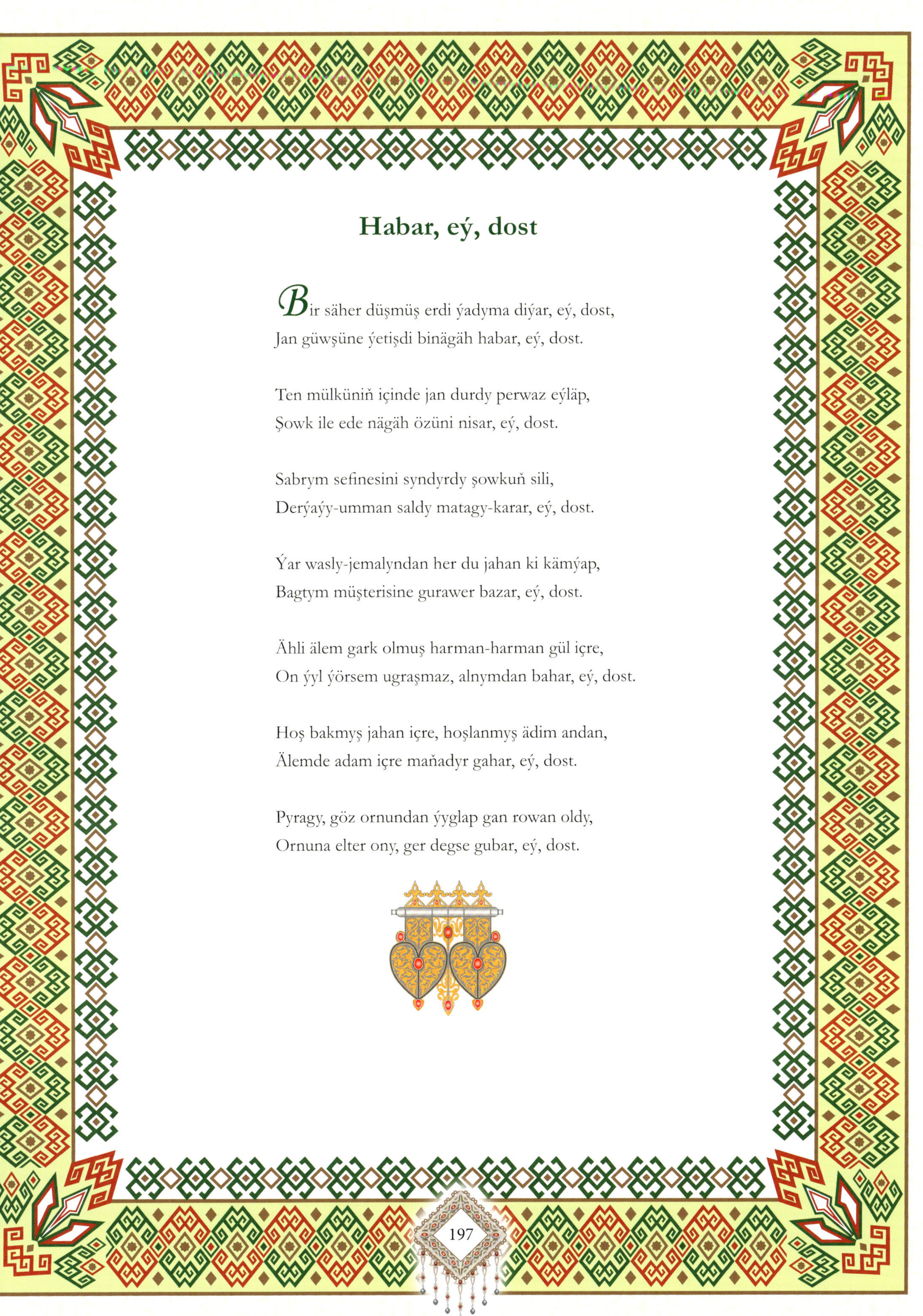

Habar, eý, dost

Bir säher düşmüş erdi ýadyma diýar, eý, dost,
Jan güwşüne ýetişdi binägäh habar, eý, dost.

Ten mülküniň içinde jan durdy perwaz eýläp,
Şowk ile ede nägäh özüni nisar, eý, dost.

Sabrym sefinesini syndyrdy şowkuň sili,
Derýaýy-umman saldy matagy-karar, eý, dost.

Ýar wasly-jemalyndan her du jahan ki kämýap,
Bagtym müşterisine gurawer bazar, eý, dost.

Ähli älem gark olmuş harman-harman gül içre,
On ýyl ýörsem ugraşmaz, alnymdan bahar, eý, dost.

Hoş bakmyş jahan içre, hoşlanmyş ädim andan,
Älemde adam içre maňadyr gahar, eý, dost.

Pyragy, göz ornundan ýyglap gan rowan oldy,
Ornuna elter ony, ger degse gubar, eý, dost.

这样的世界我不需要

假如命运给了我财富，多余的我不需要。
假如看不到心上人，连生命我也不需要。

在花园的鲜花和美味中，我将如何选择？
你的美让夜莺着迷，连罗勒花它都不理。

在你看来，无论穷人和富人，都是累赘。
如今人人自主，对于苏丹，已无人问津。

假如出现天塌地陷，世间万物在劫难逃。
世界将在黑暗中消失，一切变得不重要。

今天大家在这里聚会，人人都兴高采烈。
你没来赴宴，这里不需要你这样的宾客。

让我幸福地生活吧，其他的我都不需要。
假如幸福不期而至，那么死亡我不需要。

残酷的厄运每天冷漠无情地把我们葬送。
还是对现有生活知足吧，不要毁掉生命。

我好想过哪怕只有几天的持续快乐生活。
愿鲜花今天绽放，不要急于催它们凋谢。

每个人生来就会得到真主赐予的一朵花，
不论它好与坏我都认可，别的我不需要。

酒席上的勇士见到马赫图姆库里很欣喜，
称赞他声音甜美，是大家唯一想见的人！

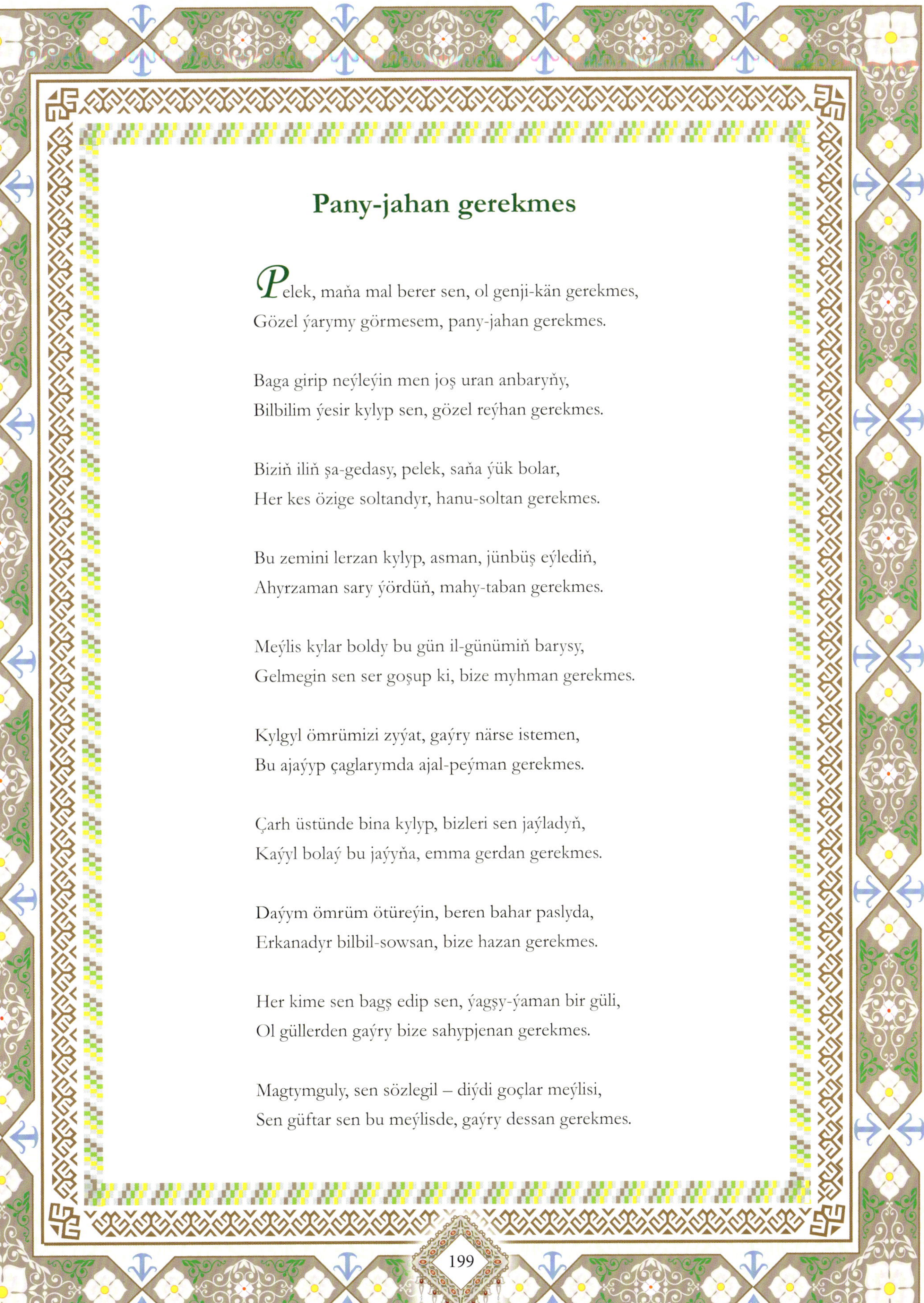

Pany-jahan gerekmes

Pelek, maňa mal berer sen, ol genji-kän gerekmes,
Gözel ýarymy görmesem, pany-jahan gerekmes.

Baga girip neýleýin men joş uran anbaryňy,
Bilbilim ýesir kylyp sen, gözel reýhan gerekmes.

Biziň iliň şa-gedasy, pelek, saňa ýük bolar,
Her kes özige soltandyr, hanu-soltan gerekmes.

Bu zemini lerzan kylyp, asman, jünbüş eýlediň,
Ahyrzaman sary ýördüň, mahy-taban gerekmes.

Meýlis kylar boldy bu gün il-günümiň barysy,
Gelmegin sen ser goşup ki, bize myhman gerekmes.

Kylgyl ömrümizi zyýat, gaýry närse istemen,
Bu ajaýyp çaglarymda ajal-peýman gerekmes.

Çarh üstünde bina kylyp, bizleri sen jaýladyň,
Kaýyl bolaý bu jaýyňa, emma gerdan gerekmes.

Daýym ömrüm ötüreýin, beren bahar paslyda,
Erkanadyr bilbil-sowsan, bize hazan gerekmes.

Her kime sen bagş edip sen, ýagşy-ýaman bir güli,
Ol güllerden gaýry bize sahypjenan gerekmes.

Magtymguly, sen sözlegil – diýdi goçlar meýlisi,
Sen güftar sen bu meýlisde, gaýry dessan gerekmes.

怎么办?

拥挤的住处逼迫我远走高飞，
然而没有翅膀，我无法飞翔，怎么办?
典籍著作中有许多至理名言，
可是我搞不明白其中的内涵，怎么办?

知识宝库犹如大海深不可测，
我没有能力潜入海底去探索。
智慧之酒在杯子中熠熠发光，
对于它的美味我却无法品尝，怎么办?

我闻到越来越浓的美酒香味，
我多么想一下子把整杯喝掉。
我面前有一个没有门的房子，
这样我就无法敲门走进屋里，怎么办?

斐拉格，我将把荣誉和尊严，
连同世上所有无价之宝装船，
去远航，但驶向何处?只有真主知晓。
如今我没有力量将船锚拉起，怎么办?

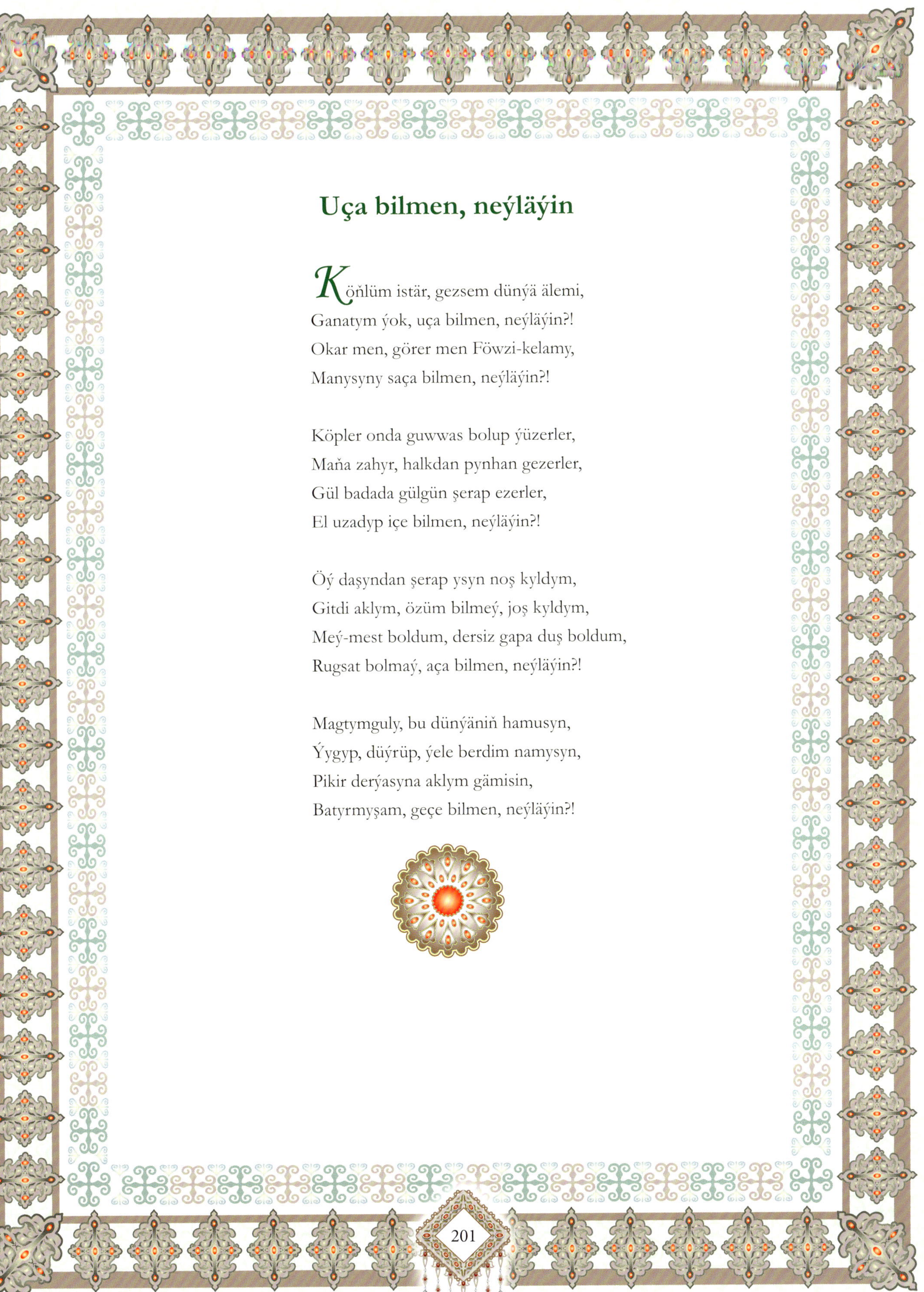

Uça bilmen, neýläýin

Köňlüm istär, gezsem dünýä älemi,
Ganatym ýok, uça bilmen, neýläýin?!
Okar men, görer men Föwzi-kelamy,
Manysyny saça bilmen, neýläýin?!

Köpler onda guwwas bolup ýüzerler,
Maňa zahyr, halkdan pynhan gezerler,
Gül badada gülgün şerap ezerler,
El uzadyp içe bilmen, neýläýin?!

Öý daşyndan şerap ysyn noş kyldym,
Gitdi aklym, özüm bilmeý, joş kyldym,
Meý-mest boldum, dersiz gapa duş boldum,
Rugsat bolmaý, aça bilmen, neýläýin?!

Magtymguly, bu dünýäniň hamusyn,
Ýygyp, düýrüp, ýele berdim namysyn,
Pikir derýasyna aklym gämisin,
Batyrmyşam, geçe bilmen, neýläýin?!

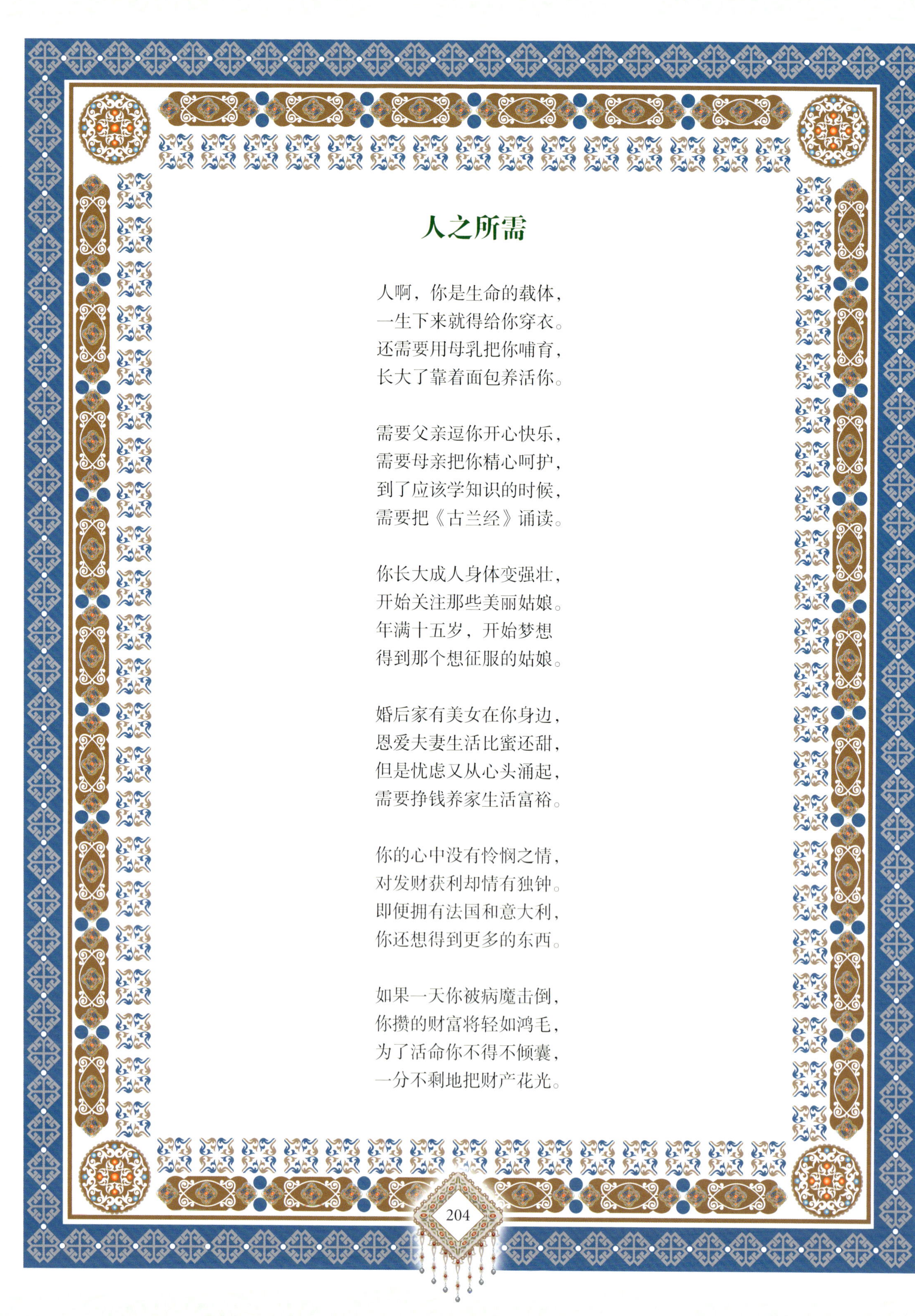

人之所需

人啊，你是生命的载体，
一生下来就得给你穿衣。
还需要用母乳把你哺育，
长大了靠着面包养活你。

需要父亲逗你开心快乐，
需要母亲把你精心呵护，
到了应该学知识的时候，
需要把《古兰经》诵读。

你长大成人身体变强壮，
开始关注那些美丽姑娘。
年满十五岁，开始梦想
得到那个想征服的姑娘。

婚后家有美女在你身边，
恩爱夫妻生活比蜜还甜，
但是忧虑又从心头涌起，
需要挣钱养家生活富裕。

你的心中没有怜悯之情，
对发财获利却情有独钟。
即便拥有法国和意大利，
你还想得到更多的东西。

如果一天你被病魔击倒，
你攒的财富将轻如鸿毛，
为了活命你不得不倾囊，
一分不剩地把财产花光。

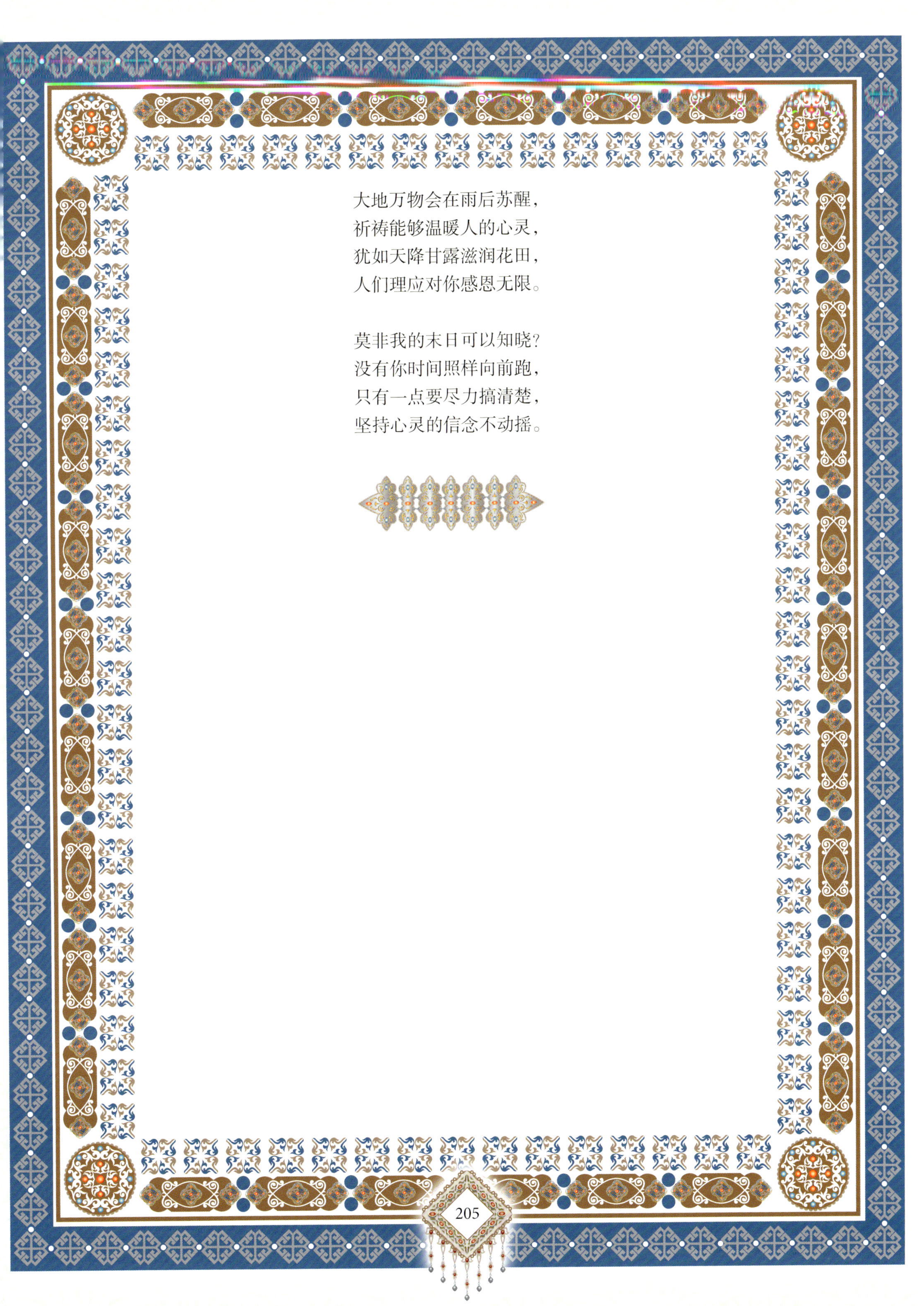

大地万物会在雨后苏醒，
祈祷能够温暖人的心灵，
犹如天降甘露滋润花田，
人们理应对你感恩无限。

莫非我的末日可以知晓？
没有你时间照样向前跑，
只有一点要尽力搞清楚，
坚持心灵的信念不动摇。

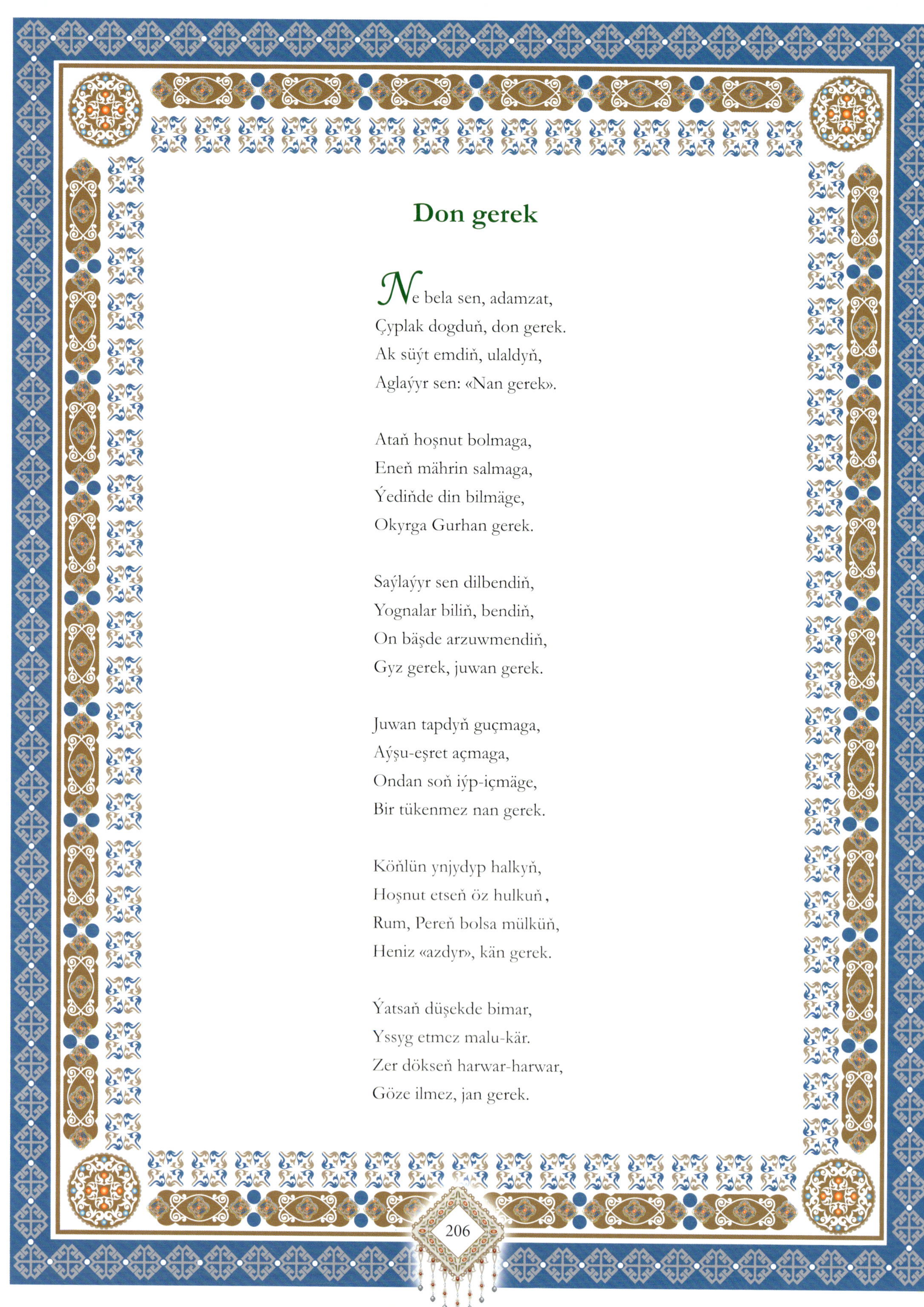

Don gerek

Ne bela sen, adamzat,
Çyplak dogduň, don gerek.
Ak süýt emdiň, ulaldyň,
Aglaýyr sen: «Nan gerek».

Atań hoşnut bolmaga,
Eneň mährin salmaga,
Ýediňde din bilmäge,
Okyrga Gurhan gerek.

Saýlaýyr sen dilbendiň,
Yognalar biliň, bendiň,
On bäşde arzuwmendiň,
Gyz gerek, juwan gerek.

Juwan tapdyň guçmaga,
Aýşu-eşret açmaga,
Ondan soň iýp-içmäge,
Bir tükenmez nan gerek.

Köňlün ynjydyp halkyň,
Hoşnut etseň öz hulkuň,
Rum, Pereň bolsa mülküň,
Heniz «azdyr», kän gerek.

Ýatsaň düşekde bimar,
Yssyg etmez malu-kär.
Zer dökseň harwar-harwar,
Göze ilmez, jan gerek.

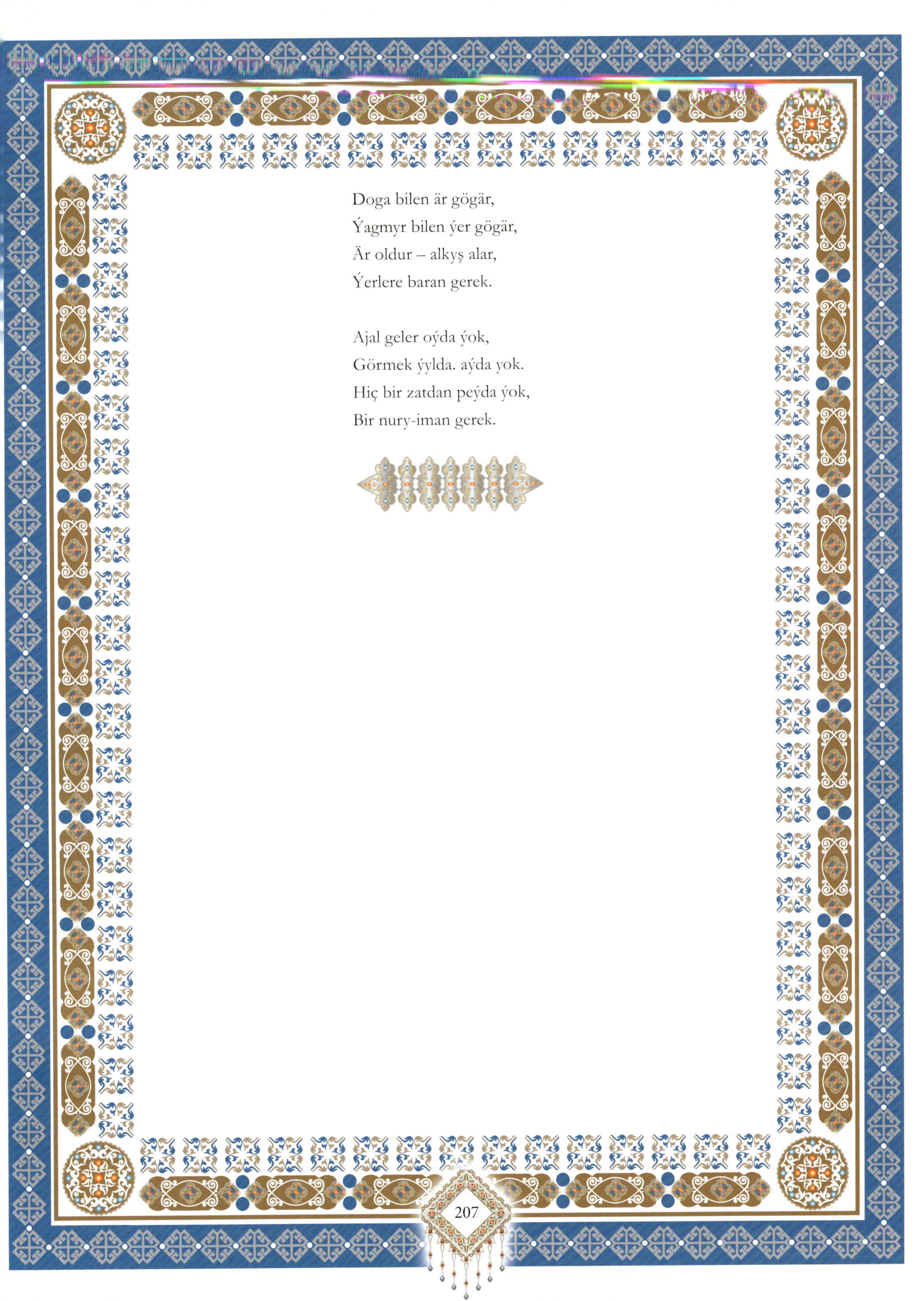

Doga bilen är gögär,
Ýagmyr bilen ýer gögär,
Är oldur – alkyş alar,
Ýerlere baran gerek.

Ajal geler oýda ýok,
Görmek ýylda. aýda yok.
Hiç bir zatdan peýda ýok,
Bir nury-iman gerek.

提　　示

人在世界上只是一个过客，
总有一天生命会面临终结。
靠诚实或虚伪所得的一切，
既无法带走，也不会返回。

人活在世上无论时间长短，
留下来的都只是一段记忆，
那张脸像花一样萎靡打蔫，
它标志着生命已走到终点。

血液在血管中停止了流动，
躯体枯萎，全身没有活力，
灵魂跟你一起饱尝了痛苦，
离开你它继续走自己的路。

摆在你眼前的画面是冬天，
永恒的斋戒和祈祷到夜晚。
傲慢只有在尘世间才需要，
在彼岸世界请你把它忘掉。

人的灵魂在忙碌的尘世间
只作短暂停留便永远消失，
不管是赛义德[1]，还是国王和侍卫，
他们都无法逃过死神围追。

有尊严地活着，把真主牢记，
真主会为你把人生道路指引。
进入没有门窗和烟囱的房子，
你将永远被囚禁在那里。

1　赛义德是近东和中东国家对身为穆罕默德后裔的伊斯兰教徒的尊称。

总有一天你的房子会被摧毁，
宫殿和城堡的厄运与之相随，
只有万能的真主永远留下来，
他手中掌握着受造物的命运。

马赫图姆库里，你是真主的奴婢，
任何亵渎神灵的话语都不要启齿，
通往地狱的大桥如今已铺设完毕，
审判日到来时你无法从桥头撤离。

Alajakdyr

Adam ogly, bu dünýäge
Goýmaz, seni alajakdyr.
Halal, haram – ýygan malyň
Soňra senden galajakdyr.

Her çent ki ýaşasaň özüň,
Ýagşy-ýaman galar sözüň,
Humar gözüň, gül dek ýüzüň
Hazan urup solajakdyr.

Tenden jyda bolar ganyň,
Bikar galar istihanyň,
Şonça ýylky duran janyň
Aýrybaşga bolajakdyr.

Ötdi ýazyň, geldi gyşyň,
Namaz, roza bolsun işiň,
Bu dünýäde soltan başyň
Ne söwdalar görejekdir.

Bu dünýäge gelen janlar,
Biri-birine myhmanlar,
Hoja-seýit, begu-hanlar
Ahyrsoňy ölejekdir.

Hyzmat kyl kadyr Hudaýa,
Ömrüňi ötürme zaýa,
Işiksiz, tüýnüksiz jaýa
Bir gün eltip salajakdyr.

Berhem bolar galar jaýyň,
Bozular köşku-saraýyň,
Ýaradan kadyr Hudaýyň
Tenha özi galajakdyr.

Magtymguly, asy guluň,
Küfür sözden sakla diliň,
Kyýamatda dogry ýoluň
Syrat köpri bolajakdyr.

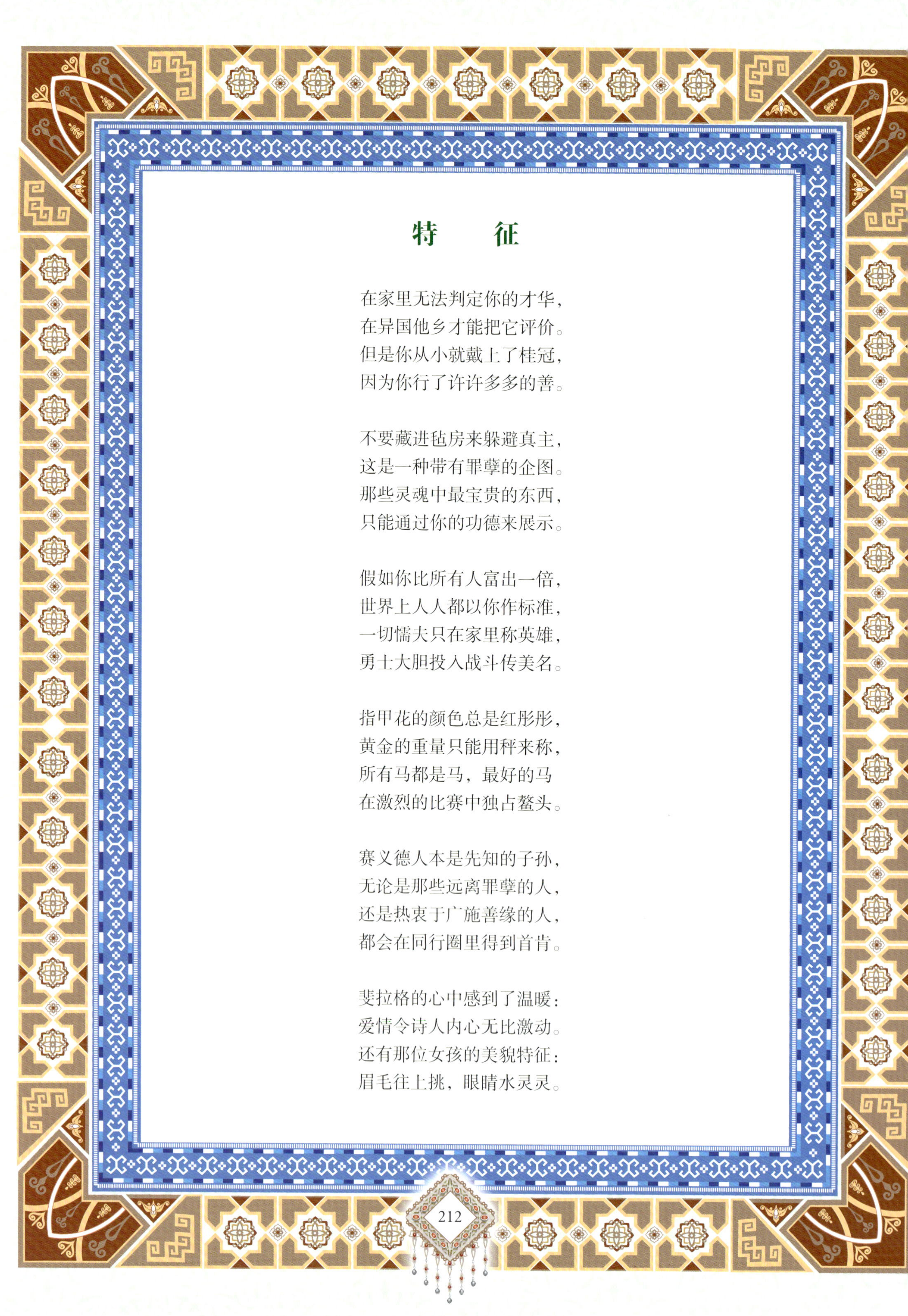

特　征

在家里无法判定你的才华，
在异国他乡才能把它评价。
但是你从小就戴上了桂冠，
因为你行了许许多多的善。

不要藏进毡房来躲避真主，
这是一种带有罪孽的企图。
那些灵魂中最宝贵的东西，
只能通过你的功德来展示。

假如你比所有人富出一倍，
世界上人人都以你作标准，
一切懦夫只在家里称英雄，
勇士大胆投入战斗传美名。

指甲花的颜色总是红彤彤，
黄金的重量只能用秤来称，
所有马都是马，最好的马
在激烈的比赛中独占鳌头。

赛义德人本是先知的子孙，
无论是那些远离罪孽的人，
还是热衷于广施善缘的人，
都会在同行圈里得到首肯。

斐拉格的心中感到了温暖：
爱情令诗人内心无比激动。
还有那位女孩的美貌特征：
眉毛往上挑，眼睛水灵灵。

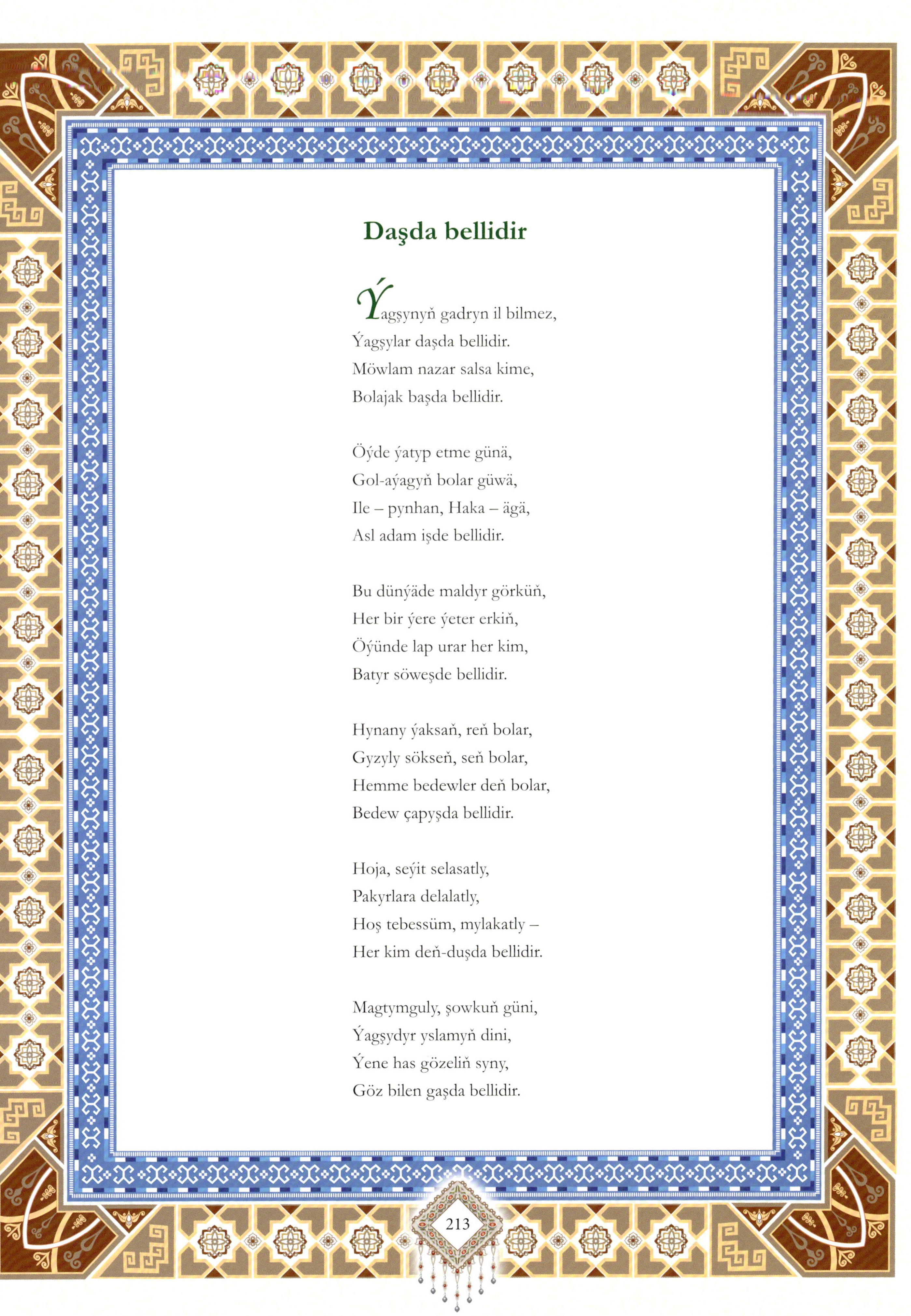

Daşda bellidir

Ýagşynyň gadryn il bilmez,
Ýagşylar daşda bellidir.
Möwlam nazar salsa kime,
Bolajak başda bellidir.

Öýde ýatyp etme günä,
Gol-aýagyň bolar güwä,
Ile – pynhan, Haka – ägä,
Asl adam işde bellidir.

Bu dünýäde maldyr görküň,
Her bir ýere ýeter erkiň,
Öýünde lap urar her kim,
Batyr söweşde bellidir.

Hynany ýaksaň, reň bolar,
Gyzyly sökseň, seň bolar,
Hemme bedewler deň bolar,
Bedew çapyşda bellidir.

Hoja, seýit selasatly,
Pakyrlara delalatly,
Hoş tebessüm, mylakatly –
Her kim deň-duşda bellidir.

Magtymguly, şowkuň güni,
Ýagşydyr yslamyň dini,
Ýene has gözeliň syny,
Göz bilen gaşda bellidir.

简单的道理

朵朵白云在崇山峻岭之巅，
以及村庄上空尽情地撒欢。
如果你勇敢、无畏和高尚，
只有与民同甘共苦才幸福。

善谈的大师变得哑口无言，
炫目的珠宝逐渐趋于黯淡。
纵使蚊子心存天大的妄想，
也不可能斗得过那头大象。

小牛犊们撒欢儿跑向围场，
不忘时时回头把母牛观望。
纯种宝马一眼能被人认出，
哪怕它身背一副破旧马鞍。

圣人做的善事数也数不清，
狮子从来不爱吃剩饭残羹，
人们在进餐时会大倒胃口，
如果发现有根头发在粥中。

虔诚的穆斯林崇拜造物主，
亵渎者会因恶意受到惩处。
马赫图姆库里将通过食物、
剑和语言弥补自己的不足。

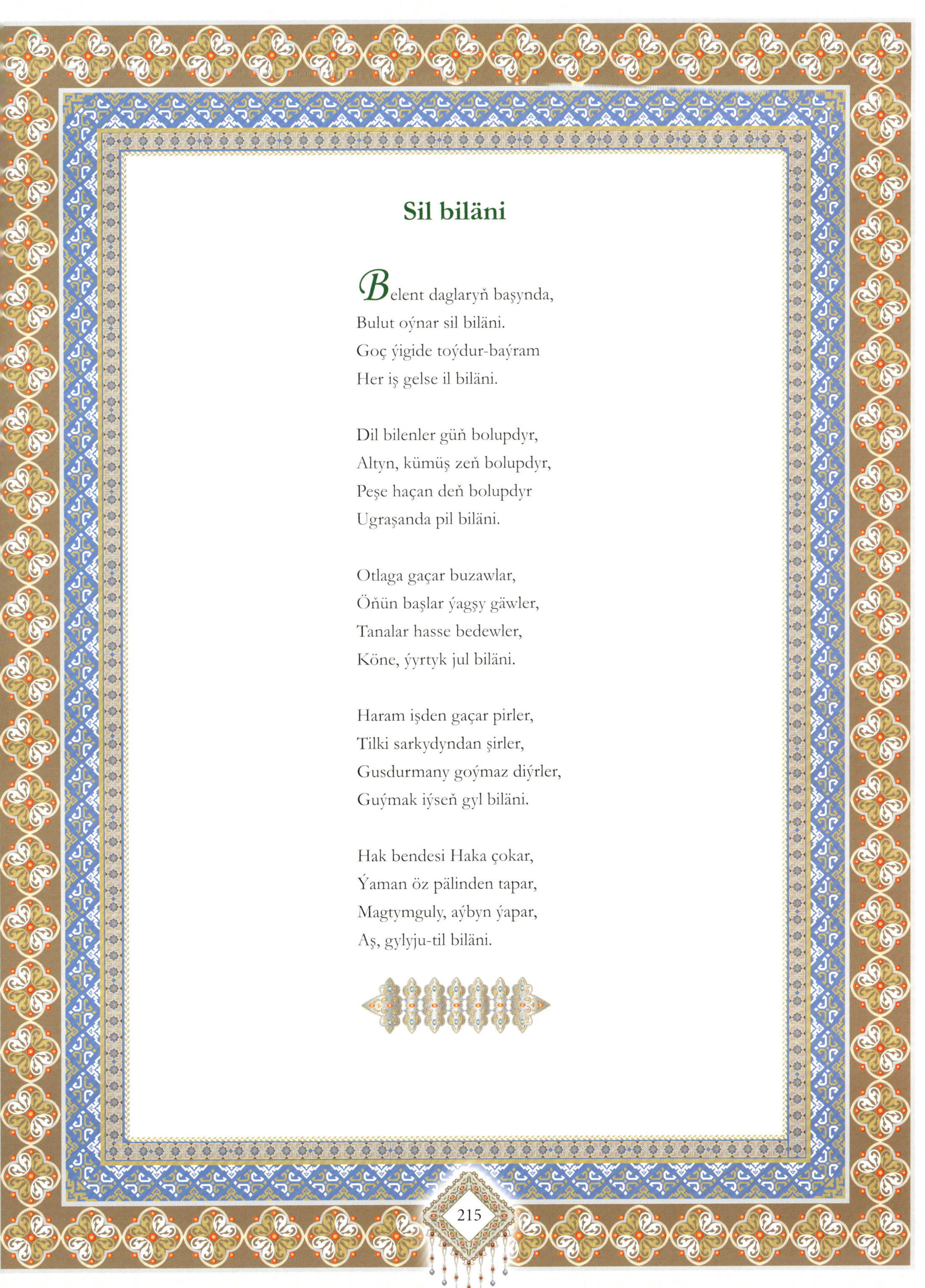

Sil biläni

Belent daglaryň başynda,
Bulut oýnar sil biläni.
Goç ýigide toýdur-baýram
Her iş gelse il biläni.

Dil bilenler güň bolupdyr,
Altyn, kümüş zeň bolupdyr,
Peşe haçan deň bolupdyr
Ugraşanda pil biläni.

Otlaga gaçar buzawlar,
Öňün başlar ýagşy gäwler,
Tanalar hasse bedewler,
Köne, ýyrtyk jul biläni.

Haram işden gaçar pirler,
Tilki sarkydyndan şirler,
Gusdurmany goýmaz diýrler,
Guýmak iýseň gyl biläni.

Hak bendesi Haka çokar,
Ýaman öz pälinden tapar,
Magtymguly, aýbyn ýapar,
Aş, gylyju-til biläni.

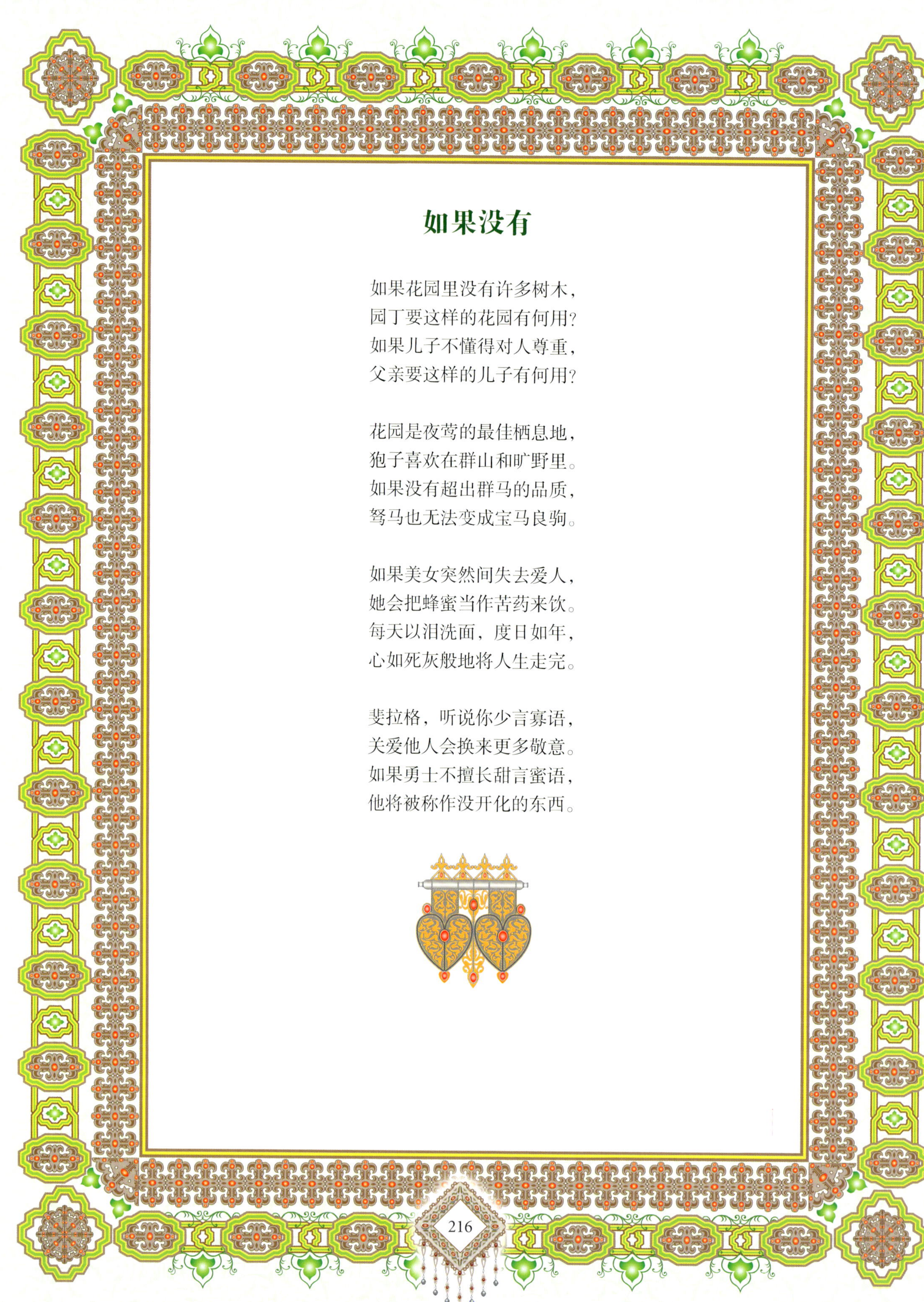

如果没有

如果花园里没有许多树木，
园丁要这样的花园有何用？
如果儿子不懂得对人尊重，
父亲要这样的儿子有何用？

花园是夜莺的最佳栖息地，
狍子喜欢在群山和旷野里。
如果没有超出群马的品质，
驽马也无法变成宝马良驹。

如果美女突然间失去爱人，
她会把蜂蜜当作苦药来饮。
每天以泪洗面，度日如年，
心如死灰般地将人生走完。

斐拉格，听说你少言寡语，
关爱他人会换来更多敬意。
如果勇士不擅长甜言蜜语，
他将被称作没开化的东西。

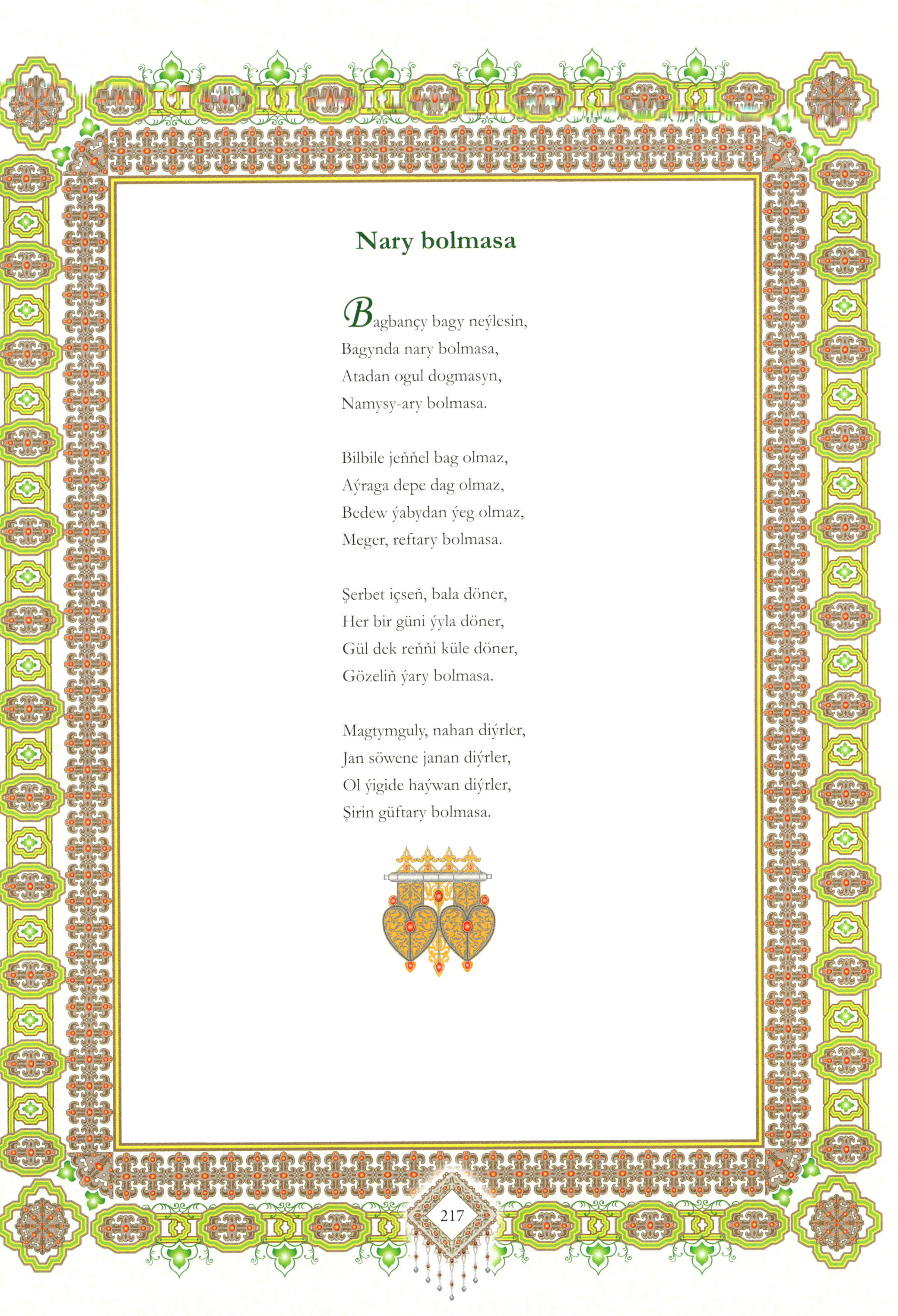

Nary bolmasa

Bagbançy bagy neýlesin,
Bagynda nary bolmasa,
Atadan ogul dogmasyn,
Namysy-ary bolmasa.

Bilbile jeňňel bag olmaz,
Aýraga depe dag olmaz,
Bedew ýabydan ýeg olmaz,
Meger, reftary bolmasa.

Şerbet içseň, bala döner,
Her bir güni ýyla döner,
Gül dek reňňi küle döner,
Gözeliň ýary bolmasa.

Magtymguly, nahan diýrler,
Jan söwene janan diýrler,
Ol ýigide haýwan diýrler,
Şirin güftary bolmasa.

对心的教诲

我的心啊，请听我的教诲：
不要相信没有祖国的人们，
不要每次都为爱海誓山盟，
因为世上的丽人随处可寻。

请自己记住并告诉其他人：
我们在世上客居只是一瞬，
对单身和病人要热心帮助，
这才是你应走的正确道路。

假如人们了解口头的祈祷，
还能悉心听从真主的教导，
假如你做任何事都靠自己，
真主也不会让你受到委屈。

如果在行进途中遇到敌人，
懦夫会一心想着绕开他们，
你却会勇敢地向前冲过去，
还要把自己的朋友们救起。

世上只有一件事不会欺骗，
所有人迟早都会离开人间，
同愚钝者相处人生会变短，
与之交朋友最好还是免谈。

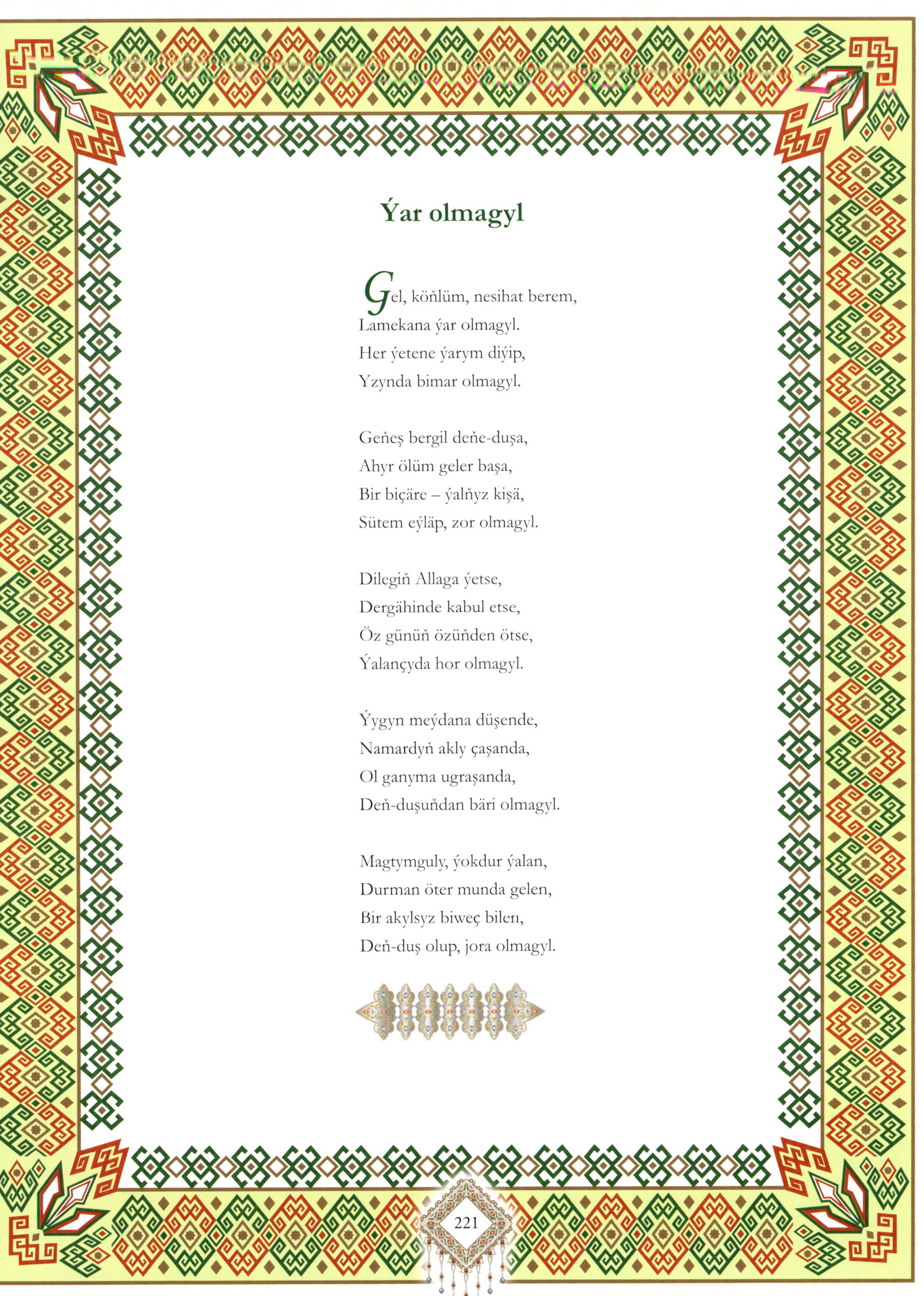

Ýar olmagyl

Gel, köňlüm, nesihat berem,
Lamekana ýar olmagyl.
Her ýetene ýarym diýip,
Yzynda bimar olmagyl.

Geňeş bergil deňe-duşa,
Ahyr ölüm geler başa,
Bir biçäre – ýalňyz kişä,
Sütem eýläp, zor olmagyl.

Dilegiň Allaga ýetse,
Dergähinde kabul etse,
Öz günüň özüňden ötse,
Ýalançyda hor olmagyl.

Ýygyn meýdana düşende,
Namardyň akly çaşanda,
Ol ganyma ugraşanda,
Deň-duşuňdan bäri olmagyl.

Magtymguly, ýokdur ýalan,
Durman öter munda gelen,
Bir akylsyz biweç bilen,
Deň-duş olup, jora olmagyl.

不会成为勇士

虎父向来无法生出犬子，
懦夫也绝不会成为勇士。
狼的一双眼睛闪闪发光，
狐狸不会成为威猛的狼。

夜莺唱起它最喜欢的歌，
为了给更多人带来欢乐。
切记——故乡只有一个，
我们不会有其他的选择。

地球上没有多余人生活，
太阳为人们带去了欢乐。
若得到万能的真主怜悯，
人人都会健康快乐无比。

啊，不幸的马赫图姆库里，
厄运在毫不留情地审判你。
在生活中你从未尝过幸福，
以后幸福也不会对你眷顾。

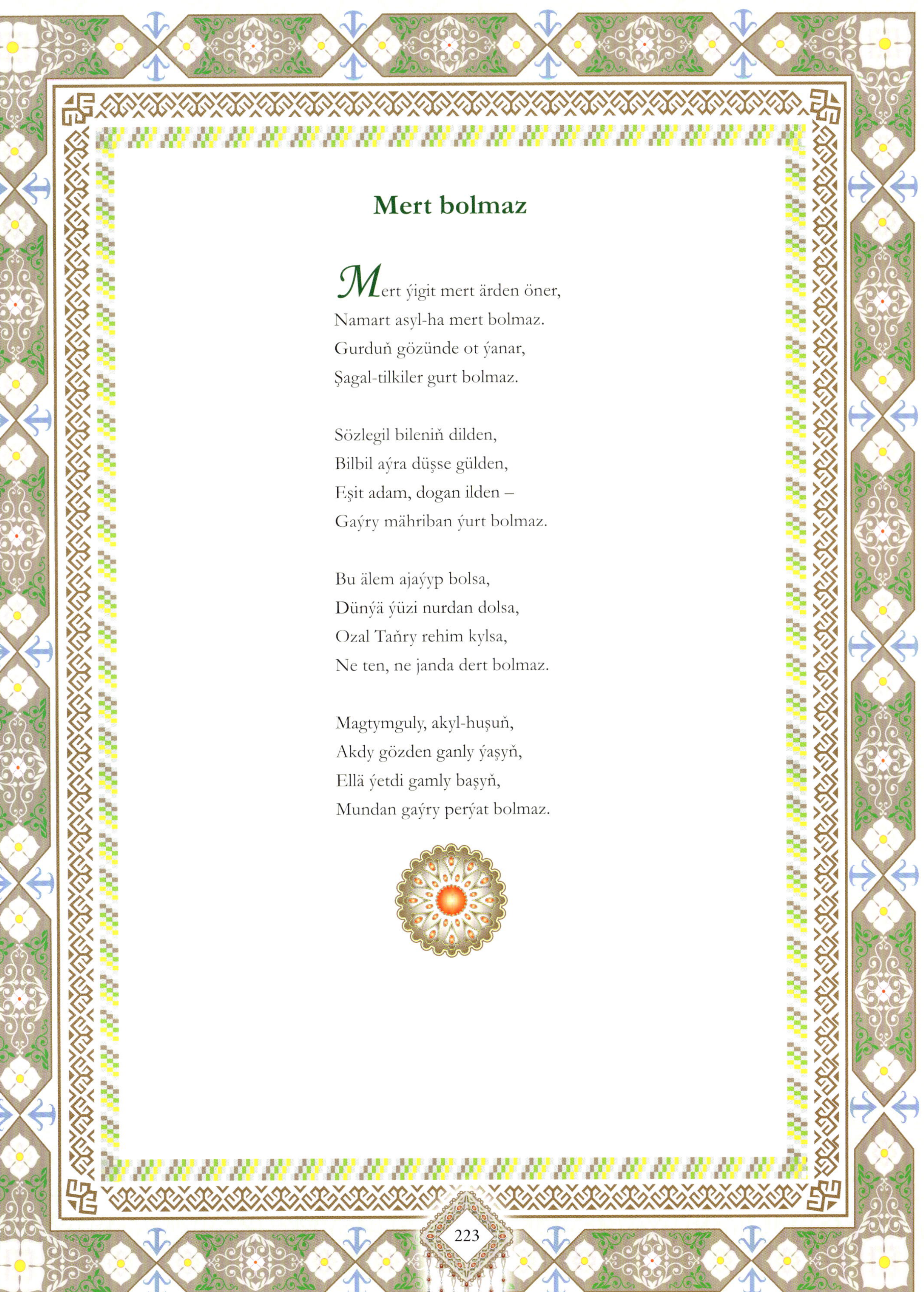

Mert bolmaz

Mert ýigit mert ärden öner,
Namart asyl-ha mert bolmaz.
Gurduň gözünde ot ýanar,
Şagal-tilkiler gurt bolmaz.

Sözlegil bileniň dilden,
Bilbil aýra düşse gülden,
Eşit adam, dogan ilden –
Gaýry mähriban ýurt bolmaz.

Bu älem ajaýyp bolsa,
Dünýä ýüzi nurdan dolsa,
Ozal Taňry rehim kylsa,
Ne ten, ne janda dert bolmaz.

Magtymguly, akyl-huşuň,
Akdy gözden ganly ýaşyň,
Ellä ýetdi gamly başyň,
Mundan gaýry perýat bolmaz.

最　好

如果你比其他人聪明，
请把圣贤的话语聆听。
假如勇士遭遇了不幸，
最好是请求对方宽容。

不要与小人结交友谊。
不要与恶魔过从甚密。
金子即便沉入沼泽地，
也不褪色，会更亮丽。

不要对近人做出恶事。
要大胆地去追求真理。
要多做一些有益的事，
忠诚的猎犬胜过豺狼。

如果死者没来过人世，
他不需要与人生告辞。
假如你每天无所事事，
最好把真主仔细寻思。

真主从尘土造了我们。
斐拉格要对真主感恩。
美德是人间共同财富，
其价值超过所有宝库。

Söhbet ýagşydyr

Adam bolsaň, gulak goýgul öwüde,
Alymlar ýanynda söhbet ýagşydyr.
Atarman-çaparman algyr ýigide,
Ýeri gelse aman-nurbat ýagşydyr.

Hemra bolup oturmagyl pis bile,
Poha degseň, beýniň dolar ys bile,
Göwher daşyn ýüzük etseň mis bile,
Gymmaty egsilmez, hormat ýagşydyr.

Zynhar, kast etmegil iýdigiň nana,
Köňlüň haýra bagla, sydkyň – imana,
Hiç azar bermegil bir musulmana,
Ogry ärden, bir dogry it ýagşydyr.

Käşki adam bu dünýäge gelmese,
Gelenden soň ömür sürse – ölmese,
Elden gelen ýagşy işiň bolmasa,
Köňül içre ýagşy niýet ýagşydyr.

Magtymguly, niçik geçse rozygär,
Haka şükr et, barma namarda zynhar,
Ýok döwletden ýegdir, bolsa bir hünär,
Müň hünärden zerre döwlet ýagşydyr.

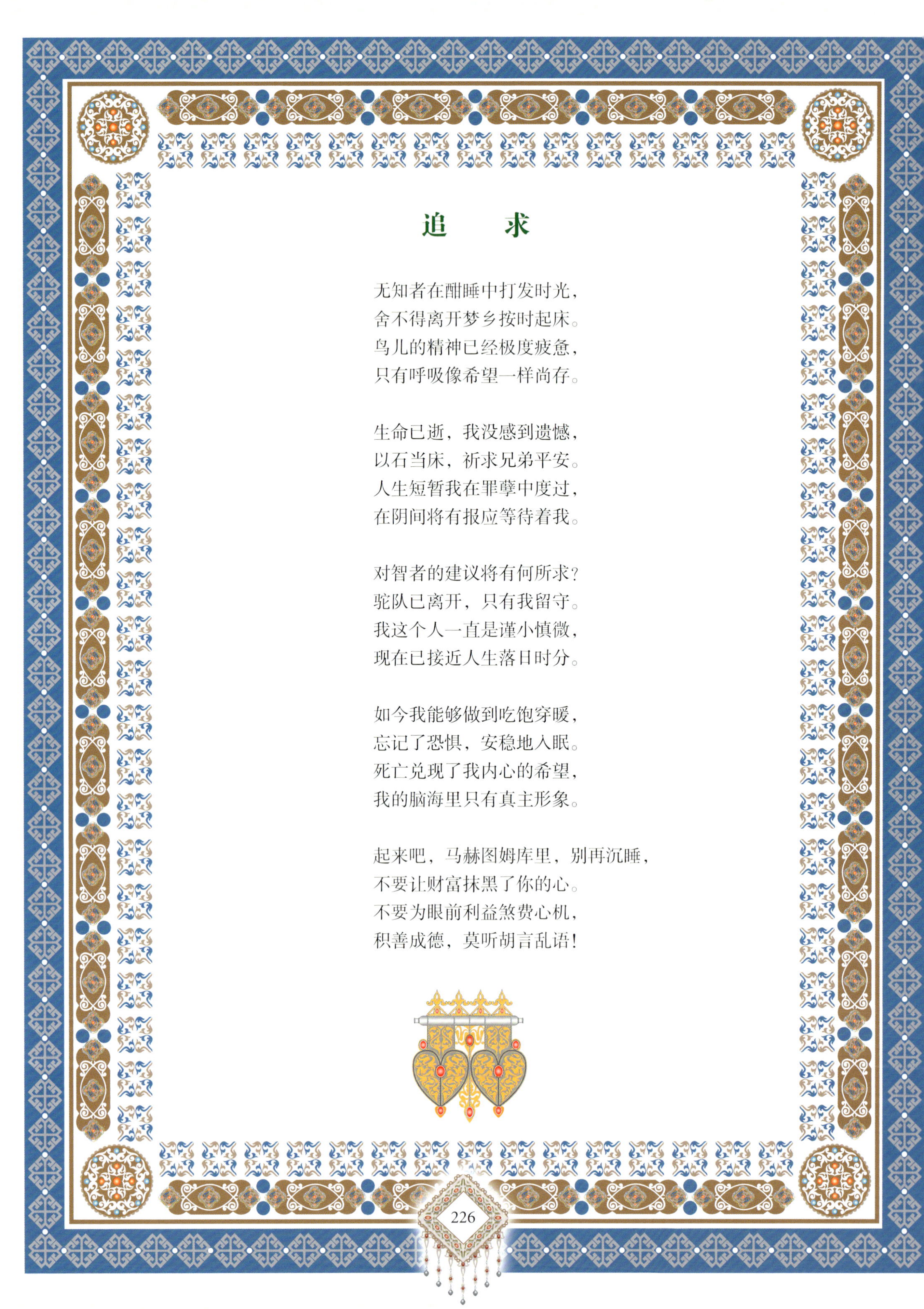

追　求

无知者在酣睡中打发时光，
舍不得离开梦乡按时起床。
鸟儿的精神已经极度疲惫，
只有呼吸像希望一样尚存。

生命已逝，我没感到遗憾，
以石当床，祈求兄弟平安。
人生短暂我在罪孽中度过，
在阴间将有报应等待着我。

对智者的建议将有何所求？
驼队已离开，只有我留守。
我这个人一直是谨小慎微，
现在已接近人生落日时分。

如今我能够做到吃饱穿暖，
忘记了恐惧，安稳地入眠。
死亡兑现了我内心的希望，
我的脑海里只有真主形象。

起来吧，马赫图姆库里，别再沉睡，
不要让财富抹黑了你的心。
不要为眼前利益煞费心机，
积善成德，莫听胡言乱语！

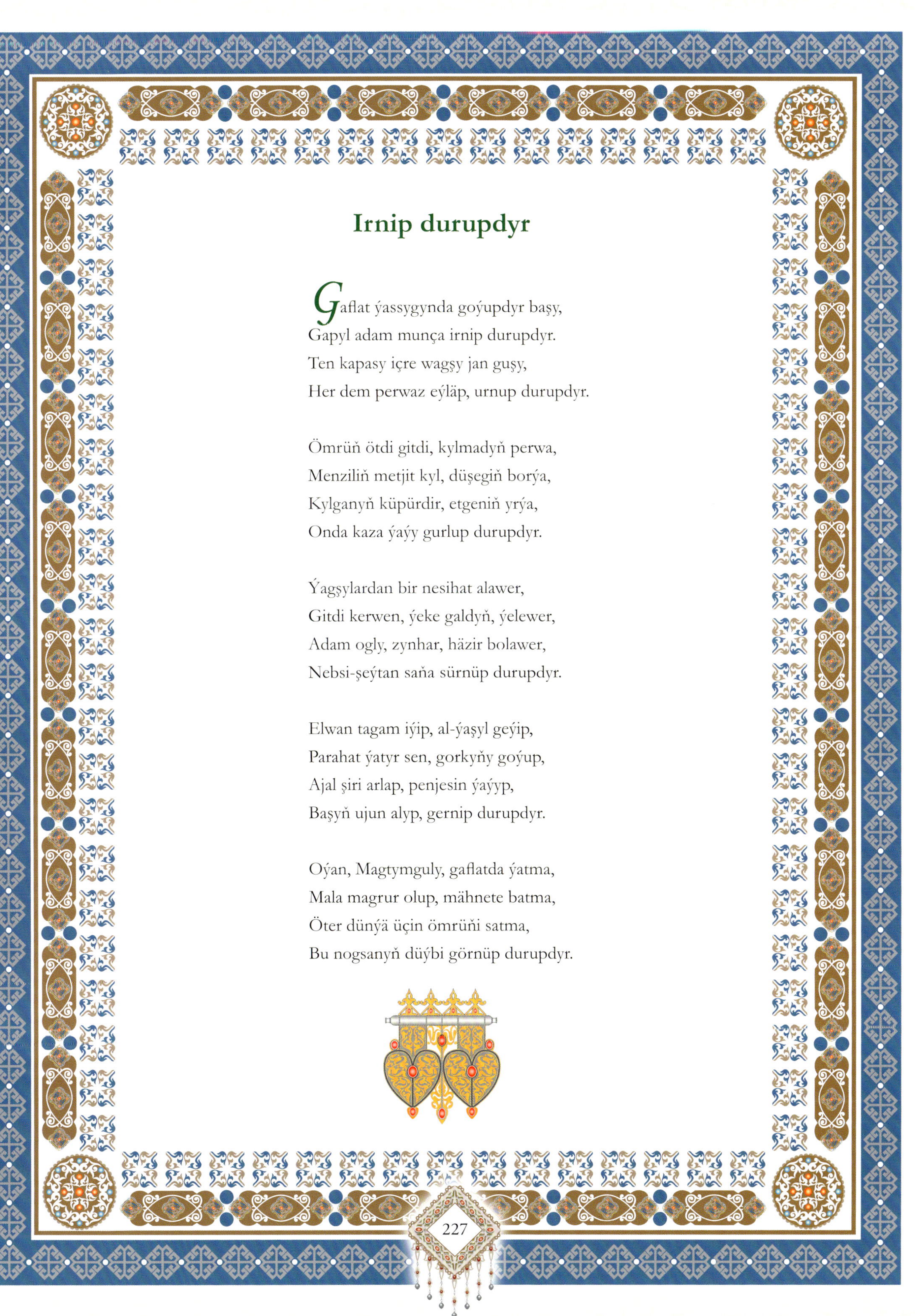

Irnip durupdyr

Gaflat ýassygynda goýupdyr başy,
Gapyl adam munça irnip durupdyr.
Ten kapasy içre wagşy jan guşy,
Her dem perwaz eýläp, urnup durupdyr.

Ömrüň ötdi gitdi, kylmadyň perwa,
Menziliň metjit kyl, düşegiň borýa,
Kylganyň küpürdir, etgeniň yrýa,
Onda kaza ýaýy gurlup durupdyr.

Ýagşylardan bir nesihat alawer,
Gitdi kerwen, ýeke galdyň, ýelewer,
Adam ogly, zynhar, häzir bolawer,
Nebsi-şeýtan saňa sürnüp durupdyr.

Elwan tagam iýip, al-ýaşyl geýip,
Parahat ýatyr sen, gorkyňy goýup,
Ajal şiri arlap, penjesin ýaýyp,
Başyň ujun alyp, gernip durupdyr.

Oýan, Magtymguly, gaflatda ýatma,
Mala magrur olup, mähnete batma,
Öter dünýä üçin ömrüňi satma,
Bu nogsanyň düýbi görnüp durupdyr.

你是一位过客

勇士，不要因年轻而趾高气扬，
青春不过在生命中走一次过场。
请永远让自己的心灵保持年轻，
宇宙能听清楚你的每个脚步声。

你的人生像沙漠中的一列驼队，
天涯尽头等待你的是一处坟堆。
你像凋谢的花朵将会变得萎靡，
双唇发出的声音也会渐渐消失。

有人侍奉安拉，有人忙于狩猎，
有人轻歌曼舞，有人掷骰取乐。
夜莺在沼泽中吹口哨般地鸣唱，
它们不过是一些过客活在世上。

您看，我从来不会把世俗欺骗，
可是我的训诫从来没人听得见。
啊，斐拉格，你是孤独云游者，
你的才华尚未施展却即将泯灭。

Bile myhmandyr

Adam ogly, ömre bolmagyl maýyl,
Ýigitligiň dyza, bile myhmandyr.
Ýene Hak ýolunda bolmagyl kähil,
Basan gadamlaryň ýola myhmandyr.

Mekanyňdyr, häki-zemin guçar sen,
Bir kerwen sen, diýaryňa göçer sen,
Möwsüm güli solar, guryr, öçer sen,
Owazyň sem bolar, tile myhmandyr.

Kimseler Hak diýer, kimse saz bile,
Kimse humar bile, kimse baz bile,
Garkyldaşyp gezen hoş owaz bile,
Ýaşylbaş sonalar köle myhmandyr.

Görüň, dostlar, bu sözümde ýalan ýok,
Bir garybam, nesihatym alan ýok,
Magtymguly, meniň derdim bilen ýok,
Derdimiň dermany dile myhmandyr.

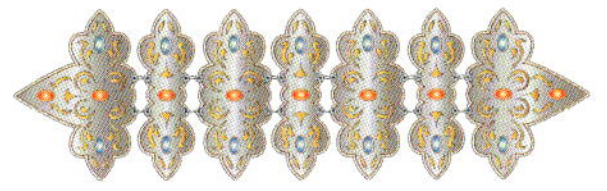

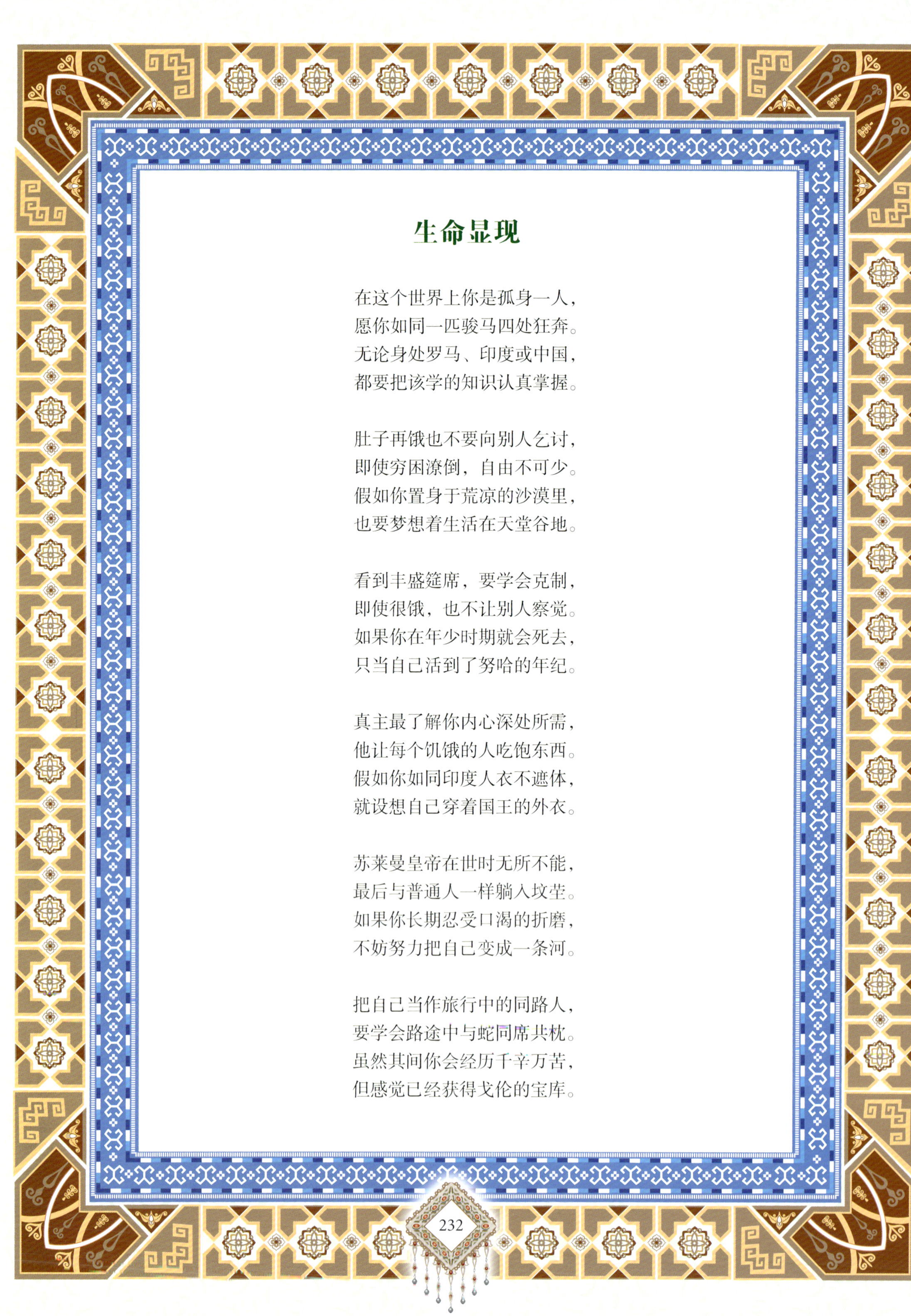

生命显现

在这个世界上你是孤身一人，
愿你如同一匹骏马四处狂奔。
无论身处罗马、印度或中国，
都要把该学的知识认真掌握。

肚子再饿也不要向别人乞讨，
即使穷困潦倒，自由不可少。
假如你置身于荒凉的沙漠里，
也要梦想着生活在天堂谷地。

看到丰盛筵席，要学会克制，
即使很饿，也不让别人察觉。
如果你在年少时期就会死去，
只当自己活到了努哈的年纪。

真主最了解你内心深处所需，
他让每个饥饿的人吃饱东西。
假如你如同印度人衣不遮体，
就设想自己穿着国王的外衣。

苏莱曼皇帝在世时无所不能，
最后与普通人一样躺入坟茔。
如果你长期忍受口渴的折磨，
不妨努力把自己变成一条河。

把自己当作旅行中的同路人，
要学会路途中与蛇同席共枕。
虽然其间你会经历千辛万苦，
但感觉已经获得戈伦的宝库。

啊，马赫图姆库里，痛苦中，
请记住真主，还要尊重传统。
人的躯体是承载灵魂的外壳，
让灵魂快乐地存在并不为过。

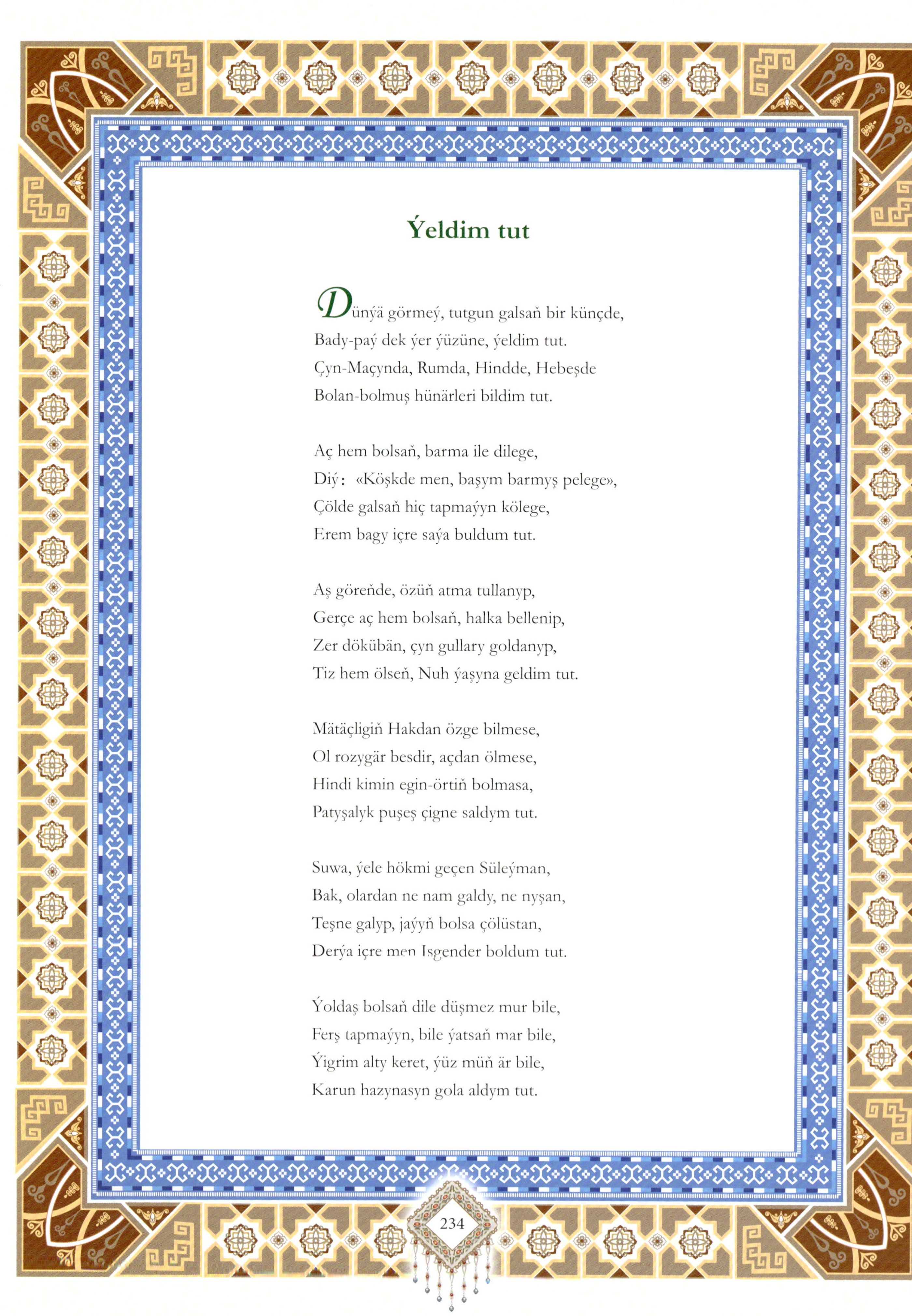

Ýeldim tut

Dünýä görmeý, tutgun galsaň bir künçde,
Bady-paý dek ýer ýüzüne, ýeldim tut.
Çyn-Maçynda, Rumda, Hindde, Hebeşde
Bolan-bolmuş hünärleri bildim tut.

Aç hem bolsaň, barma ile dilege,
Diý: «Köşkde men, başym barmyş pelege»,
Çölde galsaň hiç tapmaýyn kölege,
Erem bagy içre saýa buldum tut.

Aş göreňde, özüň atma tullanyp,
Gerçe aç hem bolsaň, halka bellenip,
Zer döküban, çyn gullary goldanyp,
Tiz hem ölseň, Nuh ýaşyna geldim tut.

Mätäçligiň Hakdan özge bilmese,
Ol rozygär besdir, açdan ölmese,
Hindi kimin egin-örtiň bolmasa,
Patyşalyk puşeş çigne saldym tut.

Suwa, ýele hökmi geçen Süleýman,
Bak, olardan ne nam galdy, ne nyşan,
Teşne galyp, jaýyň bolsa çölüstan,
Derýa içre men Isgender boldum tut.

Ýoldaş bolsaň dile düşmez mur bile,
Ferş tapmaýyn, bile ýatsaň mar bile,
Ýigrim alty keret, ýüz müň är bile,
Karun hazynasyn gola aldym tut.

Magtymguly, çekseň jepa, jebir, bil,
Hudaga hoş geler şükür-sabyr bil,
Gylça jana gyzyl teni gabyr bil,
Gyzyl diliň sözlär eken, öldüm tut.

常见之事

当你有幸与值得尊敬的人交往，
那颗心幸福得简直要蹦出胸膛，
如果与一个不懂你的笨人交流，
你将满脑子混沌似乎是一锅粥。

勇敢的人在战场上连死都不怕，
贪生怕死的人却因恐惧把命撒，
战马会果断地从尸体上跨过去，
家马则会惊慌失措地摔倒在地。

勇敢者坚信真主不会将他抛弃，
胆小鬼会让周围的人心存怀疑，
英勇的战士将成为可靠的支柱，
无论如何，他都不会偏离正路。

斐拉格！不幸降临到你的身上，
你的身体也承受着致命的创伤，
你这张有罪的脸变得凄凄惨惨，
总有一天真主会召唤你入天堂。

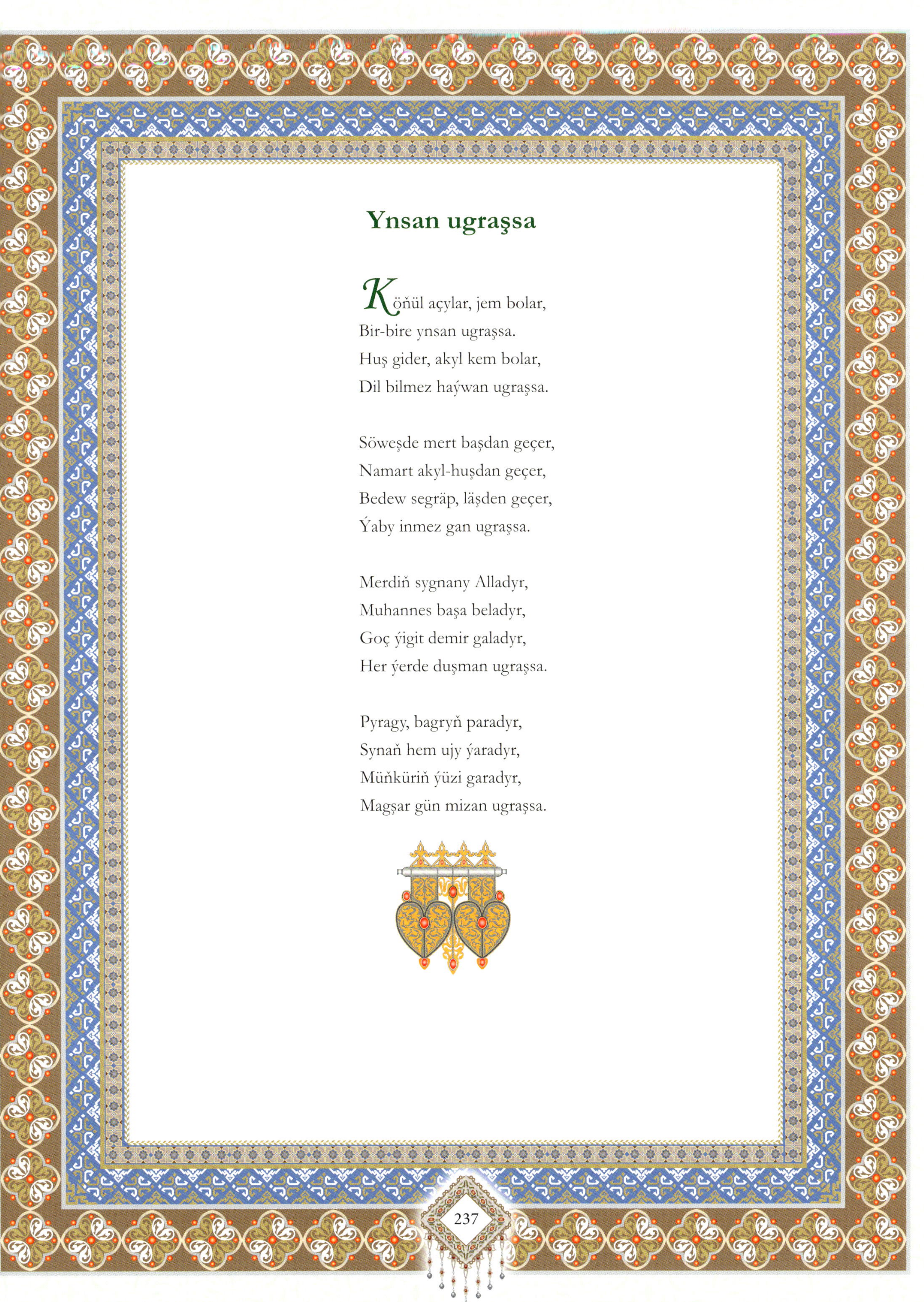

Ynsan ugraşsa

Köňül açylar, jem bolar,
Bir-bire ynsan ugraşsa.
Huş gider, akyl kem bolar,
Dil bilmez haýwan ugraşsa.

Söweşde mert başdan geçer,
Namart akyl-huşdan geçer,
Bedew segräp, läşden geçer,
Ýaby inmez gan ugraşsa.

Merdiň sygnany Alladyr,
Muhannes başa beladyr,
Goç ýigit demir galadyr,
Her ýerde duşman ugraşsa.

Pyragy, bagryň paradyr,
Synaň hem ujy ýaradyr,
Müňküriň ýüzi garadyr,
Magşar gün mizan ugraşsa.

最好中的最好

一年中的十二个月依次更迭有条不紊，
斋月——“最好中的最好”即将来临。
叙利亚那片土地曾以美丽而闻名于世，
人们赋予它“最好中的最好”之美誉。

真主啊，我对您创造的奇迹叹为观止，
我这简单的头脑无法理解其中的奥秘。
为何美妙的泉水是“最好中的最好”，
在大地中隐藏得如此严实且不可企及？

花园里夜莺被玫瑰折服陷入陶醉境地，
乌鸦那不祥的叫声可否称作明智之举？
一条巨龙守护洞穴里的各类珍奇宝物，
将我们挡在“最好中的最好”入口处。

假如有一天我能够冲过去见到造物主，
他一定会为我们的所作所为感到局促。
我们的全部路数都蕴含于这样的谚语：
豺狼专门挑“最好中的最好”猎物吃。

我感到浑身瘫软无力，并且十分痛心，
我的心灵已经被爱情之火燃烧成灰烬。
自古以来人世间就流行着这样的谚语：
刺猬专门啃掉“最好中的最好”果实。

对于毒蛇的语言你要想办法作出分辨，
切记不可以把神圣的真理看作是谎言。
要让大家知道你的邻居确实是个好人，
从不诽谤别人才是“最好中的最好”。

马赫图姆库里耳闻目睹了不公正审判，
温顺的泪水在他的眼里如同泉水涌现。
优素福有多少个兄弟没有人能数得清，
对他来说，“最好中的最好”乃是家庭。

Aýyň ýagşysyn

Ýigrimi dört sagat on iki aýda,
Remezan diýerler aýyň ýagşysyn.
Pena döwranynda, ýeriň ýüzünde,
Şamy-şerif diýrler jaýyň ýagşysyn.

Ýa, ýaradan Kadyr, gudratyň kändir,
Ol gudrat işlere akyl haýrandyr,
Pikir ýetmez, ýa, Rep, niçik pynhandyr,
Zulmat içre goýduň suwuň ýagşysyn.

Garga guş ýaraşmaz beýik baglarda,
Gül üstünde bilbil saýrar çaglarda,
Ýeriň arkasynda, gençli daglarda,
Aždarha eýelär zawyň ýagşysyn.

Üýnüň ýetse, arzyň aýtsaň Subhana,
Akyl haýran bolar beýle diwana,
Ýürekde dert bolup deger hem jana,
Şagal ýaryp gider awuň ýagşysyn.

Yşk meni ýandyrdy, janym keseldir,
Dert başdan aşadyr, işim osaldyr,
Bu gadymdan bolup gelen meseldir,
Kirpi ýolar gider gawun ýagşysyn.

Munus bolar dilin bilseň wagşynyň,
Hakyn nähak eýlemegin goňşynyň,
Aklyň bolsa, abyraýly kişiniň,
Ýamanyn örtübän, ýaýyň ýagşysyn.

Magtymguly, bu döwrana-zamana,
Ýagşyny ýygladyp, duşyr ýamana,
Gardaşlary Ýusup kimin janana,
Rowa görmediler jaýyň ýagşysyn.

不要离开

与其在边远地区无忧无虑地活着，
不如按照真主的旨意在家里过活。
不要像鹧鸪一样急于往笼子里钻。
别把自私自利的贪欲放在心里边。

请相信真主，不要对他有所隐瞒。
用忍耐来治疗你心里所有的抱怨。
到别人家做客，要接受主人款待。
与他人共同生活，保持平和常在。

要知道，女人们也同样胆小贪婪，
她们吃着你的饭，还会砸你的碗。
她们会把你所有的秘密当众揭穿，
如果你不糊涂，就要把她们驱赶。

乞丐梦想着拥有一个王国作奖励。
不学无术的人总是把欺骗当真理。
不珍视友谊的人一定会失去朋友。
我不想与教诲我的人生导师分手。

有人今天是乞丐，有人则是富翁。
一个人的幸福完全由命运来决定。
所有人都谴责我，语言都很糟糕，
斐拉格却不愿意与他们分道扬镳。

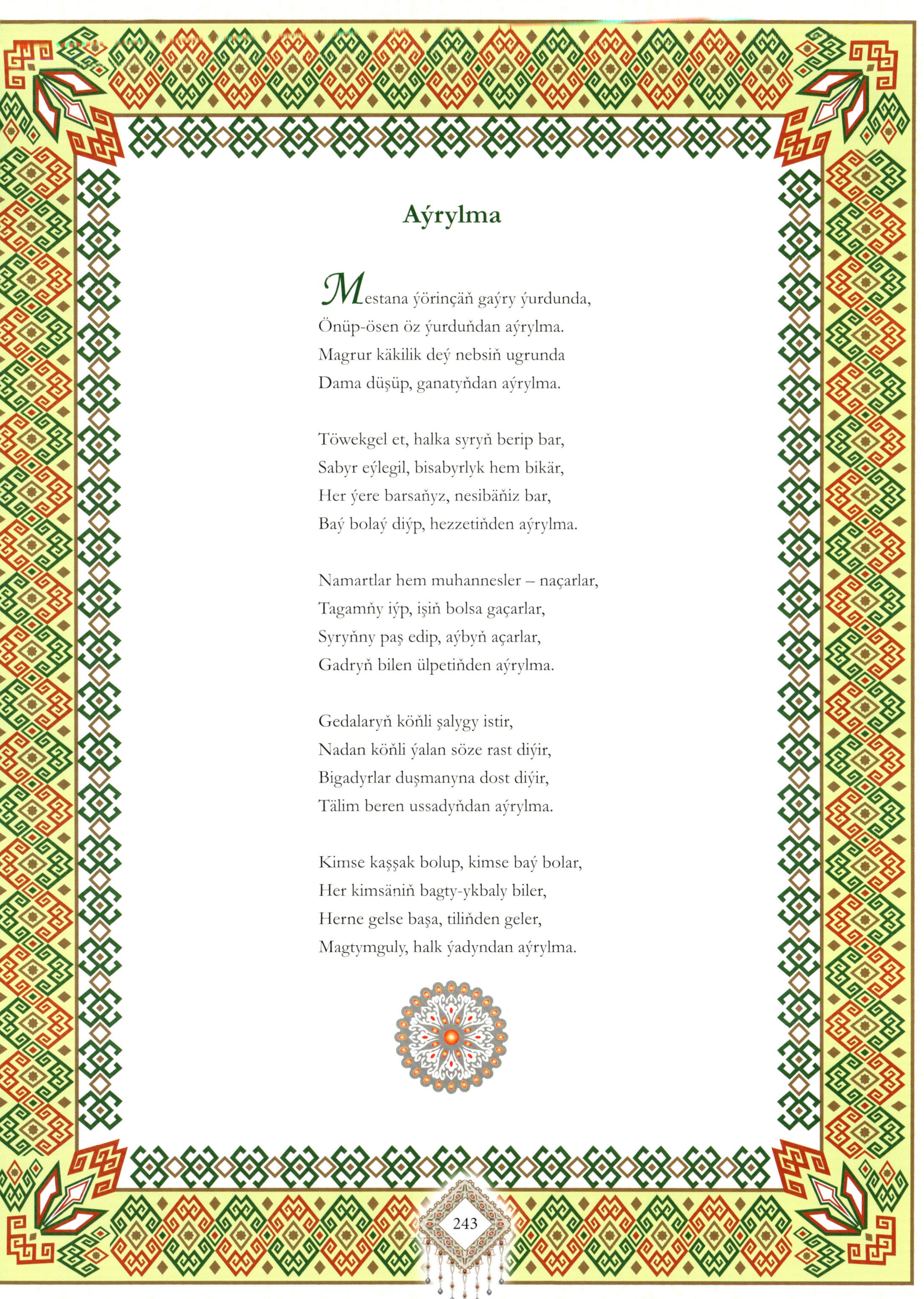

Aýrylma

Mestana ýörinçäň gaýry ýurdunda,
Önüp-ösen öz ýurduňdan aýrylma.
Magrur käkilik deý nebsiň ugrunda
Dama düşüp, ganatyňdan aýrylma.

Töwekgel et, halka syryň berip bar,
Sabyr eýlegil, bisabyrlyk hem bikär,
Her ýere barsaňyz, nesibäňiz bar,
Baý bolaý diýp, hezzetiňden aýrylma.

Namartlar hem muhannesler – naçarlar,
Tagamňy iýp, işiň bolsa gaçarlar,
Syryňny paş edip, aýbyň açarlar,
Gadryň bilen ülpetiňden aýrylma.

Gedalaryň köňli şalygy istir,
Nadan köňli ýalan söze rast diýir,
Bigadyrlar duşmanyna dost diýir,
Tälim beren ussadyňdan aýrylma.

Kimse kaşşak bolup, kimse baý bolar,
Her kimsäniň bagty-ykbaly biler,
Herne gelse başa, tiliňden geler,
Magtymguly, halk ýadyndan aýrylma.

忠　　告

来吧，我的心肝儿，快点！
你是否愿意成为我的同伴？
我将沿着爱人走过的足迹，
与你一起把生命延续下去。

天上发出的光亮十分耀眼，
毫不夸张比金子还要灿烂。
身体是泥土，心灵是钻石，
后者我们在哪里能够获取？

如果你的周围有许多亲戚，
为你说话的人才可称知己。
由一百只手投出去的石头，
势必将会飞出视野的范畴。

兄弟们选择家乡附近居住，
他们脚下的泥土肥沃流油。
不要轻信谎言：骗子擅长
放火把真实的现场焚烧光。

漂泊之中你会回忆起故乡，
还会诅咒起那炎热的他乡。
卑鄙的人会把刀藏在背后，
还把你骗取到自己的家中。

在主人面前表现卑躬屈膝，
无异于对着聋哑之人吹笛。
一头聂尔[1]驼驮着担子上路，

1　聂尔是一个特别的骆驼品种，以力气大和承受力强而著称。

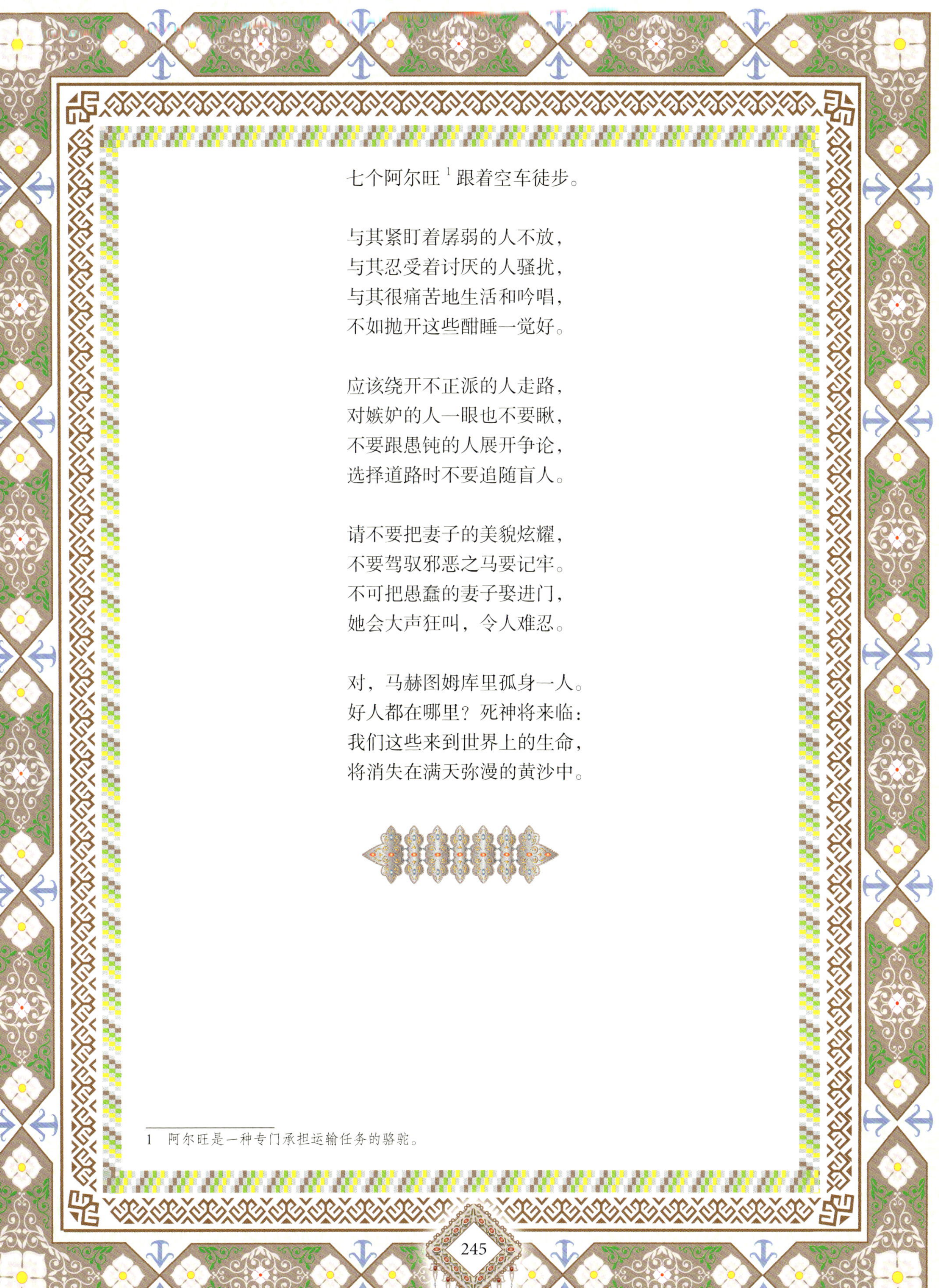

七个阿尔旺[1]跟着空车徒步。

与其紧盯着孱弱的人不放，
与其忍受着讨厌的人骚扰，
与其很痛苦地生活和吟唱，
不如抛开这些酣睡一觉好。

应该绕开不正派的人走路，
对嫉妒的人一眼也不要瞅，
不要跟愚钝的人展开争论，
选择道路时不要追随盲人。

请不要把妻子的美貌炫耀，
不要驾驭邪恶之马要记牢。
不可把愚蠢的妻子娶进门，
她会大声狂叫，令人难忍。

对，马赫图姆库里孤身一人。
好人都在哪里？死神将来临：
我们这些来到世界上的生命，
将消失在满天弥漫的黄沙中。

1 阿尔旺是一种专门承担运输任务的骆驼。

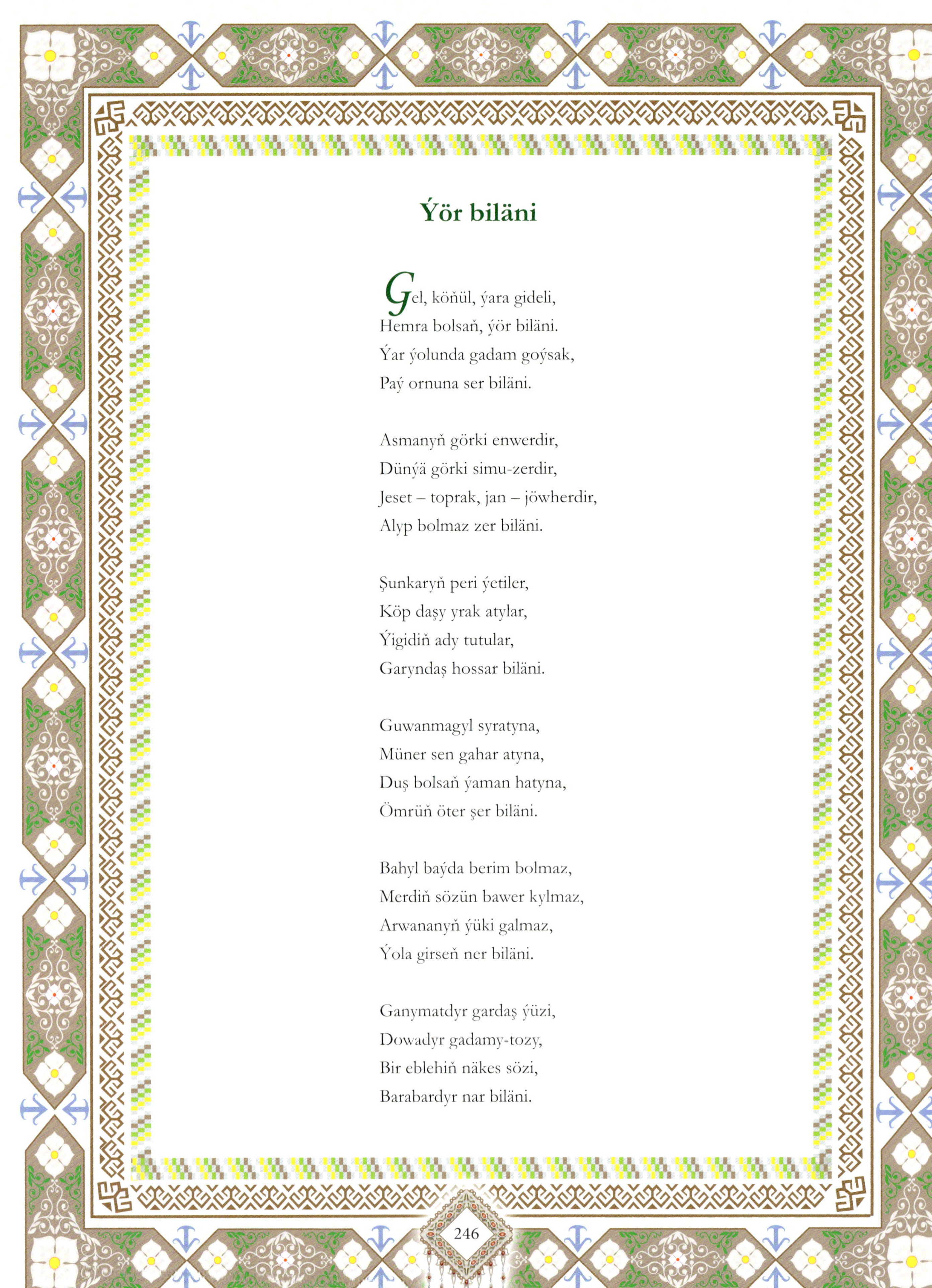

Ýör biläni

Gel, köňül, ýara gideli,
Hemra bolsaň, ýör biläni.
Ýar ýolunda gadam goýsak,
Paý ornuna ser biläni.

Asmanyň görki enwerdir,
Dünýä görki simu-zerdir,
Jeset – toprak, jan – jöwherdir,
Alyp bolmaz zer biläni.

Şunkaryň peri ýetiler,
Köp daşy yrak atylar,
Ýigidiň ady tutular,
Garyndaş hossar biläni.

Guwanmagyl syratyna,
Müner sen gahar atyna,
Duş bolsaň ýaman hatyna,
Ömrüň öter şer biläni.

Bahyl baýda berim bolmaz,
Merdiň sözün bawer kylmaz,
Arwananyň ýüki galmaz,
Ýola girseň ner biläni.

Ganymatdyr gardaş ýüzi,
Dowadyr gadamy-tozy,
Bir eblehiň näkes sözi,
Barabardyr nar biläni.

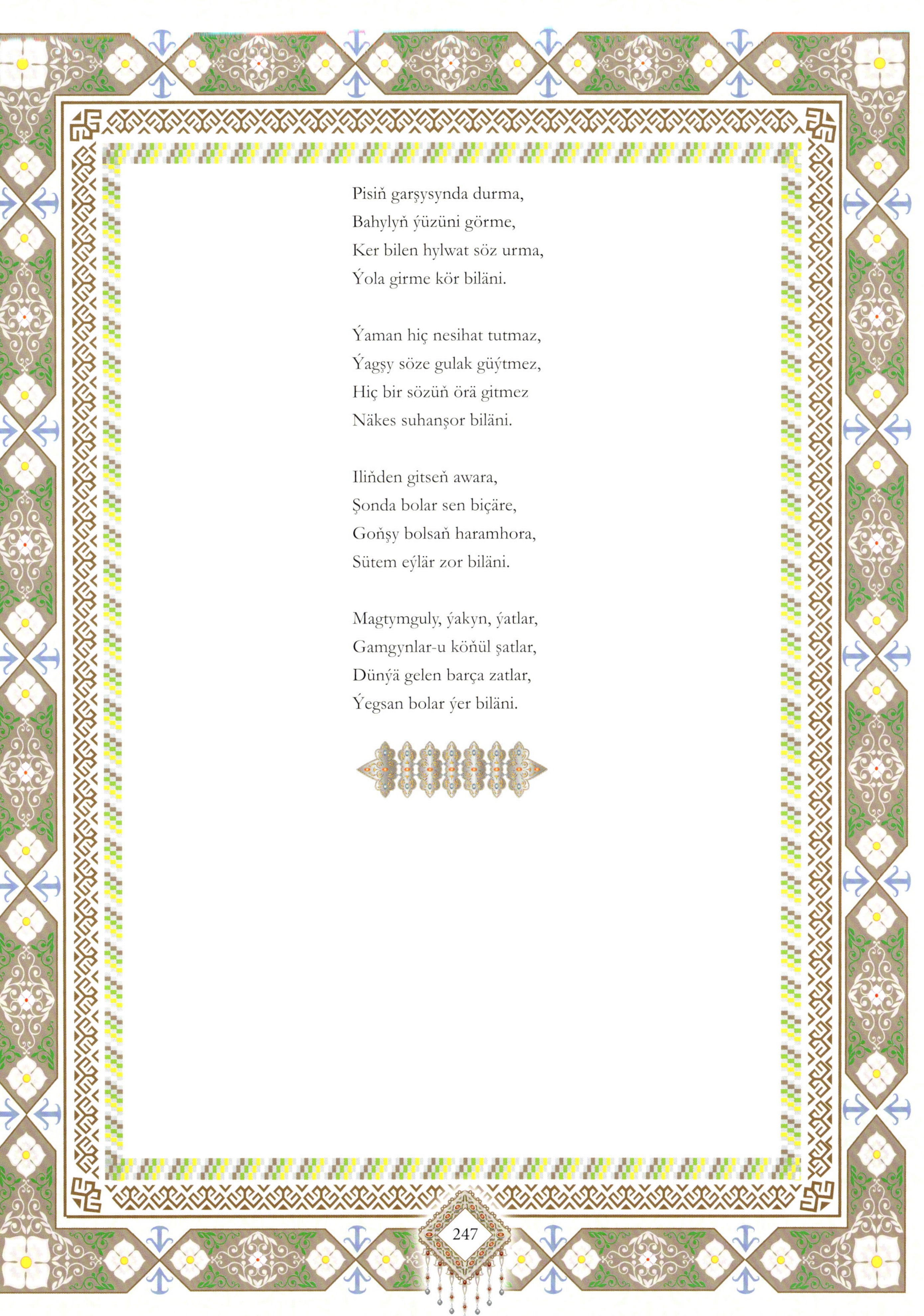

Pisiň garşysynda durma,
Bahylyň ýüzüni görme,
Ker bilen hylwat söz urma,
Ýola girme kör biläni.

Ýaman hiç nesihat tutmaz,
Ýagşy söze gulak güýtmez,
Hiç bir sözüň örä gitmez
Näkes suhanşor biläni.

Iliňden gitseň awara,
Şonda bolar sen biçäre,
Goňşy bolsaň haramhora,
Sütem eýlär zor biläni.

Magtymguly, ýakyn, ýatlar,
Gamgynlar-u köňül şatlar,
Dünýä gelen barça zatlar,
Ýegsan bolar ýer biläni.

人民需要汗王

要想让人民对你的现政权满意，
汗王需要受到人民爱戴与支持。
凭借束上宽腰带无法美化勇士，
穿上漂亮的真丝长袍才是必需。

为了使汗王的形象表现得最佳，
需要配上锐利军刀和强壮快马。
如果想在战斗中做到旗开得胜，
汗王需要具备运筹帷幄的才能。

马赫图姆库里，痛苦与你相伴，
这里没有快乐，只有苦海无边。
为了成为家国两个世界的支柱，
汗王需要与心爱的家庭在一起。

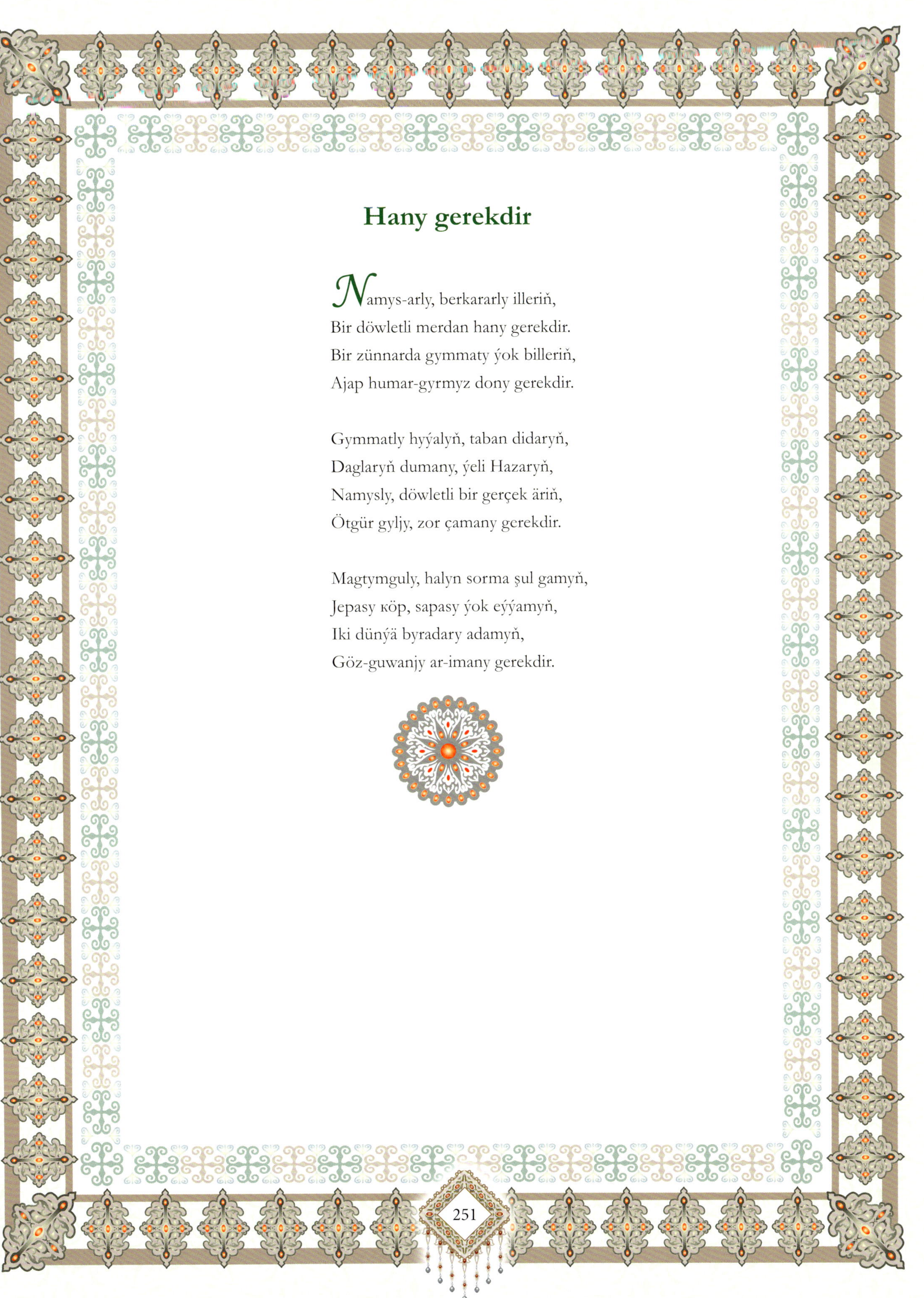

Hany gerekdir

Namys-arly, berkararly illeriň,
Bir döwletli merdan hany gerekdir.
Bir zünnarda gymmaty ýok billeriň,
Ajap humar-gyrmyz dony gerekdir.

Gymmatly hyýalyň, taban didaryň,
Daglaryň dumany, ýeli Hazaryň,
Namysly, döwletli bir gerçek äriň,
Ötgür gylyjy, zor çamany gerekdir.

Magtymguly, halyn sorma şul gamyň,
Jepasy кöp, sapasy ýok eýýamyň,
Iki dünýä byradary adamyň,
Göz-guwanjy ar-imany gerekdir.

热爱自己的人民

我的心灵啊，请把善意的教诲来听：
要无限热爱人民，爱惜他们如眼睛。
你要无私忘我地保护人民免受侵害，
决不允许出现任何侮辱人民的言行。

哪怕仅一句话背叛人民，也要忏悔，
要满怀敬意对待平民、勇士和长辈。
请束紧戎装上的腰带前去捍卫自由，
避免无端消耗，需要保持力量足够。

在不欢迎你的地方，最好不要露面，
不建议你同撒谎的苏菲派[1]信徒相见。
别崇拜财富，倾听智慧长者的建议，
不要向热衷于金银财宝的戈伦看齐。

在回答问题时，要永远只把真话讲。
把无赖和恶棍推得远一些没有商量。
假如有位穷人突然转向你请求帮助，
请温和地帮助他并继续平静地赶路。

请不要因世界上有很多小人而吓倒，
他们遇到无畏的勇士们会逃之夭夭。
遇到小人要远离，为了真主去杀敌，
要赶走小人和骗子，不与他们共事。

世界上聪明的人很多，圣贤却极少。
尽量少喝酒，饮酒的好结果找不到。

1 苏菲派属于伊斯兰教神秘主义派别。那些对伊斯兰教信仰进行隐秘阐释且崇尚苦行、禁欲等修行方式的诸多组织被称作苏菲派（亦称苏菲主义）。“苏菲”一词源自阿拉伯语“苏夫”，意为“羊毛”。该派成员身着粗羊毛织衣，以示信仰虔诚和生活俭朴，苏菲派由此而得名。

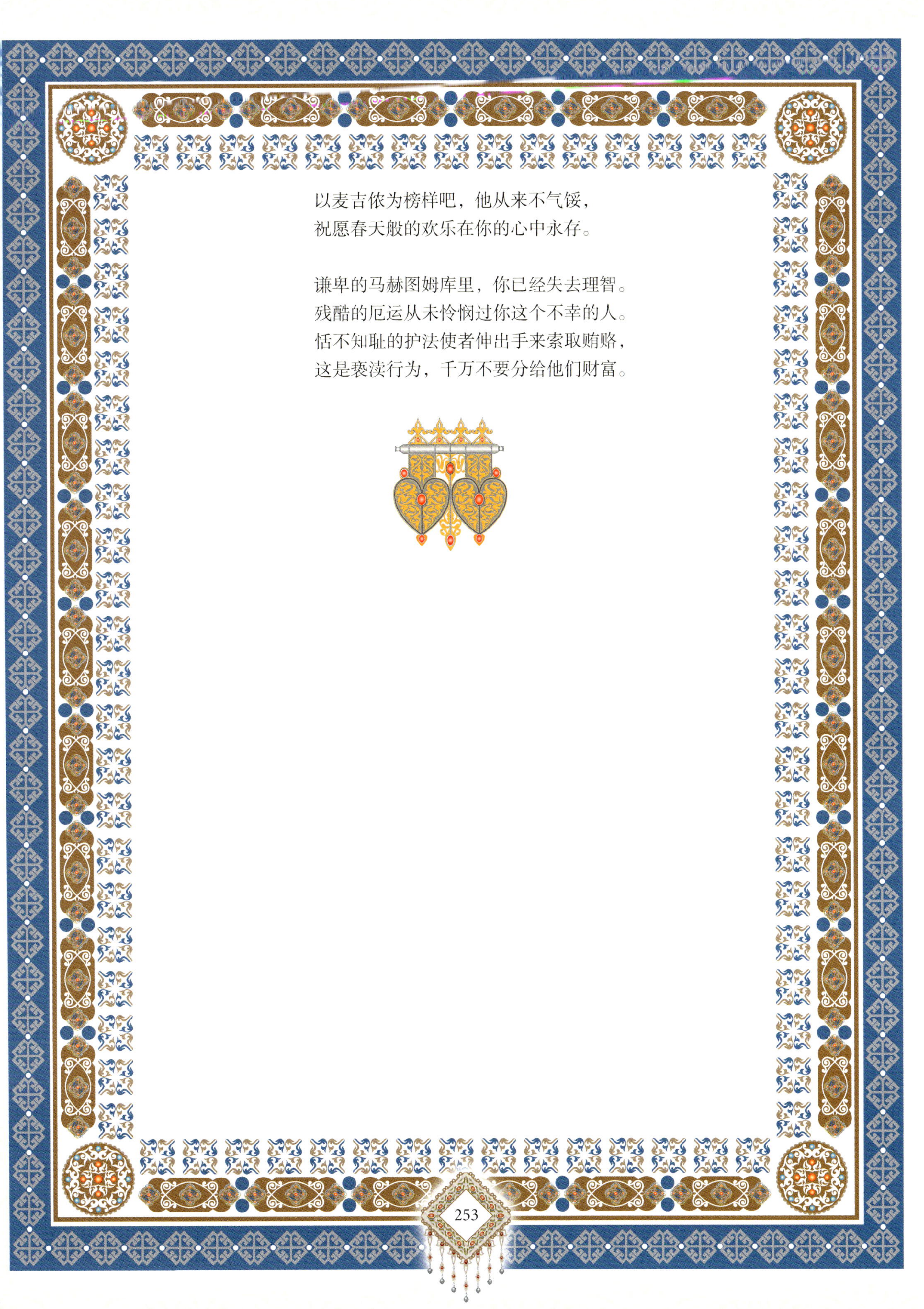

以麦吉侬为榜样吧，他从来不气馁，
祝愿春天般的欢乐在你的心中永存。

谦卑的马赫图姆库里，你已经失去理智。
残酷的厄运从未怜悯过你这个不幸的人。
恬不知耻的护法使者伸出手来索取贿赂，
这是亵渎行为，千万不要分给他们财富。

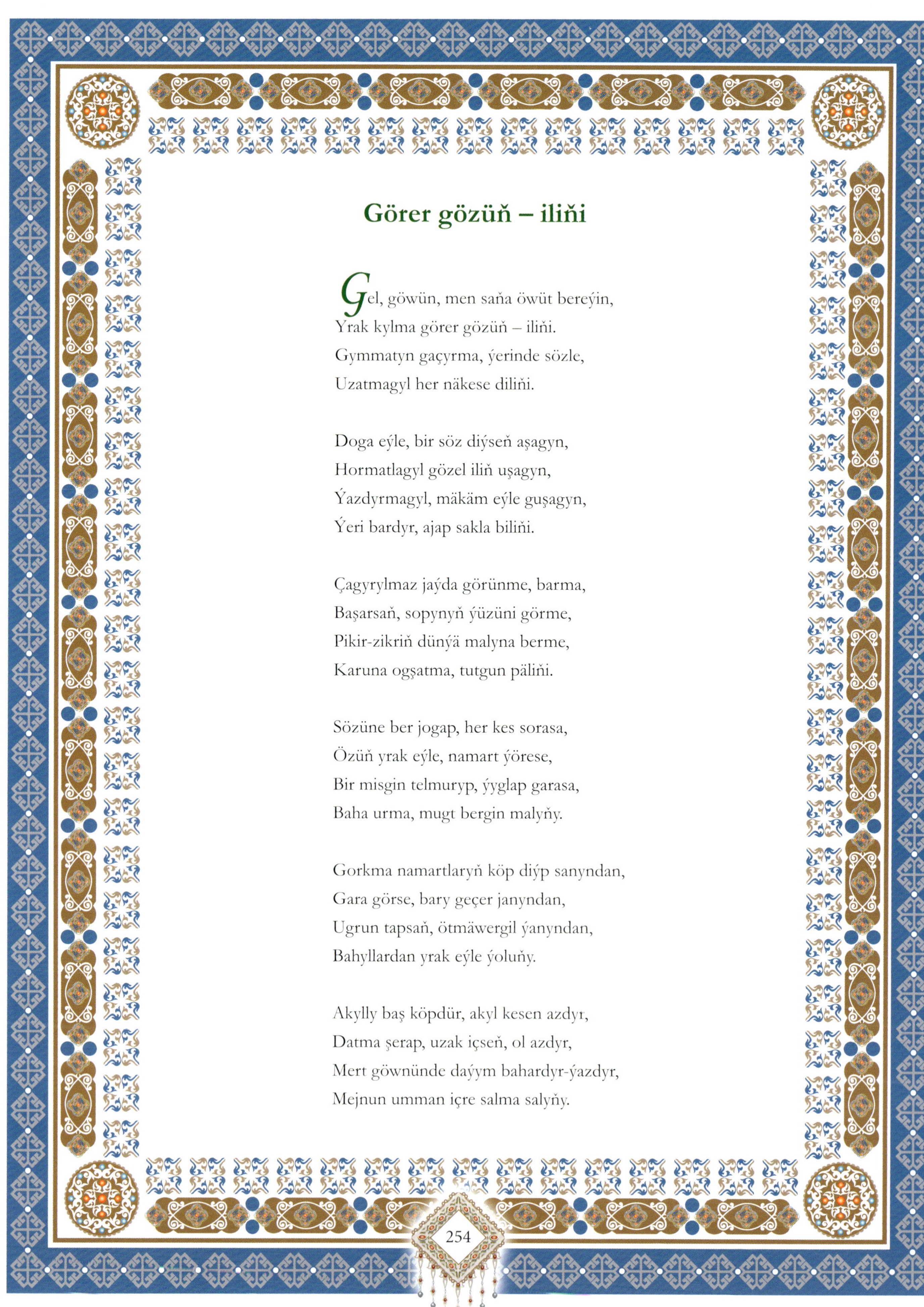

Görer gözüň – iliňi

Gel, göwün, men saňa öwüt bereýin,
Yrak kylma görer gözüň – iliňi.
Gymmatyn gaçyrma, ýerinde sözle,
Uzatmagyl her näkese diliňi.

Doga eýle, bir söz diýseň aşagyn,
Hormatlagyl gözel iliň uşagyn,
Ýazdyrmagyl, mäkäm eýle guşagyn,
Ýeri bardyr, ajap sakla biliňi.

Çagyrylmaz jaýda görünme, barma,
Başarsaň, sopynyň ýüzüni görme,
Pikir-zikriň dünýä malyna berme,
Karuna ogşatma, tutgun päliňi.

Sözüne ber jogap, her kes sorasa,
Özüň yrak eýle, namart ýörese,
Bir misgin telmuryp, ýyglap garasa,
Baha urma, mugt bergin malyňy.

Gorkma namartlaryň köp diýp sanyndan,
Gara görse, bary geçer janyndan,
Ugrun tapsaň, ötmäwergil ýanyndan,
Bahyllardan yrak eýle ýoluňy.

Akylly baş köpdür, akyl kesen azdyr,
Datma şerap, uzak içseň, ol azdyr,
Mert göwnünde daýym bahardyr-ýazdyr,
Mejnun umman içre salma salyňy.

Magtymguly, akyl başymdan uçdy,
Ykbalym ýatypdyr, döwletim göçdi,
Pir-kazylar para istäp, gol açdy,
Haram eýle, emma berme puluňy.

想说的太多

万能的真主啊，你可知道，
我一生罪孽深重难被轻饶。
如今我的命运全由你决断，
我的生命旅程已临近终点。

我向你发来求救信号。
如今人人都把我嘲笑。
人生太沉重实在难熬，
灵魂挣脱身体往外跑。

不幸的我静坐在路边，
向你祈求着保佑平安。
我失去了许多好朋友，
戕害良知信仰是贪婪。

我作孽太多罪有应得。
死去比活着要好得多。
我诅咒着自己的不幸。
后悔没遵守你的命令。

生命在长期悲伤中逝去。
如今我惊讶地反观自己。
我总是受到撒旦的欺负，
祈求你拯救我免受侮辱。

啊，安拉，请接受我的忏悔，
恳请在我死之前宽恕我的罪。
请你带领愚蠢的人走向忏悔，
并引导他朝着光明之路回归。

斐拉格，永远与人民为友，
评价朋友不要偏激与苛求。
今天我不自在地站在这里，
除了真主，我已无人可求。

Çykardym çenden

Jelil-eý, Jepbar-eý, özüň biler sen,
Jahan içre jürmüm çykardym çenden.
Bende men, ne kylsaň, özüň kylar sen,
Günähim güýç alyp, basdy gün-günden.

Dergähiňden derman dileneý niçe,
Uzyn ömrüm sagýyn sarp etdim hije,
Ýük agyr, ýol yrak, garaňky gije,
Jan hem jöwlan urar çykmaga tenden.

Rahröw idim, mande bolup oturdym,
Keremiňe sygnyp, pena getirdim,
Ýoldaşym ýok etdim, ýolum ýitirdim,
Nebs ynsapdan etdi, şum şeýtan – dinden.

Hasylym usýandyr gendeligimden,
Ölüm asan erer zindeligimden,
Hyjalata galdym bendeligimden,
Saňa laýyk amal gelmedi menden.

Hasrat bile geçdim, haýranda galdym,
Dergähiň daldadyr, sygynyp geldim,
Nebs ile şeýtanyň paýmaly boldum,
Eýäm, sen lutf edip, gutargyl ondan.

Yhlasym ary kyl, ýalanym ýok et,
Tilimi deraz kyl, ýüzümi ak et,
Hatardan hyfz eýle, haramdan päk et,
Towpygyň ýar eýläp, toba ber çyndan.

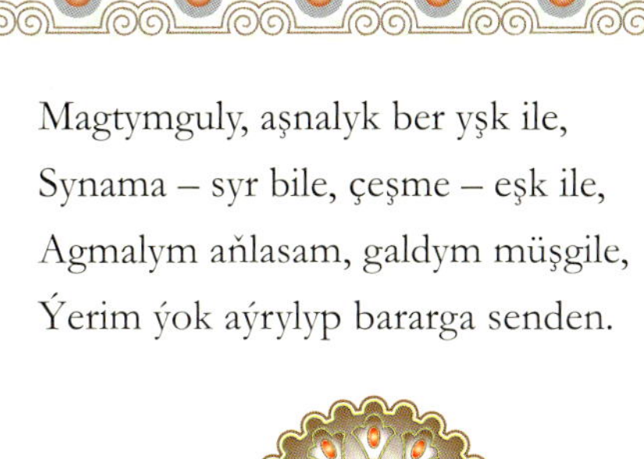

Magtymguly, aşnalyk ber yşk ile,
Synama – syr bile, çeşme – eşk ile,
Agmalym aňlasam, galdym müşgile,
Ýerim ýok aýrylyp bararga senden.

反省自己

如果你聪明，要与学者交朋友，
且记愚钝者只是无知者的朋友。
如果你在热恋，也会心惊胆战，
担心所爱的人可能会把你欺骗。

只有对勇敢的人才能完全信任，
守夜的商队等待着外来的入侵。
懦夫在战场上吓得冷汗如雨注，
回到家却因区区小事大动干戈。

若同情懦夫，你的心将被灼痛，
前进路上也不会看到一点光明！
不要到富有的吝啬鬼家里做客，
穷人更慷慨，为客人倾其所有。

懦夫只要坐在家里就开始吹牛，
遇到棘手的事情则会连累朋友。
一旦年轻人在财富中感到享受，
他的心就被缰绳拉向拜金那头。

马赫图姆库里，请你反省自己，
多行善事，敢于驱赶邪恶势力。
做聪明人，在众人面前管住嘴，
言多必有失，名誉也随之受损！

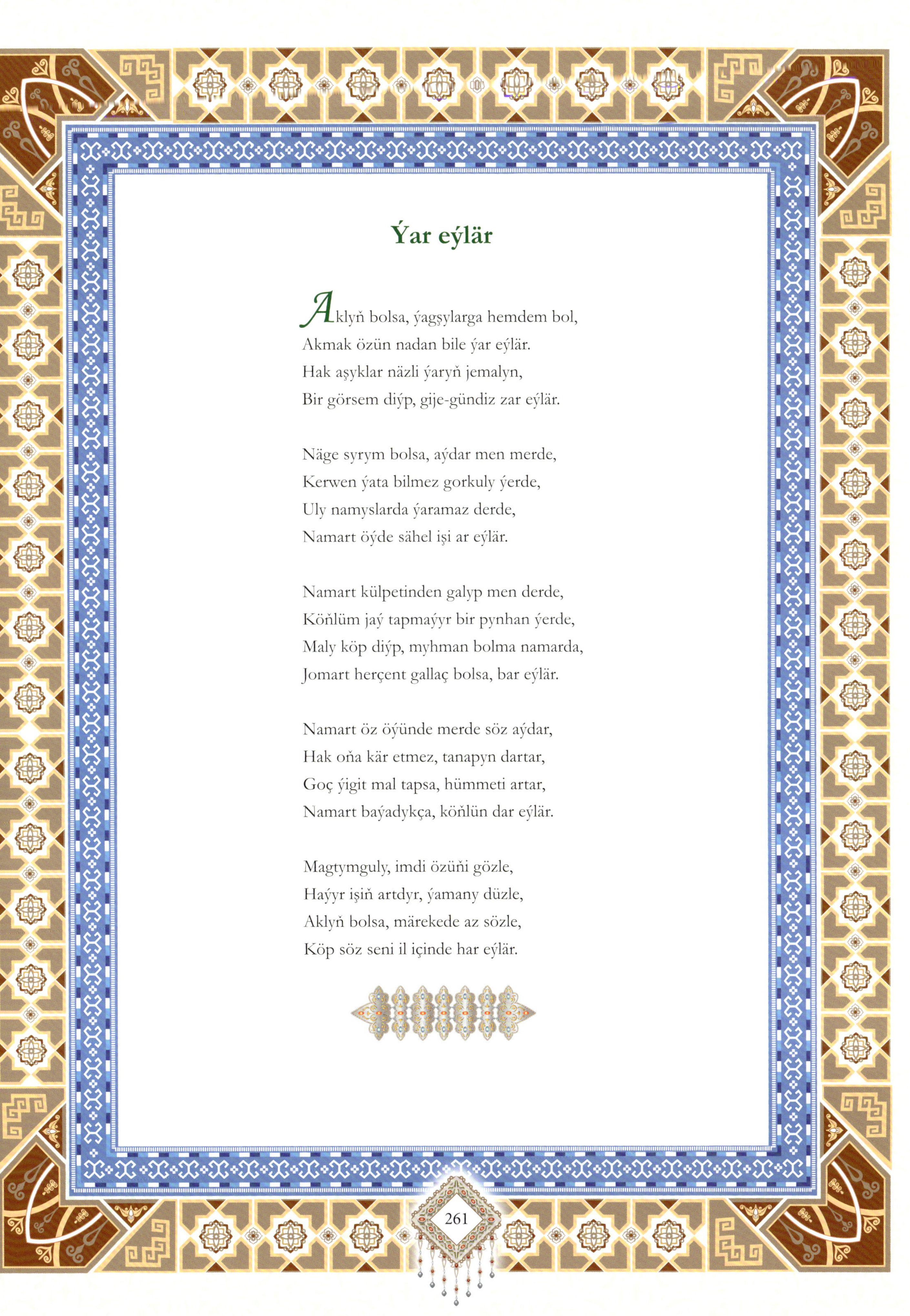

Ýar eýlär

Aklyň bolsa, ýagşylarga hemdem bol,
Akmak özün nadan bile ýar eýlär.
Hak aşyklar näzli ýaryň jemalyn,
Bir görsem diýp, gije-gündiz zar eýlär.

Näge syrym bolsa, aýdar men merde,
Kerwen ýata bilmez gorkuly ýerde,
Uly namyslarda ýaramaz derde,
Namart öýde sähel işi ar eýlär.

Namart külpetinden galyp men derde,
Köňlüm jaý tapmaýyr bir pynhan ýerde,
Maly köp diýp, myhman bolma namarda,
Jomart herçent gallaç bolsa, bar eýlär.

Namart öz öýünde merde söz aýdar,
Hak oňa kär etmez, tanapyn dartar,
Goç ýigit mal tapsa, hümmeti artar,
Namart baýadykça, köňlün dar eýlär.

Magtymguly, imdi özüňi gözle,
Haýyr işiň artdyr, ýamany düzle,
Aklyň bolsa, märekede az sözle,
Köp söz seni il içinde har eýlär.

是否能够？

我的心灵啊，我忐忑不安地想告诉你：
如果不去爱，难道在世上能得到爱意？
倘若一个人不对自己糟糕的承诺负责，
难道今后他还能够认为自己做人合格？

如果一个人经常性地违背真主的戒律，
从来也不把食物分给穷人和不幸者吃，
对父老乡亲的苦难没有流下同情的泪，
难道他还能够称自己是品德高尚的人？

一个总是为兄弟们制造有害纠纷的人，
犹如撒旦，把正派的兄弟们往歧途引，
如果市场上的商贩到处传播污言秽语，
难道他还能够称自己是虔诚的穆斯林？

啊，斐拉格，你的话语丝毫没有欺骗，
你的每句话都是真的，对此毋庸置疑。
谁为人真诚并诵读永恒的《古兰经》，
他就永远不可能堕落到撒旦的怀抱中。

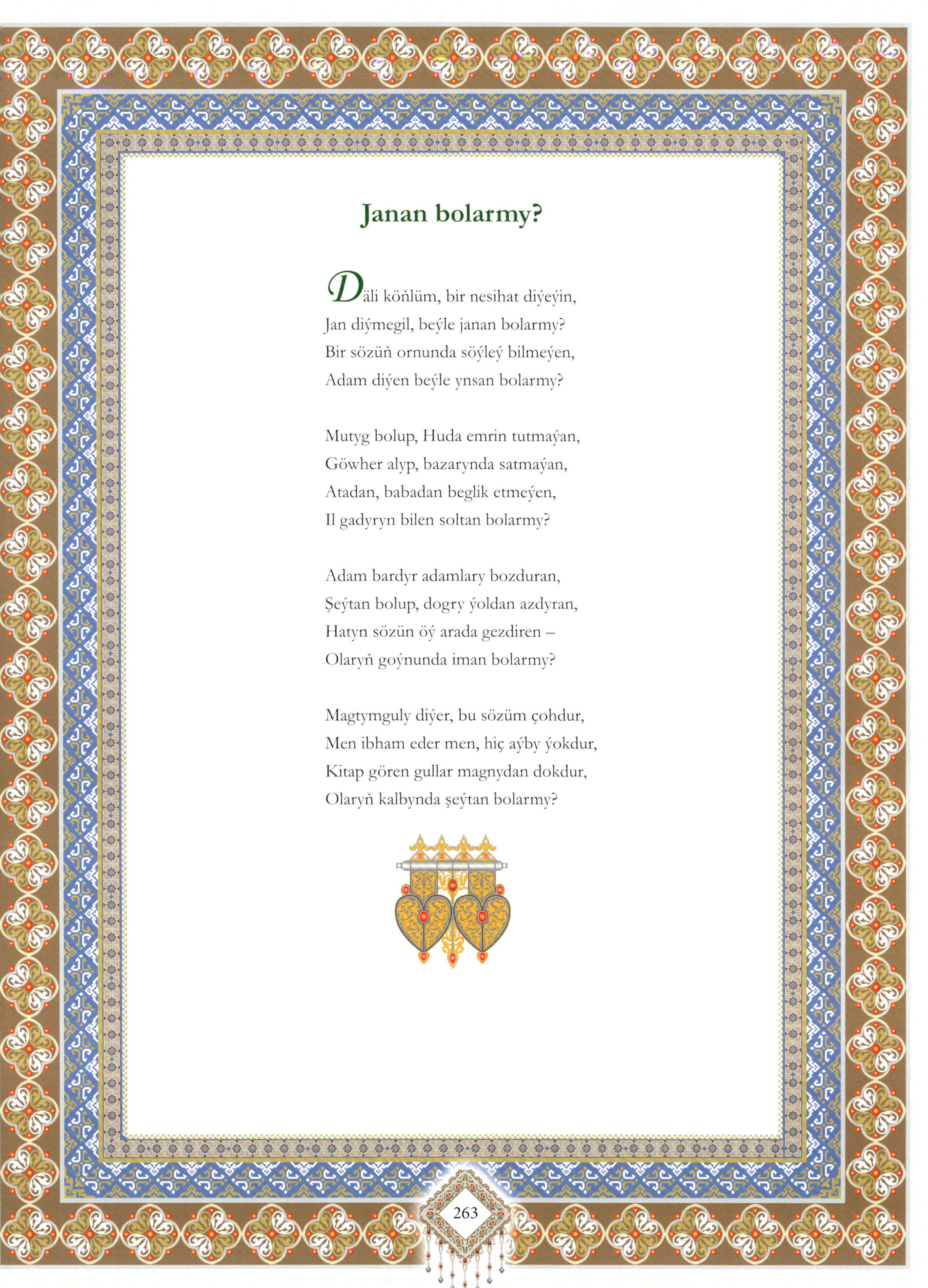

Janan bolarmy?

Däli könlüm, bir nesihat diýeýin,
Jan diýmegil, beýle janan bolarmy?
Bir sözüň ornunda söýleý bilmeýen,
Adam diýen beýle ynsan bolarmy?

Mutyg bolup, Huda emrin tutmaýan,
Göwher alyp, bazarynda satmaýan,
Atadan, babadan beglik etmeýen,
Il gadyryn bilen soltan bolarmy?

Adam bardyr adamlary bozduran,
Şeýtan bolup, dogry ýoldan azdyran,
Hatyn sözün öý arada gezdiren –
Olaryň goýnunda iman bolarmy?

Magtymguly diýer, bu sözüm çohdur,
Men ibham eder men, hiç aýby ýokdur,
Kitap gören gullar magnydan dokdur,
Olaryň kalbynda şeýtan bolarmy?

不会出现

厚颜无耻的人比懦夫更加可恨，
懦夫胆小怕事不过是不敢见人。
眼睛和嘴唇把我们美化和装饰，
没有它们我们会失去一些颜值。

聪明人慎重，尽量不得罪别人，
懦夫最希望的是不再见到亲人。
如果夜莺与玫瑰未来各奔东西，
夜莺不会对其他玫瑰再作考虑。

请你们记住，厄运把我们捉弄，
它让我们与最好的朋友们分手。
要知道勇敢的人时刻准备战斗，
胆小鬼总是不怠慢地脱逃远走。

厄运是个商人，把好商品找寻，
人们对它来说不过是一种食品。
马赫图姆库里，向真主祈求吧，
在这个世界上不存在其他出路。

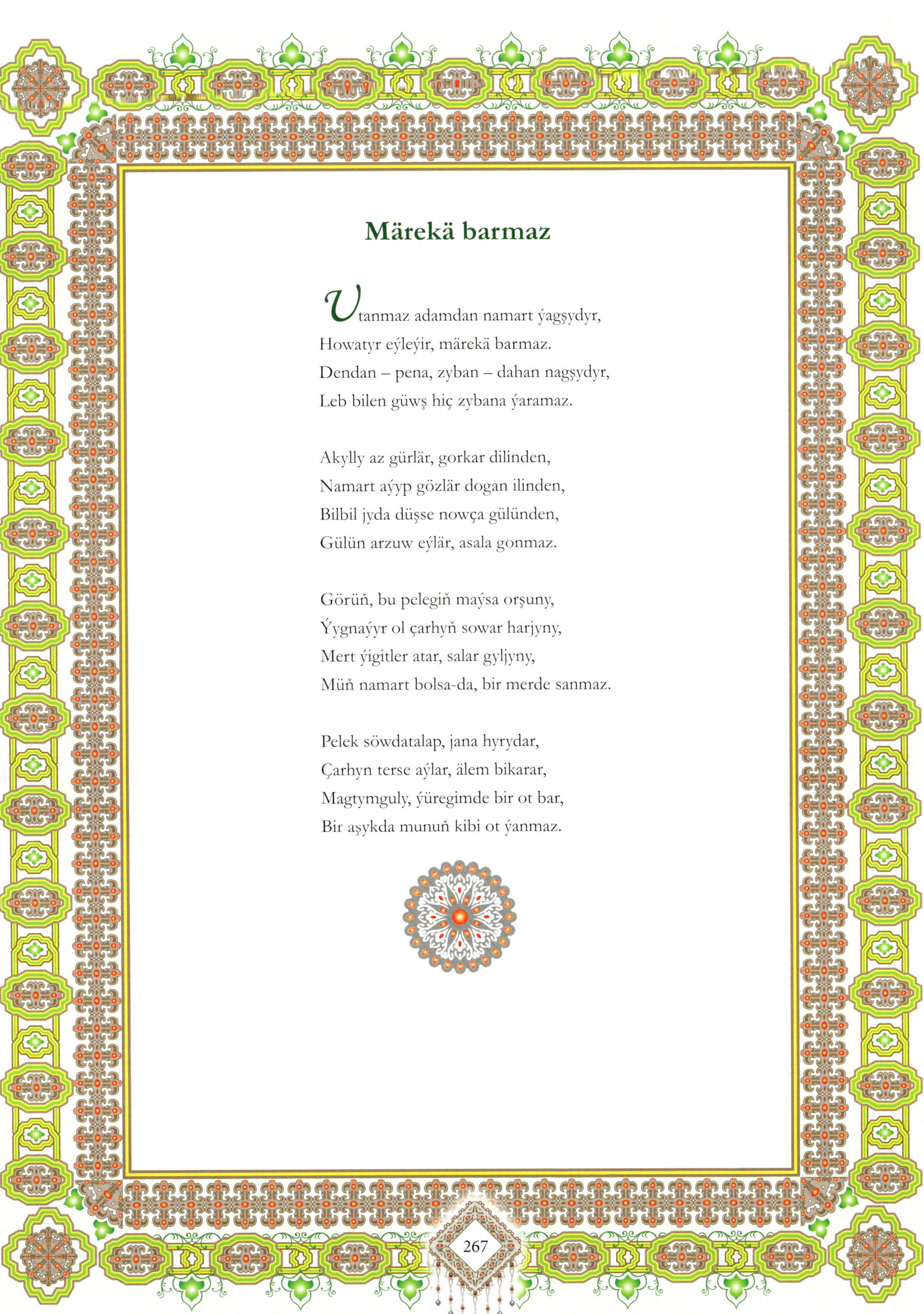

Märekä barmaz

Utanmaz adamdan namart ýagşydyr,
Howatyr eýleýir, märekä barmaz.
Dendan – pena, zyban – dahan nagşydyr,
Leb bilen güwş hiç zybana ýaramaz.

Akylly az gürlär, gorkar dilinden,
Namart aýyp gözlär dogan ilinden,
Bilbil jyda düşse nowça gülünden,
Gülün arzuw eýlär, asala gonmaz.

Görüň, bu pelegiň maýsa orşuny,
Ýygnaýyr ol çarhyň sowar harjyny,
Mert ýigitler atar, salar gyljyny,
Müň namart bolsa-da, bir merde sanmaz.

Pelek söwdatalap, jana hyrydar,
Çarhyn terse aýlar, älem bikarar,
Magtymguly, ýüregimde bir ot bar,
Bir aşykda munuň kibi ot ýanmaz.

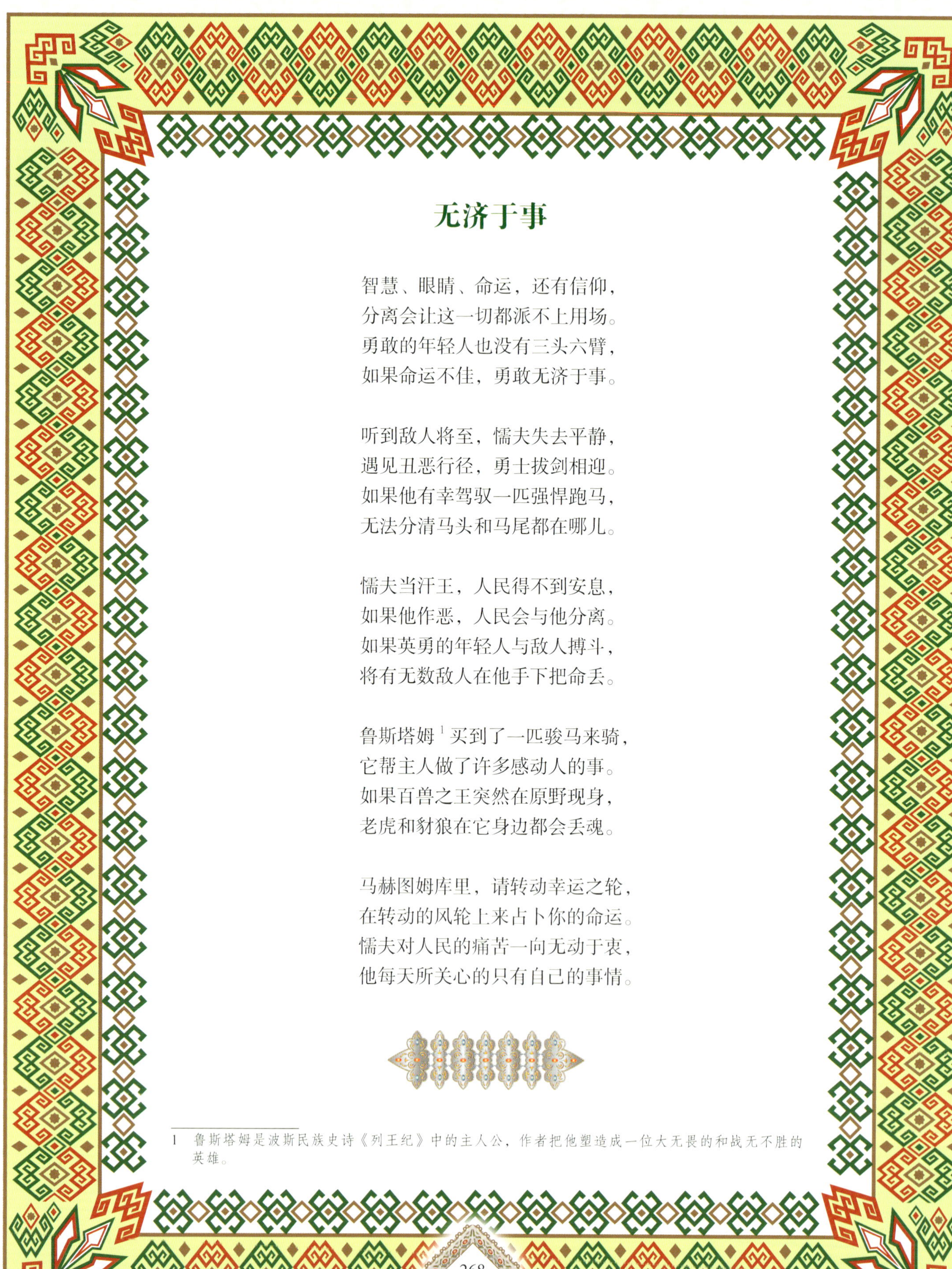

无济于事

智慧、眼睛、命运，还有信仰，
分离会让这一切都派不上用场。
勇敢的年轻人也没有三头六臂，
如果命运不佳，勇敢无济于事。

听到敌人将至，懦夫失去平静，
遇见丑恶行径，勇士拔剑相迎。
如果他有幸驾驭一匹强悍跑马，
无法分清马头和马尾都在哪儿。

懦夫当汗王，人民得不到安息，
如果他作恶，人民会与他分离。
如果英勇的年轻人与敌人搏斗，
将有无数敌人在他手下把命丢。

鲁斯塔姆[1]买到了一匹骏马来骑，
它帮主人做了许多感动人的事。
如果百兽之王突然在原野现身，
老虎和豺狼在它身边都会丢魂。

马赫图姆库里，请转动幸运之轮，
在转动的风轮上来占卜你的命运。
懦夫对人民的痛苦一向无动于衷，
他每天所关心的只有自己的事情。

1 鲁斯塔姆是波斯民族史诗《列王纪》中的主人公，作者把他塑造成一位大无畏的和战无不胜的英雄。

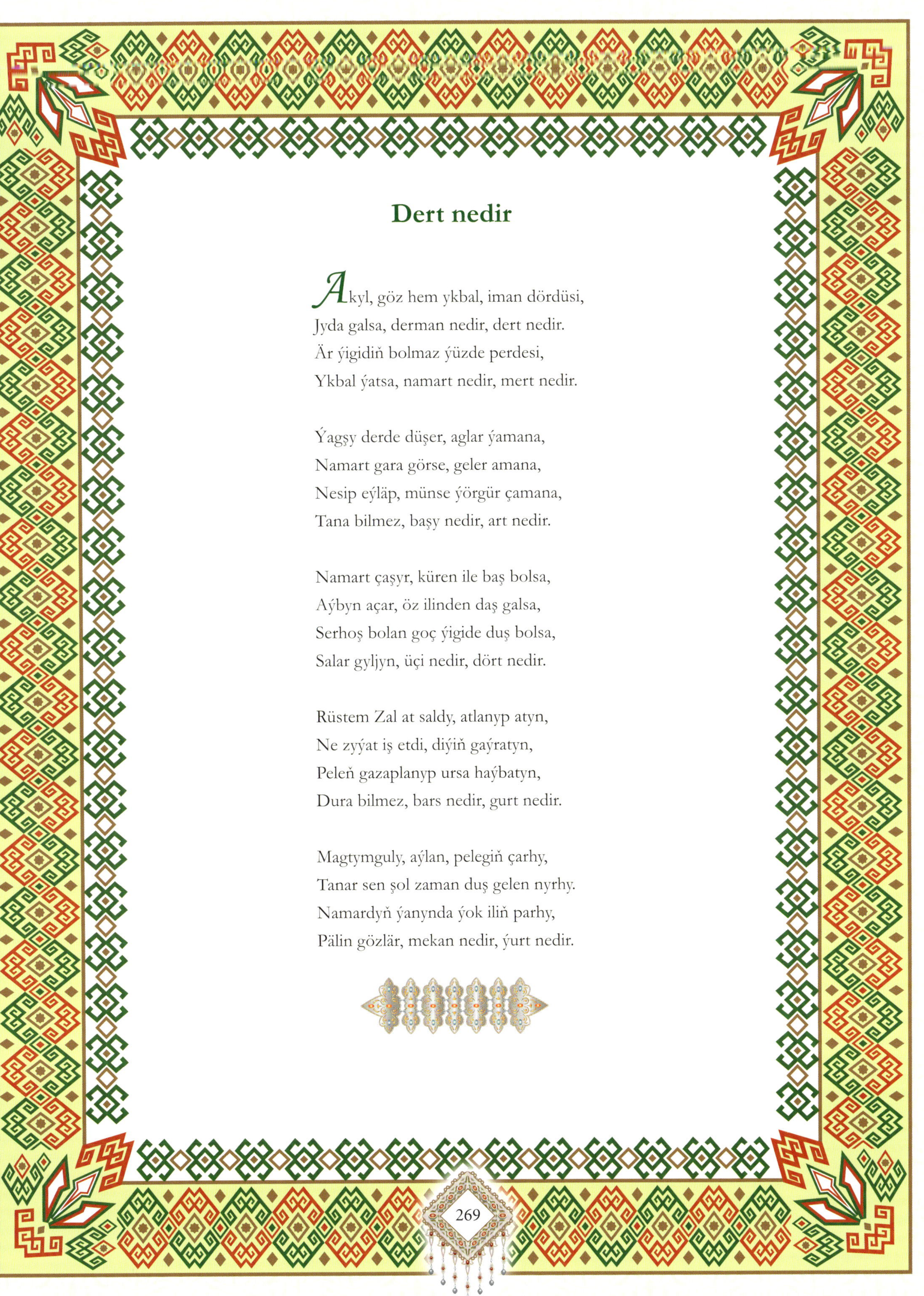

Dert nedir

Akyl, göz hem ykbal, iman dördüsi,
Jyda galsa, derman nedir, dert nedir.
Är ýigidiň bolmaz ýüzde perdesi,
Ykbal ýatsa, namart nedir, mert nedir.

Ýagşy derde düşer, aglar ýamana,
Namart gara görse, geler amana,
Nesip eýläp, münse ýörgür çamana,
Tana bilmez, başy nedir, art nedir.

Namart çaşyr, küren ile baş bolsa,
Aýbyn açar, öz ilinden daş galsa,
Serhoş bolan goç ýigide duş bolsa,
Salar gyljyn, üçi nedir, dört nedir.

Rüstem Zal at saldy, atlanyp atyn,
Ne zyýat iş etdi, diýiň gaýratyn,
Peleň gazaplanyp ursa haýbatyn,
Dura bilmez, bars nedir, gurt nedir.

Magtymguly, aýlan, pelegiň çarhy,
Tanar sen şol zaman duş gelen nyrhy.
Namardyň ýanynda ýok iliň parhy,
Pälin gözlär, mekan nedir, ýurt nedir.

朋友们

懦夫和勇士不会并驾齐驱，
懦夫在战场上会带来不利。
懦夫从来不懂得尊重勇士，
他会把各种事情搅成无序。

君子对他人之物不抬眼皮，
小人对他人之物垂涎三尺。
小人无耻地责骂真知灼见，
他绕开真知灼见匆匆走远。

所有圣父[1]之灵在一起安息。
无知的人做出许多愚蠢事。
命运之门永远为勇者敞开，
懦夫的家园只在阴间存在。

懦夫不会与他人共享幸福，
认为自己的幸福无关真主，
他从来没有真正地信仰过，
马赫图姆库里说，确有这种人，朋友们。

1　基督教古代圣父共有1600多位。基督教前六次大公会议（公元325—681年）主要确定圣三位一体问题，此处“所有圣父”是指参加了这六次大公会议的各位圣父。

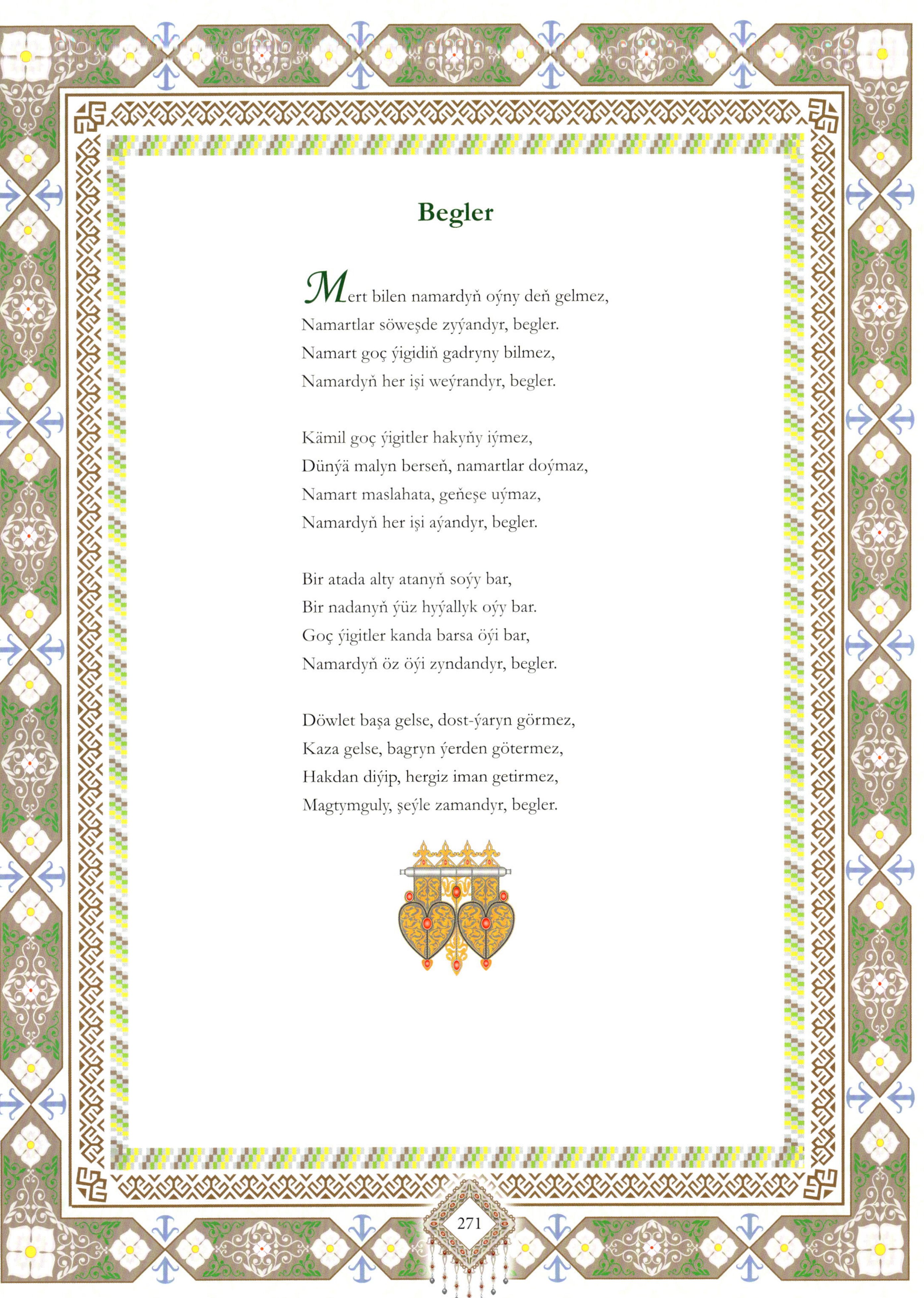

Begler

Mert bilen namardyň oýny deň gelmez,
Namartlar söweşde zyýandyr, begler.
Namart goç ýigidiň gadryny bilmez,
Namardyň her işi weýrandyr, begler.

Kämil goç ýigitler hakyňy iýmez,
Dünýä malyn berseň, namartlar doýmaz,
Namart maslahata, geňeşe uýmaz,
Namardyň her işi aýandyr, begler.

Bir atada alty atanyň soýy bar,
Bir nadanyň ýüz hyýallyk oýy bar.
Goç ýigitler kanda barsa öýi bar,
Namardyň öz öýi zyndandyr, begler.

Döwlet başa gelse, dost-ýaryn görmez,
Kaza gelse, bagryn ýerden götermez,
Hakdan diýip, hergiz iman getirmez,
Magtymguly, şeýle zamandyr, begler.

他们怎么办?

如果厄运夺走你所有的财富，
使你由富变贫，那该怎么办?
瞎了眼的厄运让你遭受苦难，
你的生命也会因此变得短暂。

群山离开雨水就会失去魅力，
连绵的雨水把山峦灌溉哺育。
埋在雪下的花朵会冻死枯萎，
夜莺冬天也会感到枯燥无味。

懦夫大声地诅咒着年轻勇士，
一看到勇士，他撒腿就离去。
愚钝者教导聪明人如何生活，
如果到处都这样，该怎么办?

山里人在平原上会感到无聊。
城里人觉得住在沙漠里不好。
热恋的人如果遇到暂时分离，
必将沉醉于甜蜜激情的回忆。

斐拉格，请你放弃所有遗憾，
由于被蛇咬你陷入惶恐不安。
命运没有为你带来一丝温情，
如果你觉得苦闷，该怎么办?

Galsa neýlesin

Ykbal laýa batyp, döwlet sowulyp,
Baýlar misgin bolup galsa neýlesin.
Pelek torna düşüp, ömür bogulyp,
Gowasyn şum ajal ýolsa neýlesin.

Ümür gitse, ne gymmat bar daglarda,
Bir gowga tapylar ýagşy çaglarda,
Gyş gargyşy ýagsa gara baglarda,
Bilbil pakyr güli solsa neýlesin.

Namart gargyş eder merdiň ýaşyna,
Görse merdi gowga geler başyna,
Är ýigidiň nadan gelip gaşyna,
Gaýta başdan hemra bolsa neýlesin.

Çölde howalanar mydam dag aşan,
Öwüner, gep açar saly gartaşan,
Zar eýleýip, magşugyna sataşan,
Näzirgenip, ýar dolansa neýlesin.

Magtymguly, ýykdyň göwün şährini,
Tolgunyp ol şamar sokdy zährini,
Täleýiňe pelek tutmaz mährini,
Erse gaýgy-gamdan dolsa neýlesin.

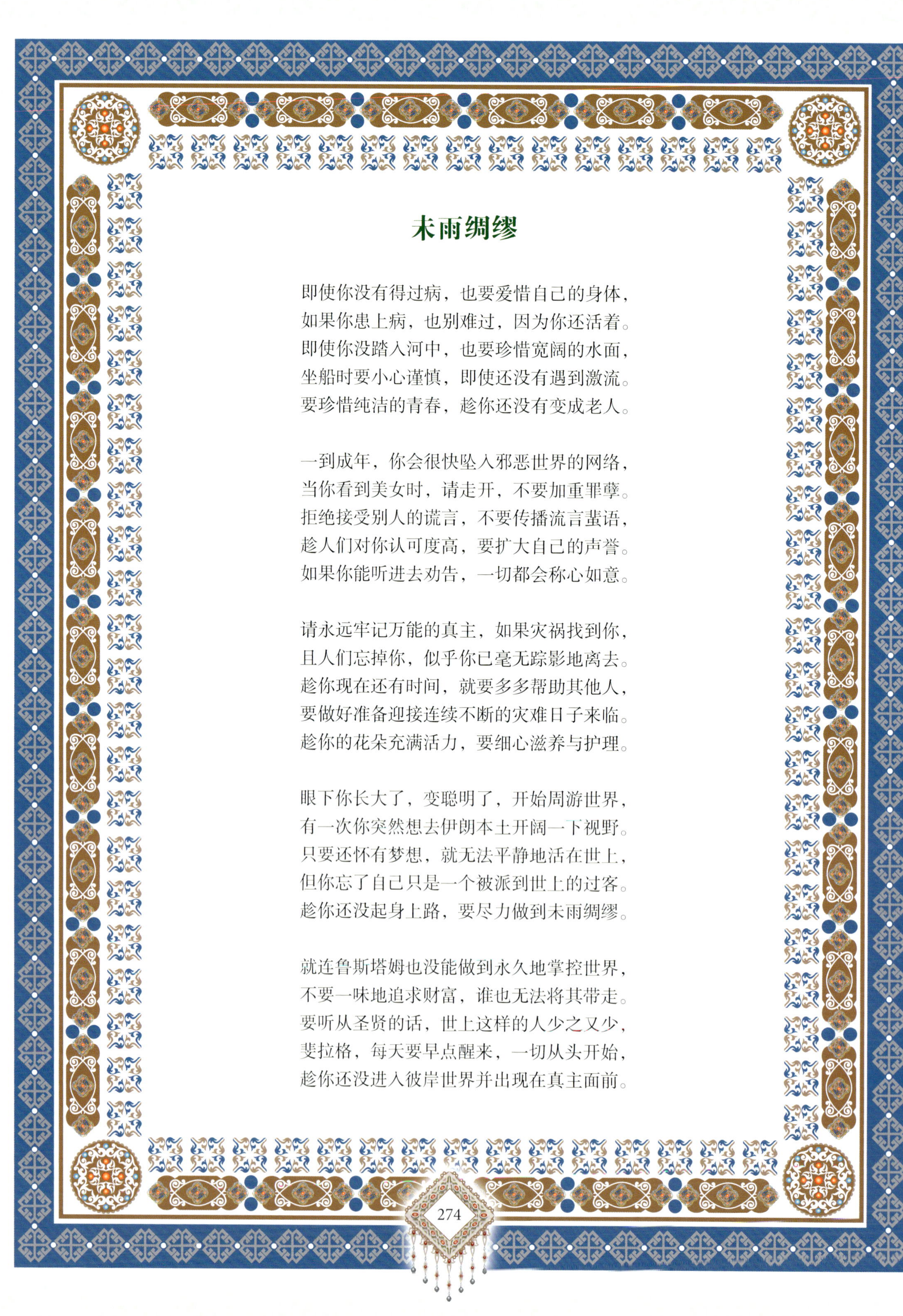

未雨绸缪

即使你没有得过病，也要爱惜自己的身体，
如果你患上病，也别难过，因为你还活着。
即使你没踏入河中，也要珍惜宽阔的水面，
坐船时要小心谨慎，即使还没有遇到激流。
要珍惜纯洁的青春，趁你还没有变成老人。

一到成年，你会很快坠入邪恶世界的网络，
当你看到美女时，请走开，不要加重罪孽。
拒绝接受别人的谎言，不要传播流言蜚语，
趁人们对你认可度高，要扩大自己的声誉。
如果你能听进去劝告，一切都会称心如意。

请永远牢记万能的真主，如果灾祸找到你，
且人们忘掉你，似乎你已毫无踪影地离去。
趁你现在还有时间，就要多多帮助其他人，
要做好准备迎接连续不断的灾难日子来临。
趁你的花朵充满活力，要细心滋养与护理。

眼下你长大了，变聪明了，开始周游世界，
有一次你突然想去伊朗本土开阔一下视野。
只要还怀有梦想，就无法平静地活在世上，
但你忘了自己只是一个被派到世上的过客。
趁你还没起身上路，要尽力做到未雨绸缪。

就连鲁斯塔姆也没能做到永久地掌控世界，
不要一味地追求财富，谁也无法将其带走。
要听从圣贤的话，世上这样的人少之又少，
斐拉格，每天要早点醒来，一切从头开始，
趁你还没进入彼岸世界并出现在真主面前。

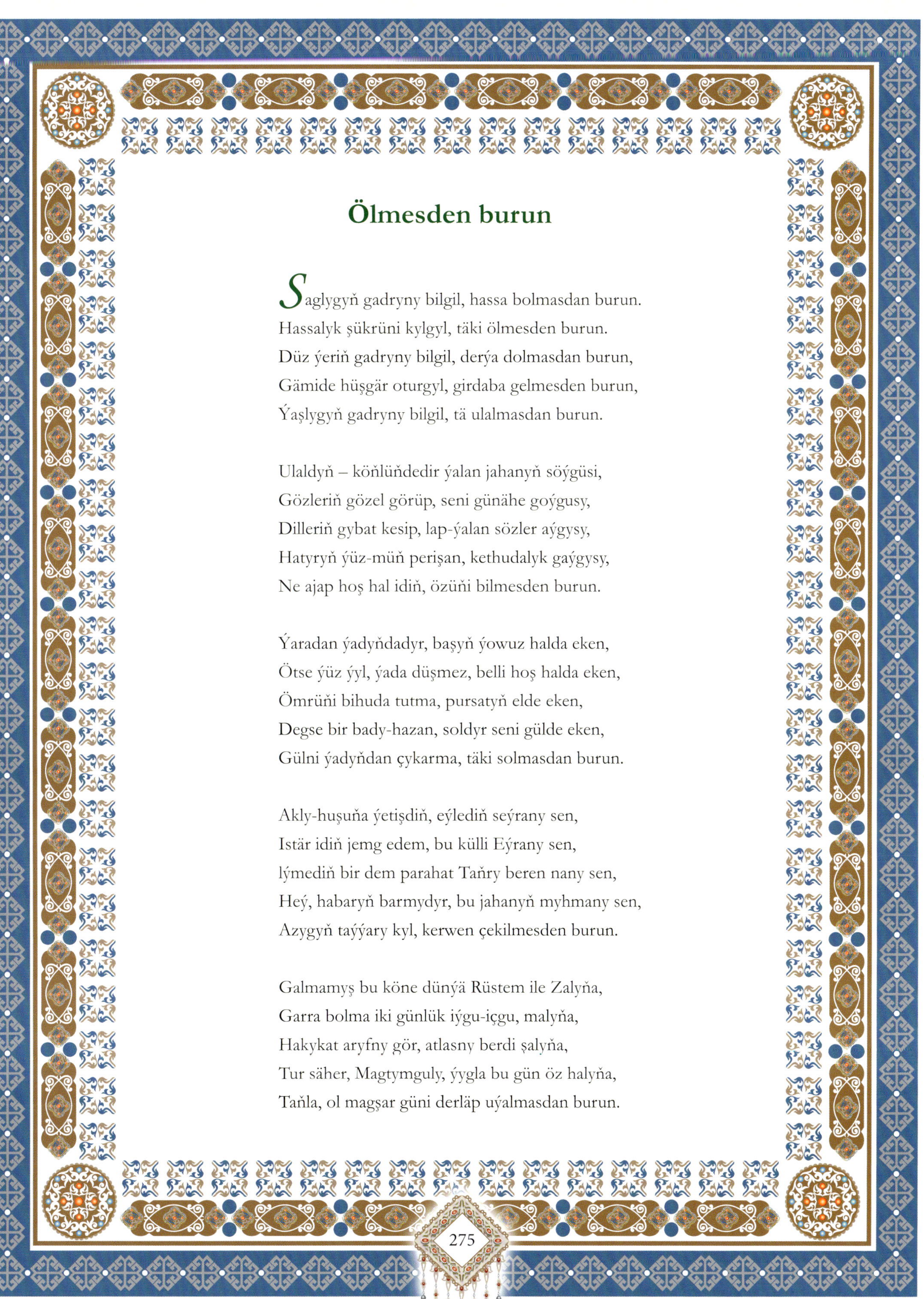

Ölmesden burun

Saglygyň gadryny bilgil, hassa bolmasdan burun.
Hassalyk şükrüni kylgyl, täki ölmesden burun.
Düz ýeriň gadryny bilgil, derýa dolmasdan burun,
Gämide hüşgär oturgyl, girdaba gelmesden burun,
Ýaşlygyň gadryny bilgil, tä ulalmasdan burun.

Ulaldyň – köňlüňdedir ýalan jahanyň söýgüsi,
Gözleriň gözel görüp, seni günähe goýgusy,
Dilleriň gybat kesip, lap-ýalan sözler aýgysy,
Hatyryň ýüz-müň perişan, kethudalyk gaýgysy,
Ne ajap hoş hal idiň, özüňi bilmesden burun.

Ýaradan ýadyňdadyr, başyň ýowuz halda eken,
Ötse ýüz ýyl, ýada düşmez, belli hoş halda eken,
Ömrüňi bihuda tutma, pursatyň elde eken,
Degse bir bady-hazan, soldyr seni gülde eken,
Gülni ýadyňdan çykarma, täki solmasdan burun.

Akly-huşuňa ýetişdiň, eýlediň seýrany sen,
Istär idiň jemg edem, bu külli Eýrany sen,
Iýmediň bir dem parahat Taňry beren nany sen,
Heý, habaryň barmydyr, bu jahanyň myhmany sen,
Azygyň taýýary kyl, kerwen çekilmesden burun.

Galmamyş bu köne dünýä Rüstem ile Zalyňa,
Garra bolma iki günlük iýgu-içgu, malyňa,
Hakykat aryfny gör, atlasny berdi şalyňa,
Tur säher, Magtymguly, ýygla bu gün öz halyňa,
Taňla, ol magşar güni derläp uýalmasdan burun.

倘若你……

如果你是一个爱吵架的鲁莽汉，
所有人与你交谈都会感到难堪。
与其面对一个满嘴胡言的伙伴，
不如面对一条忠诚的狗更舒坦。

命运的法则是逢场作戏和背弃，
你的所有财富不过是沧海一粟。
如果一个人由富翁变成穷光蛋，
所有亲人们都会纷纷与他疏远。

狗无论如何也不知道黄金贵重，
笨人怎么学习都改变不了本性。
如果你是一个懒虫加上寄生虫，
灾祸将把你牢牢地掌控在手中。

如果你能做到每天谦卑地祈祷，
真主一定会赐福予你作为回报。
如果你的行为违背了他的意愿，
他会扭过身去，不再瞅你一眼。

马赫图姆库里的话语寓意颇深，
任何人都能够在其中找到知音。
请记住，所有的人都会鄙视你
这种没有良心和不讲诚信的人。

Kararsyz ärden

Gördüksaýy köňül sowar,
Sabyrsyz-kararsyz ärden.
Yssy beren köpek ýegdir
Uýatsyz-ykrarsyz ärden.

Aýlandykça döwran, döwür,
Ykbalyň ýüz köýe öwir,
Dura-bara dosty sowyr,
Garyp galan barsyz ärden.

It zeriň minnetin çekmez,
Aňlamaza sözüm ýokmaz,
Köňlüň islän işler çykmaz,
Nan ýagysy – kärsiz ärden.

Her göz säherde bidardyr,
Eýesinden ülüş bardyr,
Hak, pygamber, halk bizardyr
Sözi ygtybarsyz ärden.

Magtymguly many saçar,
Her kim söz lezzetin içer,
Bara-bara köňül geçer
Täsibi ýok, arsyz ärden.

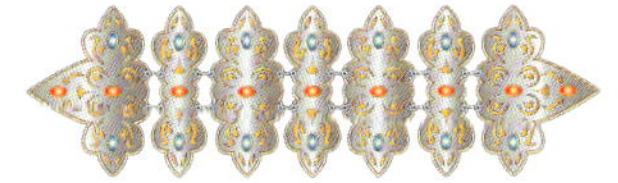

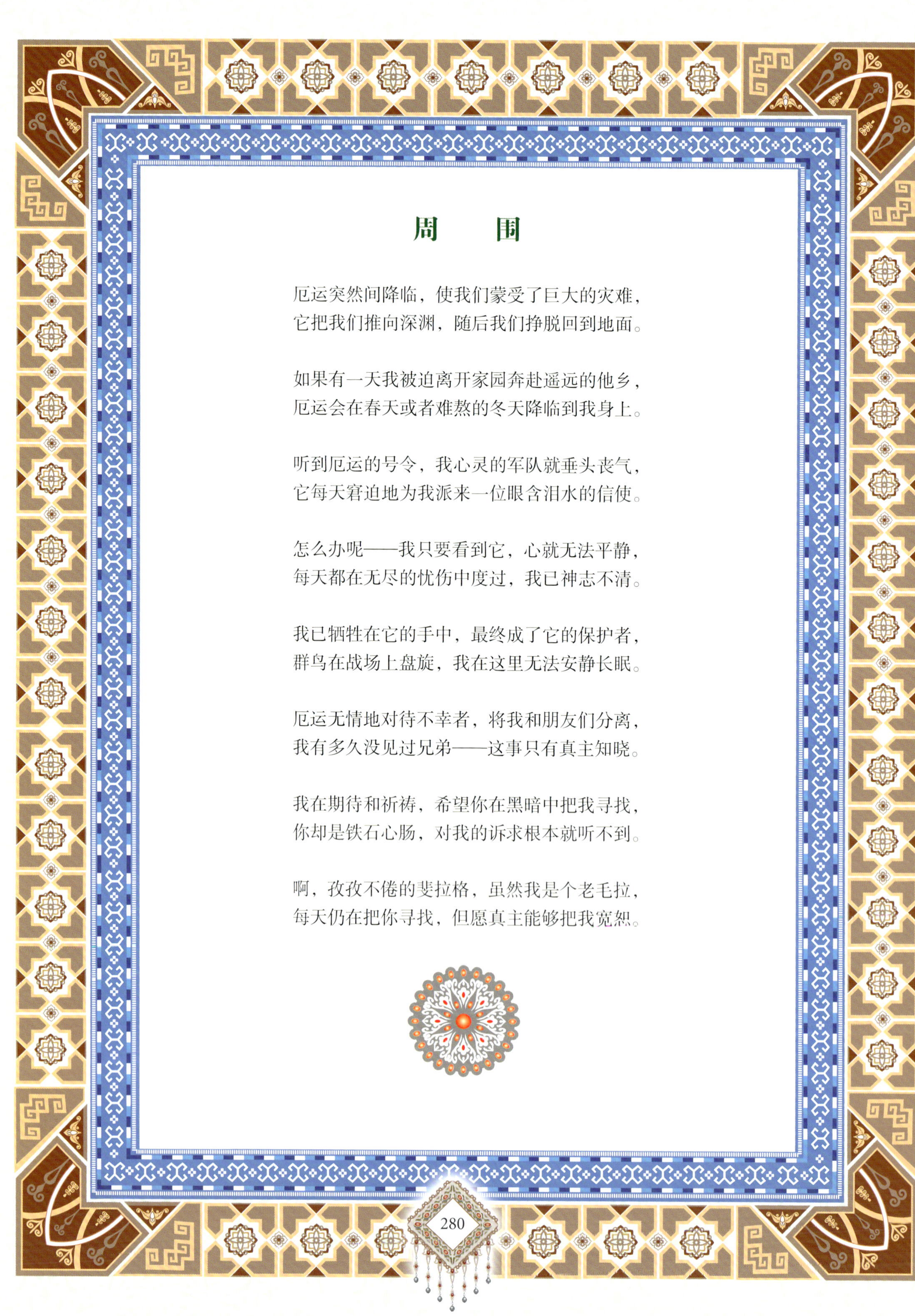

周　围

厄运突然间降临，使我们蒙受了巨大的灾难，
它把我们推向深渊，随后我们挣脱回到地面。

如果有一天我被迫离开家园奔赴遥远的他乡，
厄运会在春天或者难熬的冬天降临到我身上。

听到厄运的号令，我心灵的军队就垂头丧气，
它每天窘迫地为我派来一位眼含泪水的信使。

怎么办呢——我只要看到它，心就无法平静，
每天都在无尽的忧伤中度过，我已神志不清。

我已牺牲在它的手中，最终成了它的保护者，
群鸟在战场上盘旋，我在这里无法安静长眠。

厄运无情地对待不幸者，将我和朋友们分离，
我有多久没见过兄弟——这事只有真主知晓。

我在期待和祈祷，希望你在黑暗中把我寻找，
你却是铁石心肠，对我的诉求根本就听不到。

啊，孜孜不倦的斐拉格，虽然我是个老毛拉，
每天仍在把你寻找，但愿真主能够把我宽恕。

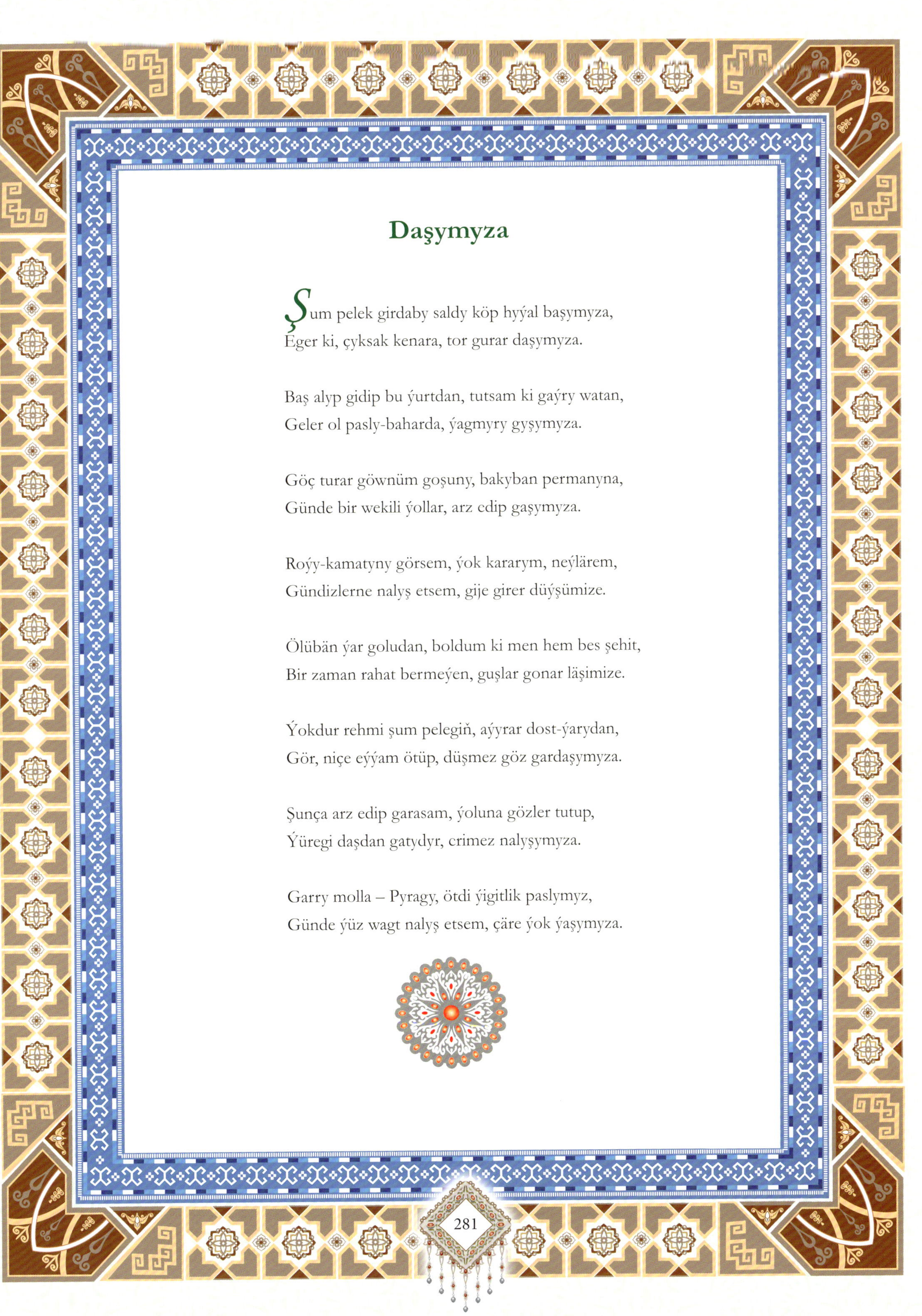

Daşymyza

Şum pelek girdaby saldy köp hyýal başymyza,
Eger ki, çyksak kenara, tor gurar daşymyza.

Baş alyp gidip bu ýurtdan, tutsam ki gaýry watan,
Geler ol pasly-baharda, ýagmyry gyşymyza.

Göç turar göwnüm goşuny, bakyban permanyna,
Günde bir wekili ýollar, arz edip gaşymyza.

Roýy-kamatyny görsem, ýok kararym, neýlärem,
Gündizlerne nalyş etsem, gije girer düýşümize.

Ölübän ýar goludan, boldum ki men hem bes şehit,
Bir zaman rahat bermeýen, guşlar gonar läşimize.

Ýokdur rehmi şum pelegiň, aýyrar dost-ýarydan,
Gör, niçe eýýam ötüp, düşmez göz gardaşymyza.

Şunça arz edip garasam, ýoluna gözler tutup,
Ýüregi daşdan gatydyr, erimez nalyşymyza.

Garry molla – Pyragy, ötdi ýigitlik paslymyz,
Günde ýüz wagt nalyş etsem, çäre ýok ýaşymyza.

他将成为可耻之徒

如果狂妄的埃米尔对待人民如此残酷，
终究有一天他会普遍遭到人民的诅咒。

如果他变得理智，应当着手做些正事，
履行埃米尔的使命，不辜负领袖美名。

如果你想要了解治理天下的各种事情，
那就最好向英明的埃米尔讨教和取经。

牧羊人也可以做埃米尔并把人民管理，
如果人民不驯顺，这对国家有害无利。

马赫图姆库里向所有的昏君发出怒吼，
百年过后，这些埃米尔将被人民诅咒。

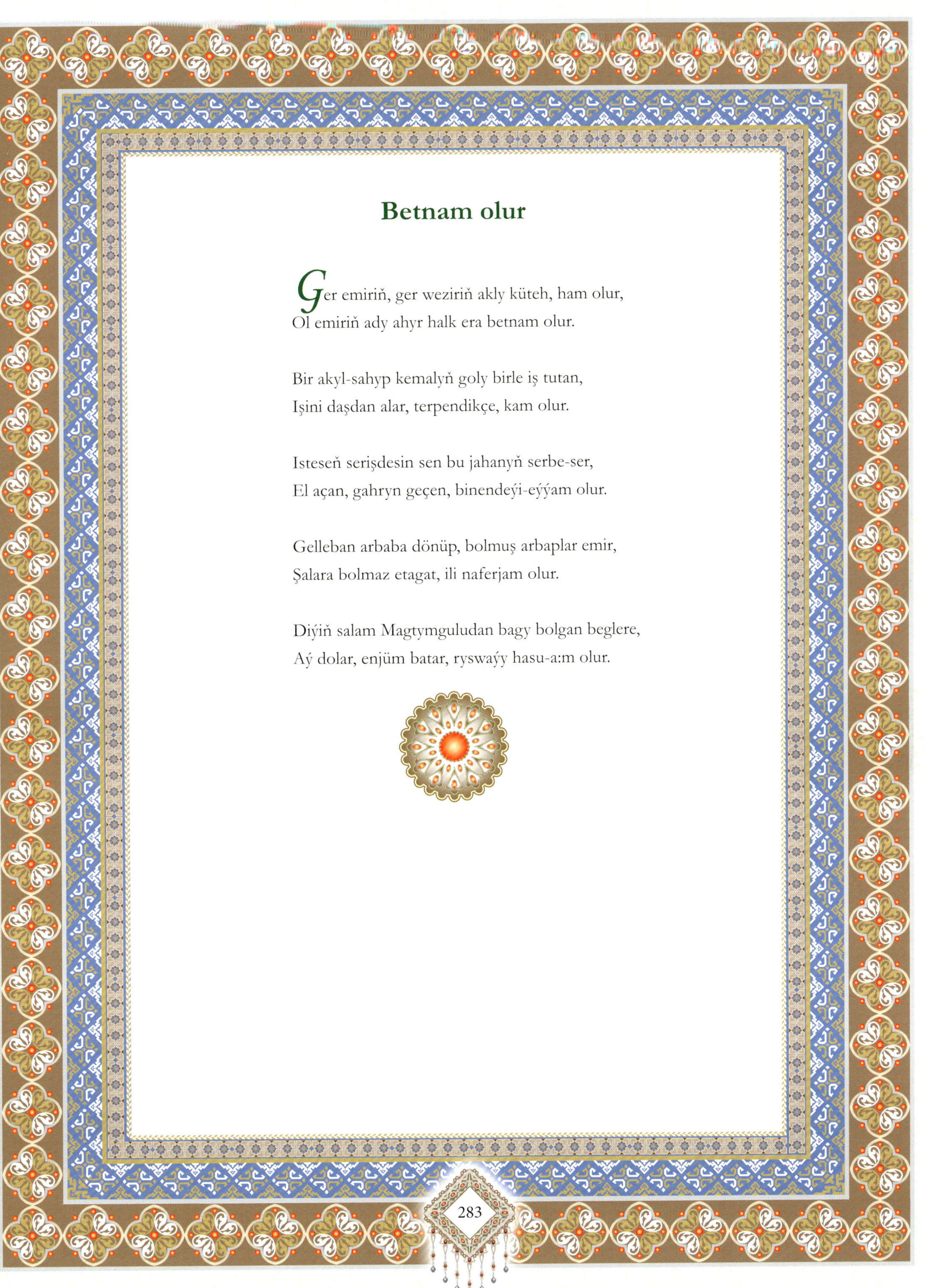

Betnam olur

Ger emiriň, ger weziriň akly küteh, ham olur,
Ol emiriň ady ahyr halk era betnam olur.

Bir akyl-sahyp kemalyň goly birle iş tutan,
Işini daşdan alar, terpendikçe, kam olur.

Isteseň serişdesin sen bu jahanyň serbe-ser,
El açan, gahryn geçen, binendeýi-eýýam olur.

Gelleban arbaba dönüp, bolmuş arbaplar emir,
Şalara bolmaz etagat, ili naferjam olur.

Diýiň salam Magtymguludan bagy bolgan beglere,
Aý dolar, enjüm batar, ryswaýy hasu-a:m olur.

灵　魂

我困惑不解——什么在折磨你，灵魂？！
啊，真主，这是异教徒的梦吗，灵魂？！

爱情如河流不见底，分离似火焰灼伤人，
受爱情伤害的人们全部如同飞蛾在燃烧。

谁不了解爱情之火，像飞蛾一样去追逐，
就注定会葬身火海，这世界危险又残酷。

以撒在那里无力呼吸，鲁格曼又聋又哑，
啊，真主，确实有让众人感到轻松的药！

如果爱情为所有活在世上的人带来灾祸，
灵魂就会在夜间与自己对话并闭门思过。

世上有多少不幸的人失去了自己的所有，
灵魂让我们承受损失，使我们免遭羞辱。

啊，马赫图姆库里，向真主提出祈求吧，
为何哭得如此伤心，要感谢命运的恩惠。

Köňül

Bilmezem hiç, kaýsy derdiň mübtelasydyr köňül,
Ýa, Rep, ol bir biwepanyň çoh höwäsidir köňül.

Yşk derýadyr, düýbi ýok, hijran bir otdur, öçme ýok,
Yşka meýl etgen bu otlarga ýanasydyr köňül.

Bilmeýen atmyş özün yşk oduga perwana dek,
Imdi bilmez çäresin kim, ne kylasydyr köňül.

Isanyň demi muhal, Lukman o ýerde güňu-lal,
Ýa, Rep, bu derdiň bu hal ne iş dowasydyr köňül.

Gerçe yşkyň derdidir diwanaýy jan apaty,
Aşna ähli bu gamny daýym aýasydyr köňül.

Niçe mährem binowalar tapdylar ondan nowa,
Manyg eden andan meni bagtym syýasydyr köňül.

Ýyglaýyp Magtymguly, dergähe arzyň edewer,
Ne üçin köp ýyglagan bir gün gülesidir köňül.

夺走生命

厄运把数不尽的瑰宝抛撒到人间，
它留下来的财富却没有主人来管。
不管谁，以何种代价把财富占有，
厄运不分青红皂白地把一切夺走。

它正在把群山崩裂，把石头劈散，
把各种类型的水源无情地蒸发干，
把周围的所有生命之物消灭干净，
残酷的厄运如此履行自己的使命。

厄运随心所欲地变换自己的模样，
只为圣人们把穆斯林的包头戴上，
它纵容凶恶的豺狼前去偷袭羊群，
从而关闭了无数只羊的生命之门。

啊，斐拉格，现在不要伤心难过。
那些美味佳肴已经变成穿肠毒药。
不管信仰已经成为多少人的快乐，
残酷的厄运还是夺走了大家的命。

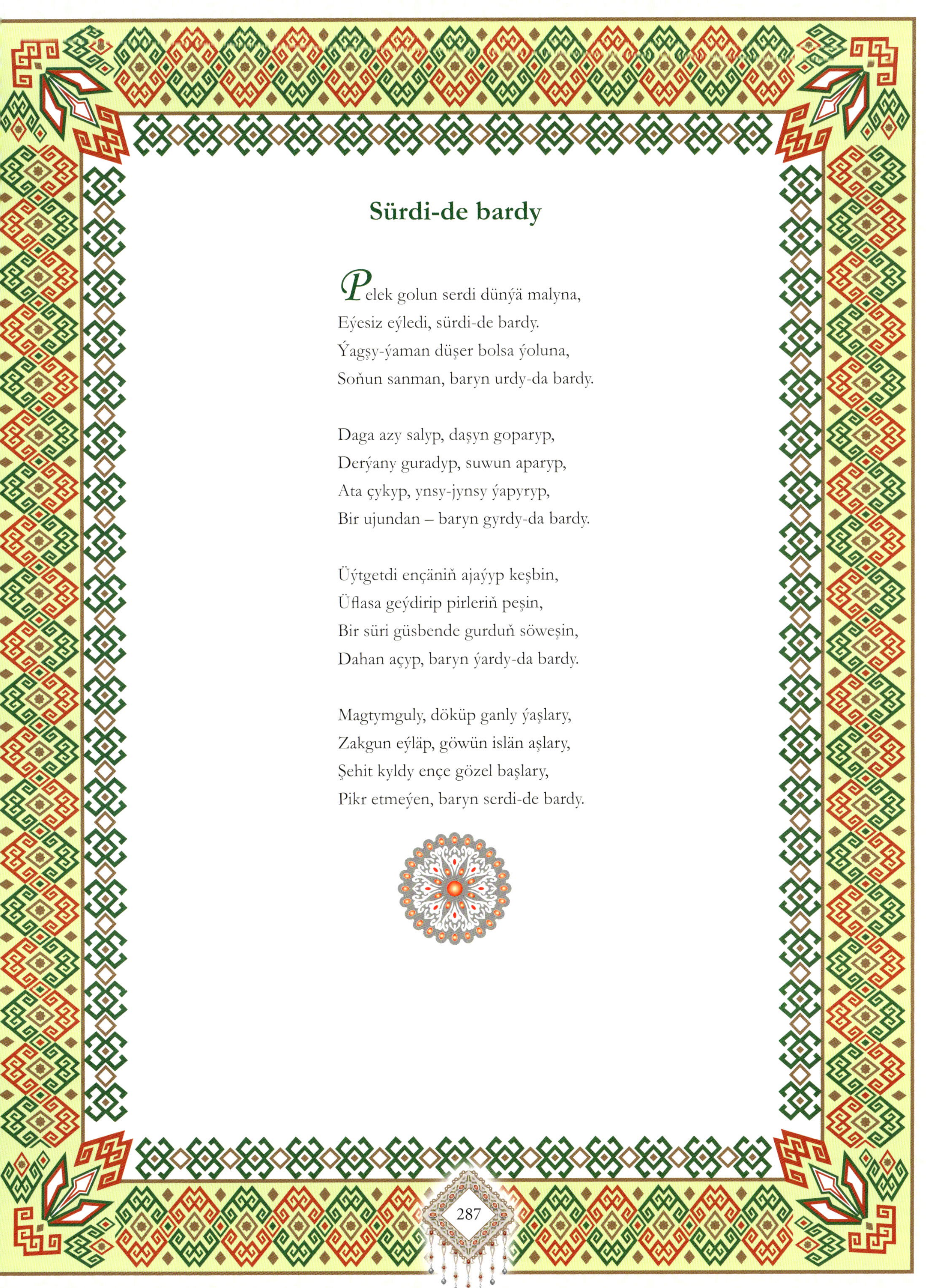

Sürdi-de bardy

Pelek golun serdi dünýä malyna,
Eýesiz eýledi, sürdi-de bardy.
Ýagşy-ýaman düşer bolsa ýoluna,
Soňun sanman, baryn urdy-da bardy.

Daga azy salyp, daşyn goparyp,
Derýany guradyp, suwun aparyp,
Ata çykyp, ynsy-jynsy ýapyryp,
Bir ujundan – baryn gyrdy-da bardy.

Üýtgetdi ençäniň ajaýyp keşbin,
Üflasa geýdirip pirleriň peşin,
Bir süri güsbende gurduň söweşin,
Dahan açyp, baryn ýardy-da bardy.

Magtymguly, döküp ganly ýaşlary,
Zakgun eýläp, göwün islän aşlary,
Şehit kyldy ençe gözel başlary,
Pikr etmeýen, baryn serdi-de bardy.

哎，莫骄傲！

哎，请不为拥有丰富的财产而骄傲，
你来自黑暗，最终也会把世界抛掉。
人世间的生活到处充斥着放纵堕落，
许多人在龌龊中找到天堂自得其乐。

人在地球上的命运充满了各种变数，
人们忍受着折磨，心里充满了痛苦。
英雄离开了，我们的世界遭受诅咒，
对于小人来说，垃圾就是蜜饯面包。

啊，年轻人，你的目光是多么纯洁！
赶快过来吧，请聆听一下我的训诫。
请到德尔维希[1]那里祈求衷心的祝福，
你要记住啊，德尔维希最接近真主！

生性吝啬的地主死后只能进入地狱，
谁对德尔维希进行恶意嘲笑与诽谤，
他将被诅咒，德尔维希似满月明亮，
地上的狗吠怎么能对月亮造成损伤？

在谎言流行的世界没有柔软的枕头，
聪明人能够在这句话中将真理悟透。
马赫图姆库里，请把那些真理牢记，
很快又会有新人降临到这个旧世界。

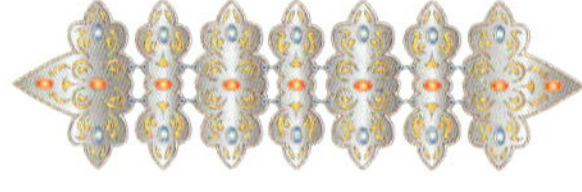

1　德尔维希是伊斯兰教的称谓，指伊斯兰教苏菲派教团的高级成员。

Gitdi bu raýa

Malyňa, mülküňe magrur olunma,
Eý, ýok ýerden gelen gitdi bu raýa.
Bolar-bolmaz işler üçin ulunma,
Çohlar gelip, batyp galmyş bu laýa.

Köp gerdişler geçirmişdir bu ýurtlar,
Niçe synalarda röwşen bu dertler,
Ýüz öwürdi mundan birniçe mertler,
Birniçeler bal diýp, batmyş belaýa.

Eý, akyly aryg ýigit, munda gel,
Birniçe sözüm bar, jandan gulak sal,
Nirde derwüş görseň, baryp, alkyş al,
Derwüşden ýeg hiç kim ýokdur Hudaýa!

Tamugyň dykanjy zekatsyz baýdyr,
Derwüşe tagn eden segi-bijaýdyr,
Derwüş ýerde – derýa, ýa gökde – Aýdyr,
Doňuz derýa neýlär, it üýrüp Aýa.

Ýalançy ýeri däl, adam uklasyn,
Kim gulak biýr, diňläp, sözüm haklasyn,
Magtymguly, nesihat kyl, saklasyn,
Täze gelen ärler köne saraýa.

要知道

核桃的硬壳连同郁金香花榨出的苦汁，
是一种将花白胡子变成黑色的染发剂。
如果你既狡猾又虚伪，言辞也不温和，
要知道，心灵的镜子生锈会失去光泽。

谁是恶性事件的主谋以及灾难的元凶，
不管在现世或在来世，他都不得安宁。
与人为善的处世态度有利于化敌为友，
邪恶不正的品性将彻底毁掉你的一生。

如果年轻人在思维和言语方面都很差，
他将一辈子作为受辱者躺在别人脚下。
得不到真主恩典的人会感到耻辱难堪，
他的心也会随之变成一块凝固的熔岩。

一个人像罪孽和苦难的产儿无家可归，
真理的教诲能够突然把他的灵魂唤回。
无法提前知道，造物主对待谁更友好，
当你做善事时，全身都将被荣耀笼罩。

斐拉格的语言虽然简短，但内涵丰富，
无知者把它嘲笑，聪明人则视为宝库。
土地有贫富差别，大丈夫们秉性各异，
很难让每个人对你的话做相同的解释。

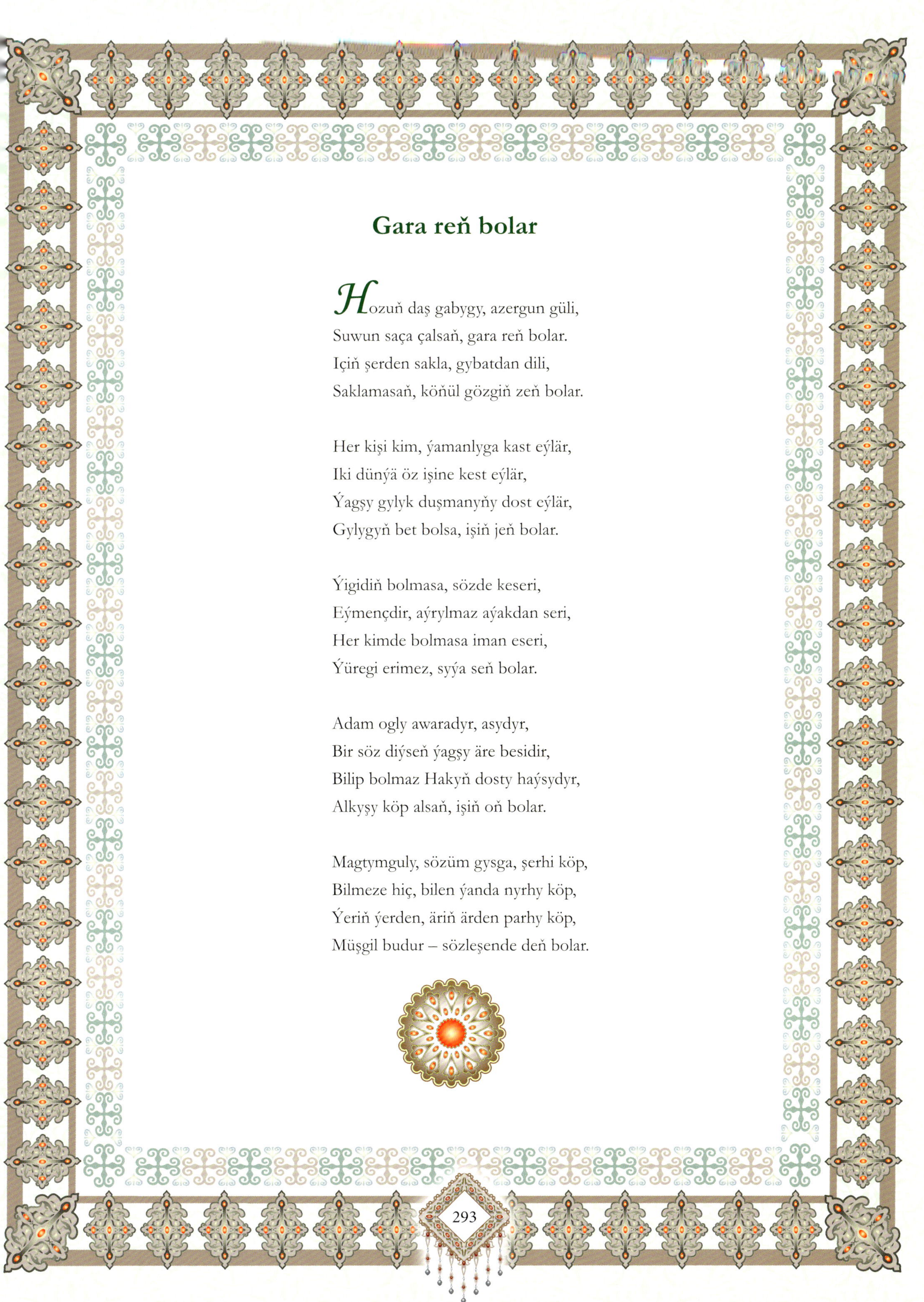

Gara reň bolar

Hozuň daş gabygy, azergun güli,
Suwun saça çalsaň, gara reň bolar.
Içiň şerden sakla, gybatdan dili,
Saklamasaň, köňül gözgiň zeň bolar.

Her kişi kim, ýamanlyga kast eýlär,
Iki dünýä öz işine kest eýlär,
Ýagşy gylyk duşmanyňy dost eýlär,
Gylygyň bet bolsa, işiň jeň bolar.

Ýigidiň bolmasa, sözde keseri,
Eýmençdir, aýrylmaz aýakdan seri,
Her kimde bolmasa iman eseri,
Ýüregi erimez, syýa seň bolar.

Adam ogly awaradyr, asydyr,
Bir söz diýseň ýagşy äre besidir,
Bilip bolmaz Hakyň dosty haýsydyr,
Alkyşy köp alsaň, işiň oň bolar.

Magtymguly, sözüm gysga, şerhi köp,
Bilmeze hiç, bilen ýanda nyrhy köp,
Ýeriň ýerden, äriň ärden parhy köp,
Müşgil budur – sözleşende deň bolar.

请保持平静

与没有福气的人交朋友注定你会倒霉，
还不如在有福气的人家里做一个仆人。
与懦夫交友无异于羞辱自己，年轻人，
还不如在英雄人物家里变成一粒尘土。

要常把目光停留在值得尊重的人身上，
海鸥把身体孱弱的雏鸥当作美女欣赏。
因为憎恨老狼，人们把怒气移至幼狼，
希望你能成为牧群中一只温顺的绵羊！

你想与苏莱曼齐名吗？快点躬下身子，
一只蚂蚁有些心里话想对你窃窃私语。
你想留下美名吧？请温存地对待人民，
希望你成为一缕清风或者潺潺的流水。

发财的私心贪欲会把你的好名声玷污，
狂妄自大无异于落入庸俗或走入歧途。
结交有智慧的人能够带来名誉和权力，
衷心希望你能成为聪明人的一枚金币。

马赫图姆库里，不管你多少次地叹息，
你一定会带着最后的一口气告别人世。
请做一个真正男子汉，不要祈求怜悯，
保持内心平静，全力做好长眠的准备。

Gul bolgul

Bir bidöwlet iliň begi bolynçaň,
Döwletliniň gapysynda gul bolgul.
Bedasyl beg gullugynda galynçaň,
Asyl begiň saýasynda kül bolgul.

Ýamany goý, ýagşylyga göz ildir,
Kelhemeç hem «Öz oglanym gözel diýr».
Gargyş gurduň zürýadyny azaldyr,
Goýun kimin çar tarapa il bolgul.

Süleýman sen, mura bir gulak goýgul,
Sözüni diňlegil, jogabyn aýgyl,
Häkim bolsaň, halky Gün kibi çoýgul,
Akarda suw, ýa öserde ýel bolgul.

Ne işdendir – ýatyp, nebsiň besleseň,
Akmaklykdyr özüň ýagşy toslasaň,
Her bazarda rowaç bolmak isleseň,
Ýagşylaryň kisesinde pul bolgul.

Magtymguly, bardyr demiň hesibi,
Ir-giç ýeter her bendäniň nesibi,
Kişi bolsaň, goýgul gury täsibi,
Ýagşy, ýaman, barçalara dil bolgul.

命运之轮

啊，命运之轮，它是否马上来临？
看，它是否在急转又是否会失控？
整个大地已经被英雄的鲜血浸透，
大地是否会解渴又是否会被呛着？

厄运的颌骨已经被鲜血染得通红，
它对人，像狼对山羊，从不宽容。
它用可怕的獠牙把每一个人撕咬，
它是否会住嘴又是否会狰狞一笑？

厄运没带镰刀，凭借着大手施暴。
杀人不用绞索，折磨人不用皮鞭。
人被厄运的铁蹄压倒，躺在地上，
他是否能痊愈又是否能恢复正常？

厄运，你违心地活着，为所欲为。
只要你在天空中展开自己的翅膀，
瞬间让所有人感到毁灭降临头上。
每个人是否为死人的苍白而恐慌？

马赫图姆库里，还是真诚祈祷吧！
请在黎明时分把苦痛向真主倾诉。
当魔鬼应众人恳求发放馈赠品时，
可否将这些馈赠品改由真主赐予？

Gelmezmi?

Pelek, seniň bu döwletli gerdanyň,
Biziň sary öwrülmezmi, gelmezmi?
Läşin ýere saldyň niçe merdanyň,
Zemin ynsap eýlemezmi, dolmazmy?

Dünýä, seniň bu gezekli gerdişiň,
Gyzyl gandan gyrmyz bolupdyr dişiň,
Geçi-gurt dostlugna meňzär edişiň,
Gamly şat olmazmy, aglan gülmezmi?

Oraksyz orar sen, tygsyz keser sen,
Ýumruksyz ýüzer sen, ýüpsüz asar sen,
El-aýaksyz bir bihabar basar sen,
Ýykan basar ýatar, gaýdyp galmazmy?

Pelek oýnap utar uruşsaň, söýseň,
Göwräňi göterip, ganatyň ýaýsaň,
Ölüm zulmun adam boýnuna goýsaň,
Gorkusyndan saralmazmy, solmazmy?

Magtymguly, her säherden-sabadan,
Haly galma bu nalyşdan, dogadan,
Butparazlar butdan alsa myradyn,
Hajatyny Hakdan dilän almazmy?

请自己馈赠

如果你积累了相当多的财富，
请把其中一小部分发给穷人！
如果你拒绝天课[1]，苦难将至，
按照真主旨意，你将下地狱！

为撒旦卖命，注定要毁掉你，
侍奉真主能够让撒旦远离你。
真主对济贫的人保持着偏爱，
总是对他们赐予特殊的呵护。

为了使自己的家庭安康富足，
年轻人甘愿牺牲，义无反顾。
财富与罪恶历来就相伴而生，
财富并不能保护你逃过死亡。

有些人想行好却做成了坏事，
相当于把黄金变为普通沙子。
那些选择其他路径行进的人，
最终将会为这一切付出代价。

在你死后妻子会找别的男人，
请把你的财富分发给孩子们。
你将随着棺材在地狱里被焚，
万能的真主迎接你这个罪人。

趁现在活着，要为真主行善，
即使富有，也别把信仰背叛。

1　天课是指把个人财富按照份额分享给穷人使用。按照伊斯兰教的规定，当穆斯林的个人资产超过一定数额时，他需要按一定比例缴纳天课税，用于施舍穷人和其他需求者。只有这样，穆斯林所拥有的资产才是干净无暇的。

要帮助饥饿和穷困潦倒的人，
希望你成为所有人的好榜样。

要心甘情愿地交出你的馈赠，
在你死后亲人们会永远铭记。
啊，斐拉格，你经历了磨难，
死后还会有其他苦难等着你。

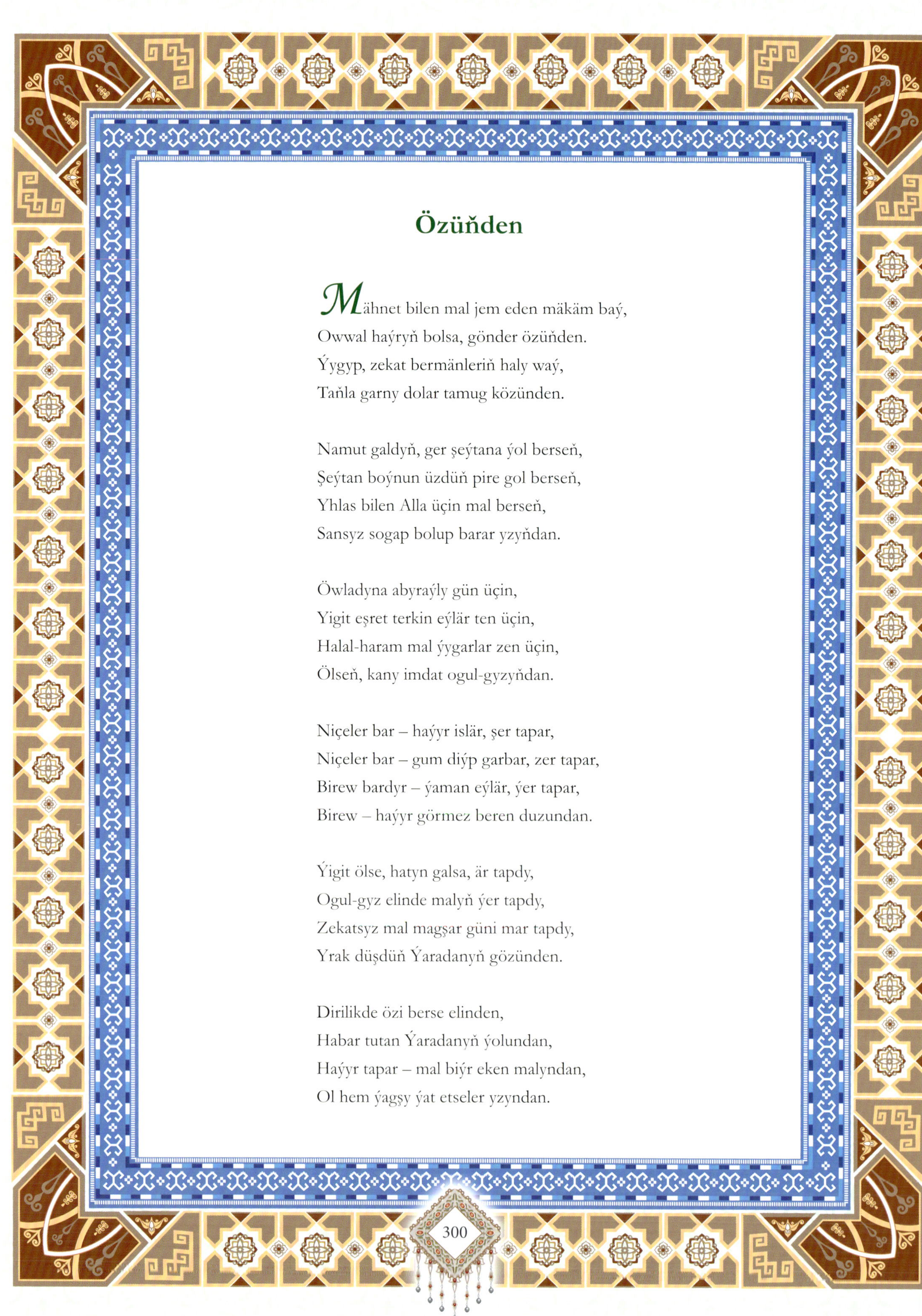

Özüňden

Mähnet bilen mal jem eden mäkäm baý,
Owwal haýryň bolsa, gönder özüňden.
Ýygyp, zekat bermänleriň haly waý,
Taňla garny dolar tamug közünden.

Namut galdyň, ger şeýtana ýol berseň,
Şeýtan boýnun üzdüň pire gol berseň,
Yhlas bilen Alla üçin mal berseň,
Sansyz sogap bolup barar yzyňdan.

Öwladyna abyraýly gün üçin,
Yigit eşret terkin eýlär ten üçin,
Halal-haram mal ýygarlar zen üçin,
Ölseň, kany imdat ogul-gyzyňdan.

Niçeler bar – haýyr islär, şer tapar,
Niçeler bar – gum diýp garbar, zer tapar,
Birew bardyr – ýaman eýlär, ýer tapar,
Birew – haýyr görmez beren duzundan.

Ýigit ölse, hatyn galsa, är tapdy,
Ogul-gyz elinde malyň ýer tapdy,
Zekatsyz mal magşar güni mar tapdy,
Yrak düşdüň Ýaradanyň gözünden.

Dirilikde özi berse elinden,
Habar tutan Ýaradanyň ýolundan,
Haýyr tapar – mal biýr eken malyndan,
Ol hem ýagşy ýat etseler yzyndan.

Saglygyňda el barmasa bermäge,
Gyýmasalar galanlar gol germäge,
Magtymguly aýdar, azap görmäge,
Kyýamat garasy gitmez ýüzüňden.

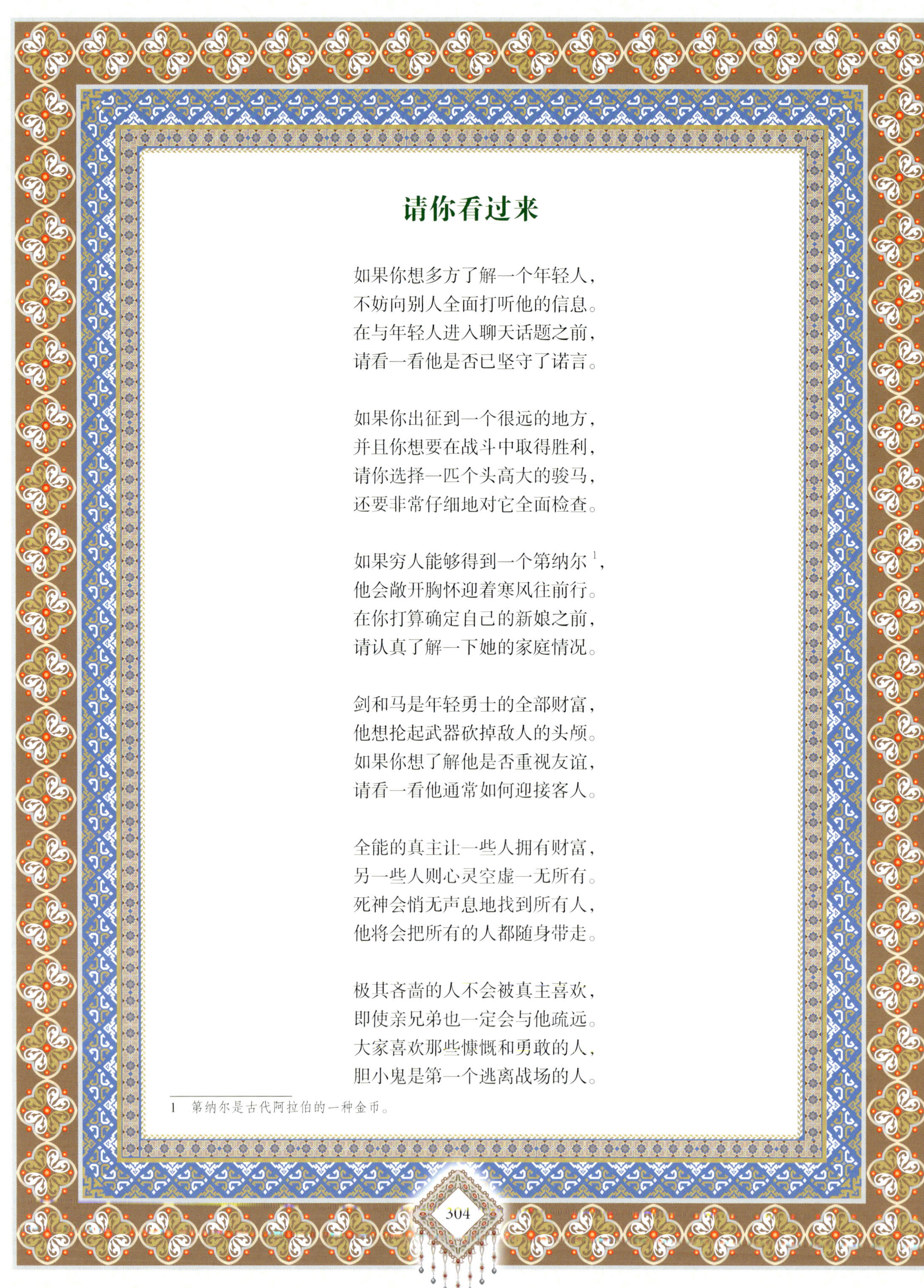

请你看过来

如果你想多方了解一个年轻人，
不妨向别人全面打听他的信息。
在与年轻人进入聊天话题之前，
请看一看他是否已坚守了诺言。

如果你出征到一个很远的地方，
并且你想要在战斗中取得胜利，
请你选择一匹个头高大的骏马，
还要非常仔细地对它全面检查。

如果穷人能够得到一个第纳尔[1]，
他会敞开胸怀迎着寒风往前行。
在你打算确定自己的新娘之前，
请认真了解一下她的家庭情况。

剑和马是年轻勇士的全部财富，
他想抡起武器砍掉敌人的头颅。
如果你想了解他是否重视友谊，
请看一看他通常如何迎接客人。

全能的真主让一些人拥有财富，
另一些人则心灵空虚一无所有。
死神会悄无声息地找到所有人，
他将会把所有的人都随身带走。

极其吝啬的人不会被真主喜欢，
即使亲兄弟也一定会与他疏远。
大家喜欢那些慷慨和勇敢的人，
胆小鬼是第一个逃离战场的人。

1　第纳尔是古代阿拉伯的一种金币。

胆小鬼在战场上总是逃避死亡，
只有在家里他才敢大胆逞凶狂。
勇敢的人为了祖国能舍弃生命，
人们将永远不会忘记他的英名。

暴君把怜悯之心早已忘在脑后，
开始无情地搜刮人民施行暴行。
所有的人都把灵魂抵押给魔鬼，
彼此相互送钱，财富不断积累。

只有一件事总是需要撒旦配合，
将那些精神脆弱的人引向罪恶。
它想让虔诚的信徒把信仰放弃，
并让他们跟随自己走进泥潭里。

勇敢的人对欢乐可谓来者不拒，
欢乐能够熄灭内心积存的怨气。
他不会把仇恨深深埋藏在心底，
只有坏人内心怀有很重的恶气。

斐拉格，你与亲近的人相分离，
也可以与他乡的人们结交友谊。
只是需要把双手递给诚实的人，
让那些品德不端的人靠边回避。

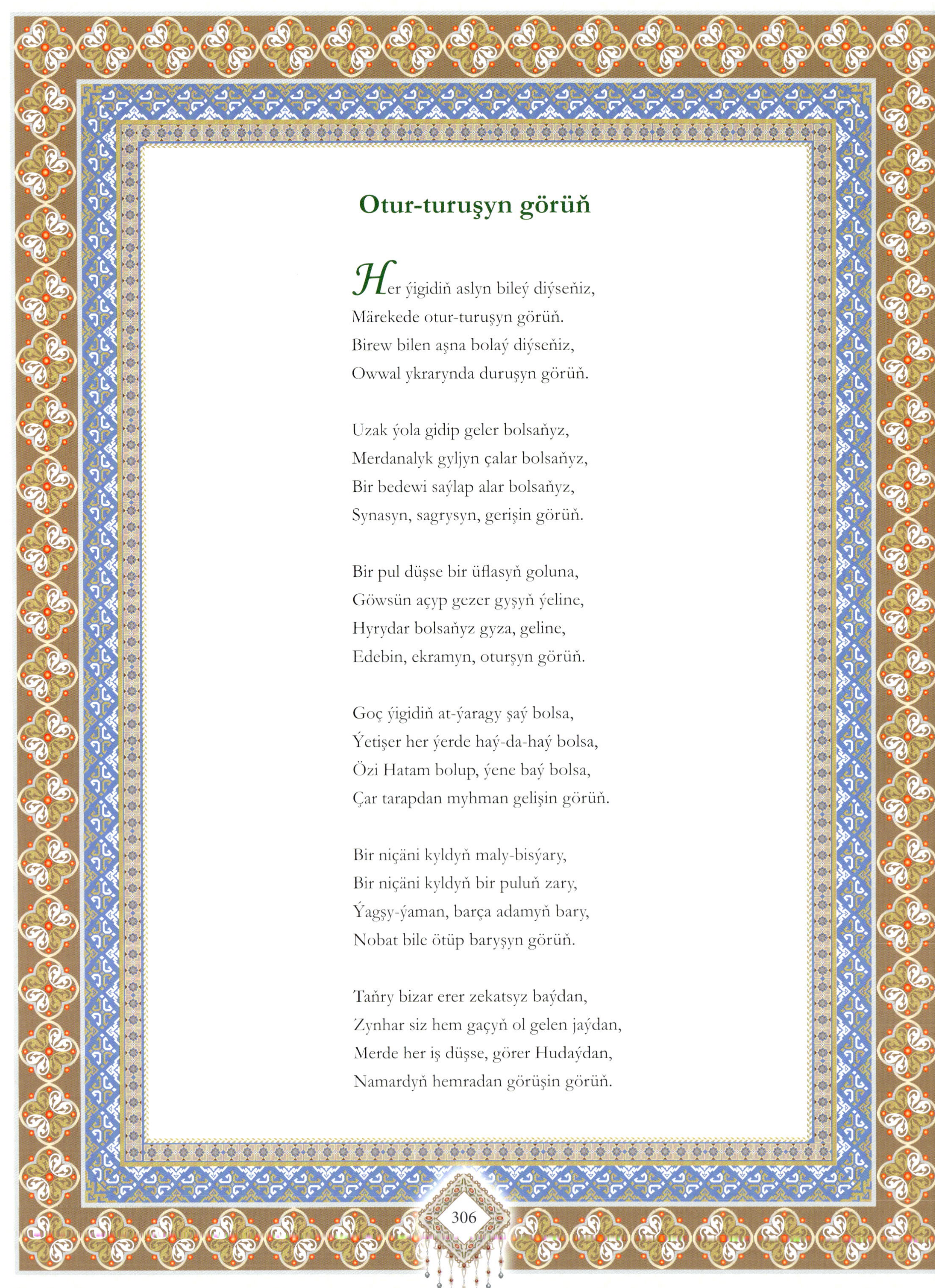

Otur-turuşyn görüň

Her ýigidiň aslyn bileý diýseňiz,
Märekede otur-turuşyn görüň.
Birew bilen aşna bolaý diýseňiz,
Owwal ykrarynda duruşyn görüň.

Uzak ýola gidip geler bolsaňyz,
Merdanalyk gyljyn çalar bolsaňyz,
Bir bedewi saýlap alar bolsaňyz,
Synasyn, sagrysyn, gerişin görüň.

Bir pul düşse bir üflasyň goluna,
Göwsün açyp gezer gyşyň ýeline,
Hyrydar bolsaňyz gyza, geline,
Edebin, ekramyn, oturşyn görüň.

Goç ýigidiň at-ýaragy şaý bolsa,
Ýetişer her ýerde haý-da-haý bolsa,
Özi Hatam bolup, ýene baý bolsa,
Çar tarapdan myhman gelişin görüň.

Bir niçäni kyldyň maly-bisýary,
Bir niçäni kyldyň bir puluň zary,
Ýagşy-ýaman, barça adamyň bary,
Nobat bile ötüp baryşyn görüň.

Taňry bizar erer zekatsyz baýdan,
Zynhar siz hem gaçyň ol gelen jaýdan,
Merde her iş düşse, görer Hudaýdan,
Namardyň hemradan görüşin görüň.

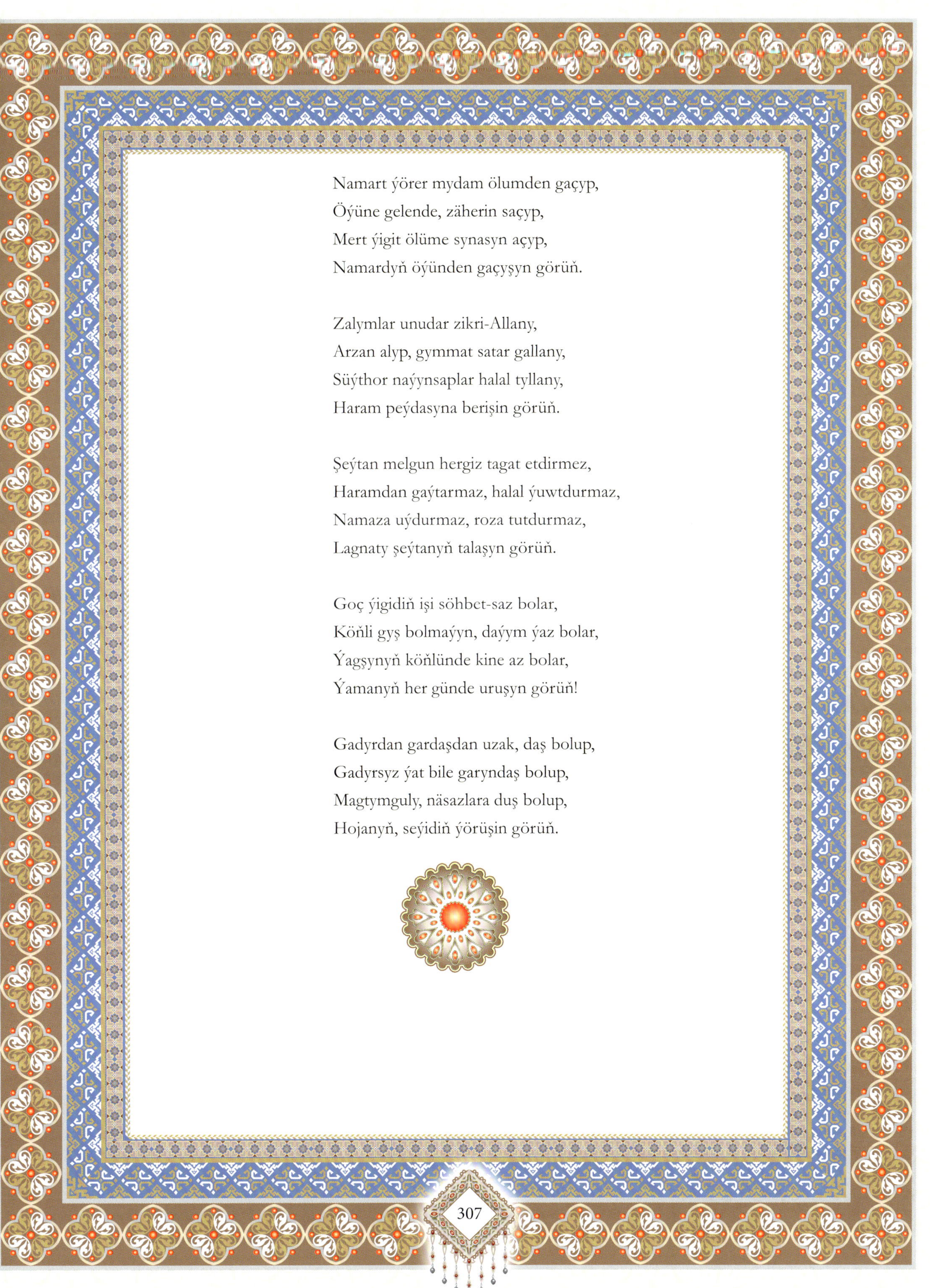

Namart ýörer mydam ölumden gaçyp,
Öýüne gelende, zäherin saçyp,
Mert ýigit ölüme synasyn açyp,
Namardyň öýünden gaçyşyn görüň.

Zalymlar unudar zikri-Allany,
Arzan alyp, gymmat satar gallany,
Süýthor naýynsaplar halal tyllany,
Haram peýdasyna berişin görüň.

Şeýtan melgun hergiz tagat etdirmez,
Haramdan gaýtarmaz, halal ýuwtdurmaz,
Namaza uýdurmaz, roza tutdurmaz,
Lagnaty şeýtanyň talaşyn görüň.

Goç ýigidiň işi söhbet-saz bolar,
Köňli gyş bolmaýyn, daýym ýaz bolar,
Ýagşynyň köňlünde kine az bolar,
Ýamanyň her günde uruşyn görüň!

Gadyrdan gardaşdan uzak, daş bolup,
Gadyrsyz ýat bile garyndaş bolup,
Magtymguly, näsazlara duş bolup,
Hojanyň, seýidiň ýörüşin görüň.

微　笑

如果战马没参加战斗就倒下，那多可惜，
请告诉大家你为真理赴汤蹈火，年轻人！
我们大家都会死亡，但是生活充满活力，
一旦有快乐到来，请即时享乐不要吝惜。

有的年轻人总是喜欢嘟囔着别人的话语，
有的年轻人则心潮澎湃如熔炉沸腾不已。
在最关键的时刻只要拽一下勇士的马蹄，
马就会立刻静下来，仿佛被埋进了土里。

结了婚的男子有时也经受着残酷的磨难，
他会将嘴唇紧闭，眼睛死死地盯着地面。
好像一个中了毒的人，他开始提前衰老，
爱吵架的妻子会导致其丈夫的寿命减少。

我非常愿意拿一百个懦夫换来一个勇士，
勇士对人民的荣誉比自己的生命还珍惜。
在微风吹动的状态下懦夫幻想敌人来临，
他头也不回疾驰而去，寻找可耻的命运。

马赫图姆库里，送人劝告应当灵活表述，
凡事非亲眼所见，可能会出现判断错误。
慷慨好客的人总是面带微笑颇惹人喜爱，
只要客人前来敲门，吝啬鬼就会躲起来！

Meýdan ýoluksa

Bedew ölse, meýdan galar armanly,
Hak yşkyna at sal meýdan ýoluksa,
Är ölejek, heňňam galar döwranly,
Wagtyňy hoş geçir, döwran ýoluksa.

Ýigit bardyr – sözün tapmaz, surrudar,
Ýigit bardyr – demi daşlar erider,
Jaý ýerinde gaýra galsa garrydar,
Goç ýigidiň aty çaman ýoluksa.

Işi dürs gelmez köňül çenine,
Dodagyny dişläp, «ah» diýr zenine,
Ýylan zähri bolup ýaýryr tenine,
Ýigit garryr hatyn ýaman ýoluksa.

Ýüz namart ýerini tutmaz bir merdiň,
Mert çeker täsibin iliniň – ýurduň,
Bitiren işini, görüň namardyň –
Jeňdir diýip gaçar duman ýoluksa.

Magtymguly, öwüt bergin söz bile,
Eşiden deň bolmaz, gören göz bile,
Mert çykar myhmana güler ýüz bile,
Namart özün gizlär myhman ýoluksa.

其他人

有些人慷慨宽宏把穷人养活，
有些巴依[1]花个铜币都不舍得。
你准备把世界献给一位美女，
对其他人却明令禁止发供给。

不要把眼睛转向妒忌者的脸，
永远也不要与他们共同进餐。
不要瞧不起命运悲惨的奴隶，
有些富人与奴隶们相差无几。

一匹忠诚的好马比钻石贵重，
主人不会舍得把它卖给苏丹。
这匹马价值连城无人买得起，
其他的马装马鞍甚至都不值。

战事紧急时需要勇敢的朋友，
一起睡觉的战友变成好兄弟。
好儿子和好妻子让我们快乐，
这样的福分不是人人都能得。

马赫图姆库里，世上乐事很多，
吃、喝、爱、骑，可逐一说说。
虔诚的信徒每天都坚持做礼拜，
其他人则对躬身低头颇不喜爱。

1 巴依指中亚一带的大财主、大地主和大牧主。

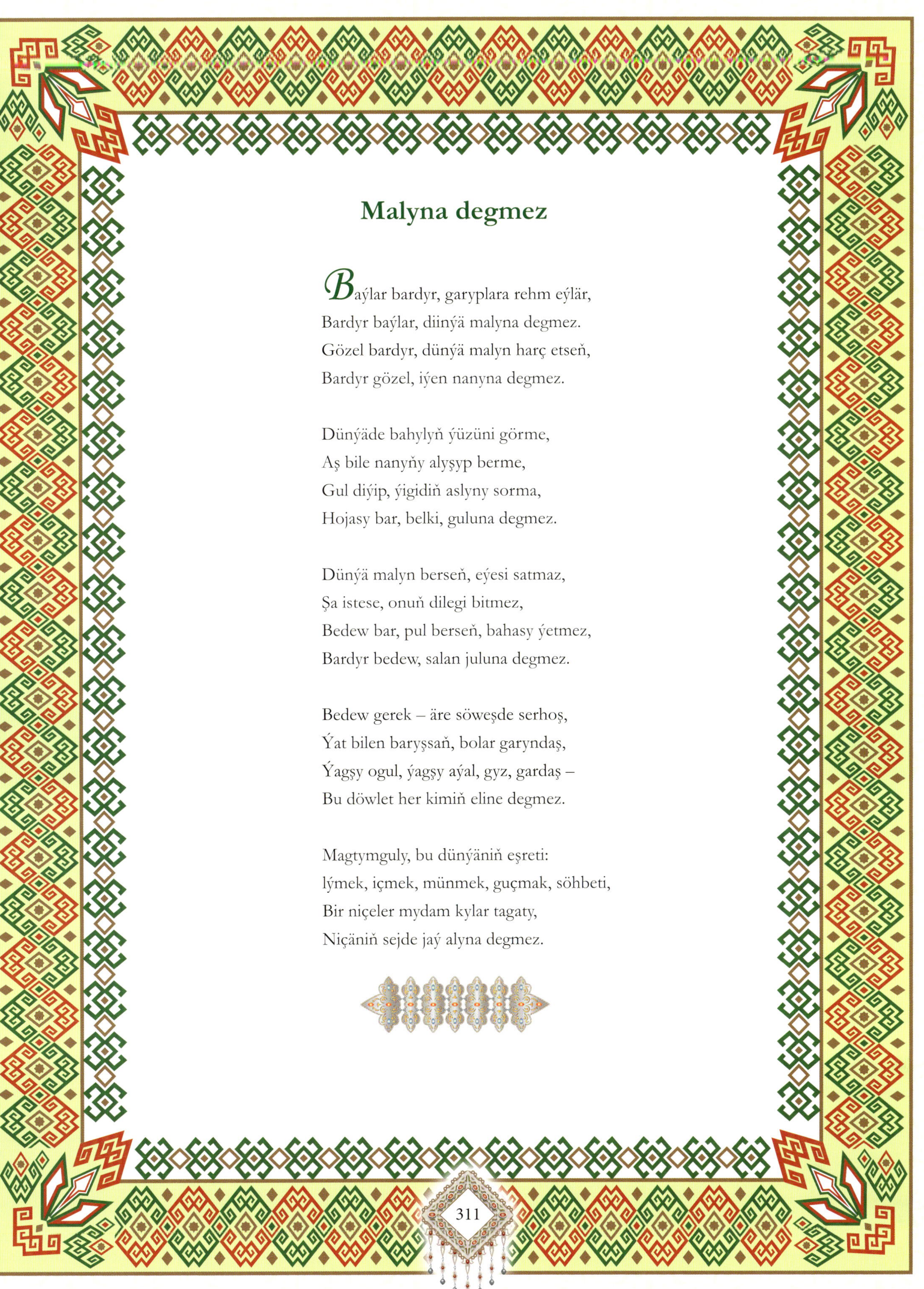

Malyna degmez

Baýlar bardyr, garyplara rehm eýlär,
Bardyr baýlar, diinýä malyna degmez.
Gözel bardyr, dünýä malyn harç etseň,
Bardyr gözel, iýen nanyna degmez.

Dünýäde bahylyň ýüzüni görme,
Aş bile nanyňy alyşyp berme,
Gul diýip, ýigidiň aslyny sorma,
Hojasy bar, belki, guluna degmez.

Dünýä malyn berseň, eýesi satmaz,
Şa istese, onuň dilegi bitmez,
Bedew bar, pul berseň, bahasy ýetmez,
Bardyr bedew, salan juluna degmez.

Bedew gerek – äre söweşde serhoş,
Ýat bilen baryşsaň, bolar garyndaş,
Ýagşy ogul, ýagşy aýal, gyz, gardaş –
Bu döwlet her kimiň eline degmez.

Magtymguly, bu dünýäniň eşreti:
Iýmek, içmek, münmek, guçmak, söhbeti,
Bir niçeler mydam kylar tagaty,
Niçäniň sejde jaý alyna degmez.

云雾升起

所有的山顶都笼罩在云雾中，
很快云雾在徐徐地向上蒸腾。
花园里能听得到夜莺的啼鸣，
暴雨将至，美景也随之隐去。

那些心存感恩的人结成团队，
到处可见大规模聚集的人群。
那个今日刚刚登上宝座的人，
明天要下台，世界即将醒来。

那些湍急和汹涌澎湃的大江，
不可能在云雾中静静地流淌。
一群狂人用谎言把世界哄骗，
真主转身离去，生命被隐蔽。

伊斯坎德尔曾主宰世界局势，
挥舞宝剑的鲁斯塔姆已逝去。
赫兹雷特[1]曾与父亲一起杀敌，
如今也不可能从坟墓中站起。

戈伦已被无底的泥潭所吞噬，
每个人都会有一天迎来死期。
苏莱曼离开人世后去了天堂，
大海为失去他哭泣无限悲伤。

我不忍心去清点死者的人数，
只有疯了才会把它们计算出。
马赫图姆库里，朝霞已升起，
幸福的人民把信仰牢牢确立。

1　赫兹雷特·阿里（也译作哈兹拉特·阿里）是伊斯兰教宗教学者，出生于1238年。他以博学多识、勇敢、忠诚和对宗教的笃信受到穆斯林的普遍尊重，被尊奉为先知穆罕默德的真正继承人。

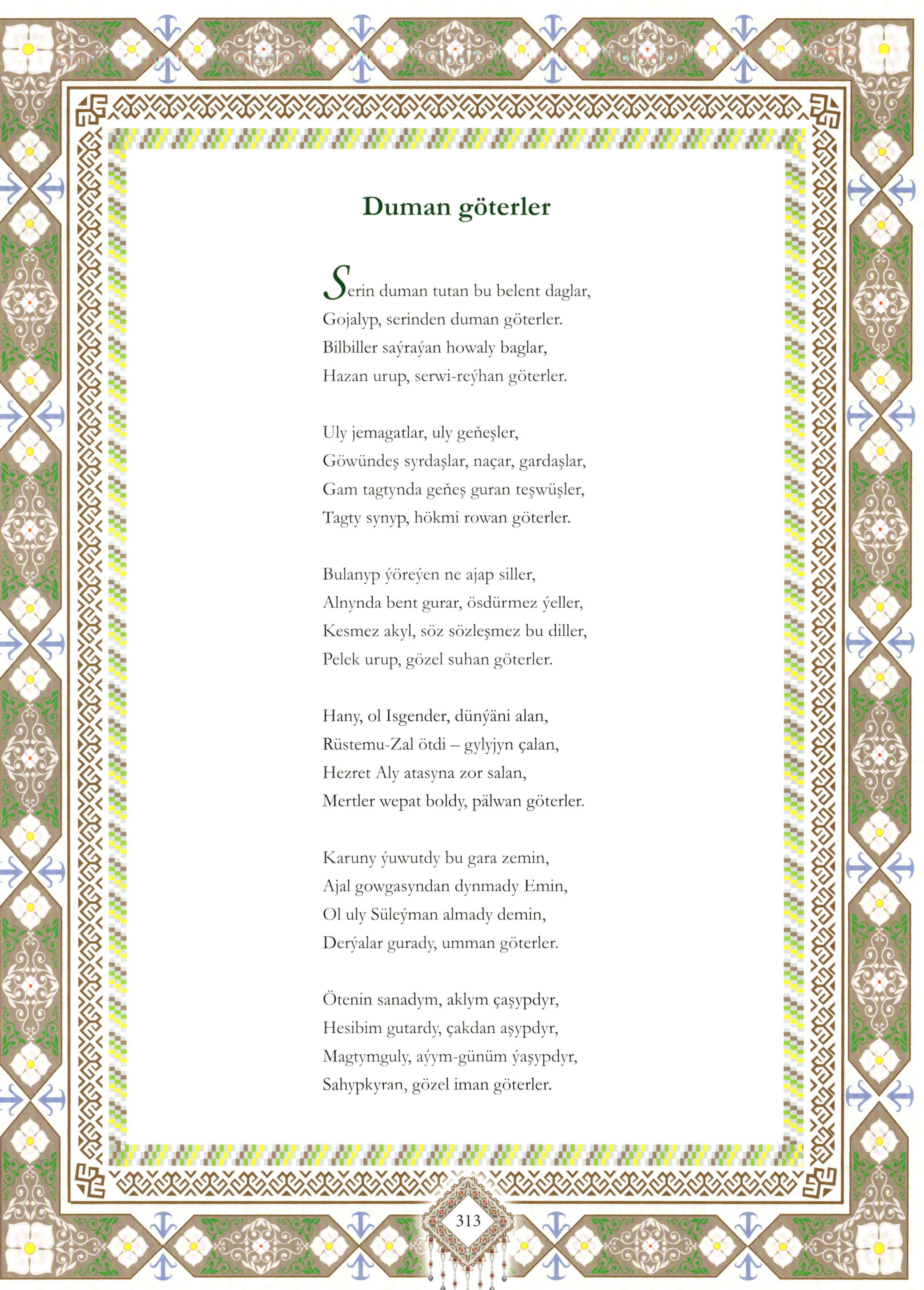

Duman göterler

Serin duman tutan bu belent daglar,
Gojalyp, serinden duman göterler.
Bilbiller saýraýan howaly baglar,
Hazan urup, serwi-reýhan göterler.

Uly jemagatlar, uly geňeşler,
Göwündeş syrdaşlar, naçar, gardaşlar,
Gam tagtynda geňeş guran teşwüşler,
Tagty synyp, hökmi rowan göterler.

Bulanyp ýöreýen ne ajap siller,
Alnynda bent gurar, ösdürmez ýeller,
Kesmez akyl, söz sözleşmez bu diller,
Pelek urup, gözel suhan göterler.

Hany, ol Isgender, dünýäni alan,
Rüstemu-Zal ötdi – gylyjyn çalan,
Hezret Aly atasyna zor salan,
Mertler wepat boldy, pälwan göterler.

Karuny ýuwutdy bu gara zemin,
Ajal gowgasyndan dynmady Emin,
Ol uly Süleýman almady demin,
Derýalar gurady, umman göterler.

Ötenin sanadym, aklym çaşypdyr,
Hesibim gutardy, çakdan aşypdyr,
Magtymguly, aýym-günüm ýaşypdyr,
Sahypkyran, gözel iman göterler.

土库曼的未来[1]

土库曼的风吹拂着辽阔的大地，
从哈扎尔波涛[2]到杰伊洪涟漪。
放眼望去，那些绽放的玫瑰花，
群山中的溪流，令我心旷神怡。

土库曼花园绿色浓郁宜人舒爽，
吃草的骆驼在草原上悠闲游荡。
罗勒花在赭色沙滩上竞相开放，
土库曼草场繁花似锦馥郁芬芳。

着装艳丽的美女由此翩翩走过，
迎面为人们送来了迷人的芳香。
圣贤领导的人民斗志坚强如钢，
大地为土库曼的城市感到荣光。

勾克兰的精神在兄弟身上传承，
看吧，朋友们，土库曼的雄狮！
即使面对的都是土库曼的敌人，
它也决不会俯首屈膝前去求荣。

各部落如同一个家庭和睦相处，
大家摆好一张餐桌，共同围坐。
一切献给祖国，使命至高无上，
面对土库曼军队，岩石化泥浆。

1　马赫图姆库里的诗大部分以民间口头文学的形式代代相传，并且多数诗歌的文字是由 19 世纪后的学者们整理集结而成。此外，马赫图姆库里的诗也没有标题，目前各版本的马氏诗集标题都是由后人整理或翻译时根据内容添加的。这首诗的题目在土库曼语中意为“土库曼的”，在阿·塔尔科夫斯基的俄译文中写作“土库曼的未来（Будущее Туркмении）”，本文采用塔尔科夫斯基的用法，参见 Махтумкули. Избранные стихотворения. Ашхабад: Ылым, 2014, с.10。

2　原文“哈扎尔波涛”是指哈扎尔海的波涛。哈扎尔海在阿拉伯语、波斯语、土耳其语和阿塞拜疆语中均是里海的别称。土库曼斯坦西邻里海，这里用哈扎尔海指代土库曼的西部边界。

一旦技艺高超的骑手怒视高山，
山峦胆怯，燃起红宝石般火焰。
奔腾汹涌的不是水，而是蜂蜜，
被滋润的土库曼田野连在一起。

战争不会让土库曼人陷入恐慌，
国家将暂时把往日的需求遗忘。
这里的玫瑰花一朵也不会枯萎，
与土库曼歌手的离别无怨无悔。

无论道路把土库曼人引向何方，
地上的山峦会自动张开把路让。
马赫图姆库里为世代后人铭记，
他充当土库曼的喉舌名副其实。

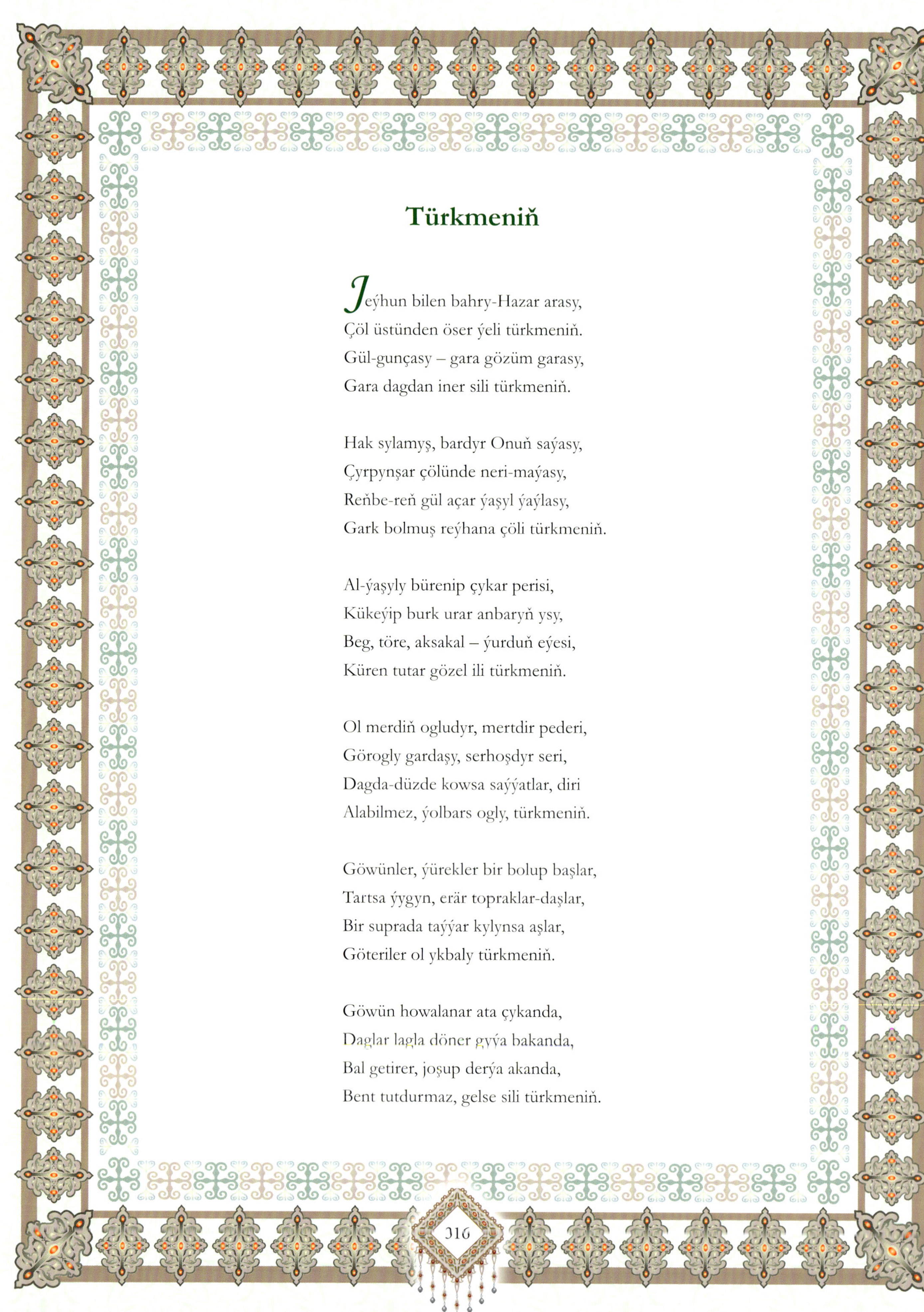

Türkmeniň

Jeýhun bilen bahry-Hazar arasy,
Çöl üstünden öser ýeli türkmeniň.
Gül-gunçasy – gara gözüm garasy,
Gara dagdan iner sili türkmeniň.

Hak sylamyş, bardyr Onuň saýasy,
Çyrpynşar çölünde neri-maýasy,
Reňbe-reň gül açar ýaşyl ýaýlasy,
Gark bolmuş reýhana çöli türkmeniň.

Al-ýaşyly bürenip çykar perisi,
Kükeýip burk urar anbaryň ysy,
Beg, töre, aksakal – ýurduň eýesi,
Küren tutar gözel ili türkmeniň.

Ol merdiň ogludyr, mertdir pederi,
Görogly gardaşy, serhoşdyr seri,
Dagda-düzde kowsa saýýatlar, diri
Alabilmez, ýolbars ogly, türkmeniň.

Göwünler, ýürekler bir bolup başlar,
Tartsa ýygyn, erär topraklar-daşlar,
Bir suprada taýýar kylynsa aşlar,
Göteriler ol ykbaly türkmeniň.

Göwün howalanar ata çykanda,
Daglar lagla döner gyýa bakanda,
Bal getirer, joşup derýa akanda,
Bent tutdurmaz, gelse sili türkmeniň.

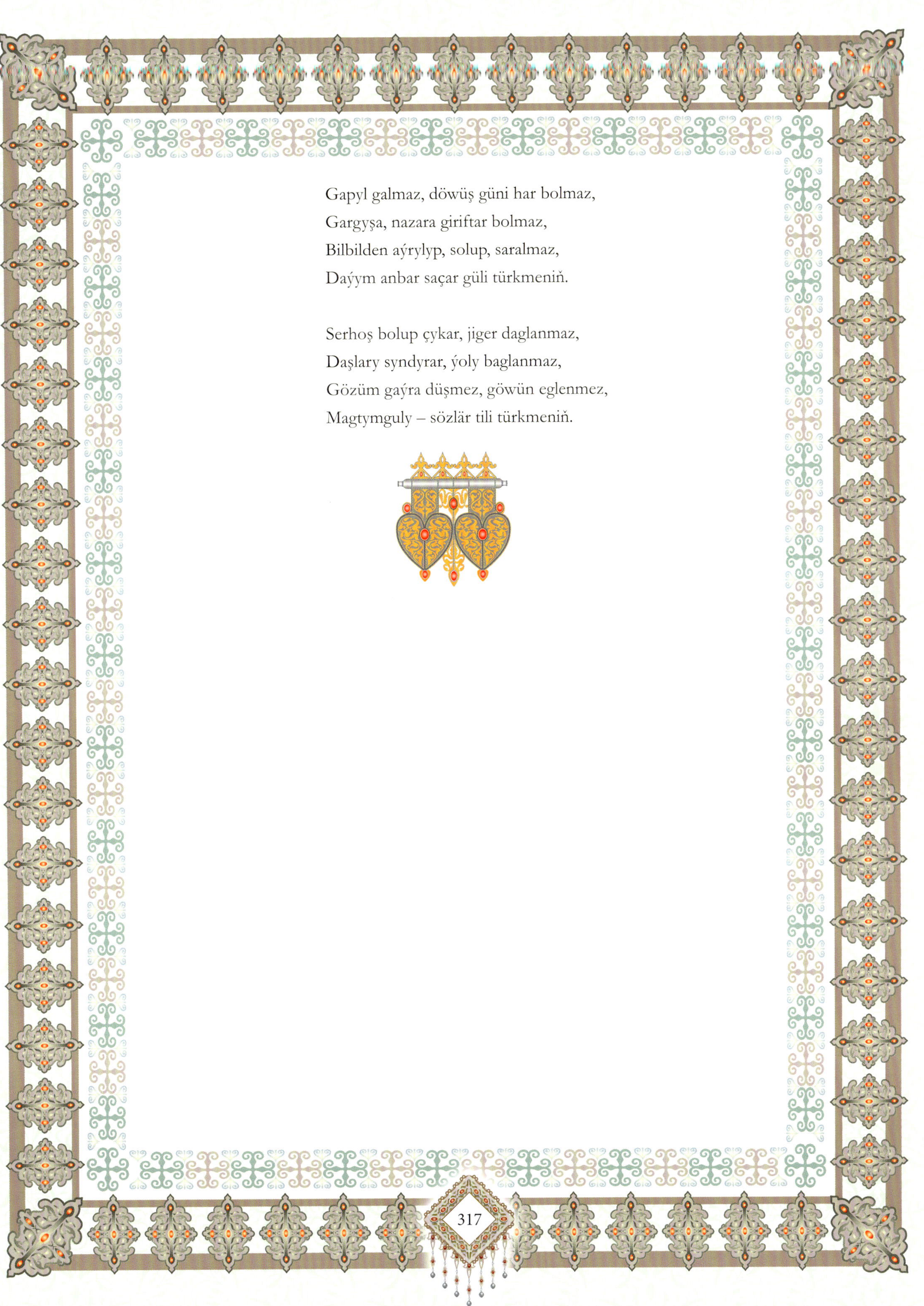

Gapyl galmaz, döwüş güni har bolmaz,
Gargyşa, nazara giriftar bolmaz,
Bilbilden aýrylyp, solup, saralmaz,
Daýym anbar saçar güli türkmeniň.

Serhoş bolup çykar, jiger daglanmaz,
Daşlary syndyrar, ýoly baglanmaz,
Gözüm gaýra düşmez, göwün eglenmez,
Magtymguly – sözlär tili türkmeniň.

M
K
E
A
B
sinα
α
O
cosα
C
D
R=1
R=OB=1
sin²a + cos² a=1
15
7
19
0
1
9876543210

$ax^2+bx+c=0$

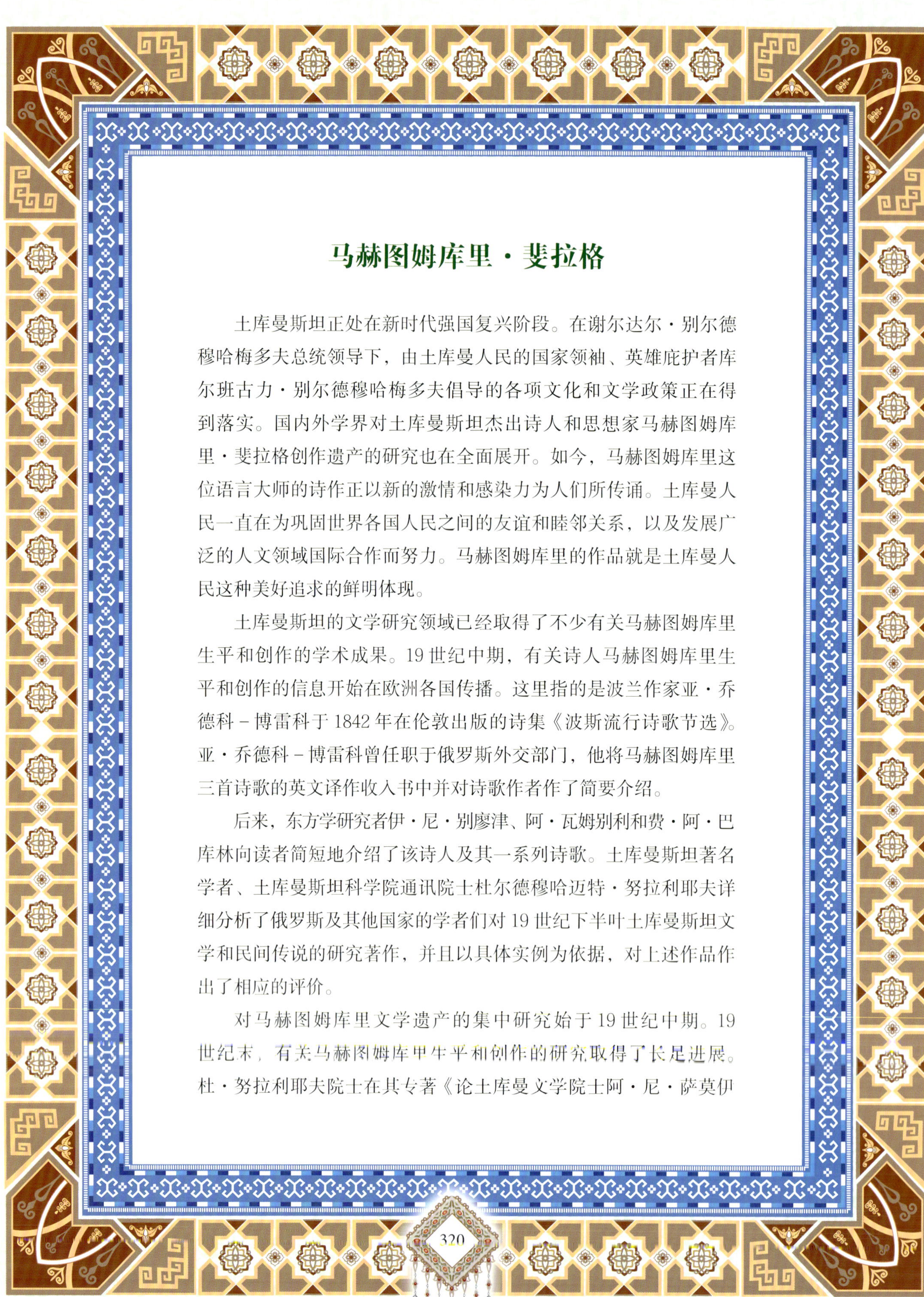

马赫图姆库里·斐拉格

土库曼斯坦正处在新时代强国复兴阶段。在谢尔达尔·别尔德穆哈梅多夫总统领导下，由土库曼人民的国家领袖、英雄庇护者库尔班古力·别尔德穆哈梅多夫倡导的各项文化和文学政策正在得到落实。国内外学界对土库曼斯坦杰出诗人和思想家马赫图姆库里·斐拉格创作遗产的研究也在全面展开。如今，马赫图姆库里这位语言大师的诗作正以新的激情和感染力为人们所传诵。土库曼人民一直在为巩固世界各国人民之间的友谊和睦邻关系，以及发展广泛的人文领域国际合作而努力。马赫图姆库里的作品就是土库曼人民这种美好追求的鲜明体现。

土库曼斯坦的文学研究领域已经取得了不少有关马赫图姆库里生平和创作的学术成果。19 世纪中期，有关诗人马赫图姆库里生平和创作的信息开始在欧洲各国传播。这里指的是波兰作家亚·乔德科－博雷科于 1842 年在伦敦出版的诗集《波斯流行诗歌节选》。亚·乔德科－博雷科曾任职于俄罗斯外交部门，他将马赫图姆库里三首诗歌的英文译作收入书中并对诗歌作者作了简要介绍。

后来，东方学研究者伊·尼·别廖津、阿·瓦姆别利和费·阿·巴库林向读者简短地介绍了该诗人及其一系列诗歌。土库曼斯坦著名学者、土库曼斯坦科学院通讯院士杜尔德穆哈迈特·努拉利耶夫详细分析了俄罗斯及其他国家的学者们对 19 世纪下半叶土库曼斯坦文学和民间传说的研究著作，并且以具体实例为依据，对上述作品作出了相应的评价。

对马赫图姆库里文学遗产的集中研究始于 19 世纪中期。19 世纪末，有关马赫图姆库里生平和创作的研究取得了长足进展。杜·努拉利耶夫院士在其专著《论土库曼文学院士阿·尼·萨莫伊

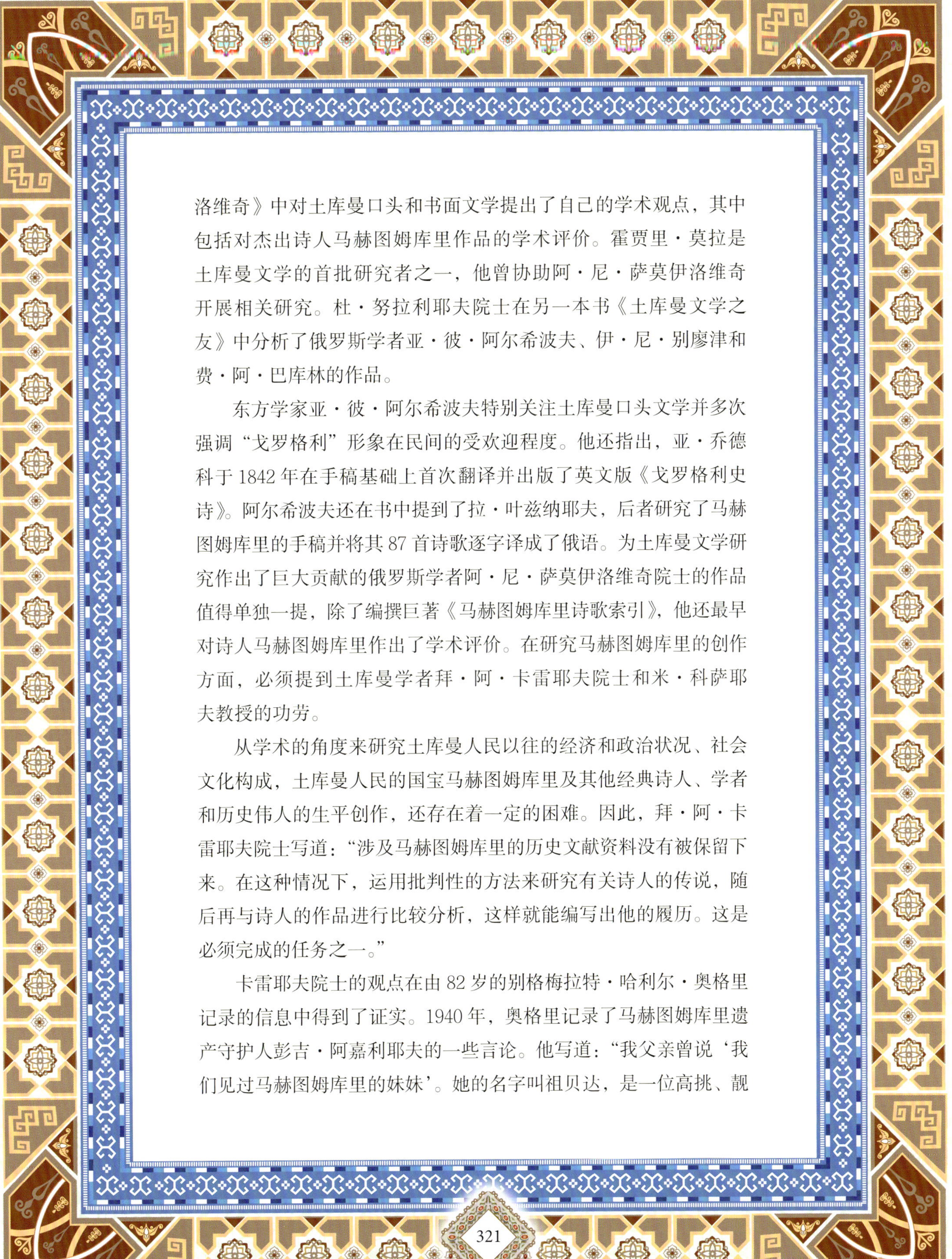

洛维奇》中对土库曼口头和书面文学提出了自己的学术观点，其中包括对杰出诗人马赫图姆库里作品的学术评价。霍贾里·莫拉是土库曼文学的首批研究者之一，他曾协助阿·尼·萨莫伊洛维奇开展相关研究。杜·努拉利耶夫院士在另一本书《土库曼文学之友》中分析了俄罗斯学者亚·彼·阿尔希波夫、伊·尼·别廖津和费·阿·巴库林的作品。

东方学家亚·彼·阿尔希波夫特别关注土库曼口头文学并多次强调“戈罗格利”形象在民间的受欢迎程度。他还指出，亚·乔德科于1842年在手稿基础上首次翻译并出版了英文版《戈罗格利史诗》。阿尔希波夫还在书中提到了拉·叶兹纳耶夫，后者研究了马赫图姆库里的手稿并将其87首诗歌逐字译成了俄语。为土库曼文学研究作出了巨大贡献的俄罗斯学者阿·尼·萨莫伊洛维奇院士的作品值得单独一提，除了编撰巨著《马赫图姆库里诗歌索引》，他还最早对诗人马赫图姆库里作出了学术评价。在研究马赫图姆库里的创作方面，必须提到土库曼学者拜·阿·卡雷耶夫院士和米·科萨耶夫教授的功劳。

从学术的角度来研究土库曼人民以往的经济和政治状况、社会文化构成，土库曼人民的国宝马赫图姆库里及其他经典诗人、学者和历史伟人的生平创作，还存在着一定的困难。因此，拜·阿·卡雷耶夫院士写道：“涉及马赫图姆库里的历史文献资料没有被保留下来。在这种情况下，运用批判性的方法来研究有关诗人的传说，随后再与诗人的作品进行比较分析，这样就能编写出他的履历。这是必须完成的任务之一。”

卡雷耶夫院士的观点在由82岁的别格梅拉特·哈利尔·奥格里记录的信息中得到了证实。1940年，奥格里记录了马赫图姆库里遗产守护人彭吉·阿嘉利耶夫的一些言论。他写道：“我父亲曾说‘我们见过马赫图姆库里的妹妹’。她的名字叫祖贝达，是一位高挑、靓

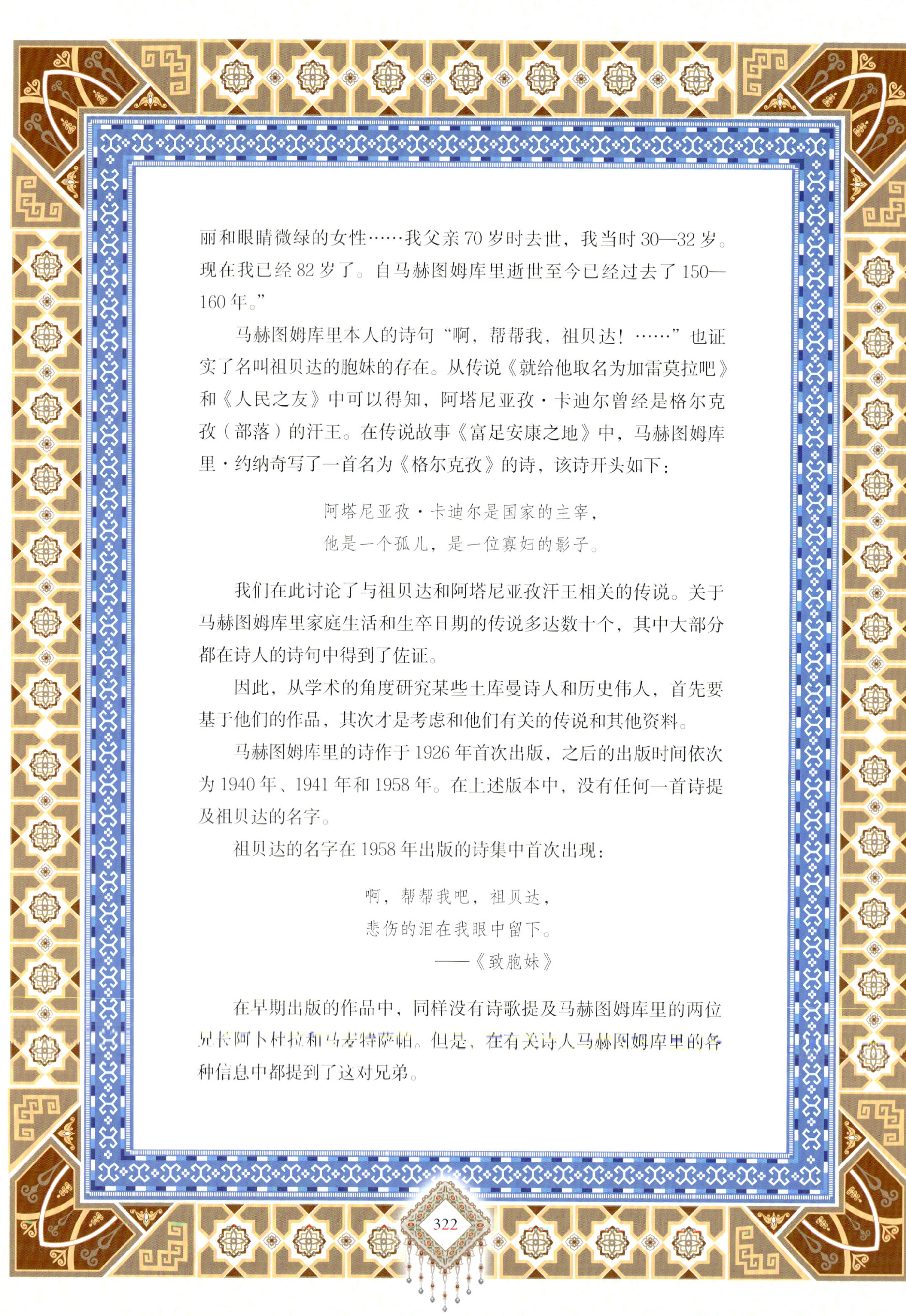

丽和眼睛微绿的女性……我父亲70岁时去世，我当时30—32岁。现在我已经82岁了。自马赫图姆库里逝世至今已经过去了150—160年。”

马赫图姆库里本人的诗句“啊，帮帮我，祖贝达！……”也证实了名叫祖贝达的胞妹的存在。从传说《就给他取名为加雷莫拉吧》和《人民之友》中可以得知，阿塔尼亚孜·卡迪尔曾经是格尔克孜（部落）的汗王。在传说故事《富足安康之地》中，马赫图姆库里·约纳奇写了一首名为《格尔克孜》的诗，该诗开头如下：

阿塔尼亚孜·卡迪尔是国家的主宰，
他是一个孤儿，是一位寡妇的影子。

我们在此讨论了与祖贝达和阿塔尼亚孜汗王相关的传说。关于马赫图姆库里家庭生活和生卒日期的传说多达数十个，其中大部分都在诗人的诗句中得到了佐证。

因此，从学术的角度研究某些土库曼诗人和历史伟人，首先要基于他们的作品，其次才是考虑和他们有关的传说和其他资料。

马赫图姆库里的诗作于1926年首次出版，之后的出版时间依次为1940年、1941年和1958年。在上述版本中，没有任何一首诗提及祖贝达的名字。

祖贝达的名字在1958年出版的诗集中首次出现：

啊，帮帮我吧，祖贝达，
悲伤的泪在我眼中留下。
——《致胞妹》

在早期出版的作品中，同样没有诗歌提及马赫图姆库里的两位兄长阿卜杜拉和马麦特萨帕。但是，在有关诗人马赫图姆库里的各种信息中都提到了这对兄弟。

在该问题上，著名民间文学研究学者阿·巴伊梅拉多夫和拜·巴伊梅拉多夫的观点不谋而合：“在研究马赫图姆库里的创作时，民间史料，特别是文学传说具有重要的意义。”

从上述片段可以看出，经严谨分析的传说和其他来源有助于澄清诸多问题，包括关于土库曼的国宝诗人马赫图姆库里·斐拉格。我们强调马赫图姆库里是土库曼的民族诗人，这基于著名东方学家瓦·弗·巴尔托利德院士的判断，他是最早详尽撰写土库曼历史学术著作的学者之一。他写道：“来自勾克兰的马赫图姆库里是整个土库曼民族，当然也包括斯塔夫罗波尔土库曼民族的诗人。”随后，他沿着该思路特别强调：“在突厥民族中，只有土库曼拥有自己的民族诗人马赫图姆库里。”阿·尤·克里姆斯基院士也支持该观点：“他对于所有土库曼部落都具有同等价值，是整个民族的诗人。其他突厥民族没有这样一个大家公认的民族诗人。”

在早年的诗人传记研究中，其生卒年份被认为是1733—1783年，该年份与匈牙利学者阿·瓦姆别利的著作《中亚游记》有关。书中写道：“他（马赫图姆库里）来自土库曼的勾克兰部落，生活在80年前。”众所周知，阿·瓦姆别利曾于1863年游历中亚，并且同年从格吉尔阿訇那里获得了一些有关诗人的信息。他根据这些信息和民间传说认定马赫图姆库里出生于1733年。最早的土库曼文学研究者之一阿洪多夫·古尔根利于1939年写道：“根据19世纪欧洲学者瓦姆别利的说法，马赫图姆库里逝于1783年。然而，根据诗人后裔收集的更可靠的数据，马赫图姆库里卒于伊斯兰历1195年，即1780年，享年49岁。”阿·古尔根利在1940年出版的马赫图姆库里诗集的序言中再次阐述其观点：“马赫图姆库里生于1731年，卒于1780年。”

此后，鲁希·阿利耶夫和阿洪多夫·古尔根利于1941年出版了第三版马赫图姆库里诗集。鲁·阿利耶夫在该版序言中写道：“马

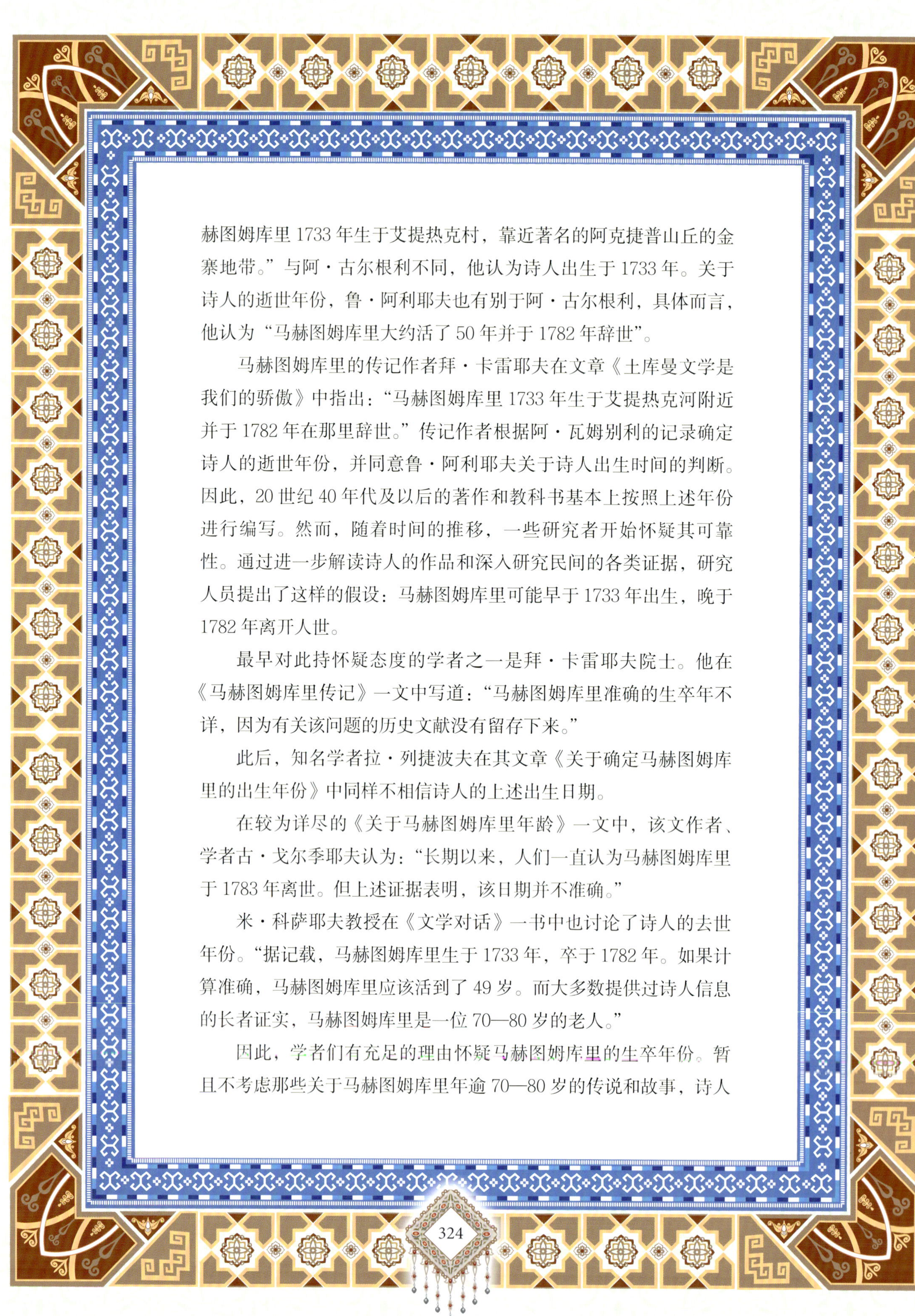

赫图姆库里1733年生于艾提热克村，靠近著名的阿克捷普山丘的金寨地带。”与阿·古尔根利不同，他认为诗人出生于1733年。关于诗人的逝世年份，鲁·阿利耶夫也有别于阿·古尔根利，具体而言，他认为“马赫图姆库里大约活了50年并于1782年辞世”。

马赫图姆库里的传记作者拜·卡雷耶夫在文章《土库曼文学是我们的骄傲》中指出：“马赫图姆库里1733年生于艾提热克河附近并于1782年在那里辞世。”传记作者根据阿·瓦姆别利的记录确定诗人的逝世年份，并同意鲁·阿利耶夫关于诗人出生时间的判断。因此，20世纪40年代及以后的著作和教科书基本上按照上述年份进行编写。然而，随着时间的推移，一些研究者开始怀疑其可靠性。通过进一步解读诗人的作品和深入研究民间的各类证据，研究人员提出了这样的假设：马赫图姆库里可能早于1733年出生，晚于1782年离开人世。

最早对此持怀疑态度的学者之一是拜·卡雷耶夫院士。他在《马赫图姆库里传记》一文中写道：“马赫图姆库里准确的生卒年不详，因为有关该问题的历史文献没有留存下来。”

此后，知名学者拉·列捷波夫在其文章《关于确定马赫图姆库里的出生年份》中同样不相信诗人的上述出生日期。

在较为详尽的《关于马赫图姆库里年龄》一文中，该文作者、学者古·戈尔季耶夫认为：“长期以来，人们一直认为马赫图姆库里于1783年离世。但上述证据表明，该日期并不准确。”

米·科萨耶夫教授在《文学对话》一书中也讨论了诗人的去世年份。“据记载，马赫图姆库里生于1733年，卒于1782年。如果计算准确，马赫图姆库里应该活到了49岁。而大多数提供过诗人信息的长者证实，马赫图姆库里是一位70—80岁的老人。”

因此，学者们有充足的理由怀疑马赫图姆库里的生卒年份。暂且不考虑那些关于马赫图姆库里年逾70—80岁的传说和故事，诗人

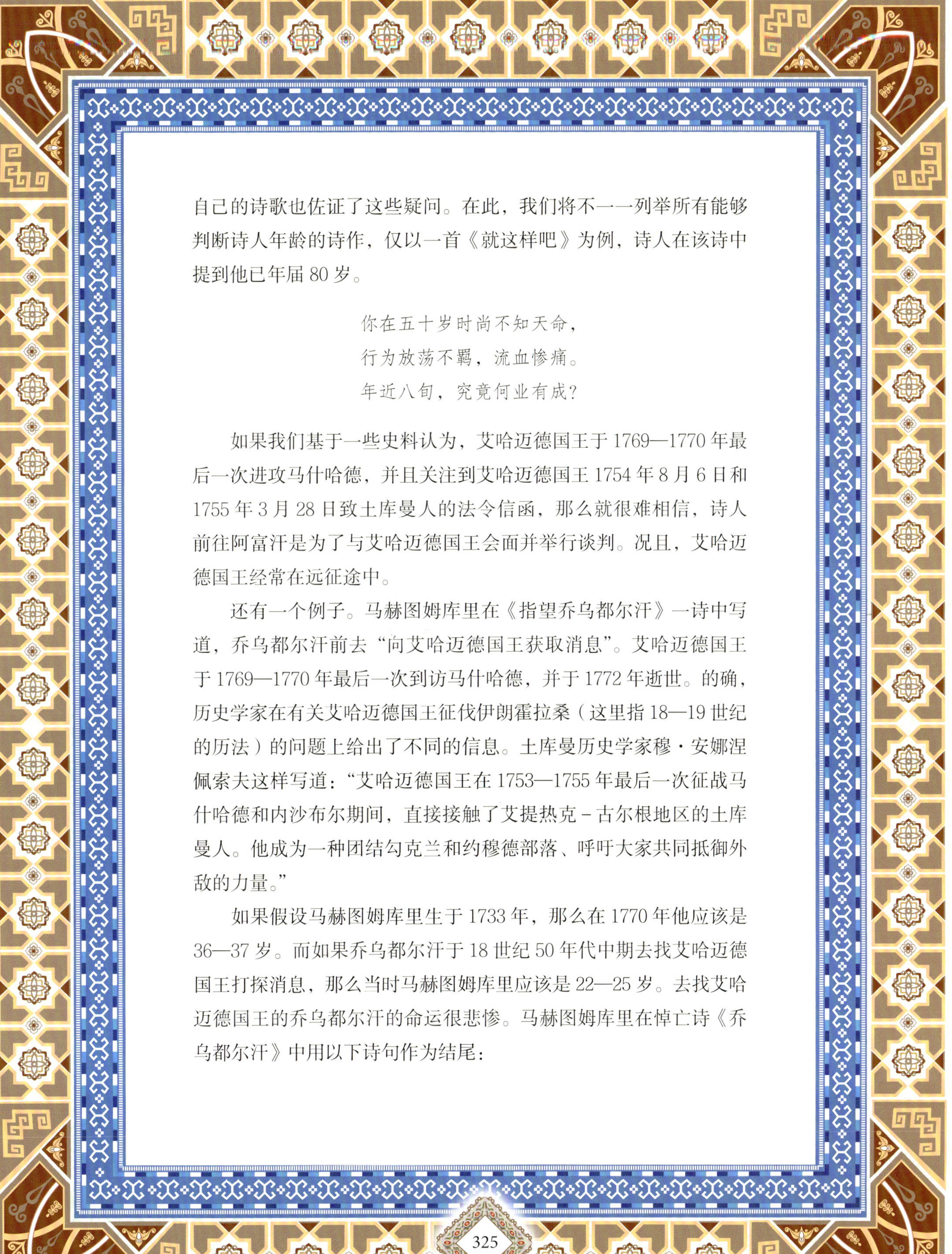

自己的诗歌也佐证了这些疑问。在此，我们将不一一列举所有能够判断诗人年龄的诗作，仅以一首《就这样吧》为例，诗人在该诗中提到他已年届 80 岁。

你在五十岁时尚不知天命，
行为放荡不羁，流血惨痛。
年近八旬，究竟何业有成？

如果我们基于一些史料认为，艾哈迈德国王于 1769—1770 年最后一次进攻马什哈德，并且关注到艾哈迈德国王 1754 年 8 月 6 日和 1755 年 3 月 28 日致土库曼人的法令信函，那么就很难相信，诗人前往阿富汗是为了与艾哈迈德国王会面并举行谈判。况且，艾哈迈德国王经常在远征途中。

还有一个例子。马赫图姆库里在《指望乔乌都尔汗》一诗中写道，乔乌都尔汗前去“向艾哈迈德国王获取消息”。艾哈迈德国王于 1769—1770 年最后一次到访马什哈德，并于 1772 年逝世。的确，历史学家在有关艾哈迈德国王征伐伊朗霍拉桑（这里指 18—19 世纪的历法）的问题上给出了不同的信息。土库曼历史学家穆·安娜涅佩索夫这样写道：“艾哈迈德国王在 1753—1755 年最后一次征战马什哈德和内沙布尔期间，直接接触了艾提热克－古尔根地区的土库曼人。他成为一种团结勾克兰和约穆德部落、呼吁大家共同抵御外敌的力量。”

如果假设马赫图姆库里生于 1733 年，那么在 1770 年他应该是 36—37 岁。而如果乔乌都尔汗于 18 世纪 50 年代中期去找艾哈迈德国王打探消息，那么当时马赫图姆库里应该是 22—25 岁。去找艾哈迈德国王的乔乌都尔汗的命运很悲惨。马赫图姆库里在悼亡诗《乔乌都尔汗》中用以下诗句作为结尾：

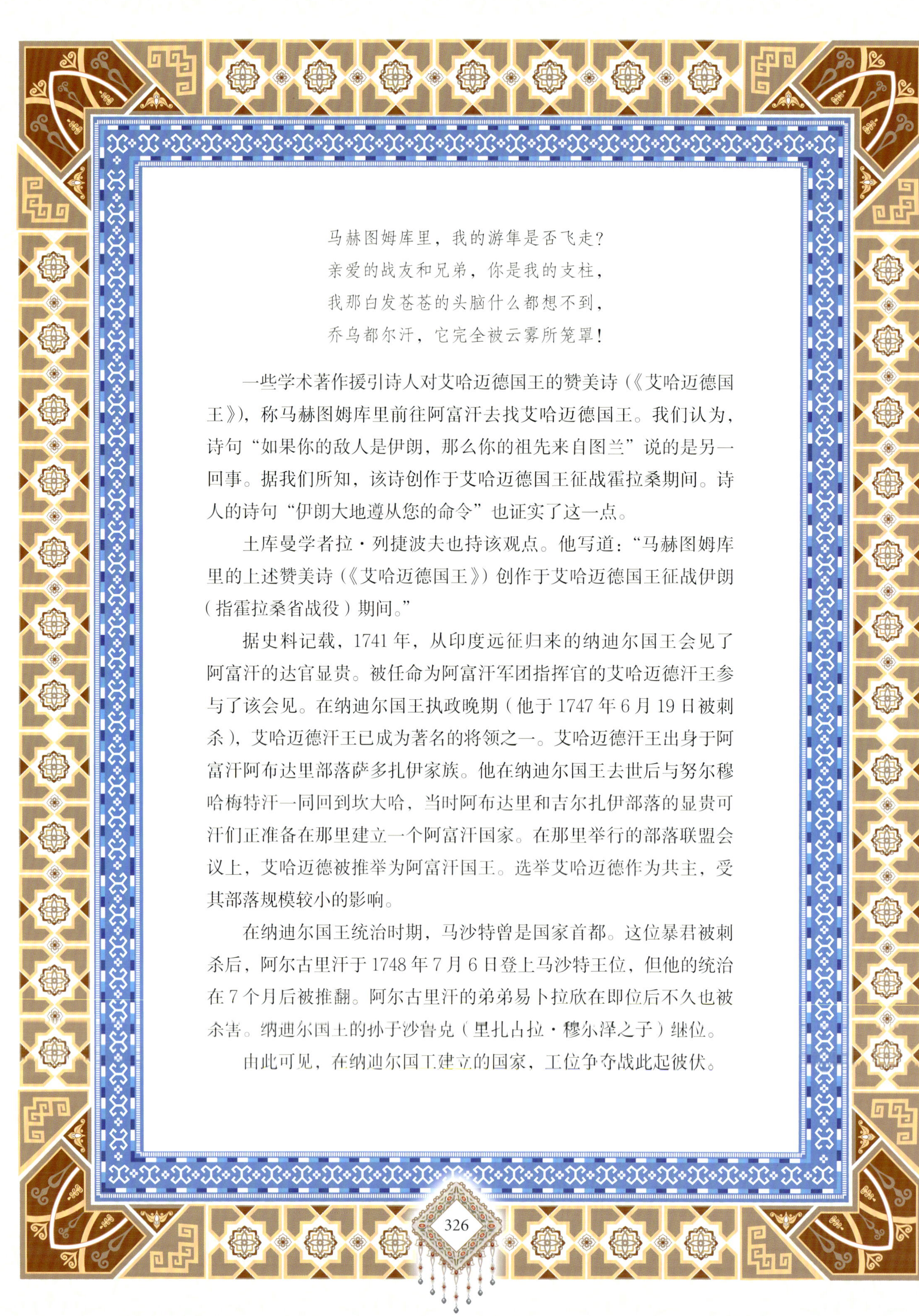

马赫图姆库里，我的游隼是否飞走？
亲爱的战友和兄弟，你是我的支柱，
我那白发苍苍的头脑什么都想不到，
乔乌都尔汗，它完全被云雾所笼罩！

一些学术著作援引诗人对艾哈迈德国王的赞美诗（《艾哈迈德国王》），称马赫图姆库里前往阿富汗去找艾哈迈德国王。我们认为，诗句“如果你的敌人是伊朗，那么你的祖先来自图兰”说的是另一回事。据我们所知，该诗创作于艾哈迈德国王征战霍拉桑期间。诗人的诗句“伊朗大地遵从您的命令”也证实了这一点。

土库曼学者拉·列捷波夫也持该观点。他写道：“马赫图姆库里的上述赞美诗（《艾哈迈德国王》）创作于艾哈迈德国王征战伊朗（指霍拉桑省战役）期间。”

据史料记载，1741 年，从印度远征归来的纳迪尔国王会见了阿富汗的达官显贵。被任命为阿富汗军团指挥官的艾哈迈德汗王参与了该会见。在纳迪尔国王执政晚期（他于 1747 年 6 月 19 日被刺杀），艾哈迈德汗王已成为著名的将领之一。艾哈迈德汗王出身于阿富汗阿布达里部落萨多扎伊家族。他在纳迪尔国王去世后与努尔穆哈梅特汗一同回到坎大哈，当时阿布达里和吉尔扎伊部落的显贵可汗们正准备在那里建立一个阿富汗国家。在那里举行的部落联盟会议上，艾哈迈德被推举为阿富汗国王。选举艾哈迈德作为共主，受其部落规模较小的影响。

在纳迪尔国王统治时期，马沙特曾是国家首都。这位暴君被刺杀后，阿尔古里汗于 1748 年 7 月 6 日登上马沙特王位，但他的统治在 7 个月后被推翻。阿尔古里汗的弟弟易卜拉欣在即位后不久也被杀害。纳迪尔国王的孙子沙鲁克（里扎古拉·穆尔泽之子）继位。

由此可见，在纳迪尔国王建立的国家，王位争夺战此起彼伏。

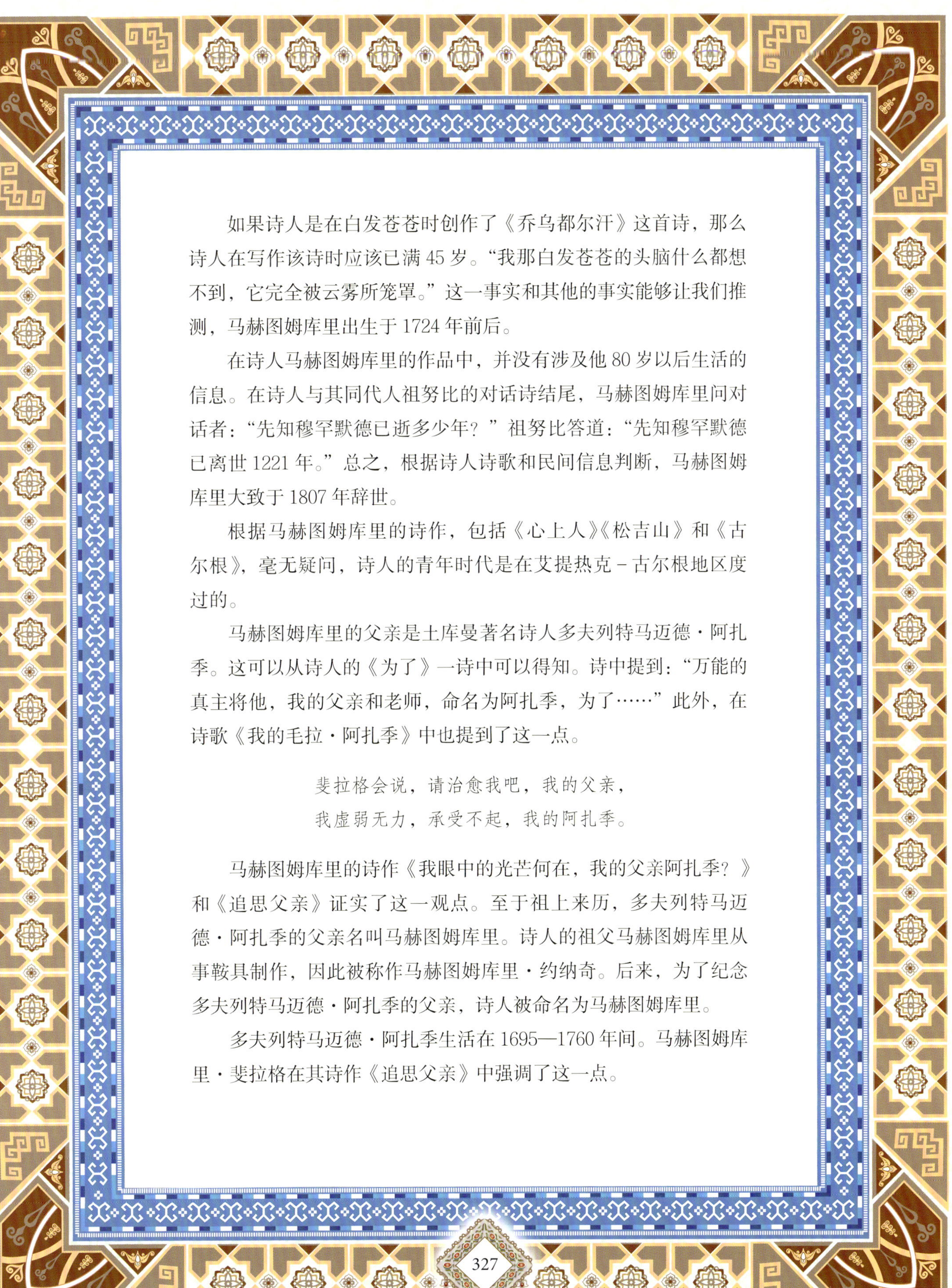

如果诗人是在白发苍苍时创作了《乔乌都尔汗》这首诗，那么诗人在写作该诗时应该已满 45 岁。“我那白发苍苍的头脑什么都想不到，它完全被云雾所笼罩。”这一事实和其他的事实能够让我们推测，马赫图姆库里出生于 1724 年前后。

在诗人马赫图姆库里的作品中，并没有涉及他 80 岁以后生活的信息。在诗人与其同代人祖努比的对话诗结尾，马赫图姆库里问对话者：“先知穆罕默德已逝多少年？”祖努比答道：“先知穆罕默德已离世 1221 年。”总之，根据诗人诗歌和民间信息判断，马赫图姆库里大致于 1807 年辞世。

根据马赫图姆库里的诗作，包括《心上人》《松吉山》和《古尔根》，毫无疑问，诗人的青年时代是在艾提热克－古尔根地区度过的。

马赫图姆库里的父亲是土库曼著名诗人多夫列特马迈德·阿扎季。这可以从诗人的《为了》一诗中可以得知。诗中提到：“万能的真主将他，我的父亲和老师，命名为阿扎季，为了……”此外，在诗歌《我的毛拉·阿扎季》中也提到了这一点。

斐拉格会说，请治愈我吧，我的父亲，
我虚弱无力，承受不起，我的阿扎季。

马赫图姆库里的诗作《我眼中的光芒何在，我的父亲阿扎季？》和《追思父亲》证实了这一观点。至于祖上来历，多夫列特马迈德·阿扎季的父亲名叫马赫图姆库里。诗人的祖父马赫图姆库里从事鞍具制作，因此被称作马赫图姆库里·约纳奇。后来，为了纪念多夫列特马迈德·阿扎季的父亲，诗人被命名为马赫图姆库里。

多夫列特马迈德·阿扎季生活在 1695—1760 年间。马赫图姆库里·斐拉格在其诗作《追思父亲》中强调了这一点。

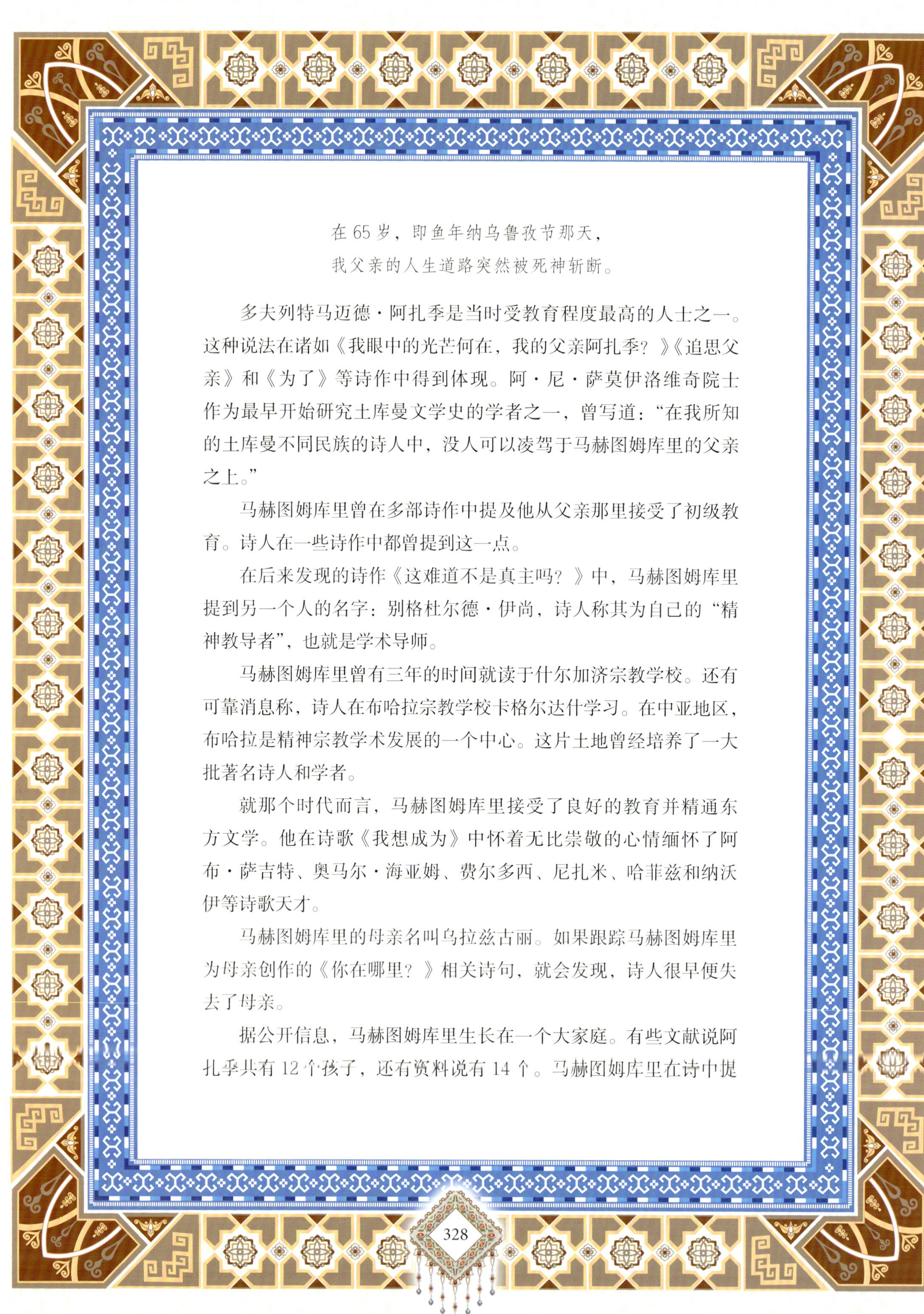

在65岁，即鱼年纳乌鲁孜节那天，
我父亲的人生道路突然被死神斩断。

多夫列特马迈德·阿扎季是当时受教育程度最高的人士之一。这种说法在诸如《我眼中的光芒何在，我的父亲阿扎季？》《追思父亲》和《为了》等诗作中得到体现。阿·尼·萨莫伊洛维奇院士作为最早开始研究土库曼文学史的学者之一，曾写道："在我所知的土库曼不同民族的诗人中，没人可以凌驾于马赫图姆库里的父亲之上。"

马赫图姆库里曾在多部诗作中提及他从父亲那里接受了初级教育。诗人在一些诗作中都曾提到这一点。

在后来发现的诗作《这难道不是真主吗？》中，马赫图姆库里提到另一个人的名字：别格杜尔德·伊尚，诗人称其为自己的"精神教导者"，也就是学术导师。

马赫图姆库里曾有三年的时间就读于什尔加济宗教学校。还有可靠消息称，诗人在布哈拉宗教学校卡格尔达什学习。在中亚地区，布哈拉是精神宗教学术发展的一个中心。这片土地曾经培养了一大批著名诗人和学者。

就那个时代而言，马赫图姆库里接受了良好的教育并精通东方文学。他在诗歌《我想成为》中怀着无比崇敬的心情缅怀了阿布·萨吉特、奥马尔·海亚姆、费尔多西、尼扎米、哈菲兹和纳沃伊等诗歌天才。

马赫图姆库里的母亲名叫乌拉兹古丽。如果跟踪马赫图姆库里为母亲创作的《你在哪里？》相关诗句，就会发现，诗人很早便失去了母亲。

据公开信息，马赫图姆库里生长在一个大家庭。有些文献说阿扎季共有12个孩子，还有资料说有14个。马赫图姆库里在诗中提

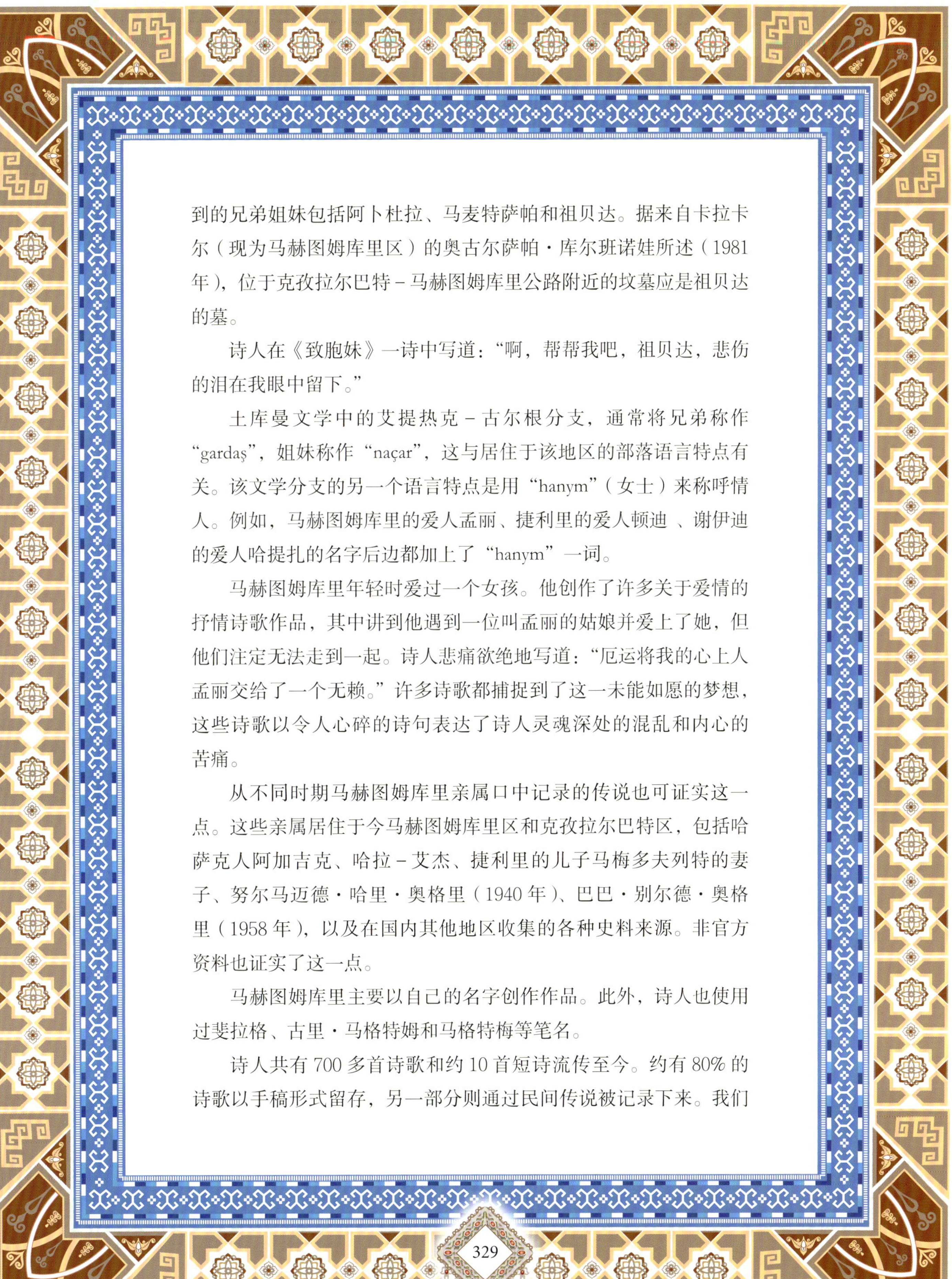

到的兄弟姐妹包括阿卜杜拉、马麦特萨帕和祖贝达。据来自卡拉卡尔（现为马赫图姆库里区）的奥古尔萨帕·库尔班诺娃所述（1981年），位于克孜拉尔巴特－马赫图姆库里公路附近的坟墓应是祖贝达的墓。

诗人在《致胞妹》一诗中写道：“啊，帮帮我吧，祖贝达，悲伤的泪在我眼中留下。”

土库曼文学中的艾提热克－古尔根分支，通常将兄弟称作“gardaş”，姐妹称作“naçar”，这与居住于该地区的部落语言特点有关。该文学分支的另一个语言特点是用“hanym”（女士）来称呼情人。例如，马赫图姆库里的爱人孟丽、捷利里的爱人顿迪 、谢伊迪的爱人哈提扎的名字后边都加上了“hanym”一词。

马赫图姆库里年轻时爱过一个女孩。他创作了许多关于爱情的抒情诗歌作品，其中讲到他遇到一位叫孟丽的姑娘并爱上了她，但他们注定无法走到一起。诗人悲痛欲绝地写道：“厄运将我的心上人孟丽交给了一个无赖。”许多诗歌都捕捉到了这一未能如愿的梦想，这些诗歌以令人心碎的诗句表达了诗人灵魂深处的混乱和内心的苦痛。

从不同时期马赫图姆库里亲属口中记录的传说也可证实这一点。这些亲属居住于今马赫图姆库里区和克孜拉尔巴特区，包括哈萨克人阿加吉克、哈拉－艾杰、捷利里的儿子马梅多夫列特的妻子、努尔马迈德·哈里·奥格里（1940年）、巴巴·别尔德·奥格里（1958年），以及在国内其他地区收集的各种史料来源。非官方资料也证实了这一点。

马赫图姆库里主要以自己的名字创作作品。此外，诗人也使用过斐拉格、古里·马格特姆和马格特梅等笔名。

诗人共有700多首诗歌和约10首短诗流传至今。约有80%的诗歌以手稿形式留存，另一部分则通过民间传说被记录下来。我们

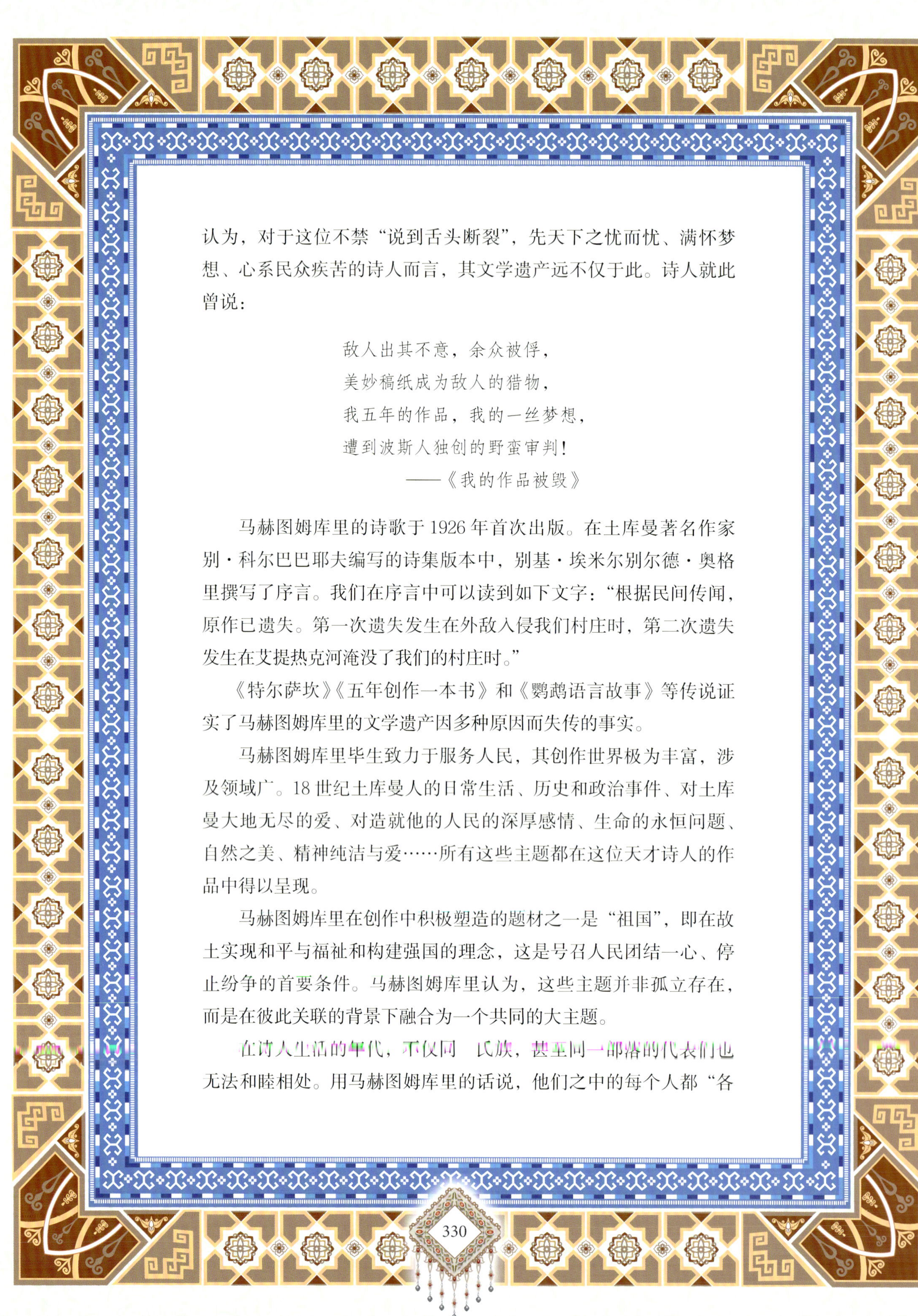

认为，对于这位不禁“说到舌头断裂”，先天下之忧而忧、满怀梦想、心系民众疾苦的诗人而言，其文学遗产远不仅于此。诗人就此曾说：

> 敌人出其不意，余众被俘，
> 美妙稿纸成为敌人的猎物，
> 我五年的作品，我的一丝梦想，
> 遭到波斯人独创的野蛮审判！
>
> ——《我的作品被毁》

马赫图姆库里的诗歌于1926年首次出版。在土库曼著名作家别·科尔巴巴耶夫编写的诗集版本中，别基·埃米尔别尔德·奥格里撰写了序言。我们在序言中可以读到如下文字：“根据民间传闻，原作已遗失。第一次遗失发生在外敌入侵我们村庄时，第二次遗失发生在艾提热克河淹没了我们的村庄时。”

《特尔萨坎》《五年创作一本书》和《鹦鹉语言故事》等传说证实了马赫图姆库里的文学遗产因多种原因而失传的事实。

马赫图姆库里毕生致力于服务人民，其创作世界极为丰富，涉及领域广。18世纪土库曼人的日常生活、历史和政治事件、对土库曼大地无尽的爱、对造就他的人民的深厚感情、生命的永恒问题、自然之美、精神纯洁与爱……所有这些主题都在这位天才诗人的作品中得以呈现。

马赫图姆库里在创作中积极塑造的题材之一是“祖国”，即在故土实现和平与福祉和构建强国的理念，这是号召人民团结一心、停止纷争的首要条件。马赫图姆库里认为，这些主题并非孤立存在，而是在彼此关联的背景下融合为一个共同的大主题。

在诗人生活的年代，不仅同一氏族，甚至同一部落的代表们也无法和睦相处。用马赫图姆库里的话说，他们之中的每个人都“各

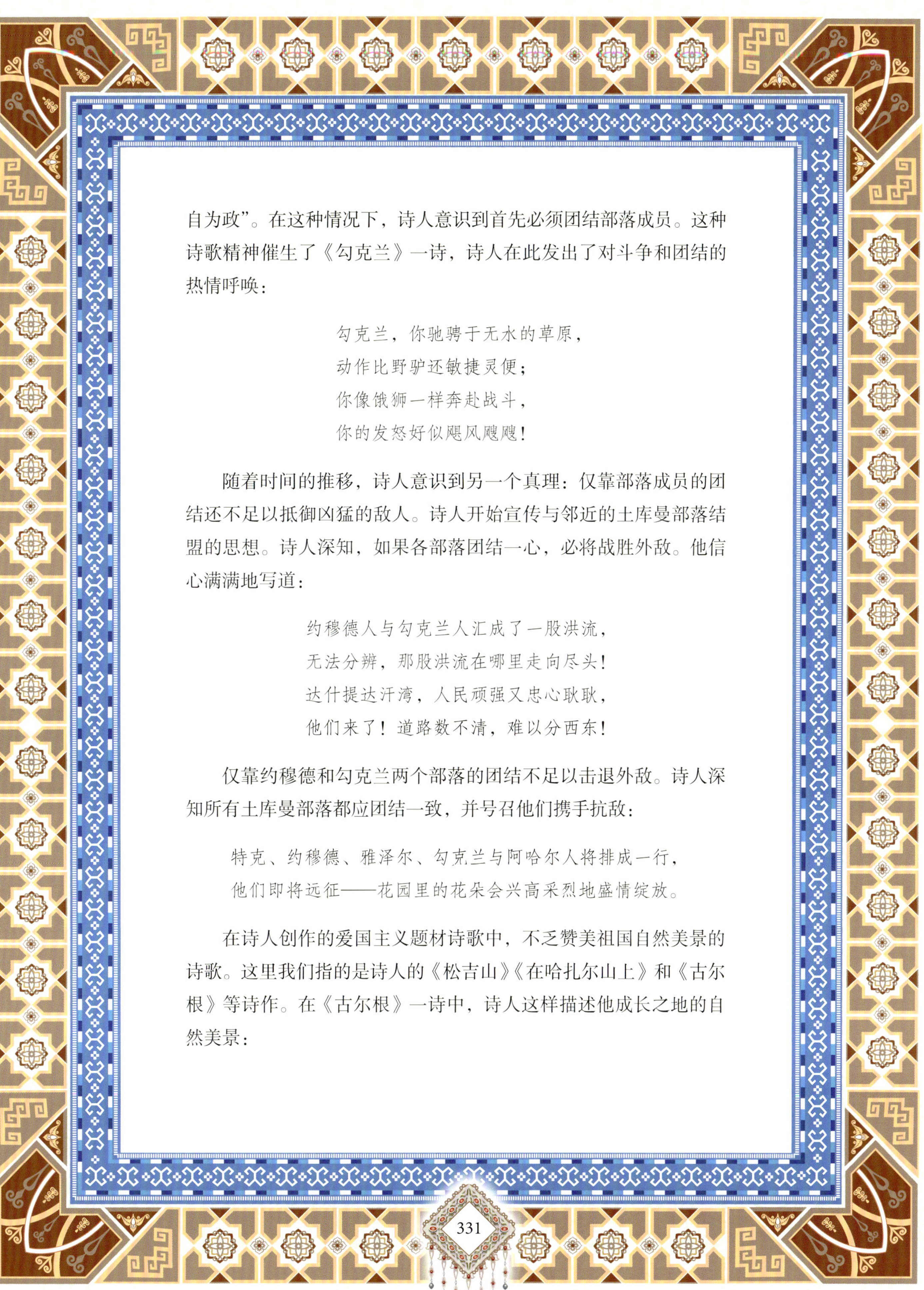

自为政”。在这种情况下，诗人意识到首先必须团结部落成员。这种诗歌精神催生了《勾克兰》一诗，诗人在此发出了对斗争和团结的热情呼唤：

勾克兰，你驰骋于无水的草原，
动作比野驴还敏捷灵便；
你像饿狮一样奔赴战斗，
你的发怒好似飓风飕飕！

随着时间的推移，诗人意识到另一个真理：仅靠部落成员的团结还不足以抵御凶猛的敌人。诗人开始宣传与邻近的土库曼部落结盟的思想。诗人深知，如果各部落团结一心，必将战胜外敌。他信心满满地写道：

约穆德人与勾克兰人汇成了一股洪流，
无法分辨，那股洪流在哪里走向尽头！
达什提达汗湾，人民顽强又忠心耿耿，
他们来了！道路数不清，难以分西东！

仅靠约穆德和勾克兰两个部落的团结不足以击退外敌。诗人深知所有土库曼部落都应团结一致，并号召他们携手抗敌：

特克、约穆德、雅泽尔、勾克兰与阿哈尔人将排成一行，
他们即将远征——花园里的花朵会兴高采烈地盛情绽放。

在诗人创作的爱国主义题材诗歌中，不乏赞美祖国自然美景的诗歌。这里我们指的是诗人的《松吉山》《在哈扎尔山上》和《古尔根》等诗作。在《古尔根》一诗中，诗人这样描述他成长之地的自然美景：

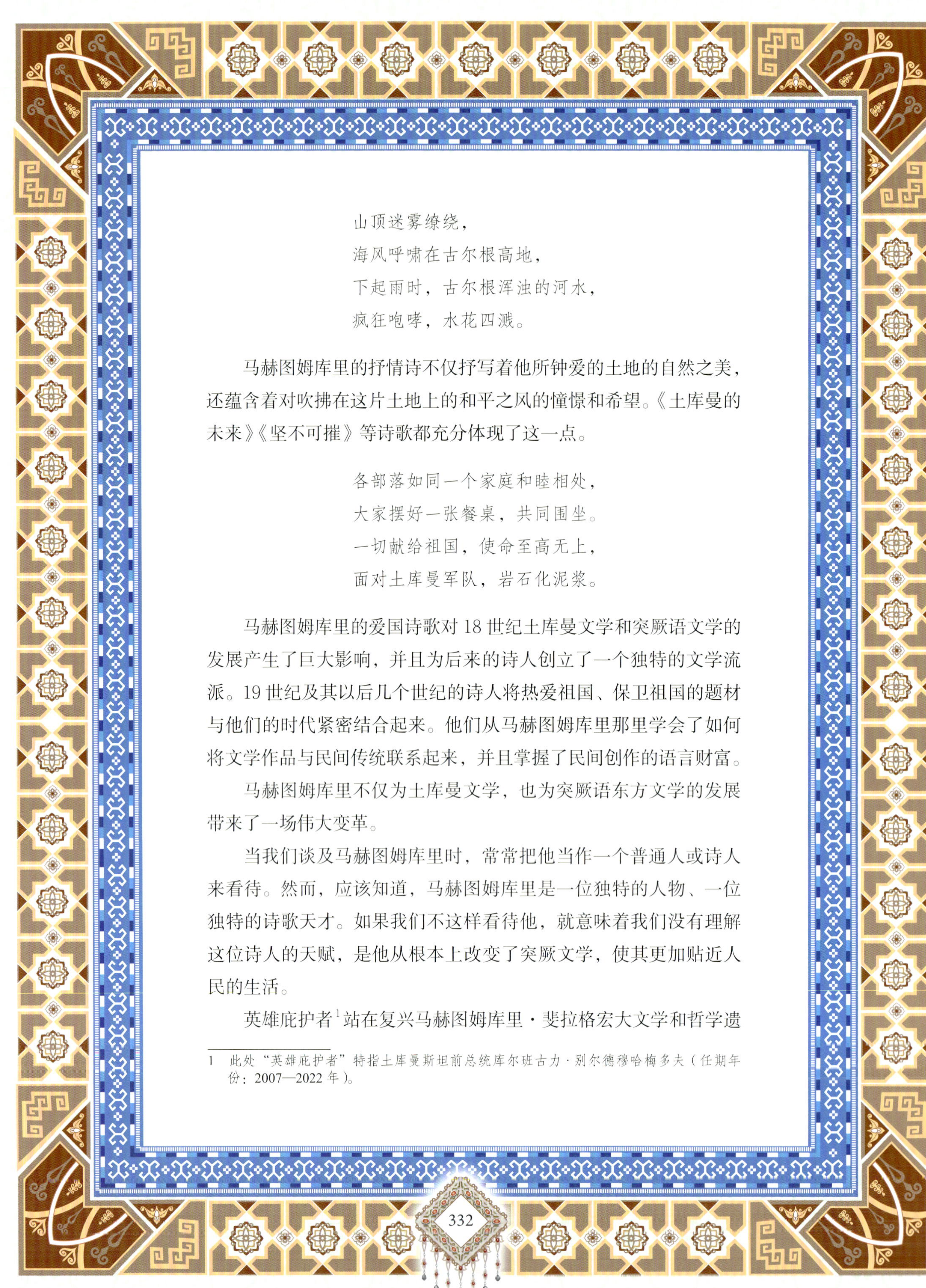

山顶迷雾缭绕，
海风呼啸在古尔根高地，
下起雨时，古尔根浑浊的河水，
疯狂咆哮，水花四溅。

马赫图姆库里的抒情诗不仅抒写着他所钟爱的土地的自然之美，还蕴含着对吹拂在这片土地上的和平之风的憧憬和希望。《土库曼的未来》《坚不可摧》等诗歌都充分体现了这一点。

各部落如同一个家庭和睦相处，
大家摆好一张餐桌，共同围坐。
一切献给祖国，使命至高无上，
面对土库曼军队，岩石化泥浆。

马赫图姆库里的爱国诗歌对 18 世纪土库曼文学和突厥语文学的发展产生了巨大影响，并且为后来的诗人创立了一个独特的文学流派。19 世纪及其以后几个世纪的诗人将热爱祖国、保卫祖国的题材与他们的时代紧密结合起来。他们从马赫图姆库里那里学会了如何将文学作品与民间传统联系起来，并且掌握了民间创作的语言财富。

马赫图姆库里不仅为土库曼文学，也为突厥语东方文学的发展带来了一场伟大变革。

当我们谈及马赫图姆库里时，常常把他当作一个普通人或诗人来看待。然而，应该知道，马赫图姆库里是一位独特的人物、一位独特的诗歌天才。如果我们不这样看待他，就意味着我们没有理解这位诗人的天赋，是他从根本上改变了突厥文学，使其更加贴近人民的生活。

英雄庇护者[1]站在复兴马赫图姆库里·斐拉格宏大文学和哲学遗

1　此处“英雄庇护者”特指土库曼斯坦前总统库尔班古力·别尔德穆哈梅多夫（任期年份：2007—2022 年）。

产科学研究的起点上指出："在对这位当年就能预见未来的经典诗人的遗产研究中，仍有诸多从现代科学角度看来理解不到位的地方。我坚信，未来斐拉格的巨大才华将得到应有的评价，他的诗歌将继续传播具有真正精神价值的福音，并通过世界上许多语言，以前所未有的广度得到传播。"这些话语促使我们加强对马赫图姆库里新信息的探索。

随着土库曼斯坦获得独立，这位伟大思想家关于建立一个稳定和独立的国家、人民过上和平富足生活的梦想实现了。近年来，国家开展了大量的工作向世界广泛推广这位诗人的创作遗产，并且扩大该领域的国际合作。根据土库曼斯坦总统令，2024 年将在国内外隆重庆祝这位伟大诗人诞辰 300 周年。在这个值得纪念的日子里，与国际社会一道开展这项伟大的工作，一定能为研究已经被列入世界文学宝库的马赫图姆库里哲学和诗歌遗产注入新的动力。在新的历史时期，屹立于科佩特山麓的马赫图姆库里·斐拉格的雄伟雕塑生动体现了后人对他的感激之情，以及诗人作为今世后代楷模的生活与创作道路的伟大意义。

突厥文化国际组织宣布，今年，即 2024 年，为"突厥世界伟大诗人和思想家马赫图姆库里·斐拉格年"，马赫图姆库里系列手稿被列入联合国教科文组织"世界记忆"国际工程，联合国教科文组织还把马赫图姆库里·斐拉格诞辰 300 周年列入 2024—2025 年度重要纪念活动清单。这些都表明国际社会对这位杰出的土库曼伟人文化遗产的高度认可。

在新时代强国复兴的背景下，为了特别弘扬我们的民族遗产，进一步推动国家变革，提升国家荣誉和国际威望，加强对马赫图姆库里·斐拉格生平和创作的研究，强化其在世界范围的推广，培养年轻一代的无上自豪感，以及表达对这位伟大的语言大师遗产的热爱和尊重，根据我们的英雄庇护者以聪明才智创作的关于马赫

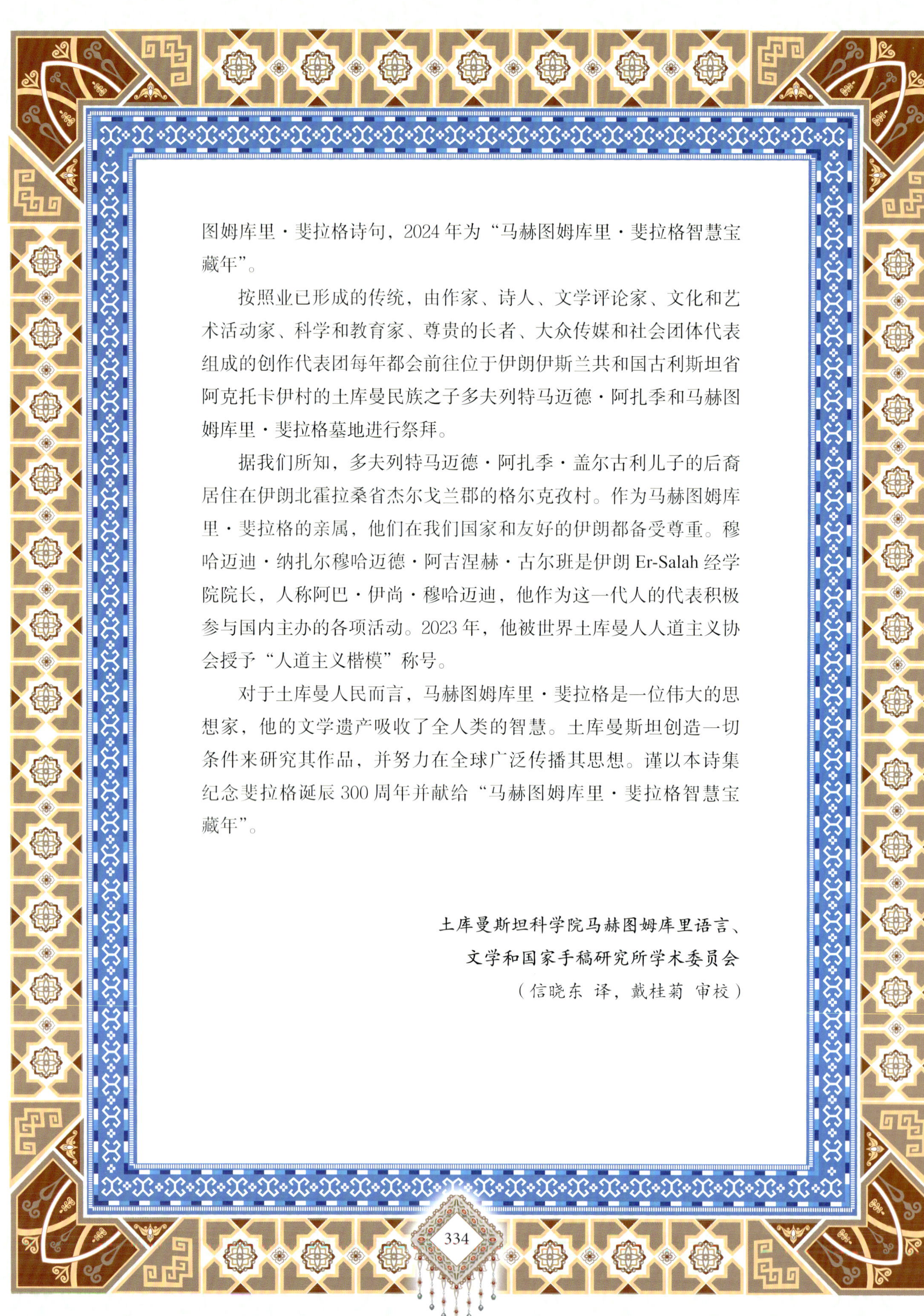

图姆库里·斐拉格诗句，2024 年为“马赫图姆库里·斐拉格智慧宝藏年”。

按照业已形成的传统，由作家、诗人、文学评论家、文化和艺术活动家、科学和教育家、尊贵的长者、大众传媒和社会团体代表组成的创作代表团每年都会前往位于伊朗伊斯兰共和国古利斯坦省阿克托卡伊村的土库曼民族之子多夫列特马迈德·阿扎季和马赫图姆库里·斐拉格墓地进行祭拜。

据我们所知，多夫列特马迈德·阿扎季·盖尔古利儿子的后裔居住在伊朗北霍拉桑省杰尔戈兰郡的格尔克孜村。作为马赫图姆库里·斐拉格的亲属，他们在我们国家和友好的伊朗都备受尊重。穆哈迈迪·纳扎尔穆哈迈德·阿吉涅赫·古尔班是伊朗 Er-Salah 经学院院长，人称阿巴·伊尚·穆哈迈迪，他作为这一代人的代表积极参与国内主办的各项活动。2023 年，他被世界土库曼人人道主义协会授予“人道主义楷模”称号。

对于土库曼人民而言，马赫图姆库里·斐拉格是一位伟大的思想家，他的文学遗产吸收了全人类的智慧。土库曼斯坦创造一切条件来研究其作品，并努力在全球广泛传播其思想。谨以本诗集纪念斐拉格诞辰 300 周年并献给“马赫图姆库里·斐拉格智慧宝藏年”。

土库曼斯坦科学院马赫图姆库里语言、
文学和国家手稿研究所学术委员会
（信晓东 译，戴桂菊 审校）

后　记

2024 年是土库曼斯坦著名诗人和哲学家马赫图姆库里（1724—1807 年）诞辰 300 周年，联合国教科文组织将其列入 2024—2025 年度重要纪念活动清单。2023 年 1 月，中土两国领导人签署的《中华人民共和国和土库曼斯坦联合声明》将中土关系提升为全面战略伙伴关系。此外，习近平主席与土库曼斯坦总统谢尔达尔・别尔德穆哈梅多夫就中土两国“2023—2024 年互办文化年”达成共识。继 2023 年土库曼斯坦举办“中国文化年”之后，中国今年迎来了“土库曼斯坦文化年”。为了丰富中土文化年的学术活动，中国马业协会（以下简称“中国马会”）决定于 2024 年出版《马赫图姆库里诗集》。2024 年 2 月 8 日，中国马会组织举办《马赫图姆库里诗集》出版筹划会，我作为马赫图姆库里诗歌的翻译人员受邀参会。

北京外国语大学是我国目前唯一开设土库曼语专业的高校，已经招收两届土库曼语专业本科生，其中首届学生于 2022 年顺利毕业。2023 年 1 月，在土库曼斯坦总统谢尔达尔・别尔德穆哈梅多夫访华期间，我校与土库曼斯坦国立马赫图姆库里大学在两国元首见证下签署了合作备忘录。2024 年初，我校首位土库曼语师资博士生赴土库曼斯坦国立马赫图姆库里大学学习土库曼语言文学，专门从事马赫图姆库里诗歌作品研究。为了使更多的国人了解马赫图姆库里的作品，为我国的土库曼语人才培养和中土两国的民心相通尽绵薄之力，我同意承担《马赫图姆库里诗集》的翻译任务。

会后，我找到了俄罗斯和土库曼斯坦不同历史时期出版的俄文版马赫图姆库里诗集全文、选集或作品介绍，从中选定 2014 年由土库曼斯坦科学院恩雷姆出版社出版的俄文版《马赫图姆库里诗集》作为翻译原作。这本书是为纪念马赫图姆库里诞辰 290 周年而出版的最新俄文版诗歌作品。同时，我开始大量阅读有关这位诗人生平、创作与思想遗产的国内外研究成果。在搜集资料的过程中，我发现世界上许多国家正在推出马赫图姆库里诞辰 300 周年纪念活动。

2024 年 3 月 20 日，我校学术委员会主任袁军教授、我校国际新闻与传播学院副院长宋毅教授和我应邀参加了土库曼斯坦驻华大使馆举办的“国际纳乌鲁孜节暨‘马赫图姆库里·斐拉格智慧宝藏年’”庆祝活动。其间，中国马业协会秘书长岳高峰请我们一起参加与土库曼斯坦驻华大使巴拉哈特·杜尔德耶夫的会谈。中国马会出版《马赫图姆库里诗集》的各项工作得到了杜尔德耶夫大使的积极支持。当我们提出需要解决马赫图姆库里诗集的原作版权授予问题时，大使表示愿意提供帮助并向中国外交部提议把《马赫图姆库里诗集》中文版译著的翻译出版纳入中国“土库曼斯坦文化年”活动框架中。

3 月 25 日，外交部给我校发来“关于协助土方翻译出版诗集的函”，强调支持土库曼斯坦在华举办纪念马赫图姆为库里诞辰 300 周年有关活动是中土两国元首达成的重要共识，有利于进一步增进两国人文交流。函中指出，希望北京外国语大学协助土方做好相关工作，具体事宜可直接与土库曼斯坦驻华大使馆联系。这样，翻译《马赫图姆库里诗集》成为我校在中土互办文化年期间举办的一项学术活动。

4 月 4 日，我校收到土库曼斯坦驻华大使馆转发的土库曼斯坦科学院恩雷姆出版社社长阿拉别尔吉·卡卡扎诺夫先生的函。卡卡扎诺夫表示，同意北京外国语大学从土库曼斯坦科学院马赫图姆库里语言、文学和国家手稿研究所与史密森学会共同出版的 2014 年版《马赫图姆库里诗集》中选取 100 首诗歌译成中文，用于为纪念这位诗人诞辰 300 周年而出版的诗集。至此，马氏诗集原著的翻译授权问题得到解决。随后，土库曼斯坦驻华大使馆把《马赫图姆库里诗集》俄文版和土文版原作送给我们，希望以中土双语的形式将这本诗集在中国出版。

5月17—18日，应土库曼斯坦科学院马赫图姆库里语言、文学和国家手稿研究所邀请，我参加了在土库曼斯坦首都阿什哈巴德举办的“马赫图姆库里智慧宝藏”国际学术研讨会。该研讨会专门为诗人马赫图姆库里·斐拉格诞辰300周年而举办，来自全球34个国家的400多位学者与会。我是中国学者的唯一代表并有幸作为10位主旨发言人之一作了题为《史料考证在马赫图姆库里诗歌汉译中的作用》的报告。当时，我已经完成了50首马赫图姆库里诗歌的俄译汉工作。我把翻译马赫图姆库里诗歌过程中所遇到的史料问题及解决办法作了汇报，阐述了史料考证对于译文质量提升的重要性，发言得到了各国学者们的首肯。

特别感谢土库曼斯坦驻华大使馆为我提供了与世界各国马赫图姆库里研究学者交流的机会，这次的学术活动让我受益匪浅。首先，它让我了解到当今世界各国马赫图姆库里研究的最新学术动态与成果。研讨会包括5个分会场，共有352位学者发言（会议主办方将发言稿汇编提前发给与会学者）。学者们分别以“马赫图姆库里与全人类的文化价值观”“马赫图姆库里及其生活的时代”“马赫图姆库里与世界文学”“马赫图姆库里手稿及其研究”和“马赫图姆库里——人民友谊的桥梁”为主题，从各个侧面来阐释马氏的精神遗产。众所周知，马赫图姆库里生前除了在土库曼斯坦生活，还游历过乌兹别克斯坦、哈萨克斯坦、塔吉克斯坦、印度、阿富汗、伊朗、阿塞拜疆以及俄罗斯等国家，来自这些国家的学者们把马赫图姆库里当作自己的民族诗人来景仰。从学者们的发言中得知，目前除了土库曼斯坦，乌兹别克斯坦、伊朗、阿富汗、俄罗斯、土耳其和哈萨克斯坦等国家都有马赫图姆库里雕塑，诗人的作品已经被译成世界上多种文字在30多个国家出版。学者们的发言开阔了我的视野，让我感受到马赫图姆库里是一位世界级的诗人和思想家，国外的马赫图姆库里研究（Makhtumkuli Studies, Махтумкуливедение）作为一门学科已经建立起完备的学术体系。

其次，我深切地体会到马赫图姆库里在土库曼斯坦的重要地位。仅在阿什哈巴德一个城市，就有多处设立于不同时期的马赫图姆库里雕塑。土库曼斯坦国立大学以马赫图姆库里命名，土库曼斯坦世界语言学院以马赫图姆库里的父亲、著名学者和诗人阿扎季命名，土库曼斯坦科学院还设有马赫图姆库里语言、文学和国家手稿研究所。2024 年 5 月 17 日，“马赫图姆库里智慧宝藏”国际学术研讨会主办方邀请所有与会学者参加了为纪念马赫图姆库里诞辰 300 周年而建立的马赫图姆库里雕塑揭幕仪式。土库曼斯坦总统谢尔达尔·别尔德穆哈梅多夫出席并致辞，他对马赫图姆库里在土库曼斯坦历史和世界文明史中的地位与作用给予了高度评价。60 米高的马赫图姆库里青铜雕塑矗立在阿什哈巴德近郊的科佩特山麓，山下是不久前刚竣工的马赫图姆库里文化公园。公园的林荫道两旁排列着 24 尊来自与土库曼斯坦保持友好关系国家的著名作家、诗人的雕塑，包括莎士比亚、巴尔扎克、歌德、陀思妥耶夫斯基以及我国唐朝诗人杜甫等。漫步在公园中，仿佛是在参观一座世界精神文化宝库的露天博物馆。

再次，国际会议也为我搜集资料提供了难得的机会。参会期间，我就翻译马赫图姆库里诗歌过程中所遇到的难点向各国学者请教，解决了语言表达和内容理解方面的各种疑惑。此外，我还按照土库曼斯坦马赫图姆库里语言、文学和国家手稿研究专家的推荐，赴阿什哈巴德各大书店买到一批珍贵的书籍，包括近两年土库曼斯坦出版的新书《马赫图姆库里智慧宝藏》和《著名的马赫图姆库里学研究者》。前者收录了一大批有关马赫图姆库里生平和活动的民间传说，后者汇集了马赫图姆库里学权威专家、土库曼斯坦院士拜·阿·卡雷耶夫（1941—1981年）的研究作品。我还买到了盼望已久的土库曼斯坦人民作家克雷奇·库里耶夫（1913—1990年）的文学作品《马赫图姆库里》，并且下载了土库曼斯坦电影制片厂以该作品为基础拍摄的同名影片。这些材料对于我进一步领会马赫图姆库里诗歌的精髓，进而提高翻译质量大有裨益。首次踏上马赫图姆库里祖国的土地，土库曼人民的真诚和友好让我深受感动。所有这一切为我完成马赫图姆库里诗歌作品的翻译工作提供了莫大的动力。

参会期间，我访问了中国驻土库曼斯坦大使馆，受到钱乃成大使的接见。钱乃成大使希望我翻译的《马赫图姆库里诗集》尽快出版并建议送给土库曼斯坦的中文学习者阅读。他还将阿什哈巴德的土库曼籍汉语教师代表邀请到使馆，我们一起参加了中国茶艺展活动。正是这次会面让我认识了土库曼斯坦官方权威媒体记者古丽娜尔，她后来对我翻译马赫图姆库里诗歌中遇到的一些土库曼语方面的难点耐心地作出了解释；使馆工作人员李嘉宁是我校首届土库曼语专业毕业生，她利用休息时间帮助我录入了马赫图姆库里诗歌样章，还回答了一些与土语相关的问题；我校师资博士生崔嘉欣和在中资机构常驻的曲可一路陪伴我参观土库曼斯坦国立马赫图姆库里大学和坐落在阿什哈巴德各处的马赫图姆库里雕塑，走遍当地的书店寻找相关资料。曲可还利用回国休假机会，及时把我购买的一批马氏图书帮忙带到北京。早在参会前夕，我的学妹滕春晖就安排曲可接待我，让我能够在短短几天内就找到了如此宝贵的资料。在此，对上述在土库曼斯坦的同胞和土库曼斯坦友人的关照和帮助深表谢忱。

出差回来后，我一边阅读从土库曼斯坦搜集来的新材料，一边思考《马赫图姆库里诗集》翻译稿的结构调整问题。按照拜·阿·卡雷耶夫院士的说法，“马赫图姆库里的手稿没有留存下来，许多手稿在他生前就被毁了”。况且，“马赫图姆库里的诗最初也没有题目。无论是土文版，还是俄文版，马赫图姆库里诗歌的题目以及这些诗歌的专题划分与排序都是由编者为了诗集使用方便而做出的”。[1]因此，不同的编者可能会对同一首诗给出不同的题目。比如，本书所选的《我的阿扎季，你在哪里？》[2]一诗是以诗中出现频率最高的句子来命名的，而在2024版《马赫图姆库里诗集》中，该诗则按照主题思想被命名为《追思父亲》[3]。

起初，我按照专题从恩雷姆出版社2014版《马赫图姆库里诗集》收录的371首俄文版马赫图姆库里诗歌中选出了100首作为翻译原作。考虑到本书的支持出品单位中国马会很重视土库曼斯坦的国宝“汗血宝马”，我便选择与“马”相关的诗作为一个专题（其实，原著中有关马的诗歌数量并不多）。此外，我还根据原著内容确定了故乡风情、亲情、爱情、爱国之情和人生哲理等专题。随着阅读材料的增多和对马赫图姆库里思想认识的加深，我愈发觉得应当改变中文版诗集的排序结构。于是，我把《马赫图姆库里诗集》中文版的100首诗歌最终分成两个部分：前50首按照时间顺序展示诗人一生的主要履历，后50首集中体现他的处世原则与人生哲学。

在前50首诗歌中，我选择了描写诗人的故乡、山川、河流、草原和牧群的诗，突出诗人对故乡美景的热爱，之后是描写诗人与家庭成员的诗。诗人的父亲阿扎季是当地知名的学者和诗人，父亲的教育和指导影响了他对人生道路的选择，本书共收录三首具有典型意义的关于父亲的诗。马赫图姆库里的母亲去世很早，整个原著中只有一首《你在哪里？》是描写他的母亲，这首诗自然被列入了中

1 Каррыев Б.А. Слово о Махтумкули. Предисловие к сборнику произведений поэта «Махтумкули. Избранное». Ашхабад: Издательство «Туркменистан», 1974. См. B. Şabasanowa we M. Gurbanow, Görnükli magtymgulyşynas, Aşgabat: Ylym, 2024, 188 sah.

2 Махтумкули. Избранные стихотворения. Ашхабад: Ылым, 2014, с. 39.

3 Махтумкули. Избранные произведения. Ашхабад: Туркменская государственная издательская служба, 2024, с. 28.

译文诗集。马赫图姆库里出身于多子女家庭，其中两个哥哥阿卜杜拉和马麦特萨帕出征时被俘虏，再也没有回来。马赫图姆库里一生都怀念这两位兄长，本书选取了 5 首诗人寻找和思念哥哥的诗。在诗人的姐妹中，祖贝达是最通情达理又温柔可爱的妹妹，本书收录的《致胞妹》体现了诗人与祖贝达的亲情。另外，马赫图姆库里一生都深深地爱恋着一位名叫孟丽的姑娘。然而，这对情人并没有成为眷属，孟丽最终被父母嫁给一个愿意给彩礼的男人。爱情受挫让马赫图姆库里感到绝望和悲伤，此后他常用笔名“斐拉格”来签名。“斐拉格”的字面意思是“与幸福分别的人”或“悲伤的人”。原著中有相当数量的诗歌描写诗人对孟丽炽热的爱情，本书收录了 18 首具有代表性的诗。后来，马赫图姆库里与一位寡妇结婚并育有两子，可惜两个孩子都在幼年夭折。50 岁以后，马赫图姆库里在孤独、悲伤和苦闷中生活，身体状况也逐渐恶化。《年老》《苦涩的泪》《这就是我的命运》《时光不再》和《一切皆空》等诗歌均流露出诗人不幸、忧伤、痛苦和悲凉的情绪。

本书中的后 50 首诗中名言警句颇丰，充满了人生哲理。这些诗里既有对年轻人的行为规范，也有对勇士的歌颂；既抒发了对人民的热爱，也表达了对英明汗王的渴求以及对暴君的憎恨；既有对普通和贫苦百姓的同情，也有对富人和市侩习气的讥讽。他为人民忍受贫困和无权的折磨感到悲哀，他因外来强权者践踏祖国的土地而愤怒。他呼吁土库曼各部落团结起来，共同抵御敌人，保持国家的统一。他教育青年要孝敬父母，为人诚实，不要嫌贫爱富。正如匈牙利 19 世纪学者兼旅行家阿·瓦姆别利所预言的那样：“马赫图姆库里的书将会长久地在土库曼人那里位居第二，仅次于《古兰经》。”[1] 确实，马赫图姆库里的诗作可谓历久弥新，至今仍为世界各

1 Каррыев Б.А. Слово о Махтумкули. Предисловие к сборнику произведений поэта «Махтумкули. Избранное». Ашхабад: Издательство «Туркменистан», 1974. См. B. Şabasanowa we M. Gurbanow, Görnükli magtymgulyşynas, Aşgabat: Ylym, 2024, 177 sah.

国的读者所拜读。本诗集的最后一首诗以《土库曼的未来》为题，表达了诗人对祖国美好未来的憧憬与向往。总之，这100首诗歌的选取具有典型性，可谓马赫图姆库里的诗歌精选与荟萃。

值得一提的是，在恩雷姆出版社2014年出版的俄文版《马赫图姆库里诗集》中，有5首诗涉及对中国的描述。其中，《冷眼看世界》和《你能否理解？》中的“中国”以土库曼语“Çyn-Maçyn”的俄语音译形式“Чи-Мачин”书写（也有人将其音译成“秦马秦”）；在《这就是我的命运》和《生命显现》中，“中国”一词使用的是俄语中常见的“Китай”；在《你美若天仙》中，“中国”以历史上突厥国家对中国的称谓“天朝”来指代，即“Поднебесный”。在这5首诗中，涉及中国的句子依次是：“对中国这一遥远的国度”“我从欧洲原野飞向中国，像一只鸡冠鸟”“这些年我走遍了罗马、中国和花剌子模”“无论身处罗马、印度或中国，都要把该学的知识认真掌握”“你的芳名流传很远，甚至到达了天朝本土”。这些内容均反映出当时中国在诗人心目中是一个遥远的东方大国。从诗人马赫图姆库里的生卒年（1724—1807年）来看，诗人创作的旺盛时期正是清朝乾隆帝在位时期（1735—1796年）。乾隆帝执政年间，统一的多民族国家得到进一步巩固和发展，清朝曾一度进入鼎盛时期。马赫图姆库里对中国形象的定位与中国当时的实力和影响相匹配。

7月中旬，马赫图姆库里100首诗歌的俄译汉初稿翻译完成。接下来的任务是为每一首中译文诗歌配上相对应的土文诗歌，这样做的目的是突显对中土两国官方语言的尊重，从而更好地契合中土两国“2023—2024年互办文化年”这一主题。同时，这种布局也能使学习土库曼语的中国读者和学习中文的土库曼斯坦读者更加直观、便捷地理解和掌握要学习的语言。我根据《马赫图姆库里诗集》俄文版目录里俄土对照的标题，找到相对应的土文诗歌，再以截图的方式把土文诗歌一首一首地放在中译文后。我在实际操作中发现，恩雷姆出版社出版的《马赫图姆库里诗集》俄文版和土库曼文版并不能保证所有的诗都一一对照。在我选取的100首诗歌中，有11首俄文诗没有对应的土文诗。换言之，我翻译的100首诗中有11首无法使用。在这种情况下，我只好再从原著中找到有俄土对照内容的诗歌重新翻译。这样，诗歌的排序不得不再次作出部分调整。同时，我把以截图形式下载的土文版诗歌发给崔嘉欣，请她帮助做土语文字的审校工作。嘉欣非常认真地进行审核，对我在截图中张冠李戴的几首诗进行了更正，还对土文诗歌与中译文内容差别较大的句子和段落作出了更正提示。

在联系出版社的过程中，我们受到世界知识出版社董事长崔春先生和编辑部人员的热情接待与真诚指导。8月12日，中国马会和我与世界知识出版社就出版中土双语版的《马赫图姆库里诗集》顺利签约。按照合同要求，我将稿件提交至出版社。

很快，我们收到了出版社的审稿意见。我们根据这些意见进行了译文加工、注释添加和土文的复审工作。中译文质量的提升主要表现为对诗歌韵律的完善，注释和土文的复审也需要认真细致地完成。有时为了一个注释需要花费数小时甚至几天时间查找资料。对于我来说，以俄语音译形式书写的土库曼语术语、人名和地名是翻译与注释的难点。这类词汇在俄语词典上根本无法找到，于是我只好再请博士生崔嘉欣同学帮忙。她除了复审土文诗歌，还会将我提出的难点问题找她的土库曼斯坦导师和其他老师请教。此外，土库曼斯坦驻华大使也给我们推荐在华访学的谢尔达尔·马沙里科夫先生为土文诗歌把关。我分期分批地将中土对照形式的诗歌稿件同时发给这两位土语专家，在收到他们的反馈意见后，我再核对中译文内容，确定是否需要修改以及如何修改。崔嘉欣同学与导师一起对每一首诗的第一个词都进行了复审，标出那些比中译文多出的土文诗歌段落和句子并及时反馈给我。原来，俄罗斯翻译家在翻译马赫图姆库里诗歌的过程中，根据该国需要对土文诗歌的内容进行了删减，结果导致少数土文诗歌在诗节上比译自俄文的中译文多。在这种情况下，我们只能以中文为标准，将土文诗歌中多出的诗节和句子删除。在诗歌翻译过程中，遇到令人费解的词汇或句子，我曾多次向谢尔达尔讨教，他为我作出了详细解释。在此，对崔嘉欣同学和谢尔达尔先生的无私奉献和帮助致以深深的谢意。

在《马赫图姆库里诗集》进入编辑流程后，与我联系最多的是世界知识出版社综合图书编辑部的王瑞晴主任和李筱逸编辑。王主任对出版流程运筹帷幄，时刻关注书稿的编辑动态，及时跟踪出版进度；李编辑几乎全天候地为书稿的修改和编辑服务。从编辑部反馈的稿件修改意见来看，二位编辑认真对照《马赫图姆库里诗集》俄文版和英文版对我的译文进行了全面把关。她们一丝不苟的工作态度和严谨的工作作风令我由衷地感到钦佩。

9 月中旬，我们接到土库曼斯坦驻华大使馆转来的土库曼斯坦科学院马赫图姆库里语言、文学和国家手稿研究所学术委员会对马赫图姆库里生卒年考证和诗歌特点介绍的最新研究性学术成果《马赫图姆库里 · 斐拉格》一文，该作品被列入土库曼斯坦国家出版署于 2024 年出版的《马赫图姆库里诗集》后记[1]中。为了帮助读者了解土库曼斯坦马赫图姆库里的最新研究动态，我请北京外国语大学俄语学院的博士生信晓东同学将该文从俄文译成中文并对译稿进行了审校。信晓东是我校在职博士生，平时有繁忙的工作。在工作和课程学习之余，他牺牲休息时间及时完成了翻译任务，从而保证岳高峰秘书长一行于 10 月初顺利带着这本书的样书赴土库曼斯坦

1 Совет ученых Института языка, литературы и национальных рукописей имени Махтумкули Академии наук Туркменистана. Махтумкули Фраги. Махтумкули Избранные произведения. Ашхабад: Туркменская государственная издательская служба, 2024, с. 242-264.

参加纪念马赫图姆库里·斐拉格诞辰300周年暨“时代与文明的联系——和平与发展的基础”国际高峰论坛。

必须专门鸣谢本书的总策划岳高峰秘书长和他的团队。岳高峰秘书长无愧为中土民间交流的使者，策划出版《马赫图姆库里诗集》是他为我国的“土库曼斯坦文化年”所作的一个重要贡献。他的工作热情鼓舞了我，让我感到没有理由不把这本诗集翻译好。他的青年同事邵文瑶和王煜对待工作兢兢业业，从而保证了本书的翻译及编辑工作有条不紊地向前推进。尤其是邵文瑶女士，该书翻译和出版的各项工作我都通过她进行对接，与岳高峰秘书长联系推进。各方的坚持不懈与及时沟通为本书在2024年马赫图姆库里诞辰300周年之际问世提供了重要保证。

我们大家共同努力，希望即将面世的中土双语版的《马赫图姆库里诗集》能够具备如下特点：结构设计具有系统性，内容安排符合内在逻辑性；俄译汉文字内容表达准确，符合诗歌的韵律与风格；诗歌原文出处明确，注释经过严格考证，译著具有较高的学术性。

需要说明的是，本书所有诗歌的中文文本译自俄文，它与土文无法实现逐字逐句的对照，只能保证每首诗的中文与土文主题内容吻合或接近。此外，在得到恩雷姆出版社的授权后，我就开始了诗歌的精选、编排和翻译工作。当我拿到土库曼斯坦国家出版署于2024年出版的《马赫图姆库里诗集》时，100首诗歌已经翻译完毕。通过比照发现，这两个版本在主要内容上没有区别，只是2024年版收录的诗歌数量（281首）比2014年版的（371首）少。此外，在2024年版诗集中，有一些诗歌的题目与2014年版不同，但内容完全相同。

由于时间、精力和能力有限，书中的缺陷和不足在所难免，恳请广大读者不吝赐教。

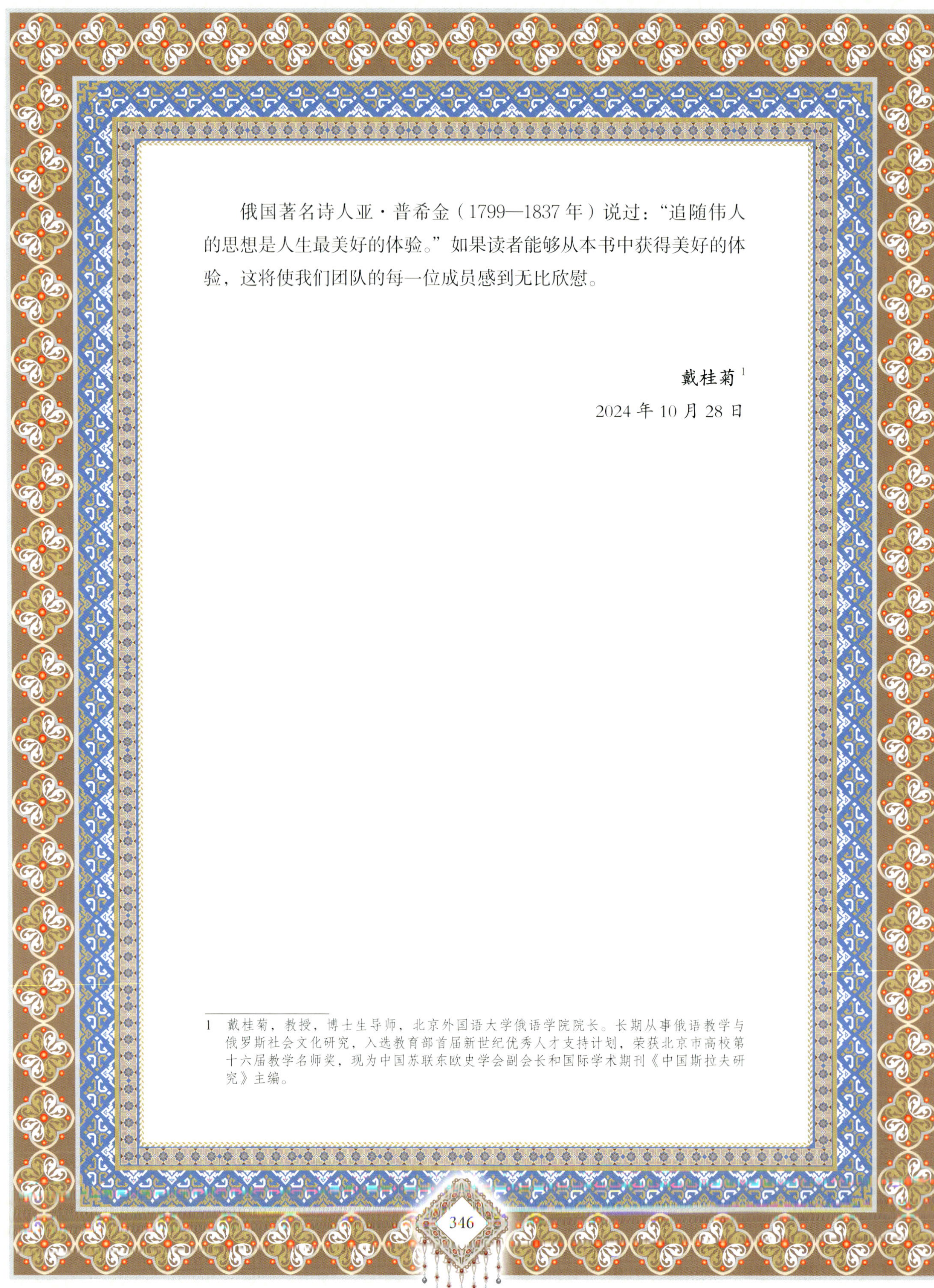

俄国著名诗人亚·普希金（1799—1837年）说过：“追随伟人的思想是人生最美好的体验。”如果读者能够从本书中获得美好的体验，这将使我们团队的每一位成员感到无比欣慰。

戴桂菊[1]

2024年10月28日

1 戴桂菊，教授，博士生导师，北京外国语大学俄语学院院长。长期从事俄语教学与俄罗斯社会文化研究，入选教育部首届新世纪优秀人才支持计划，荣获北京市高校第十六届教学名师奖，现为中国苏联东欧史学会副会长和国际学术期刊《中国斯拉夫研究》主编。